O ANCIÃO QUE SAIU PELA JANELA E DESAPARECEU

JONAS JONASSON

O ANCIÃO QUE SAIU PELA JANELA E DESAPARECEU

Tradução de
Bodil Margareta Svensson

3ª edição

EDITORA RECORD
RIO DE JANEIRO • SÃO PAULO
2024

CIP-Brasil. Catalogação na fonte
Sindicato Nacional dos Editores de Livros, RJ.

Jonasson, Jonas, 1961-

J66c   O ancião que saiu pela janela e desapareceu / Jonas
3ª ed. Jonasson; tradução de Bodil Margareta Svensson. – 3ª ed. –
Rio de Janeiro: Record, 2024.

Tradução de: Hundraåringen som klev ut genom fönstret
och försvann
ISBN 978-85-01-09197-0

1. Romance sueco. I. Svensson, Margareta. II. Título.

13-6837
    CDD: 839.73
    CDU: 821.113.6-3

Título do original:
Hundraåringen som klev ut genom fönstret och försvann

Copyright © by Jonas Jonasson 2009
Publicado originalmente pela Piratförlaget, Suécia
Publicado mediante acordo com Pontas Literary & Film Agency, Espanha

Texto revisado segundo o Acordo Ortográfico da Língua Portuguesa de 1990.

Todos os direitos reservados. Proibida a reprodução, no todo ou em parte, através
de quaisquer meios. Os direitos morais do autor foram assegurados.

Editoração eletrônica: Abreu's System

Direitos exclusivos de publicação em língua portuguesa somente para o Brasil
adquiridos pela
EDITORA RECORD LTDA.
Rua Argentina, 171 – Rio de Janeiro, RJ – 20921-380 – Tel.: 2585-2000,
que se reserva a propriedade literária desta tradução.

Impresso no Brasil

ISBN 978-85-01-09197-0

Seja um leitor preferencial Record.
Cadastre-se e receba informações sobre nossos lançamentos
e nossas promoções.

Atendimento e venda direta ao leitor:
sac@record.com.br

Ninguém conseguia prender a atenção de uma plateia como o vovô, parcialmente apoiado em sua bengala, quando ele se sentava em seu banco favorito, mascando tabaco.

— Mas vovô... É verdade? — perguntávamos nós, os netos, com os olhos arregalados.

— Quem só fala a verdade nem vale a pena escutar — respondia vovô.

Este livro é dedicado a ele.

Jonas Jonasson

CAPÍTULO I

Segunda-feira, 2 de maio de 2005

TALVEZ VOCÊ PENSE que ele poderia ter se decidido antes e ter sido homem o bastante para comunicar sua decisão àqueles que o cercavam. Mas Allan Karlsson nunca foi de ponderar sobre qualquer coisa por muito tempo.

A ideia mal tinha se firmado na cabeça do velho quando ele abriu a janela do seu quarto, no andar térreo da Casa de Repouso para idosos, em Malmköping, e saiu andando pelo canteiro.

A manobra lhe foi custosa, considerando que, naquele dia, ele completava 100 anos. Faltava menos de uma hora para o início da festa de aniversário, programada para acontecer no salão da Casa de Repouso. O prefeito estaria presente, assim como o jornal local e todos os outros idosos, além do quadro de funcionários completo, comandado pela mal-humorada diretora Alice.

Só o próprio aniversariante não tinha intenção de comparecer.

CAPÍTULO 2

Segunda-feira, 2 de maio de 2005

DE PÉ NO canteiro de flores que se estendia ao longo da lateral da Casa de Repouso, Allan Karlsson hesitava. Vestia um paletó marrom, calças da mesma cor, e metera os pés em chinelos também marrons. Ele não era exatamente um exemplo de estilo, mas, nessa idade, dificilmente alguém o era. Estava fugindo da própria festa de aniversário, outra coisa incomum na idade dele. Até porque poucos chegam aos 100 anos.

Allan cogitou se deveria se dar o trabalho de voltar para dentro pela janela e buscar chapéu e sapatos, mas, quando sentiu que sua carteira estava no lugar, no bolso interno do paletó, se deu por satisfeito. Além disso, a diretora Alice por várias vezes provara ter um sexto sentido (onde quer que ele escondesse a vodca, ela a encontrava), e era bem possível que a essa altura ela já estivesse pressentindo que algo estranho estava para acontecer.

Melhor cair fora enquanto era tempo, pensou Allan, saindo do canteiro com os joelhos estalando. Na carteira, pelo que se lembrava, tinha guardado algumas notas de 100, o que viria bem a calhar porque, decerto, não conseguiria manter-se escondido de graça.

Voltou-se para dar uma última olhada na Casa de Repouso que ele, até agora pouco, acreditara ser sua última residência nesta vida, mas então disse a si mesmo que podia morrer em outra hora e em outro lugar.

O centenário saiu andando nos seus xixinelos (assim chamados porque homens de idade avançada raramente conseguem fazer seu jato de urina chegar a uma distância que ultrapasse os próprios sapatos). Primeiro atravessou um parque, e então seguiu por um campo aberto onde, às vezes, ocorria uma feira, o único evento a interromper a calmaria da cidade. Após algumas poucas centenas de metros, ele passou por trás da igreja que datava da Idade Média e era o orgulho da região, sentando-se num banco perto de alguns jazigos para descansar os joelhos doloridos. A religiosidade da região não era fervorosa o bastante para que Allan temesse ser incomodado. Foi quando percebeu que, por ironia do destino, Henning Algotsson, enterrado sob a lápide à sua frente, e ele eram da mesma idade. A diferença fundamental entre os dois era que Henning havia deixado de respirar 61 anos antes.

Se Allan fosse do tipo curioso, poderia querer saber o que causara a morte de Henning, com apenas 39 anos. Mas Allan não costumava se meter na vida alheia, não se pudesse evitar, e geralmente isso era perfeitamente possível.

Em vez disso, ele ficou pensando em como provavelmente estava enganado quando, sentado lá na Casa de Repouso, achava que podia muito bem estar morto agora. Não, não importavam as dores no corpo, era muito mais interessante e emocionante fugir da diretora Alice do que estar deitado sete palmos embaixo da terra.

Com isso, o aniversariante levantou-se, desafiou seus joelhos doloridos, cumprimentou Henning Algotsson e continuou sua fuga malplanejada.

Allan cruzou o cemitério rumo ao sul e parou diante de uma mureta de pedra que havia se colocado em seu caminho. O muro não tinha mais que 1 metro de altura, mas Allan era um centenário, e não um atleta. Do outro lado ficava a rodoviária de Malmköping, e o velho percebeu que suas débeis pernas o levavam em direção a um prédio que podia ser útil. Muitos anos atrás, Allan havia cruzado o Himalaia. *Isto* sim tinha sido uma proeza. O fato veio à sua mente ali, diante do último obstáculo entre ele e a rodoviária. Mergulhou tão fundo na lembrança a ponto de a mureta na sua frente parecer encolher. E quando estava bem baixinha, Allan pulou para o outro lado, mandando a idade e os joelhos às favas.

Malmköping nem de longe é o que se pode chamar de agitada, e este dia ensolarado não era diferente. Allan não tinha cruzado com ninguém desde que, sem mais nem menos, decidira não participar de sua festa de 100 anos. Quando ele, em seus xixinelos, entrou na sala de espera da rodoviária, ela estava quase vazia. Quase. No meio da sala havia duas fileiras de bancos, encosto contra encosto. Todos os assentos estavam vazios. À direita havia dois guichês, um deles fechado. Atrás do outro, estava sentado um sujeito miúdo com óculos pequenos e redondos, o cabelo ralo penteado para o lado, e ele vestia um colete de uniforme. Lançou um olhar irritado para Allan ao erguer os olhos. Allan pensou que ele talvez estivesse achando a tarde movimentada demais, pois havia outro passageiro na rodoviária. Em um canto da sala havia um jovem esguio, de cabelos longos, louros e ensebados, barba rebelde e vestindo uma jaqueta jeans com os dizeres "Never Again" nas costas.

O jovem talvez não soubesse ler, porque estava puxando a porta do banheiro para deficientes como se a placa "Interditado" em letras pretas sobre um fundo laranja nada significasse.

Em seguida, ele tentou a porta ao lado, mas ali o problema era outro. Era evidente que o rapaz não queria se separar de sua enorme mala cinza de rodinhas, mas o banheiro era pequeno demais para ambos. Do ponto de vista de Allan, ou o rapaz deixava a mala do lado de fora enquanto se aliviava, ou metia a mala banheiro adentro, enquanto ele mesmo ficava do lado de fora.

Allan tinha questões mais urgentes com que se preocupar, contudo. Esforçando-se para mover as pernas na ordem correta, dirigiu-se em passos curtos até o guichê do baixinho de óculos para perguntar se por acaso haveria algum transporte público partindo para algum lugar, qualquer lugar, nos próximos minutos; e, caso houvesse, quanto custaria?

O homem parecia cansado. Ele provavelmente se distraiu durante o interrogatório de Allan, porque após alguns instantes perguntou:

— E para onde o senhor acha que quer ir?

Allan respirou fundo, lembrando ao homenzinho que justamente o destino e a forma de viajar eram o que menos importava. Ele queria saber: a) o horário de partida e b) o preço.

O sujeito se calou por uns segundos, enquanto consultava os horários e deixava as palavras de Allan penetrarem em sua cabeça.

— Ônibus 202 parte para Strängnäs daqui a três minutos. Serve? Sim, Allan achou que servia. Em seguida, o baixinho lhe disse que o ônibus sairia do ponto que ficava em frente à rodoviária, e que o melhor seria comprar a passagem diretamente com o motorista.

Allan se perguntou o que o homenzinho do guichê fazia se não vendia passagens, mas nada disse. Era bem possível que o sujeito estivesse pensando a mesma coisa. Allan agradeceu a ajuda e tentou levantar o chapéu que na pressa ele não havia pegado.

O centenário sentou-se em um dos bancos vazios, sozinho com seus pensamentos. A maldita comemoração no asilo iria começar às três da tarde e faltavam apenas 12 minutos. A qualquer momento iriam começar a bater na porta do quarto dele e depois o circo estaria armado. O mero pensamento fez com que ele sorrisse.

Foi então que, de soslaio, percebeu que alguém se aproximava. Era o jovem esguio que arrastava sua enorme mala de rodinhas na direção de Allan. Allan percebeu que o risco de ele ter de conversar com o cabeludo era iminente. Talvez não fosse tão ruim. Quem sabe assim ele ficaria sabendo o que a juventude de hoje pensa a respeito das coisas?

De fato, houve uma conversa, mas distante do nível de elaboração social previsto. O rapaz parou a alguns metros de Allan, parecendo observar o idoso por um breve momento, e então disse:

— Ei.

Allan respondeu em um tom amigável, primeiro desejando-lhe uma boa tarde e, depois, perguntando se podia ajudar em alguma coisa. Sim, podia. O rapaz queria que Allan vigiasse sua mala enquanto ele fazia suas necessidades no banheiro. Ou, nas palavras dele:

— Preciso cagar.

Allan respondeu gentilmente, dizendo que, apesar de velho e decrépito, ainda tinha uma boa visão, e ficar de olho na mala do jovem não parecia ser uma tarefa por demais árdua. Entretanto, recomendou que o rapaz se aliviasse — sem, contudo, usar a terminologia chula do jovem — com certa presteza, porque ele estava esperando um ônibus.

O rapaz não ouviu a última parte porque já estava se dirigindo em passos largos para o banheiro, antes mesmo que Allan tivesse acabado de responder.

O centenário nunca foi de se irritar com as pessoas, mesmo tendo um bom motivo, e tampouco se aborreceu com a falta de educação do jovem. Porém, não sentia simpatia por ele, o que provavelmente teve sua importância no que estava por vir.

Alguns segundos depois que o rapaz fechou a porta do banheiro atrás de si, o ônibus 202 surgiu do lado de fora do terminal. Allan olhou para o ônibus e para a mala, e então novamente para o ônibus e outra vez para a mala.

— Tem rodas — comentou consigo mesmo. — E uma alça para puxar também.

Allan se surpreendeu, tomando uma decisão, digamos, positiva para a vida.

O motorista do ônibus, profissional e muito educado, ajudou o idoso a entrar no veículo com aquela mala enorme.

Allan agradeceu a ajuda e tirou a carteira do bolso interno do paletó. Enquanto isso, o motorista se perguntava se aquele senhor seguiria todo o caminho até Strängnäs. Allan, contudo, concluiu que era melhor ser econômico, e então estendeu uma nota de 50 coroas suecas e perguntou:

— Até onde chego com isto?

Bem-humorado, o motorista comentou que estava acostumado com pessoas que sabiam para onde queriam ir, mas não quanto isso custaria; o caso agora, porém, era exatamente o contrário. Ele olhou a tabela e respondeu que por 48 coroas era possível ir até a estação de Byringe.

Allan achou ótimo. Pegou a passagem e as 2 coroas de troco. O motorista colocou a mala recém-roubada no bagageiro atrás do assento dele, e Allan ocupou um lugar na primeira fileira do lado direito. De lá ele podia ver a janela da sala de espera da rodoviária. Quando o motorista engatou a marcha e o ônibus começou a andar, a porta do banheiro continuava fechada. Allan desejou que o rapaz tivesse um bom momento de conforto lá dentro, imaginando a decepção que se seguiria.

* * *

O ônibus para Strängnäs não estava exatamente lotado naquela tarde. No fundo havia uma senhora de meia-idade que embarcara em Flen; no meio, uma jovem mãe que penara para embarcar com suas duas crianças em Solberga, porque uma delas estava no carrinho; e bem na frente um senhor extremamente idoso, que havia embarcado em Malmköping.

Este último estava justamente se perguntando por que havia roubado aquela enorme mala cinza de rodinhas. Talvez porque era possível fazê-lo e porque o dono era um cafajeste? Ou, ainda, porque a mala talvez contivesse um par de sapatos e quem sabe até um chapéu? Ou talvez porque ele, velho, nada tinha a perder? Allan não conseguia chegar a uma conclusão. Quando você está fazendo hora extra na vida, é fácil tomar certas liberdades, ele pensou, enquanto se ajeitava na poltrona.

O relógio marcou três horas quando o ônibus passou por Björkdammen. Por ora, Allan estava muito satisfeito com o desenrolar dos acontecimentos. Assim, fechou os olhos para tirar seu cochilo da tarde.

Neste instante, a diretora Alice bateu à porta do quarto I da Casa de Repouso em Malmköping. E então bateu de novo e mais uma vez.

— Está na hora de parar de inventar moda, Allan. O prefeito e todos os outros já chegaram. Você está me ouvindo? Você não pegou a garrafa de novo, não é? Allan, saia já! Allan?

Também naquele momento, abriu-se a porta do único banheiro em funcionamento na rodoviária de Malmköping, de onde saiu um rapaz duplamente aliviado. Deu alguns passos para o meio da sala de espera, enquanto arrumava o cinto com uma das mãos e passava a outra pelos cabelos. De repente parou, olhou para as duas fileiras de bancos vazios, e então para a direita e para a esquerda. Com isso, exclamou:

— Mas que diabos...!

As palavras lhe fugiram, até que ele conseguiu recuperar a voz.

— Você vai morrer, velho desgraçado. Assim que eu te encontrar.

CAPÍTULO 3

Segunda-feira, 2 de maio de 2005

LOGO DEPOIS DAS três horas da tarde do dia 2 de maio a paz em Malmköping foi abalada por dias. A princípio, a diretora Alice, da Casa de Repouso, ficou mais preocupada que brava, e apelou para a chave mestra. Como Allan não havia feito nada para disfarçar os rastros de sua fuga, foi fácil constatar que o aniversariante havia saído pela janela. Pelas marcas deixadas, ele havia andado para um lado e para outro no canteiro de flores antes de desaparecer.

Por conta do cargo que ocupava, o prefeito achou que deveria assumir o comando, decretando que a equipe deveria fazer a busca em duplas. Allan não podia ter ido longe; o ideal era que se concentrassem na vizinhança. Uma dupla foi enviada ao parque; outra, à loja de bebidas alcoólicas (para onde a diretora Alice sabia que Allan se dirigia de vez em quando); enquanto a terceira procurava nas demais lojas da rua principal e a última foi ao centro comunitário, no alto da colina. O prefeito permaneceria no asilo, para ficar de olho nos residentes que ainda não tinham sumido e pensar no próximo passo. Recomendou aos seus subordinados que fossem discretos, não havia motivo para criar burburinho desnecessário sobre o caso. No meio da confusão generalizada, ele não se lembrou de que, em um dos grupos de busca, estavam a repórter do jornal local e seu fotógrafo.

A rodoviária não entrou na zona de busca inicial do prefeito.

Lá, contudo, um rapaz enfurecido, de constituição física delgada, cabelos longos, louros e ensebados, barba rebelde e vestindo uma jaqueta jeans com os dizeres "Never Again", nas costas, já havia vasculhado todos os cantos do prédio. Como não havia nem sinal do velho ou da mala, o rapaz se dirigiu em passos firmes ao único guichê aberto, onde se encontrava o baixinho, com o firme propósito de se informar sobre os planos de viagem do velho.

Por mais que estivesse cansado do trabalho, o homem do guichê mantinha certa atitude profissional. Por isso, ele tentou explicar para o bisbilhoteiro que a privacidade dos passageiros não deveria ser comprometida, e acrescentou que de forma alguma ele daria ao jovem qualquer informação sobre os planos de viagem daquele senhor.

Por uns instantes o rapaz permaneceu calado, parecia que tentava traduzir o que o homem do guichê acabara de lhe dizer. Em seguida, deslocou-se uns 5 metros para a esquerda, até a porta nada resistente do escritório. Ele nem se deu o trabalho de verificar se estava trancada. Tomou um impulso e a arrombou com o pé direito, fazendo farpas voarem para todo lado. Nem deu tempo para o baixinho tirar o fone do gancho para pedir ajuda, antes de se ver balançando com as pernas no ar. O rapaz o mantinha suspenso, segurando-o firmemente pelas orelhas.

— Talvez eu não saiba nada sobre privacidade, mas sou muito bom em fazer uma pessoa falar — ameaçou o jovem antes de jogar o homenzinho de volta à cadeira giratória com um estrondo.

Então, o rapaz começou a explicar o que faria com os órgãos genitais do baixinho com a ajuda de um martelo e pregos, caso ele não fizesse o que lhe era pedido. A descrição foi tão rica em detalhes que o sujeitinho decidiu na hora contar tudo o que sabia — ou seja, que o velho em questão provavelmente tinha ido de ônibus na direção de Strängnäs. Se tinha levado alguma mala ou não, o homenzinho não sabia responder, uma vez que não era do tipo que ficava espionando os passageiros.

Ele então se calou para ver se o rapaz estava satisfeito com a informação, mas logo percebeu que precisaria dar mais detalhes. Assim, ele contou que entre Malmköping e Strängnäs havia 12 paradas e que, naturalmente, o velhinho poderia descer do ônibus em qualquer uma delas. Quem saberia mais era o motorista que, de acordo com o quadro de horários, estaria de volta em Malmköping por volta das 19h10 daquele mesmo dia, quando o ônibus voltasse para Flen.

O rapaz sentou-se junto ao baixinho, que estava apavorado e com as orelhas doendo.

— Preciso pensar — disse ele.

E pensou. Pensou que, com certeza, conseguiria arrancar do baixinho o número do celular do motorista, para então ligar para ele e avisar que a mala do velho na realidade era roubada. É claro que dessa forma havia o risco de o motorista chamar a polícia, e isso era algo que o rapaz não queria. Além disso, nem havia tanta pressa assim, já que o ladrão parecia ser tremendamente velho e agora, tendo que carregar uma baita mala consigo, certamente precisaria pegar um trem, ônibus ou táxi caso quisesse continuar a jornada depois de Strängnäs. Consequentemente, deixaria novos rastros e sempre haveria alguém que, pendurado pelas orelhas, estaria disposto a contar para onde o velhinho tinha ido. O rapaz tinha plena confiança em sua habilidade de fazer as pessoas contarem tudo o que ele queria saber.

Concluído o pensamento, o jovem decidiu esperar o ônibus indicado e falar com o motorista, sem se preocupar em ser muito gentil.

Com a decisão tomada, levantou-se novamente, contou ao baixinho o que iria acontecer com ele, sua esposa, seus filhos e sua casa, caso ele contasse para a polícia ou para qualquer outra pessoa o que havia se passado.

O baixinho não tinha mulher ou filhos, mas mesmo assim ele queria muito continuar tendo orelhas e órgãos genitais em condições razoáveis. Portanto, jurou pela sua honra de ferroviário do estado não dizer nadinha a quem quer que fosse.

O juramento foi mantido até o dia seguinte.

As duplas enviadas para a busca voltaram ao asilo, relatando seus resultados, ou a falta deles. Instintivamente, o prefeito não quis envolver a polícia e refletia sobre quais alternativas lhe restavam quando a repórter do jornal local se atreveu a perguntar:

— O que o senhor prefeito pretende fazer?

O prefeito ficou em silêncio por alguns segundos, até que respondeu:

— Chamar a polícia, naturalmente.

Deus!, como ele detestava a imprensa livre.

* * *

Allan acordou com o motorista sacudindo gentilmente seu ombro, dizendo que haviam chegado à estação de Byringe. Logo depois, tirou a mala de trás do assento e saiu pela porta da frente, sendo seguido de perto por Allan.

O motorista perguntou se o centenário agora se arranjaria sozinho, ao que Allan respondeu alegando que não era preciso se preocupar. Agradeceu a ajuda e acenou em despedida quando o ônibus retornou à estrada.

Os altos pinheiros bloqueavam o sol da tarde, e Allan começava a sentir um pouco de frio, usando apenas aquele paletó fino e chinelos. Não dava para ver a cidadezinha de Byringe, muito menos a rodoviária. Ao seu redor, só havia bosque, bosque e mais bosque, além de um caminho de terra batida à direita.

Allan pensou na mala que trouxera consigo por impulso; nela talvez encontrasse algumas roupas mais quentes. Mas infelizmente a mala estava trancada, e sem uma chave de fenda ou outra ferramenta não adiantava tentar abri-la. Não tinha opção além de começar a andar, do contrário acabaria congelando e morrendo. E a julgar por experiências anteriores, ele estava bastante certo de que não teria sucesso nem se tentasse. Na parte superior da mala havia uma alça e, puxando por ela, a mala deslizava suavemente sobre as rodas. Allan seguiu em passos curtos pelo caminho de terra batida, arrastando os pés. Atrás dele a mala ia se sacudindo para um lado e para outro.

Depois de umas centenas de metros, Allan chegou ao que pensou ser a estação de Byringe — um prédio desativado junto a uma enorme via férrea, também desativada.

É verdade que ele estava em ótima forma para um centenário, mas aquele dia estava longo demais. Allan sentou-se na mala para juntar tanto as forças como as ideias.

À esquerda estava a velha e desgastada estação de dois andares, pintada de amarelo e com todas as janelas do andar térreo vedadas com tábuas. À direita era possível seguir com os olhos, numa linha reta, a linha férrea desativada até bem distante, onde ela desaparecia bosque adentro. A natureza ainda não havia conseguido devorar os trilhos por completo, mas era apenas uma questão de tempo.

A plataforma de madeira não parecia ser segura para pisar. Na outra extremidade da estação havia uma placa na qual ainda dava para ler o aviso: "Não ande nos trilhos." Mas os trilhos são inofensivos, ponderou Allan. Por outro lado, quem em sã consciência iria pisar na plataforma?

A resposta veio na mesma hora, porque naquele exato momento a porta desgastada da estação se abriu e um homem aparentando uns 70 anos, usando quepe, camisa xadrez, colete preto de couro e botas, os olhos castanhos e a barba grisalha por fazer, saiu do prédio em passos pesados. Obviamente, ele confiava no madeiramento da plataforma, considerando as pesadas botas que calçava, e mantinha os olhos fixos no velho à sua frente.

Inicialmente ostentando uma atitude agressiva, o homem logo pareceu mudar de ideia, possivelmente por notar quão decrépito era o ser humano que havia invadido seus domínios.

Allan continuava sentado na mala recém-roubada, sem ter o que dizer ou mesmo forças para falar. Mas ele também olhava firmemente para o homem de quepe, esperando a reação dele, o que não demorou, porém nada tão ameaçador quanto Allan pensou que seria.

— Quem é você e o que está fazendo na minha plataforma? — questionou o homem de quepe.

Allan não respondeu; ele não conseguia decidir se estava lidando com um amigo ou um inimigo. Mas então concluiu que talvez fosse melhor não brigar com a única pessoa nas proximidades e que, quem sabe, talvez até pudesse deixar que ele se abrigasse no prédio antes que o frio tomasse conta da noite por completo. Por isso, decidiu dizer toda a verdade.

Contou que se chamava Allan e que tinha exatamente 100 anos, sentia-se bem para a idade, tão bem que havia fugido do asilo. Além disso, pelo caminho tinha conseguido roubar a mala de um rapaz que, a essa altura, não devia estar muito feliz. Para completar, contou que naquele momento os joelhos dele não estavam em sua melhor forma e que, portanto, gostaria de dar o passeio do dia por encerrado.

Terminada sua explanação, ele se calou, aguardando o veredicto.

— Então é isso — disse o homem de quepe, que então sorriu. — Um ladrão!

— Um ladrão velho — disse Allan meio birrento.

O homem de quepe pulou da plataforma com agilidade e se aproximou do centenário, como quem quer olhar mais de perto.

— É verdade que você tem 100 anos? Então deve estar com fome.

Allan não entendeu a lógica do raciocínio, mas ele estava com fome. Perguntou então qual era o cardápio e se havia possibilidade de incluir uma birita para arrematar.

O homem de quepe ofereceu a mão, tanto para se apresentar como sendo Julius Jonsson, como para ajudar o velho a se levantar. Anunciou que carregaria a mala para Allan e que para o jantar havia um assado de alce, se isso fosse do agrado dele. E, claro, haveria birita para aliviar os joelhos e todo o resto.

Com grande dificuldade, Allan subiu na plataforma. Pelas dores, ele teve certeza de que estava vivo.

Havia muitos anos que Julius Jonsson não tinha com quem conversar, de modo que o encontro com o velhinho da mala era muito bem-vindo. Um trago de bebida, primeiro para um joelho, depois para o outro, acompanhados por mais alguns, para as costas, o pescoço e para o apetite, fizeram com que a conversa fluísse facilmente. Allan perguntou do que Julius vivia e teve toda uma história como resposta.

Julius nasceu no norte da Suécia, em Strömbacka, perto de Hudiksvall, e era filho único de Anders e Elvira Jonsson, um casal de fazendeiros. Ele começou a trabalhar como ajudante na fazenda da família e apanhava todos os dias do pai, que achava que ele não servia para nada. Quando Julius completou 25 anos, viu a mãe morrer de câncer, uma perda que ele sentiu imensamente. Logo em seguida morreu seu pai, que afundara no brejo enquanto tentava salvar uma bezerrinha. Outra grande perda para Julius, que era muito apegado a tal bezerrinha.

O jovem Julius não tinha nenhum talento para ser fazendeiro (até certo ponto o pai estava com a razão), nem sequer vontade. Por isso, vendeu tudo, com exceção de um terreno de alguns hectares de bosque que ele pensava poder ser útil na velhice. Feito isso, foi para Estocolmo, e em dois anos gastou todas as suas economias. E então voltou para o bosque.

Empolgado, Julius entrou numa concorrência da companhia elétrica de Hudiksvall, para fornecer 5 mil postes para cabos de transmissão de eletricidade. Como não se preocupou muito com detalhes, como impostos, encargos sociais e outras taxas, ganhou a concorrência. Com a ajuda de uns dez refugiados húngaros, conseguiu entregar os postes no prazo combinado, recebendo por esse trabalho mais dinheiro que ele imaginava que pudesse existir no mundo.

Até aí tudo bem, mas Julius tinha trapaceado um pouco: as árvores não eram totalmente adultas, e por isso os postes tinham mais ou menos 1 metro a menos do que o contratado. Provavelmente, ninguém teria notado isso, não fosse o fato de quase todos os fazendeiros terem adquirido máquinas de ceifar e enfeixar.

Em um curto espaço de tempo a companhia elétrica fincou postes cruzando os campos e pastos, e quando chegou a época da colheita, numa única manhã a fiação foi arrancada em 26 pontos diferentes, por 22 ceifadeiras recém-adquiridas. Toda a região ficou sem eletricidade por semanas. Plantações foram perdidas e inúmeras máquinas leiteiras pararam de funcionar. Não demorou muito para que a ira dos fazendeiros irrompesse, primeiramente direcionada para a companhia elétrica, mas logo desviada e redirecionada para o jovem Julius.

— Posso te dizer que o slogan "Hudiksvall Feliz" não estava na boca do povo nessa época. Me escondi no hotel da cidade por sete meses e depois disso eu estava novamente sem dinheiro. Mais um trago?

Allan aceitou. Como o assado de alce tinha sido regado a cerveja, ele sentia-se tão bem que estava até ficando com medo da morte.

Julius continuou sua história. Depois de escapar por pouco de ser atropelado por um trator no centro de Sundsvall (dirigido por um fazendeiro com o olhar assassino), ele compreendeu que o lugarejo não ia esquecer sua trapaça nos próximos duzentos ou trezentos anos.

Então ele seguiu para o norte e acabou em Mariefred, onde cometeu pequenos furtos até se cansar da vida da cidade e encontrar a estação desativada de Byringe, que ele conseguiu comprar por 25 mil coroas que havia encontrado uma noite no cofre do Gripsholm Inn. Agora ele vivia na estação, com subsídio da comunidade, caça ilegal no bosque do vizinho, pequena produção e distribuição de aguardente e o produto da venda de tudo que ele conseguia subtrair dos vizinhos. Não era muito popular na vizinhança, como contou a Allan, e entre uma mastigada e outra o velho respondeu que isso era perfeitamente compreensível.

Quando Julius sugeriu que os dois tomassem a saideira "como sobremesa", Allan respondeu que esse tipo de sobremesa sempre foi seu fraco mas que, antes de mais nada, ele precisava usar o banheiro, caso houvesse um no prédio. Julius se levantou, acendeu a luz, porque estava escurecendo, e apontou em direção à escada, dizendo que havia um vaso sanitário à direita. Também prometeu que iria providenciar as bebidas para quando Allan voltasse.

Allan encontrou o banheiro onde Julius havia indicado. Posicionou-se para urinar e, como de costume, nem todas as gotas chegaram onde deviam. Em vez disso, algumas acabaram pousando suavemente sobre os xixinelos.

Em algum momento no meio do processo Allan escutou passos na escada. Primeiro pensou que fosse Julius indo embora com a mala roubada. Mas de repente o som aumentou. Alguém estava vindo lá de baixo.

Allan percebeu que havia uma chance de os passos que ele ouvira do lado de fora serem de um jovem esguio, de cabelos longos, louros e ensebados, barba rebelde e uma jaqueta jeans com os dizeres "Never Again" nas costas. E, se fosse mesmo ele, provavelmente não seria um encontro agradável.

* * *

O ônibus de Strängnäs chegou à rodoviária de Malmköping três minutos antes da hora. Não havia passageiros e o motorista pisou um pouco mais fundo no acelerador depois da última parada, para ter tempo de relaxar, antes de continuar a viagem até Flen.

O motorista mal teve tempo de acender o cigarro antes que um rapaz esguio de cabelos longos, louros e ensebados, barba rebelde e uma jaqueta jeans com os dizeres "Never Again" nas costas aparecesse. Certo, o motorista não podia ver aquela frase naquele momento, mas estava lá de qualquer forma.

— Você está indo para Flen? — perguntou ele meio inseguro para o rapaz, porque havia algo naquele jovem que não parecia certo.

— Eu não vou para Flen. Nem você — foi a resposta que obteve.

Ficar esperando a chegada do ônibus por quatro horas fora demais para a pouca paciência do jovem. Além disso, depois de umas duas horas, ele se deu conta de que se tivesse roubado um carro de imediato poderia ter alcançado o ônibus bem antes de chegar a Strängnäs.

E, para completar, viaturas policiais haviam começado a circular pela cidade. A qualquer hora acabariam chegando também ao terminal e interrogariam o baixinho do guichê; primeiro perguntariam por que ele estava com aquela cara de pavor e, segundo, por que a porta do escritório estava arrombada.

O rapaz não tinha ideia do que levara tantas viaturas a circular pela área. O chefe dele na Never Again havia escolhido Malmköping como centro de operações por três motivos: primeiro, pela proximidade de Estocolmo; segundo, pelo transporte público, relativamente bom; e, terceiro — e mais importante —, o braço da lei nem sempre era suficientemente comprido para chegar até lá. Em poucas palavras, quase não havia policiais em Malmköping.

Ou melhor, não deveria haver, mas hoje o lugar estava infestado deles! O rapaz tinha visto duas viaturas e quatro policiais no total, o que, do seu ponto de vista, era uma multidão.

Ele logo pensou que os policiais estivessem à sua procura. Mas isso pressupunha que o baixinho tivesse dado com a língua nos dentes, e ele tinha certeza de que isso não havia acontecido.

Enquanto esperava o ônibus, o jovem não tinha muito mais o que fazer além de vigiar o sujeito, quebrar o telefone do escritório em mil pedaços e, dentro do possível, tentar remendar a porta.

Quando o ônibus finalmente apareceu e o rapaz viu que não havia passageiros, ele então decidiu, na hora, sequestrar tanto o veículo como o motorista.

Não levou mais de vinte segundos para convencer o motorista a manobrar o ônibus e ir para o norte novamente. Quase particular, pensou o rapaz enquanto se sentava justamente na poltrona onde o velho que ele estava caçando havia sentado um pouco antes.

O motorista tremia de medo, mas se acalmou um pouco com a ajuda de um cigarro. Era proibido fumar no ônibus, mas a única lei que valia para o motorista naquele momento estava sentada diagonalmente atrás dele, e ele tinha um corpo esguio, os cabelos longos, louros e ensebados, barba rebelde e vestia uma jaqueta jeans com os dizeres "Never Again" nas costas.

Durante o trajeto, o jovem quis saber onde o ladrão de idade avançada saltara. O motorista respondeu que o idoso tinha descido na estação de Byringe e que a escolha provavelmente tinha sido feita por acaso. Contou também sobre a forma invertida como ele pediu a passagem, querendo saber até onde daria para ir por 50 coroas suecas.

O motorista sabia muito pouco sobre a estação de Byringe, apenas que raramente alguém saltava ou pegava o ônibus lá. Supostamente, para dentro do bosque, havia uma estação ferroviária, e Byringe mesmo ficava nas proximidades, não muito longe de lá. O velho não deve ter conseguido andar muito mais que isso, calculava o motorista. O homem tinha uma idade bem avançada e a mala era pesada, mesmo tendo rodinhas.

O rapaz ficou mais tranquilo. Ele decidira não telefonar para o patrão em Estocolmo, porque o chefe era do tipo que facilmente apavorava uma pessoa, mais que o próprio jovem. Estremeceu só de pensar no que o chefe diria se soubesse que a mala havia sumido. Melhor resolver o caso primeiro e depois contar. E já que o velho não seguiu até Strängnäs ou mais adiante, ele recuperaria a mala muito mais rápido do que havia imaginado.

— É aqui — anunciou o motorista. — Aqui é o ponto da estação de Byringe.

Ele manobrou o ônibus lentamente para o acostamento, imaginando se naquele momento ia morrer.

Logo descobriu que ainda não era hora, ainda que seu celular não tenha tido a mesma sorte, encontrando uma morte rápida, sob as botas do rapaz. E uma série de ameaças relacionadas à família pululava da boca do jovem, no caso de o motorista pensar em falar com a polícia em vez de dar meia-volta com o ônibus e seguir para Flen.

O rapaz saltou, deixando que ônibus e motorista seguissem viagem. Mas o pobre do motorista estava tão aterrorizado que não conseguia manobrar, e seguiu em frente até Strängnäs. Estacionou no meio da rua Trädgårdsgatan e em estado de choque entrou no bar do hotel Delia, onde esvaziou quatro copos de uísque num piscar de olhos. Em seguida, para espanto do barman, começou a chorar. Depois de mais duas doses, o barman lhe ofereceu um telefone, caso ele quisesse falar com alguém. Nesse momento o motorista voltou a chorar — e ligou para a namorada.

O rapaz pensou que conseguiria ver o rastro de uma mala de rodinhas na estrada de terra. Logo isso seria um assunto resolvido. Tanto melhor, porque já estava começando a escurecer.

Por alguns momentos o jovem desejou que tivesse se organizado melhor. Ele se deu conta de que estava no meio de um bosque e ficava cada vez mais escuro; não ia demorar até que tudo se tornasse negro como breu. Nesse caso, o que faria? Seus pensamentos foram abruptamente interrompidos quando ele avistou uma construção antiga, amarela, parcialmente fechada, junto ao pé da colina. Quando alguém acendeu uma luz no andar de cima do prédio, o jovem murmurou:

— Te peguei, velho.

* * *

Allan subitamente interrompeu o que estava fazendo. Abriu cuidadosamente a porta do banheiro e tentou escutar o que se passava na cozinha, logo confirmando o que não queria saber. Ele reconheceu a voz do rapaz, que berrava para que Julius Jonsson dissesse onde o "outro velho desgraçado" se escondia.

Allan se aproximou silenciosamente da porta da cozinha, graças a seus chinelos. O jovem havia aplicado em Julius a mesma pegada nas orelhas que horas antes havia praticado com o baixinho da rodoviária de Malmköping. Enquanto sacudia o pobre Julius, continuava o interrogatório. Allan achava que o rapaz já devia ter se dado por satisfeito por ter achado a mala, que se encontrava no meio da sala. Julius fez uma careta mas não esboçou nenhum sinal de que iria responder. O centenário concluiu que o velho comerciante de madeira era bem durão, e procurou no hall algo que lhe servisse de arma. Entre o entulho ele encontrou alguns objetos viáveis: um pé de cabra, um pedaço de madeira, uma lata de spray para matar insetos e um pacote de veneno para ratos. Primeiro Allan pensou no veneno, mas não conseguia imaginar como iria fazer para o rapaz ingerir uma colher ou duas. O pé de cabra, por outro lado, era pesado demais para um centenário, e o spray para matar insetos... bom, não, tinha de ser a madeira.

Allan segurou a arma com firmeza e, com quatro passos incrivelmente rápidos para a idade, ele se encontrava atrás de sua pretensa vítima.

O jovem deve ter pressentido que Allan estava lá porque, justo quando o velho mirava para bater, ele soltou Julius Jonsson e deu meia-volta.

A tábua o acertou bem no meio da testa, e ele ficou olhando, por meio segundo, antes de cair de costas e bater com a cabeça no canto da mesa da cozinha.

Nada de sangue, nem gemido, nada. Ele só ficou estendido lá, agora com os olhos fechados.

— Bom trabalho — elogiou Julius.

— Obrigado — respondeu Allan. — Onde está aquela sobremesa que você prometeu?

Os dois sentaram-se à mesa da cozinha enquanto o jovem cabeludo dormia aos pés deles. Julius preparou os tragos, deu um copo para Allan e levantou o seu para um brinde, logo sendo acompanhado pelo centenário.

— Então? — começou Julius depois que esvaziaram seus copos.

— Suponho que ele seja o dono da mala.

A pergunta era mais uma constatação. Allan percebeu que estava na hora de explicar uma coisinha ou outra de forma mais detalhada.

Não que houvesse muito para explicar. Para Allan, estava difícil de entender tudo que havia acontecido durante o dia. Novamente ele contou sobre a fuga da Casa de Repouso, falou do roubo casual da mala na rodoviária de Malmköping e da preocupação a respeito do rapaz que estava desmaiado no chão, mas que logo estaria no seu encalço. Pediu sinceras desculpas para Julius, sentado com as orelhas vermelhas e doloridas. Mas Julius discordou, dizendo que Allan não devia ficar pedindo perdão quando finalmente havia surgido um pouco de agitação na vida do outro.

Julius estava de volta à velha forma. Ele achou que era hora de darem uma olhada naquela mala. Quando Allan lembrou que ela estava trancada, Julius lhe disse para parar de falar bobagem.

— Desde quando uma fechadura impediu Julius Jonsson? Mas tudo a seu tempo — acrescentou ele.

Primeiro tinham de resolver o problema que estava no chão. Não seria nada bom se o rapaz acordasse e continuasse de onde tinha parado, antes de apagar.

Allan sugeriu que eles o amarassem numa árvore do lado de fora da estação, mas Julius se opôs, porque, se o jovem começasse a gritar, daria para ouvir na cidade. É verdade que não havia mais que um punhado de famílias, mas todas tinham bons motivos para ter certa reserva contra Julius, e se lhes fosse dada a oportunidade, com certeza ficariam do lado do rapaz.

Julius teve uma ideia melhor. Perto da cozinha ele tinha uma câmara frigorífica na qual guardava as peças de carne dos alces que abatia. No momento o lugar estava fechado e sem alces. Julius não queria ligar a refrigeração à toa porque gastava muita energia. É bem verdade que a ligação era clandestina, a Gösta da Cabana do Bosque era quem pagava a conta, mas o uso tinha de ser moderado se a gente quisesse ter sempre acesso ao benefício.

Allan inspecionou a câmara desligada e achou que seria um ótimo lugar para manter alguém preso e sem conforto desnecessário. O tamanho de 2 por 3 metros talvez fosse mais do que o rapaz merecia, mas também não havia motivo para judiar das pessoas sem necessidade.

Os dois velhos arrastaram o jovem para dentro da câmara frigorífica. Ele gemeu quando o colocaram sobre uma caixa virada em um dos cantos, apoiando seu corpo contra a parede. Parecia que ele estava prestes a acordar. Melhor sair depressa e trancar bem a porta.

Dito e feito. Em seguida, Julius colocou a mala sobre a mesa da cozinha, estudou o fecho, lambeu o garfo com o qual havia jantado o assado de alce com batatas cozidas e em alguns segundos o fecho estava destrancado. Ele convidou Allan para acabar de abri-lo, dizendo que o dono do produto do roubo era realmente Allan.

— Tudo que é meu, é seu — alegou Allan. — Vamos dividir o roubo igualmente, mas se tiver um par de sapatos do meu tamanho, eu quero.

E Allan levantou a tampa.

— Mas que diabos...? — questionou Allan.

— Mas que diabos...? — ecoou Julius.

— Me tirem daqui! — gritava a voz que vinha da câmara frigorífica.

CAPÍTULO 4

1905-1929

ALLAN EMMANUEL KARLSSON nasceu no dia 2 de maio de 1905. Na véspera, sua mãe tinha participado da passeata do 1º de Maio em Flen, exigindo direito a voto para as mulheres, oito horas de trabalho diário e outras coisas utópicas. A passeata resultou em pelo menos uma coisa boa: as dores começaram e logo depois da meia-noite ela deu à luz seu primeiro e único filho. Isso aconteceu no casebre de Yxhult e com a ajuda da vizinha, que não tinha muito talento para parteira, mas que mesmo assim gozava do status. Isso porque, aos 9 anos, ela teve a oportunidade de fazer uma reverência diante de Carlos XIV, que por sua vez era amigo (ou quase) de Napoleão Bonaparte. Mas, para a defesa da velha parteira, era preciso reconhecer que a criança que ela trouxe ao mundo viveu até a idade adulta, e ainda por um bom tempo.

O pai de Allan Karlsson era de natureza cuidadosa, mas ríspida. Preocupava-se com a família, ao mesmo tempo que a sociedade de modo geral o irritava, bem como todos que a representavam. Era malvisto por gente de alto nível desde o dia em que fora à praça pública em Flen defender o uso de métodos anticoncepcionais. Por causa disso, levou uma multa de 10 coroas, além de nunca mais ter de se preocupar com o assunto, porque depois desse incidente a mãe de Allan instituiu a proibição de acesso, de tanta vergonha. Na ocasião, Allan tinha 6 anos e era suficientemente crescido para pedir uma explicação à sua mãe, e, portanto, perguntou por que a cama do pai de repente havia mudado para o lado de fora, para o guarda-lenhas, além da cozinha. A resposta que teve foi a de que não devia fazer tantas perguntas, a não ser que quisesse levar uns tabefes. Allan, como toda criança em qualquer tempo, não queria levar uns tabefes, e não fez mais perguntas.

Dali em diante, o pai dele apareceu cada vez menos em casa. Durante o dia ele fazia seu trabalho na ferrovia; à noite, discutia socialismo em diferentes rodas, e onde ele ia dormir depois nunca ficou claro para Allan.

Entretanto, o pai levava sua responsabilidade financeira a sério. A maior parte de seu salário era entregue, toda semana, à sua mulher, até o dia em que foi despedido por ter agredido um passageiro que por descuido lhe disse estar a caminho de Estocolmo — ia ao castelo, para lá, junto com outros mil, prestar homenagem e jurar fidelidade ao rei na defesa do país.

— Você pode começar se defendendo desse aqui — teria dito o pai de Allan, dando-lhe um soco de direita com tanta força que o homem foi para o chão.

Com a repentina demissão, o pai de Allan já não conseguia sustentar a família. Com sua fama de agressivo e pró-contraceptivos, ele entendeu que não valia a pena tentar um novo emprego. Então, só restava aguardar a revolução, ou, ainda, acelerar a chegada dela, porque as coisas andavam muito devagar. O pai de Allan era do tipo que exigia resultados. O socialismo sueco precisava de um modelo internacional. Somente com isso é que as coisas iriam acontecer, e as orelhas do comerciante Gustavsson e seus similares iriam esquentar.

Foi assim que o pai de Allan fez as malas e partiu para a Rússia, com a intenção de derrubar o tsar. A mãe sentiu falta do dinheiro da ferrovia, mas estava satisfeita com o fato de o marido ter deixado não só a cidade, mas também o país.

Depois de o arrimo da família ter emigrado, coube à mãe de Allan e ao menino, de 10 anos recém-completos, proverem o próprio sustento. A mãe mandou cortar as 14 bétulas adultas do terreno que, sem os galhos e as folhas, ela transformou em lenha e vendeu, e Allan conseguiu um emprego mal renumerado na periferia de Flen, como garoto de entregas na filial da fábrica Nitroglycerin AB.

Nas cartas, que chegavam com regularidade de São Petersburgo (que logo passou a chamar Petrogrado), a mãe de Allan constatou, com surpresa, que a fé do pai no socialismo começava a ficar balançada.

Não raro, o pai de Allan se referia a pessoas importantes da cúpula política de Petrogrado. O mais mencionado foi um homem de nome Carl. Não era um nome particularmente russo, pensou Allan, nem ficava mais russo pelo fato de o pai passar a chamá-lo de Fabbe, pelo menos nas cartas.

De acordo com o pai de Allan, a tese de Fabbe era de que o homem comum não sabia o que era melhor para ele e que o povo precisava segurar na mão de alguém. Este era o motivo pelo qual a autocracia era superior à democracia, conquanto as camadas sociais e intelectuais responsáveis fiscalizassem o autocrata. Sete de dez bolcheviques não sabiam ler, de acordo com Fabbe. Podemos passar o governo para um monte de analfabetos?

Entretanto, era justamente nesse ponto que o pai de Allan defendia os bolcheviques, nas cartas para a família em Yxhult. "Vocês nem imaginam como é o alfabeto russo. Não é de admirar que o povo continue analfabeto", escrevia ele.

Pior era o comportamento dos bolcheviques. Eram sujos, bebiam vodca igual aos operários nas ferrovias da Suécia, aquelas que cruzavam toda a região central do país. Para o pai de Allan, sempre foi um mistério como as linhas férreas ficavam tão lineares, considerando o grau de ingestão de aguardente dos operários, e cada vez que os trilhos mudavam de direção, para um lado ou para outro, ele sentia uma pontada de apreensão.

Para os bolcheviques a situação também era péssima. Fabbe alegava que o socialismo ia acabar com uns matando os outros, até restar apenas um para tomar todas as decisões. Por isso, desde o começo, era melhor apoiar o tsar Nicolau, que era um homem bom e letrado e tinha planos para o mundo.

De certa forma, Fabbe sabia do que estava falando. Ele até havia estado com o tsar, e por mais de uma vez. Dizia que Nicolau II era uma pessoa genuinamente bondosa. O problema era que o tsar sempre fora um azarado, mas isso não poderia durar para sempre. Colheitas perdidas e levantes bolcheviques eram os responsáveis. E só porque o tsar agora estava mobilizando suas forças, os alemães começaram a brigar. Mas ele estava fazendo isso para conservar a paz. E não foi o tsar quem matou o arquiduque e sua esposa em Sarajevo, foi?

Era assim que Fabbe pensava, e por algum motivo ele conseguiu convencer o pai de Allan a ver as coisas da mesma forma. Além disso, o pai de Allan sentia certa simpatia e afinidade com a história de azar do tsar. Mais cedo ou mais tarde as coisas tinham de mudar, tanto para um tsar russo como para pessoas normais e honestas da região de Flen.

O pai nunca mandou dinheiro da Rússia. Mas uma vez, alguns anos depois, chegou um pacote com um ovo de Páscoa esmaltado, que o pai disse ter ganhado de um camarada russo em um jogo de cartas. O camarada, além de beber, discutir e jogar cartas com o pai de Allan, nada mais fazia a não ser esses ovos esmaltados.

O pai deu o ovo de Páscoa à "sua querida esposa", que ficou brava e disse que o maldito inútil poderia pelo menos ter mandado um ovo de verdade, para que a família pudesse matar a fome. A mãe estava a ponto de jogar o ovo pela janela quando, de repente, se conteve. Talvez o atacadista Gustavsson estivesse interessado em pagar algum dinheiro pelo ovo. Ele sempre queria se mostrar diferente, e diferente era justamente o que aquele ovo parecia para a mãe de Allan.

Imagine a surpresa dela quando o atacadista Gustavsson, depois de pensar por dois dias no assunto, lhe ofereceu 18 coroas pelo ovo de Fabbe. Na verdade, não era bem dinheiro, era uma oferta para quitar uma dívida, mas ainda assim...

Depois disso, a mãe dele passou a esperar por mais ovos, mas, em vez deles, na carta seguinte, ela ficou sabendo que os generais do tsar tinham discordado de sua autocracia, e então ele teve que renunciar.

Na carta, o pai de Allan amaldiçoava seu amigo fazedor de ovos, que agora tinha fugido para a Suíça. Mas ele, o pai de Allan, ficaria e enfrentaria o palhaço emergente que havia assumido o poder, um tal de Lenin.

Para o pai de Allan a coisa tinha se tornado uma questão pessoal, uma vez que Lenin proibira toda posse privada de terras justamente um dia depois de ele ter comprado 12 metros quadrados, onde ia cultivar morangos suecos. "O terreno não custou mais de 4 rublos, eles não vão estatizar o meu canteiro de morangos impunemente", escreveu o pai de Allan em sua última carta para a família. Terminou anunciando: "Estamos em guerra."

E era mesmo guerra — o tempo todo, em praticamente todo o mundo, e já fazia alguns anos. Na realidade, havia começado logo depois que Allan conseguiu o emprego de entregador na Nitroglycerin AB. Enquanto ele carregava as caixas com dinamite, ficava ouvindo as conversas dos outros operários sobre o que se passava no mundo. Ele se perguntava como eles sabiam tanto, e ficava admirado, principalmente ao saber quanta desgraça os homens adultos eram capazes de provocar. Aparentemente, a Áustria havia declarado guerra à Sérvia. E a Alemanha à Rússia. Depois disso, numa tarde, a Alemanha tomou Luxemburgo e declarou guerra à França. Então a Grã-Bretanha declarou guerra à Alemanha, e os alemães responderam, declarando guerra à Bélgica. Em seguida, a Áustria declarou guerra à Rússia e a Sérvia declarou guerra à Alemanha.

E assim foi. Os japoneses e os americanos também entraram na guerra. Por algum motivo, os ingleses tomaram Bagdá e, depois, Jerusalém. Os gregos e os búlgaros começaram a guerrear entre si, então o tsar da Rússia abdicou, enquanto os árabes continuavam sua revolta contra os otomanos.

"Estamos em guerra" era o que o pai havia escrito. Logo depois um dos camaradas de Lenin mandou executar o tsar Nicolau e toda a sua família. Allan constatou que o azar do tsar nunca o abandonou.

Algumas semanas depois o consulado sueco em Petrogrado enviou um telegrama para Yxhult, comunicando que o pai de Allan havia morrido. Na verdade, não cabia ao funcionário entrar em detalhes de como tudo havia acontecido, mas ele não conseguira se conter.

Ao que parece, o pai de Allan havia cercado um pedacinho de terra e declarado o local como sendo uma república independente. Ele batizou seu pequeno estado de A Verdadeira Rússia, vindo a morrer em seguida, no tumulto que ocorreu quando dois soldados do governo chegaram ao local para derrubar a cerca. O pai de Allan tinha então usado os punhos e, com entusiasmo, defendido os limites de sua terra. Os dois soldados não conseguiram, apesar dos esforços, estabelecer um diálogo com ele. Então não viram outra possibilidade a não ser colocar uma bala no meio da testa do homem, para poderem trabalhar sossegadamente.

— Não dava para você morrer de um jeito menos aparvalhado? — perguntou a mãe de Allan para o telegrama que recebeu do consulado.

Ela não esperava que o marido voltasse, mas ultimamente estava começando a ter esperanças, porque, estando com os pulmões ruins, nem sempre era fácil cortar lenha. A mãe de Allan deu um suspiro profundo e com isso estava terminado o luto. Ela comunicou ao filho filosoficamente que as coisas eram como eram e no futuro seriam como seriam. Então, carinhosamente, passou a mão na cabeça do menino, bagunçando seu cabelo, e saiu para cortar mais lenha.

Allan não compreendeu exatamente o que a mãe queria dizer com aquilo. Mas entendeu que o pai estava morto, que a mãe tossia sangue e que a guerra havia acabado. Ele tinha 13 anos e era esperto quando se tratava de fazer explosivos misturando nitroglicerina, nitrato de celulose, nitrato de amônia, nitrato de sódio, pó de madeira, tolueno de dinitrato e mais alguns ingredientes. Isso talvez me sirva um dia, pensou consigo mesmo, e saiu para ajudar a mãe com a lenha.

Dois anos depois, a mãe de Allan parou definitivamente de tossir e foi para onde quer que fosse o céu, onde o pai já se encontrava. De pé na soleira da casinha estava o atacadista, mal-humorado, achando que a mãe deveria ter pagado os novos créditos de 9 coroas antes de partir, assim, sem aviso. Não estava nos planos de Allan engordar o atacadista Gustavsson mais do que o necessário.

— Esse assunto o atacadista terá que conversar com a minha mãe. Quer uma pá emprestada?

O atacadista era atacadista, mas sua constituição física era frágil, ao contrário da de Allan, agora com 15 anos. O rapaz estava se tornando um homem e, se ele havia herdado apenas a metade da loucura do pai, então seria capaz de qualquer coisa, raciocinou o comerciante Gustavsson, que queria continuar contando dinheiro do lado de cá do córrego por mais algum tempo. Por isso, nunca mais se falou na dívida.

O jovem Allan jamais entendeu como a mãe tinha conseguido juntar centenas de coroas na poupança. De qualquer maneira, o dinheiro estava lá, e deu para pagar o funeral dela, assim como fundar a empresa Dinamite-Karlsson. O rapaz tinha apenas 15 anos quando a mãe faleceu, mas ele já havia aprendido o necessário na Nitroglycerin AB.

Ele fazia testes livremente num buraco atrás da casa. Uma vez a explosão foi tão forte que a vaca do vizinho, 2 quilômetros adiante, abortou. Mas Allan nunca soube disso, porque o vizinho tinha tanto medo do filho potencialmente doido de Karlsson quanto o atacadista Gustavsson.

Desde seus tempos de entregador Allan se interessava pelos acontecimentos na Suécia e no mundo. Pelo menos uma vez por semana ele ia de bicicleta até a biblioteca em Flen para se inteirar das notícias mais recentes. Lá, ele frequentemente encontrava um grupo de jovens engajados em debates, reunidos na intenção de envolvê-lo em algum movimento político. Porém, o interesse que Allan tinha pelo que se passava no mundo não envolvia participar de nada, muito menos atuar a favor de uma causa.

Politicamente, sua infância tinha sido bem tumultuada. Por um lado, ele era da classe dos trabalhadores; não havia como descrever de outra forma alguém que encerrou os estudos aos 9 anos para começar a trabalhar numa indústria. Por outro lado, ele respeitava a memória do pai, um homem que durante a vida, demasiadamente curta, tivera uma opinião a respeito de quase tudo. Ele havia começado na esquerda, passou a respeitar o tsar Nicolau II e terminou sua existência disputando a posse de um terreno com Vladimir Illitch Lenin.

Entre um ataque de tosse e outro, a mãe, por outro lado, havia praguejado contra todos, desde o rei da Suécia até os bolcheviques, e, entre eles, Hjalmar Branting, o atacadista Gustavsson e, claro, o marido.

Allan não era nenhum bobo. Apesar de não ter frequentado a escola por mais de três anos, foi o suficiente para aprender a ler, escrever e fazer contas. Além disso, os colegas de trabalho da Nitroglycerin AB tinham despertado nele a vontade de conhecer o mundo.

Mas o que terminou por formar definitivamente a filosofia de vida de Allan foram as palavras de sua mãe quando eles receberam a notícia da morte do pai. Elas levaram um tempo até penetrar na alma do jovem, é verdade, mas depois ficaram lá para sempre.

As coisas são como são e no futuro serão como tiverem que ser.

Isso significava, por exemplo, que não se devia fazer muito estardalhaço, principalmente se não havia motivo para tanto. Como quando a notícia da morte do pai chegou à casinha de Yxhult. De acordo com a tradição da família, a reação de Allan foi a de continuar cortando lenha, ainda que por mais tempo do que o habitual e em total silêncio. Ou quando a mãe foi pelo mesmo caminho, carregada até o carro fúnebre que a aguardava perto da casinha. Naquele momento, Allan estava de pé na cozinha, observando o teatro pela janela. E então sussurrou baixo o bastante para que somente ele pudesse ouvir:

— Tchau, mãe.

Com isso, encerrava-se um capítulo de sua vida.

Allan trabalhou duro em sua empresa de dinamite, e nos primeiros anos da década de 1920 conseguiu uma boa clientela por toda a região. Aos sábados, quando os jovens de sua idade iam para os bailes nos celeiros, ele ficava em casa criando novas fórmulas para melhorar a qualidade de sua dinamite. Aos domingos ia até o poço de cascalho e testava suas fórmulas. Entretanto, nunca entre onze e uma da tarde, isso ele teve que prometer ao pastor de Yxhult para que ele, em contrapartida, não reclamasse da constante ausência de Allan na igreja.

Allan gostava de sua própria companhia; o que era bom, porque ele era muito só. Por não ter aderido ao movimento trabalhista, era desprezado nos círculos socialistas, ao mesmo tempo que, trabalhando muito e sendo filho de quem era, tampouco podia ocupar um lugar nos salões da burguesia. O atacadista Gustavsson, por exemplo, preferia morrer a se misturar com o pivete Karlsson. Imagine só se o moleque viesse a descobrir que o ovo que ele havia comprado de sua mãe por quase nada foi vendido para um diplomata de Estocolmo, e que graças a essa transação o atacadista Gustavsson passou a ser o terceiro orgulhoso proprietário de um automóvel na região.

A sorte havia favorecido o atacadista naquela oportunidade, mas isso logo iria mudar. Num domingo de agosto, em 1925, após a missa, ele saiu para dar um passeio de automóvel, mais para se exibir. Para seu azar, sem querer ele pegou o caminho que passava pela casa de Allan Karlsson. Na curva, Gustavsson deve ter ficado nervoso (ou talvez Deus ou o destino tenham dado uma força), porque o câmbio do carro começou a dar problema e ninguém soube como foi que Gustavsson e seu automóvel foram parar diretamente no buraco atrás da casinha em vez de fazer uma curva suave à direita. Já teria sido bastante embaraçoso para Gustavsson ter de explicar por que invadira o terreno de Allan, mas as coisas iam se complicar ainda mais porque, assim que Gustavsson conseguiu frear o automóvel, Allan realizava sua primeira explosão daquele domingo.

Allan estava agachado no chão atrás do depósito, sem ver nem ouvir nada. Só percebeu que algo tinha dado errado quando foi até o poço para avaliar a explosão. Lá estava o carro do atacadista, espalhado por todo o buraco, e, aqui e ali, pedaços do próprio atacadista. A cabeça tinha aterrissado suavemente no gramado. Lá estava ele, com um olhar vazio, contemplando o estrago.

— Que diabos você veio fazer no meu poço? — perguntou Allan.

O atacadista não respondeu.

Durante os quatro anos seguintes, Allan teve muito tempo para ler e aprender sobre como a sociedade funcionava. Ele foi imediatamente encarcerado, mesmo não tendo entendido exatamente o porquê. Depois de algum tempo, o pai dele também foi trazido à tona. Isso aconteceu quando um jovem e entusiasmado aluno do professor Bernhard Lundborg, especialista em biologia racial na Universidade de Uppsala, decidiu fazer carreira à custa de Allan. Depois de muitas idas e vindas, Allan acabou nas garras do próprio Lundborg, e foi imediatamente esterilizado, por "razões eugênicas e sociais", seguindo a teoria de que ele devia ser um pouco retardado, além de haver nele muito de seu pai para que o Estado permitisse a continuidade da reprodução da família Karlsson.

A questão da esterilização não incomodou Allan em nada. Pelo contrário, ele achou que tinha sido bem-tratado na clínica do professor Lundborg. Lá ele também respondeu a todo tipo de pergunta, entre outras coisas sobre qual a sua necessidade de explodir coisas e pessoas, e se por acaso ele tinha sangue de negro. A isso Allan respondeu que via certa diferença entre coisas e pessoas, quando se tratava da alegria de acionar uma carga de dinamite. Cortar ao meio uma pedra no seu caminho dava uma boa sensação. Mas em se tratando de uma pessoa, Allan achava que era suficiente pedir a ela que saísse do caminho. O professor Lundborg não era dessa opinião?

Mas o professor Bernhard Lundborg não era daqueles que se deixavam envolver em discussões filosóficas com seus pacientes e repetiu a pergunta sobre o sangue de negro. Allan disse que isso não era fácil de saber mas que seus pais tinham a pele tão pálida quanto a dele; talvez isso já valesse de resposta para o professor. E acrescentou que gostaria muito de ver um negro de verdade, caso o professor tivesse algum em estoque.

Nem o professor Lundborg nem seu assistente responderam às perguntas de Allan; apenas murmuravam, anotavam e depois deixavam o paciente em paz, às vezes por dias a fio. Nessas ocasiões, Allan aproveitava para se dedicar a todo tipo de leitura. Os jornais diários, naturalmente, mas também literatura da ampla biblioteca do hospital. Somem-se a isso três refeições por dia, banheiro dentro de casa e um quarto só para ele. Allan estava gostando muito de ser engaiolado em um sanatório. Apenas uma vez o clima ficou pesado. Foi quando Allan perguntou ao professor Lundborg qual era o perigo de ser judeu ou negro? Pela primeira vez o professor não respondeu à pergunta com silêncio, e sim declarou aos berros que Karlsson cuidasse de sua vida e não se metesse na dos outros. A situação lembrava um pouco aquele dia, muitos anos atrás, quando a mãe de Allan o havia ameaçado com uns tapas.

Os anos se passaram e o intervalo entre os interrogatórios com Allan só fazia aumentar. Um dia, o governo nomeou uma comissão a fim de esclarecer as esterilizações dos "biologicamente menos favorecidos", e quando o relatório foi emitido, o professor Lundborg de repente tinha tanto a fazer que foi preciso dar a cama de Allan para outro. Por isso, no começo do verão de 1929, Allan foi declarado reabilitado para a sociedade e colocado na rua com alguns trocados no bolso, apenas o suficiente para comprar uma passagem de trem para Flen. Os últimos 10 quilômetros até Yxhult ele teve de fazer a pé, mas não se importou com isso. Depois de quatro anos atrás das grades, ele precisava esticar as pernas.

CAPÍTULO 5

Segunda-feira, 2 de maio de 2005

O JORNAL LOCAL não perdeu tempo para divulgar a notícia do idoso que havia evaporado no dia de seu centésimo aniversário. Como a repórter do jornal estava em jejum de verdadeiras notícias da região, ela conseguiu emaranhar o texto de tal forma que não dava para excluir a hipótese de um sequestro. De acordo com testemunhas, o centenário estava lúcido e dificilmente teria se perdido.

Sumir no dia de seu centésimo aniversário era algo fora do comum. A estação local de rádio aproveitou o gancho do jornal e na sequência foi a vez da rádio nacional, dos sites dos jornais que circulavam por todo o país e, então, dos telejornais da tarde e da noite.

A polícia de Flen não se atreveu a ficar com o caso, entregando-o à polícia criminal do município, que mandou duas viaturas e o comissário Aronsson, trajando roupas civis. Logo se juntaram ao grupo várias equipes de reportagem, para ajudar a vasculhar a região. A presença da imprensa deu ao chefe de polícia local motivo para liderar os trabalhos *in loco* e, com isso, quem sabe, talvez aparecer na tevê.

No início das buscas da polícia, as viaturas iam e voltavam pela cidadezinha, enquanto Aronsson ouvia o testemunho das pessoas do asilo. O prefeito, por sua vez, voltou para casa em Flen e tirou o telefone do gancho. Ser envolvido no sumiço de um velho ingrato não podia trazer nada de bom, concluiu ele.

Surgiram algumas informações vagas: desde ele ter sido visto andando de bicicleta até tê-lo encontrado na fila de uma farmácia, onde teria sido até grosseiro. Mas essas informações e outras tantas foram, por vários motivos, descartadas. Era impossível estar passeando de bicicleta no mesmo horário em que, decididamente, estava almoçando na Casa de Repouso, por exemplo.

O chefe de polícia organizou os grupos de busca com o auxílio de quase uma centena de voluntários da região e ficou verdadeiramente surpreso quando não obtiveram nenhum resultado. Até agora ele estava convencido de que se tratava de um homem perdido devido à senilidade, apesar dos testemunhos das boas condições do velho.

As buscas não levaram a nada, não até a chegada do cão farejador que fora emprestado por Eskilstuna, por volta das 19h30. O cão farejou por alguns minutos a poltrona de Allan e as pegadas deixadas no canteiro de flores sob a janela, antes de correr para o parque e, seguindo até o outro lado, atravessou a rua, entrou no jardim da igreja medieval, passou a mureta de pedras e não parou até chegar do lado de fora da sala de espera da rodoviária de Malmköping.

A porta da sala estava trancada. Um funcionário informou ao policial que nos dias de semana a rodoviária fechava às 19h30, hora em que seu colega encerrava o expediente. Mas, ele acrescentou, se a polícia não podia de forma alguma esperar até o dia seguinte, era possível visitar seu colega em casa. O nome dele era Ronny Hulth, e podia ser facilmente encontrado na lista telefônica.

Enquanto o chefe de polícia se encontrava diante das câmeras do lado de fora da Casa de Repouso, declarando que a ajuda do povo era necessária para continuar a procura durante a noite, uma vez que o centenário vestia roupas leves e provavelmente estaria desnorteado, o comissário Göran Aronsson tocou a campainha da casa de Ronny Hulth. O cão havia indicado claramente que o velho tinha entrado na sala de espera da rodoviária e o Sr. Hulth, que trabalhava na bilheteria, provavelmente sabia se o idoso havia deixado Malmköping de ônibus.

Mas Ronny Hulth não abriu a porta. Ele estava no quarto, com as persianas arriadas, abraçado ao seu gato.

— Vai embora — murmurou Hulth em direção à porta. — Vai embora.

E foi o que, por fim, o comissário fez. Por um lado, ele compartilhava da opinião do chefe: que o velho estava zanzando ali por perto; por outro lado, contudo, se o velho tinha mesmo embarcado em um ônibus, ele podia tomar conta de si. Esse tal de Ronny Hulth devia estar na casa de alguma namorada. A primeira coisa amanhã seria procurá-lo no trabalho. Isso se o velho não aparecesse até lá.

Às 21h02 a central de polícia recebeu uma chamada:

— *Sim, meu nome é Bertil Karlgren e estou ligando... Estou ligando a pedido da minha mulher, pode-se dizer. Ou, sim... sim, minha mulher, Gerda Karlgren, esteve em Flen por uns dias, ela foi visitar nossa filha e nosso genro. Eles estão esperando um bebê, então... Sempre tem uma porção de coisas a fazer. Mas então hoje estava na hora de voltar para casa e ela pegou... a Gerda, quero dizer, Gerda pegou o ônibus que sai no início da tarde, o que passa por Malmköping, nós moramos aqui em Strängnäs... É, talvez não seja nada, minha mulher acha que não é nada, mas pelo rádio ouvimos falar do centenário que sumiu. Vocês já o encontraram? Não? Sim, minha mulher diz que um homem bem velho, mas bem velho mesmo, subiu no ônibus com uma mala enorme, como se fosse viajar para bem longe. Minha mulher sentou lá atrás e o velho ficou na frente, então não dava para ouvir o que o velho e o motorista conversavam. O que você disse, Gerda? Ah, sim, Gerda diz que não é do tipo que fica ouvindo a conversa dos outros... Mas era bem esquisito... ou... sim. O velho saltou na metade do caminho para Strängnäs.*

Não, Gerda não sabe o nome da parada, mas era como que no meio do mato...

O telefonema foi gravado, transcrito e enviado por fax para o hotel do comissário em Malmköping.

CAPÍTULO 6

Segunda-feira, 2 de maio-
terça-feira, 3 de maio de 2005

A MALA ESTAVA cheia até a boca de cédulas de 500 coroas, amarradas em maços. Julius fez uma rápida estimativa: dez fileiras na largura, cinco na altura, 15 pacotes em cada pilha...

— Trinta e sete milhões e meio, se meus cálculos estiverem certos — anunciou.

— Isto é um bocado de dinheiro — retrucou Allan.

— Me soltem, seus desgraçados! — berrou o jovem preso na câmara frigorífica.

O rapaz continuava a fazer barulho; ele gritava, chutava e gritava mais ainda. Allan e Julius precisavam se concentrar diante do inesperado acontecimento, mas aquela barulheira não estava ajudando. Por fim, Allan achou que estava na hora de esfriar os nervos do jovem e ligou a refrigeração.

O rapaz não levou muito tempo para perceber que a situação havia piorado. Calou-se para tentar pensar com mais clareza. Normalmente, já não era fácil para ele pensar com clareza; agora, então, com uma dor de cabeça de arrebentar, só piorava.

Após alguns minutos de reflexão ele decidiu que não gritaria ou chutaria mais para tentar se safar. Restava pedir ajuda do lado de fora. Restava ligar para o chefe. A ideia era apavorante. Mas a alternativa poderia vir a ser pior. Hesitou por alguns minutos, enquanto ficava cada vez mais frio. Finalmente, ele pegou o celular.

Sem sinal.

A tarde virou noite e a noite virou manhã. Allan abriu os olhos, mas não sabia onde estava. Será que ele finalmente havia morrido, durante o sono?

Uma voz animada lhe deu bom-dia e disse que tinha duas notícias, uma boa e outra má. Qual delas Allan queria primeiro?

Allan queria, antes de mais nada, entender onde ele estava e por quê. Como seus joelhos estavam doendo, então vivo ele deveria estar. Mas ele não tinha... e depois ele não pegou... Era Julius o nome do sujeito.

As peças começavam a se encaixar; Allan finalmente acordou. Estava deitado num colchão no quarto de Julius, e Julius estava de pé, na porta, repetindo a pergunta. Allan queria a boa ou a má notícia primeiro?

— A boa — respondeu enfim. — A má você pode pular.

— Ok — concordou Julius, dando-lhe a boa notícia de que o café estava servido, na mesa da cozinha. Era café com pão, assado de alce e ovos da vizinha.

Imagine poder desfrutar de mais um café da manhã na vida sem mingau! Isto sim é que era uma boa notícia. Depois de sentar à mesa ele sentiu que estava pronto até para ouvir a má notícia, afinal.

— A má notícia — começou Julius, baixando a voz. — A má notícia é que na bebedeira de ontem esquecemos de desligar o refrigerador da câmara frigorífica.

— E?

— E... o garoto lá dentro deve ter congelado, a essa altura.

Preocupado, Allan coçou a nuca, tentando decidir se ia ou não deixar esse lapso nublar seu dia.

— Que chato — comentou. — Mas devo admitir que você conseguiu fazer esses ovos perfeitos. Nem duros demais, nem moles demais.

O comissário Aronsson acordou por volta das oito horas e percebeu que estava de mau humor. O desaparecimento de um velho, intencional ou não, não deveria ser caso para alguém com suas credenciais.

Aronsson tomou uma ducha, vestiu-se e desceu para o café da manhã, servido no andar térreo do hotel Plevnagården. No caminho, ele cruzou com o recepcionista, que lhe entregou o fax que havia chegado na noite anterior, logo após a recepção ter fechado.

Uma hora depois, Aronsson tinha uma nova visão sobre o caso. A importância do fax que viera da Central só ficou clara quando o comissário encontrou, no escritório da rodoviária, o tal Ronny Hulth, muito pálido, e que não demorou a desabar e contar tudo pelo que havia passado.

Logo em seguida telefonaram de Eskilstuna, informando que tinham acabado de descobrir que estava faltando um ônibus desde a noite anterior, e que Aronsson devia telefonar para uma tal de Jessica Björkman, namorada do motorista, que aparentemente havia sido sequestrado, mas solto logo depois.

O comissário Aronsson voltou ao hotel Plevnagården para tomar um cafezinho e fazer um resumo das informações recém-adquiridas, tomando nota de suas observações:

Um homem idoso, Allan Karlsson, desaparece de seu quarto na Casa de Repouso minutos antes da festa do seu centenário acontecer no salão. Karlsson está ou estava em ótimas condições para a idade. O simples fato de ele conseguir sair pela janela comprova isso; a não ser que alguém do lado de fora o tivesse ajudado, mas observações posteriores provaram que ele agiu por conta própria. Além disso, a diretora do lugar, Alice Englund, declarou que *"Allan é velho, não resta dúvida, mas é um grande pilantra e sabe muito bem o que faz"*.

De acordo com o cão farejador, depois de sair pela janela, Karlsson deu alguns passos pelo canteiro, circulou por alguns lugares na cidadezinha de Malmköping para enfim chegar à sala de espera da rodoviária onde, segundo Ronny Hulth, ele foi diretamente até o guichê. Ou se arrastou, considerando os passinhos curtos de Allan — e que ele calçava chinelos, não sapatos.

O testemunho de Hulth indicava que Karlsson estava mais para fugir do que viajar para um destino certo. Ele queria sair rapidamente de Malmköping; direção e meio de transporte pouco importavam.

Isso foi corroborado por Jessica Björkman, a namorada do motorista de ônibus Lennart Ramnér. Não deu para ouvir o testemunho do próprio motorista porque ele tinha engolido uma grande quantidade de pílulas para dormir, mas as declarações de Björkman pareciam substanciais. Karlsson comprou de Ramnér uma passagem por uma quantia de dinheiro de que dispunha. O destino calhou de ser a estação de Byringe. *Calhou*. Portanto, não havia motivo para pensar que alguém estivesse aguardando Karlsson lá.

A história, todavia, contava com mais um detalhe. O ferroviário Hulth não prestou atenção se Karlsson havia se apropriado ou não de uma mala, antes de embarcar no ônibus para Byringe. Mas isso logo ficou claro para ele, pela reação violenta do suposto membro da organização criminosa Never Again.

No relato que Jessica Björkman conseguiu arrancar do namorado intoxicado, nenhuma mala foi mencionada, mas o fax da Central confirma que Karlsson possivelmente *roubou* a mala do membro da Never Again — por mais improvável que fosse.

Pela narração de Björkman, combinada com o fax de Eskilstuna, tem-se que Karlsson, por volta das 15h20, saltou em Byringe, e mais ou menos quatro horas depois, o membro da Never Again fez o mesmo. Os dois seguiram andando até um destino desconhecido. O primeiro com 100 anos de idade, carregando uma mala de viagem; o segundo, uns 75 anos mais jovem.

O comissário Aronsson fechou o bloco de anotações e tomou o último gole de café. O relógio indicava 10h25.

— Próxima parada, estação de Byringe.

No café da manhã, Julius repassou com Allan tudo que ele havia feito e pensado nas primeiras horas do dia, enquanto Allan dormia.

Primeiro, o acidente com a câmara frigorífica. Quando Julius se deu conta de que durante o fim da tarde e a noite toda, dez horas ininterruptas, a temperatura esteve abaixo de zero, ele pegou o pé de cabra, para ter como arma, se necessário, e abriu a porta. Se o rapaz ainda estivesse vivo, ele não teria nem um décimo da atividade e esperteza de antes para fazer frente ao pé de cabra de Julius.

A medida de segurança provou ser desnecessária. O rapaz estava sentado, encolhido sobre uma caixa. O corpo coberto por cristais de gelo e seus olhos miravam o vazio. Em poucas palavras, morto como um alce destrinchado.

Julius sentiu pena, mas de certa forma assim era mais prático. Não teria sido fácil simplesmente libertar aquele selvagem. Ele então desligou a refrigeração e abriu a porta. O rapaz estava morto, mas não precisava continuar congelado por causa disso.

Julius colocou mais lenha no fogão para manter o calor na cozinha e contou o dinheiro mais uma vez. Não eram 37 milhões que ele havia estimado por alto na noite anterior. Havia exatamente 50 milhões na mala.

Allan ouvia atentamente o relato de Julius enquanto comia com grande apetite; nem se lembrava de quando fora a última vez que comera com tanto prazer. Ele nada disse até Julius chegar na parte financeira.

— Cinquenta milhões é mais fácil para dividir entre dois. Fácil e justo. Você pode me passar o sal, por favor?

Julius fez o que Allan pediu e garantiu que ele teria sido capaz de dividir os 37 também se tivesse sido necessário, mas ele concordava, dividir 50 era mais fácil. De repente, Julius ficou sério. Sentou-se à mesa, na frente de Allan, e disse que achava que estava na hora de deixar para sempre aquela estação desativada. O rapaz da câmara frigorífica já não podia mais causar danos, mas quem sabe o que ele armou pelo caminho? De uma hora para outra, podiam aparecer dez rapazes esbravejando naquela cozinha, todos irascíveis e ferozes como aquele que agora não tinha mais como se manifestar.

Allan concordou, mas lembrou a Julius que ele já não era jovem nem tão ágil como antigamente. Em resposta, o outro prometeu que iriam andar o mínimo possível a pé. Mas precisavam sair de lá. Melhor seria se levassem o corpo do rapaz com eles. Se o povo encontrasse um morto no rastro dos dois, dificilmente isso seria considerado uma vantagem.

A refeição estava terminada, era hora de se mexer. Unindo forças, Julius e Allan tiraram o morto da câmara frigorífica e o colocaram em uma cadeira na cozinha, enquanto se recuperavam para a etapa seguinte.

Allan examinou o rapaz de cima a baixo e disse:

— Ele tem pés bem pequenos para alguém desse tamanho todo. E os sapatos nem têm mais serventia para ele, têm?

Julius respondeu simplesmente que fazia frio lá fora e que Allan corria mais risco de congelar os pés que o rapaz. Se os sapatos servissem, melhor pegá-los logo. O rapaz, pelo visto, não ia reclamar.

Ficaram ligeiramente grandes em Allan, mas eram firmes e, na fuga, muito melhor que seus velhos e gastos chinelos.

O passo seguinte foi colocar o rapaz no hall e empurrá-lo escada abaixo. Quando os três se encontravam na plataforma, dois de pé e um deitado, Allan perguntou qual era o plano de Julius.

— Não saia daqui — disse Julius para Allan. — Nem você — repetiu para o cadáver, e então saltou da plataforma, entrando em um barracão no fim do único desvio da estação.

Não demorou até que ele voltasse em um carrinho usado para inspeção dos trilhos.

— Ano 1954 — anunciou. — Bem-vindos a bordo.

Julius ia na frente, pedalando com força; Allan, atrás, deixava as pernas seguirem o movimento dos pedais; e o defunto, por sua vez, estava sentado no banco do lado esquerdo, com a cabeça levantada com a ajuda de um cabo de vassoura e óculos escuros, tapando os olhos arregalados.

Eram 10h55 quando o trio deixou a estação. Três minutos depois chegou à estação desativada de Byringe um Volvo azul-marinho, de onde saiu o comissário Göran Aronsson.

O imóvel parecia abandonado, sem dúvida, mas dar uma olhada mais de perto antes de seguir para a cidadezinha de Byringe e tocar campainhas não custaria nada.

Aronsson subiu com cuidado na plataforma, que não parecia ser totalmente segura. Abriu a porta e chamou:

— Tem alguém em casa?

Como não houve resposta, ele continuou pelas escadas até o segundo andar. Sim, apesar de tudo, a casa parecia ser habitada. Na cozinha ainda havia algumas brasas no fogão a lenha, a mesa estava posta para dois e a refeição não tinha sido consumida por completo.

No chão, um par de chinelos velhos.

A Never Again se declarava oficialmente como um clube de motocicletas, mas nada mais era do que um bando de jovens, com antecedentes criminais, liderados por um homem de meia-idade ainda mais perigoso. E todos eles estavam envolvivos em algum crime. O líder do grupo se chamava Per-Gunnar Gerdin, mas ninguém se atrevia a chamá-lo de outro nome que não fosse "Chefe", porque isso era o que ele havia estabelecido, e ninguém questiona um chefe com quase 2 metros de altura, pesando cerca de 130 quilos, bem capaz de passar a faca em quem cruzasse seu caminho.

O Chefe ingressou na carreira de crimes aos poucos. Com um sócio, ele começou a importar frutas e legumes para a Suécia, driblando o tempo todo a verdade quanto ao país de origem, a fim de sonegar impostos e também para poder cobrar mais dos consumidores.

O único problema do sócio era que a consciência dele não era suficientemente flexível. O Chefe queria diversificar e resolveu adotar métodos mais radicais, como misturar formol nos alimentos. Ele ouviu dizer que isso era feito em alguns países na Ásia e sua ideia era importar almôndegas de carne das Filipinas. Ficaria barato de navio e, com a quantidade certa de formol, as almôndegas aguentariam pelo menos três meses, se necessário, sem estragar, mesmo com um calor de 30 graus.

O custo seria tão baixo que depois não iriam nem precisar chamar as almôndegas de suecas para obter lucro. Dinamarquesas seria suficiente, pensava o Chefe, mas o sócio não queria mais fazer parte disso. Ele achava que formol era bom para embalsamar, não para dar vida eterna a almôndegas.

Assim, cada um seguiu um caminho e a história das almôndegas no formol não vingou, para decepção do Chefe. Em vez disso, ele teve a ideia de enfiar um gorro na cabeça e assaltar seu concorrente, o Stockholm Frukt Import AB.

Com a ajuda de um facão e um berro feroz ordenando que passassem logo o dinheiro, para sua própria surpresa ele ficou 40 mil coroas mais rico num minuto. Por que ficar se matando com importações se era tão fácil ganhar um bom dinheiro quase sem esforço?

Daí em diante, foi esse o caminho. Geralmente dava certo, e em cerca de 20 anos como empresário no ramo de assaltos houve apenas algumas poucas férias compulsivas, e assim mesmo curtas.

Mas, depois de duas décadas, o Chefe achou que estava na hora de pensar grande. Ele arrumou dois capangas mais jovens. A primeira coisa que fez foi atribuir a eles apelidos idiotas que parecessem adequados (um era Parafuso, o outro, Balde); com a ajuda deles, realizou dois assaltos a carros-fortes.

Porém, o terceiro assalto, que visava um carro-forte, terminou para os três em quatro anos e meio em uma prisão de segurança máxima. Foi lá que o Chefe teve a ideia da Never Again. Numa primeira fase, o clube teria cinquenta membros, divididos em unidades operacionais: "assalto", "narcóticos" e "extorsão". O nome Never Again nasceu da intenção do Chefe de criar uma estrutura criminosa tão profissional e à prova de falhas que eles simplesmente *nunca mais* teriam que parar em qualquer tipo de instituição penal. Never Again seria o Real Madrid (o Chefe era louco por futebol) da criminalidade.

No começo, o recrutamento na prisão foi muito bem. Mas um dia uma carta da mamãe para o Chefe caiu em mãos erradas. Na carta, mamãe recomendava, entre outras coisas, que seu pequeno Per-Gunnar tomasse muito cuidado para não acabar em más companhias, devia cuidar bem de suas amídalas e que ela mal podia esperar para jogar o jogo da Ilha do Tesouro com ele assim que ele saísse de lá.

Depois dessa carta, de nada adiantou o Chefe quase matar dois iugoslavos a facadas, na fila do almoço, nem agir como um psicótico violento de um modo geral. Sua autoridade tinha sido afetada. Dos 30 recrutados, 27 pularam fora. Além de Parafuso e Balde, só havia um venezuelano, o José Maria Rodriguez; este, secretamente apaixonado pelo Chefe, o que ele nunca teve coragem de confessar, nem para si mesmo.

O venezuelano foi batizado de Caracas, o nome da capital de seu país. Não importava o quanto o Chefe esbravejava ou ameaçava, ele não conseguiu mais membros para o clube. Até que um dia ele e seus capangas se viram livres.

Primeiro, o Chefe pensou em desistir da ideia da Never Again, mas por acaso o venezuelano tinha um amigo colombiano com uma consciência bem flexível e algumas amizades duvidosas. Foi assim que uma coisa foi levando a outra, e a Suécia (por meio da Never Again) acabou se tornando a porta de entrada do Leste europeu para as drogas colombianas.

Os negócios cresciam cada vez mais, e não havia motivo nem pessoal para ativar as unidades de "assalto" e "extorsão".

O Chefe fez uma reunião de guerra com Balde e Caracas em Estocolmo. Alguma coisa havia acontecido com Parafuso, o idiota que teve a incumbência de realizar a maior transação do clube até aquele dia. Pela manhã, o Chefe tinha falado com os russos e eles confirmaram ter recebido a encomenda — e juraram que haviam feito o pagamento. Se o representante da Never Again sumiu com a mala, não era problema dos russos.

O Chefe concluiu que os russos estavam falando a verdade. Teria Parafuso fugido de livre e espontânea vontade? Não, ele era burro demais para isso. Ou esperto, depende de como se via a coisa.

A única possibilidade era que alguém, sabendo da transação, tivesse aguardado o momento certo em Malmköping ou no caminho de volta de Parafuso para Estocolmo para então derrubá-lo e se apoderar da mala.

Mas quem? O Chefe jogou a pergunta para o conselho de guerra, mas não obteve resposta. Não que isso fosse surpresa; havia muito tempo ele tinha se convencido de que seus ajudantes eram todos idiotas.

De qualquer forma, mandou Balde para campo, porque ao menos ele era menos idiota que Caracas. O idiota do Balde teria mais chance de encontrar o idiota do Parafuso, e, quem sabe, até a mala com o dinheiro.

— Balde, vá até Malmköping procurar. Mas coloque uma roupa civil porque justamente hoje tem uma porção de policiais lá. Parece que um sujeito de 100 anos se perdeu.

Julius, Allan e o defunto atravessaram o bosque de Sörmland. Perto de Vidkärr tiveram o azar de encontrar um fazendeiro que estava observando suas plantações quando o trio passou no carrinho de inspeção.

— Bom dia — cumprimentou Julius.

— Belo dia — imitou Allan.

O defunto e o fazendeiro nada disseram. Mas este último ficou olhando os três por muito tempo, enquanto eles se afastavam.

Quanto mais próximo o carrinho chegava da usina local, mais preocupado ficava Julius. Ele tinha imaginado passar por uma pequena lagoa e deixar lá o morto. Mas a água nunca apareceu. E antes que ele pudesse pensar mais a respeito o carrinho entrou na área de fundição da usina. Julius puxou o freio e parou o veículo a tempo. O morto caiu para a frente e bateu com a testa numa maçaneta de metal.

— Isso teria doído muito se as circunstâncias fossem outras — comentou Allan.

— Estar morto tem suas vantagens — retrucou Julius.

Julius saltou do carro e ficou de pé atrás de uma bétula para estudar a área. As portas gigantescas do galpão estavam abertas, mas o local parecia vazio. Ele conferiu o relógio: passavam dez minutos do meio-dia. Hora do almoço, ele pensou, e avistou um enorme contêiner. Julius avisou a Allan que ele ia fazer um rápido reconhecimento do terreno. Allan lhe desejou sorte e pediu para que tomasse cuidado e não se perdesse.

Não havia risco disso, porque Julius só ia até o contêiner, 30 metros mais adiante. Ele entrou lá e ficou fora da vista de Allan apenas por um minuto, no máximo. Depois saiu. De volta ao carro, Julius anunciou que agora ele sabia o que fariam com o morto.

O contêiner estava cheio pela metade de alguns cilindros de aço, todos colocados em armações individuais de madeira com tampa em uma das extremidades. Allan estava exausto quando finalmente o pesado corpo se encontrava dentro de um dos dois cilindros mais ao fundo. Mas, fechando a tampa, ele viu o destino e se animou: Adis Abeba.

— Se ele ficar de olhos abertos, verá o mundo todo — disse Allan.

— Anda logo — apressou Julius. — Não podemos ficar aqui.

A operação deu certo e os dois homens estavam de volta, encobertos pelas bétulas, bem antes de terminar o horário de almoço da usina. Subiram no carrinho para descansar e logo começou a movimentação na área. Um motorista de caminhão completava a carga do contêiner com outros cilindros, até lotá-lo. Então ele fechou e trancou o contêiner, pegou outro recipiente e continuou com o carregamento.

Allan se perguntou o que fabricavam naquele lugar. Julius sabia que era uma usina tradicional; no século XVII, ela havia fabricado e fornecido canhões para todos os interessados em tornar a matança da Guerra dos Trinta Anos mais eficiente.

Allan concluiu que era perda de tempo das pessoas do século XVII, tão empenhadas em matar umas as outras. Era só se acalmar um pouco que todos iam morrer, mais cedo ou mais tarde. Julius respondeu que isso se aplicava a todos os tempos e acrescentou que o horário de almoço tinha terminado e que estava na hora de saírem de lá. O plano de Julius era simples: os dois amigos seguiriam até a parte mais central de Åkers e, uma vez lá, decidiriam o próximo passo.

* * *

O comissário Aronsson atravessou a velha estação de Byringe, mas não encontrou nada de interessante além dos chinelos, que talvez fossem do centenário. Ele os levaria para mostrar ao pessoal do asilo.

— Também havia pequenas poças de água no chão da cozinha, que levavam a uma câmara frigorífica desligada, com a porta aberta. Mas isso não parecia algo a ser levado em conta.

Em vez disso, Aronsson continuou a viagem e foi até a cidadezinha de Byringe para bater nas portas das pessoas. Em três das casas havia gente e, por essas três famílias, ele ficou sabendo que um tal de Julius Jonsson morava no segundo andar da antiga estação, e que o homem era um ladrão pé de chinelo e um trapaceiro, do qual ninguém queria saber, e ninguém havia ouvido ou visto algo de estranho, nem na noite anterior, nem depois. Mas que Julius Jonsson estava envolvido em alguma maracutaia, isso era óbvio.

— Coloque-o atrás das grades — exigiu o mais agressivo dos vizinhos.

— Por que motivo?

— Porque à noite ele rouba os ovos das minhas galinhas, porque no último inverno ele roubou meu trenó novinho, depois o pintou e disse que era dele. Além disso, ele encomenda livros no meu nome, fuça minha caixa de correio quando o livro chega e ainda me faz pagar a conta. Ele também tenta vender vodca que ele faz em casa para meu filho de 14 anos, ele...

— Está bem, está bem. Eu vou colocá-lo atrás das grades — disse o comissário. — Mas tenho que encontrá-lo primeiro.

Aronsson manobrou o carro e, no meio do caminho de volta para Malmköping, ouviu o telefone tocar. Eram os colegas da Central avisando que um fazendeiro tinha telefonado e dado uma pista interessante. Um conhecido ladrão de galinhas da região havia passado pela propriedade dele mais cedo, conduzindo um carrinho de inspeção, ao longo da ferrovia desativada entre Byringe e Åkers Styckebruk. No veículo havia também um idoso, uma enorme mala e um rapaz mais jovem, de óculos escuros. Dava a impressão de que o rapaz estava no comando, de acordo com o fazendeiro. Apesar de estar sem sapatos...

— Eu não entendo isso — reclamou o comissário Aronsson, dando meia-volta com o carro com tamanha rapidez que os chinelos sobre o banco de passageiro caíram no chão.

Depois de algumas centenas de metros, a velocidade de Allan, que já era reduzida, caiu ainda mais. Ele não se queixava, mas Julius via que os joelhos dele estavam protestando seriamente. Um pouco mais adiante, à direita, dava para ver um carrinho de cachorro-quente. Julius prometeu a Allan que pagaria um cachorro-quente se ele conseguisse andar até lá — afinal de contas, agora ele podia arcar com isso —, e depois ele providenciaria algum tipo de transporte. Allan respondeu que nunca na vida reclamara de alguma dor e que não seria agora que iria começar; e, além disso, um cachorro-quente cairia muito bem.

Julius apertou o passo enquanto Allan arrastava os pés atrás dele. Quando Allan chegou ao carrinho, Julius estava na metade do seu cachorro-quente grelhado. Mas tinha dado tempo para mais do que isso.

— Allan, venha cumprimentar o Benny. Ele é nosso novo motorista particular.

Benny, o proprietário do carrinho de cachorro-quente, estava na casa dos 50 anos, e ainda tinha cabelo, preso num rabo de cavalo. Em dois minutos Julius tinha comprado um cachorro-quente, uma Fanta e o Mercedes ano 1988 prata de Benny, com o próprio Benny incluído na oferta como motorista particular, por 100 mil coroas.

Allan olhou para o proprietário do carrinho.

— Compramos você também ou só o alugamos?

— O carro foi comprado, o motorista, alugado — respondeu Benny. — Para começar, por dez dias, depois a gente vai negociar novamente. Pelo valor, você ainda leva um cachorro-quente. Posso tentá-lo com uma salsicha alemã?

Não, não podia. Allan queria uma salsicha normal, cozida se fosse possível. Por outro lado achava que 100 mil coroas por um carro tão velho era um pouco demais, mesmo o motorista fazendo parte do trato. Portanto, era mais do que justo que ele ganhasse um chocolate quente também.

Benny concordou na hora. Ele ia mesmo deixar o carrinho; um chocolate a mais ou a menos não faria diferença.

Seus negócios estavam no vermelho. No fim das contas, manter aquele pequeno negócio em um vilarejo provou ser uma ideia tão ruim quanto tinha parecido no início.

Na verdade, como informou Benny, antes que os dois senhores fizessem sua tão conveniente aparição, ele estava planejando mudar de ramo. Entretanto, ser *motorista particular* não havia lhe passado pela cabeça.

Diante do que o proprietário do carrinho acabava de lhes contar, Allan sugeriu que ele colocasse uma caixa cheia de garrafas de chocolate no porta-malas. Julius também prometeu a Benny que na primeira oportunidade lhe compraria um quepe de motorista particular, acrescentando que estava na hora de eles se mandarem.

Benny achou que, na qualidade de motorista particular, não ficava bem argumentar com quem estava no comando, por isso fez o que lhe foi pedido. O boné de vendedor foi parar no lixo e os achocolatados no porta-malas. Julius achou melhor deixar a mala no banco de trás, junto dele. Allan sentaria na frente, onde podia esticar bem as pernas.

Foi assim que o único vendedor de cachorros-quentes de Åkers se sentou atrás do volante do que, até alguns minutos atrás, tinha sido seu Mercedes, mas agora havia sido honestamente vendido para os dois cavalheiros que lhe faziam companhia.

— Para onde os senhores desejam ir?

— Que tal para o norte?

— Está bem — concordou Allan, para logo depois ficar em dúvida. — Ou para o sul?

— Então é para o sul — decidiu Julius.

— Para o sul — encerrou Benny, engatando a marcha.

* * *

O comissário Aronsson chegou em Åkers dez minutos depois. Seguindo a linha do trem, viu que logo atrás da usina havia um carrinho de manutenção parado.

Mas o carrinho não dava nenhuma pista óbvia. Dos findos da usina os operários estavam carregando um tipo de cilindro para dentro de um contêiner. Ninguém tinha visto o carrinho chegar.

Mas logo depois do almoço tinham visto dois senhores andando ao longo da estrada, um deles puxando uma mala e o outro se arrastando atrás. Foram na direção da colina e do carrinho de cachorro-quente.

Aronsson perguntou se eram mesmo apenas dois homens, não três. Os trabalhadores não haviam visto uma terceira pessoa.

Enquanto dirigia na direção do posto e do carrinho de cachorro-quente, ele pensava nas informações. Agora, entendia menos ainda.

Primeiro estacionou junto ao carrinho e, com a fome que ele sentia, um cachorro-quente viria bem a calhar. Mas, claro, estava fechado. Devia ser ruim manter um negócio desses no meio do nada, ele pensou, e continuou até o posto. Lá ninguém sabia de nada. Mas pelo menos um cachorro-quente eles puderam oferecer ao comissário, mesmo que com gosto de gasolina.

Depois de um rápido almoço, Aronsson foi ao supermercado, à floricultura e à imobiliária. Parou para conversar com todas as pessoas que estavam passeando com seus cães, com carrinhos de bebê ou com sua cara-metade. Mas ninguém sabia dizer qualquer coisa sobre dois ou três homens, com uma mala. A trilha simplesmente desaparecia entre a usina e o posto de gasolina. O comissário Aronsson decidiu voltar a Malmköping. Pelo menos ele tinha um par de chinelos que precisava ser identificado.

Do automóvel, o comissário Göran Aronsson telefonou para o chefe de polícia informando a atual situação. O chefe de polícia ficou muito agradecido, porque haveria uma coletiva de imprensa às duas da tarde no Plevnagården e até agora ele nada tinha a informar.

Ele tinha uma veia teatral e não era dado a atenuar qualquer coisa. E agora o comissário Aronsson havia lhe dado exatamente aquilo de que ele precisava para o show do dia.

Assim, ele caprichou na coletiva de imprensa antes que Aronsson pudesse voltar a Malmköping para freá-lo (o que ele não teria conseguido de qualquer maneira). O chefe de polícia anunciou que o desaparecimento de Allan Karlsson agora havia se desenvolvido para um provável sequestro, exatamente como o jornal local havia suposto no dia anterior. Também tinha indicações evidentes de que Karlsson estava vivo, mas nas mãos de gente do submundo.

Claro que isso provocou uma enxurrada de perguntas, mas o chefe de polícia se esquivava, com destreza. O pouco que ele podia acrescentar era que Karlsson e os supostos sequestradores haviam sido vistos na cidadezinha de Åkers, por volta da hora do almoço, naquele mesmo dia. E agora ele pedia encarecidamente ao melhor amigo da polícia, o povo, que comunicasse qualquer movimentação fora do comum.

Para sua decepção, as emissoras de tevê não ficaram para acompanhar seu pronunciamento. Isso não teria acontecido se aquele molenga do comissário Aronsson tivesse despachado as informações sobre o sequestro um pouco mais rápido. Em todo caso, o tabloide nacional estava lá, assim como o jornal local e um repórter da rádio. No fundo do salão do Plevnagården havia um homem que ele não reconhecia. Seria da agência de notícias nacional?

Não, Balde não era da agência. Mas estava ficando convencido de que Parafuso tinha mesmo se mandado com o dinheiro. Se fosse o caso, ele já podia ser considerado um cara morto.

Quando o comissário Aronsson chegou no Plevnagården, a imprensa tinha se espalhado. No caminho, ele havia parado na Casa de Repouso, onde foi confirmado que os chinelos encontrados eram mesmo de Allan Karlsson (a diretora Alice tinha cheirado os chinelos e confirmava o fato com uma careta de nojo).

Aronsson teve o azar de topar com o chefe de polícia no saguão do hotel, sendo informado sobre a coletiva de imprensa e incumbido de solucionar o drama, de preferência de uma forma que não criasse conflitos entre a realidade e o que havia sido dito pelo chefe de polícia para a imprensa.

Logo em seguida o chefe de polícia foi embora, tendo muito a fazer. Estava mais do que na hora de colocar um promotor no caso.

Aronsson pegou uma xícara de café e sentou-se para refletir sobre os últimos acontecimentos. Entre tudo que havia para pensar, escolheu enfocar o relacionamento entre os três ocupantes do carrinho de inspeção. Se o fazendeiro estivesse errado, Karlsson e Jonsson não estavam sob pressão do terceiro passageiro, o que poderia indicar uma situação com refém. Foi exatamente o que o chefe de polícia tinha acabado de estabelecer na coletiva de imprensa, mas como ele raramente estava certo, a possibilidade de sequestro ficava em xeque. Havia também testemunhas que tinham visto Karlsson e Jonsson passeando em Åkers — com a mala. Será que dois idosos, Karlsson e Jonsson, haviam conseguido subjugar o jovem e forte membro da Never Again, jogando-o depois numa vala?

Improvável, mas não impossível. Aronsson decidiu convocar novamente o cão farejador de Eskilstuna. Seria um longo passeio para o cão e seu dono, desde as terras do fazendeiro até a usina em Åkers. Em algum lugar entre esses dois pontos havia desaparecido o membro da Never Again.

Karlsson e Jonsson também haviam sumido em algum ponto entre o pátio da usina e o posto de gasolina Statoil — um trecho de cerca de 200 metros. Engolidos pela terra sem que vivalma tivesse visto alguma coisa. O único vestígio que havia nesse trecho era um carrinho de cachorro-quente fechado.

O celular de Aronsson tocou. Era da Central, que havia recebido uma nova dica. Dessa vez o centenário tinha sido visto em Mjölby, provavelmente sequestrado por um homem de meia-idade usando rabo de cavalo, que estava atrás do volante de um Mercedes prata.

— Quer que a gente verifique? — indagou o colega.

— Não — respondeu Aronsson, com um suspiro.

Uma longa carreira como comissário havia ensinado Aronsson a separar pistas reais de fantasia. Isso lhe dava certo conforto, quando tudo mais estava envolto em névoa.

Benny parou em Mjölby para encher o tanque. Julius abriu cuidadosamente a mala e tirou uma nota de 500 para pagar.

Depois Julius disse que queria esticar as pernas um pouquinho e pediu a Allan que ficasse para vigiar a mala. Allan, que estava cansado depois da exaustão do dia, prometeu nem se mexer.

Benny terminou primeiro e voltou para o volante. Julius veio logo em seguida. O Mercedes continuou a viagem em direção ao sul.

Após algum tempo Julius começou a fazer barulho no banco de trás. Esticou um saco com doces para oferecer a Allan e Benny.

— Olhem só o que eu achei no meu bolso!

Allan arqueou as sobrancelhas:

— Você afanou um saco de balas quando temos 50 milhões na mala?

— Vocês têm 50 milhões na mala? — perguntou Benny.

— Opa.

— Não exatamente. Você levou 100 mil.

— Além da nota de 500 da gasolina — emendou Allan.

Benny ficou mudo por alguns segundos.

— Então vocês estão carregando 49.899.500 na mala?

— Você é rápido na conta — elogiou Allan.

Por um momento, tudo ficou em silêncio. Isso até Julius achar que deviam contar a história para o motorista particular. Se depois ele quisesse quebrar o acordo deles, tudo bem.

Para Benny, a parte mais difícil de engolir era que uma pessoa tinha sido morta e depois embalada para exportação. Por outro lado, tinha sido um acidente, mesmo tendo vodca envolvida. Ele não mexia com esse tipo de coisa.

O motorista recém-contratado pensou mais um pouco e chegou à conclusão de que aqueles 50 milhões deveriam estar em mãos erradas desde o começo, e agora poderia até haver uma chance de o dinheiro ser usado em benefício da humanidade. Além disso, ele não queria pedir as contas logo no primeiro dia de trabalho.

Então, Benny prometeu continuar firme no seu posto e perguntou quais eram os próximos planos dos senhores. Até aquele momento, ele não havia pensado em perguntar; para Benny, curiosidade não fazia parte das atribuições de motoristas particulares, mas agora ele tinha se tornado um cúmplice.

Allan e Julius confessaram não ter planos. Talvez pudessem continuar na estrada até começar a escurecer, e então iriam para algum lugar só para passar a noite e discutir a questão mais detalhadamente.

— Cinquenta milhões — disse Benny com um sorriso, enquanto engatava a primeira marcha do Mercedes.

— Quarenta e nove milhões, oitocentos e noventa e nove mil e quinhentos — corrigiu Allan.

Julius, então, prometeu que não iria mais roubar por roubar. Não que fosse fácil; isso já estava entranhado em seu sangue e ele não sabia fazer outra coisa. Mesmo assim ele prometeu, e se havia algo que Julius sabia a respeito de si mesmo, era que ele raramente prometia alguma coisa. Mas quando prometia, cumpria.

A viagem continuou em silêncio. Allan, sentado no banco da frente, pegou logo no sono. Julius comeu mais um doce e Benny cantarolava uma canção cujo título ele não lembrava.

É difícil parar um jornalista que pensa que farejou algo. Não levou muito tempo até que alguns repórteres tivessem uma imagem mais clara da série de eventos que estava ocorrendo do que a versão que o chefe de polícia havia apresentado à tarde, na coletiva de imprensa. Dessa vez, o jornal *Expresso* foi o primeiro a conversar com o vendedor de bilhetes Ronny Hulth. Seus repórteres foram à casa dele e, com a promessa de arranjar um namorado para sua gatinha solitária, conseguiram fazer com que ele os acompanhasse até um hotel em Eskilstuna e lá pernoitasse, ficando fora do alcance do jornal concorrente. Inicialmente, Hulth estava com medo de falar; ele se lembrava bem das ameaças do rapaz. Mas o repórter prometeu que ele ficaria no anonimato, garantindo que nada poderia lhe acontecer agora que a polícia estava no caso.

O *Expresso*, porém, não se deu por satisfeito apenas com Hulth. O motorista do ônibus também caiu na rede, bem como os moradores de Byringe, o fazendeiro de Vidkärr e muitos outros moradores de Åkers. A soma disso resultou em várias notícias bombásticas no dia seguinte. É verdade que havia muitas suposições erradas, mas, considerando as circunstâncias, o repórter havia feito um bom trabalho.

O Mercedes prata deslizava pela estrada. Não demorou até que Julius também dormisse. Na frente, Allan roncava, enquanto seu parceiro dormia desconfortavelmente no banco de trás, tendo feito a mala de travesseiro. Benny, por sua vez, escolhia o melhor caminho de acordo com sua própria cabeça. Finalmente, decidiu sair da autoestrada, seguindo para o sul, mergulhando nos bosques de Småland. Lá, ele esperava encontrar um lugar onde pudessem pernoitar.

Allan acordou e se perguntou se não estava na hora de ir para a cama. A conversa na parte da frente acordou Julius, que perguntou onde estavam.

Benny comunicou que agora estavam alguns quilômetros ao norte de Växjö e que, enquanto os senhores dormiam, ele havia parado para pensar. A conclusão a que chegou foi a de que, por motivos de segurança, era melhor que procurassem um lugar mais reservado para passar a noite. Não sabiam quem estava em seu encalço, mas alguém que se apropriou de uma mala com 50 milhões não poderia imaginar que teria sossego. Por esse motivo, ele tinha desviado da via que iria levá-los para Växjö e, em vez disso, agora estavam a caminho da vila de Rottne, muito mais humilde. A ideia de Benny era procurar um hotelzinho para pernoitar.

— Esperto — elogiou Julius. — Mas talvez não esperto o bastante.

Julius explicou o que queria dizer. Na melhor das hipóteses, em Rottne haveria um hotel pequeno e antigo, que dificilmente seria localizado. Se de repente aparecessem três homens que não tivessem feito reserva antes, isso, com certeza, chamaria a atenção dos habitantes do lugar. O melhor a fazer seria procurar uma fazenda ou uma casa no meio do bosque e tentar um pernoite e uma refeição subornando alguém.

Benny gostou da ideia de Julius e aceitou a sugestão dele de pegar o primeiro caminho de terra que aparecesse.

Estava começando a escurecer quando, após uns 4 quilômetros de curvas, os três homens avistaram uma caixa de correio na beira da estrada. Na caixa estava escrito "Fazenda do Lago" e junto dela começava uma trilha estreita que certamente levaria à fazenda. No fim das contas, foi exatamente isso. Após uns 100 metros, surgiu uma casa. Era uma verdadeira casa de campo: dois andares, pintada de vermelho com janelas brancas, com direito a um curral e, um pouco mais adiante, próximo a um lago, algo que um dia provavelmente fora um lugar para guardar ferramentas.

Parecia estar habitada, e Benny deslizou com o Mercedes até a porta de entrada da casa, onde parou. Então saiu de lá uma mulher de meia-idade, de cabelos vermelhos e desalinhados, vestindo um conjunto ainda mais vermelho e com um cão policial que seguia todos os seus passos.

O trio saiu do carro e foi ao encontro dela. Julius olhava de soslaio para o cão, que não parecia estar preparado para atacar. Pelo contrário, olhava os visitantes com curiosidade, quase que amigavelmente.

Por isso, Julius atreveu-se a tirar os olhos do animal e virou-se para a mulher. Cumprimentou-a educadamente desejando boa-noite e comunicou o desejo dos três de passar a noite ali e, quem sabe, até comer alguma coisa.

A mulher olhou bem para o estranho trio à sua frente: um velhote, um meio velhote e um homem... bem atraente, ela tinha de reconhecer. E na idade ideal! E de rabo de cavalo! Ela sorriu disfarçadamente e Julius achou que ela iria topar, mas então ela disse:

— Isso aqui não é uma *porcaria de hotel*.

Allan suspirou. Ele queria muito comer alguma coisa e precisava de uma cama também. Agora que ele tinha decidido viver mais um pouco, a vida estava sugando suas forças. Podia se dizer qualquer coisa sobre a Casa de Repouso, mas pelo menos ele não tinha essa dor pelo corpo todo lá.

Julius também parecia desapontado e explicou que ele e os amigos estavam perdidos e cansados e, claro, iriam pagar pela hospedagem, se pudessem ficar aquela noite. E, na pior das hipóteses, podiam pular a parte da refeição.

— Ofereço mil coroas por pessoa se nos fornecer um lugar para dormir — arriscou ele.

— Mil coroas? — questionou ela. — Vocês são fugitivos?

Abanando a mão, Julius desdenhou da pergunta certeira da mulher, explicou novamente que vinham de longe e que ele até aguentaria mais um pouco, mas Allan já tinha certa idade.

— Ontem fiz 100 anos — disse Allan em uma voz apática.

— Cem anos? — espantou-se a mulher. — Minha nossa!

Ela ficou em silêncio por alguns instantes, aparentemente pensando no assunto.

— *Inferno!* — resmungou, enfim. — Fiquem, então. Mas quanto às 3 mil coroas, nem pensar. Como já disse, isso aqui não é nenhuma *porcaria de hotel*.

Benny olhou para ela com admiração. Ele nunca havia ouvido uma mulher praguejar tanto em um espaço tão curto de tempo. Para ele parecia encantador.

— Minha linda, posso brincar com seu cachorro?

— Linda? — duvidou ela. — Você é cego? Mas tudo bem, pode passar a mão nele. Buster é bonzinho. Vocês podem pegar um quarto cada um, no andar de cima. Tem muito espaço aqui. Os lençóis estão limpos, mas cuidado com o veneno de rato no chão. A comida será servida daqui a uma hora.

A mulher seguiu para o curral, passando pelos três hóspedes, com Buster fielmente ao seu lado. Benny chamou-a, perguntando como se chamava. Ela respondeu, sem se virar, que seu nome era

Gunilla; mas acrescentou que "Linda" lhe parecia ótimo. Então, para o inferno com o nome, ele podia continuar chamando-a assim. Benny prometeu que faria isso.

— Eu acho que estou apaixonado — anunciou ele.

— Eu tenho certeza de que estou cansado — retrucou Allan.

Nesse momento ouviu-se um mugido do curral que fez até Allan, cansado como estava, endireitar a postura. Deve ter vindo de um animal muito grande e que possivelmente sofria.

— Calma aí, Sonya — disse Linda. — *Merda*, estou indo!

CAPÍTULO 7

1929-1939

O CASEBRE DE Yxhult estava uma bagunça. O mato havia crescido livremente durante os anos em que Allan estivera sob os cuidados do professor Lundborg. Algumas telhas haviam escorregado do telhado e estavam espalhadas pelo chão, a casinha da latrina havia tombado e uma das janelas da cozinha estava aberta, batendo ao vento.

Como não havia mais latrina, Allan urinou ao ar livre. Depois entrou e sentou-se na cozinha poeirenta. Deixou a janela aberta. Estava com fome, mas dominou o impulso de verificar o que poderia haver na despensa. Ele tinha certeza de que não ficaria feliz.

Ele nascera e fora criado naquela casa, mas nunca antes seu lar havia lhe parecido tão distante como naquele momento. Será que estava na hora de cortar o cordão umbilical e seguir em outra direção? Sim, com certeza estava.

Allan procurou seus apetrechos de explosão e fez os arranjos necessários antes de colocar todos os seus bens no carrinho puxado pela bicicleta. No entardecer do dia 3 de junho de 1929 ele foi embora. A carga de dinamite explodiu, como havia sido programado, exatamente 30 minutos depois. O casebre foi pelos ares e a vaca do vizinho mais próximo abortou mais uma vez.

Uma hora depois, Allan estava encarcerado na delegacia de Flen. Enquanto ele comia, o inspetor Krook gritava com ele. A polícia de Flen havia acabado de receber uma viatura e tinha sido fácil capturar o homem que reduzira a própria casa em mil pedaços.

Dessa vez, o crime era claro.

— Destruição negligente — declarou o inspetor, cheio de autoridade.

— Você pode me passar o pão? — indagou Allan.

Não, o inspetor Krook não podia. Em vez disso, começou a brigar com seu pobre assistente, que tinha sido suficientemente pateta para satisfazer o desejo daquele doido, quando ele pediu um jantar. Allan terminou de comer e depois se deixou ser conduzido até a mesma cela onde havia ficado da última vez.

— Por acaso o jornal de hoje está por aí? — perguntou Allan. — Só para ter algo para ler antes de dormir, sabe? — A resposta de Krook foi apagar a luz e bater a porta. Na manhã seguinte, a primeira coisa que fez foi telefonar para aquela "casa de doidos" em Uppsala e pedir para que alguém fosse buscar Allan Karlsson.

Os colegas do professor Bernhard Lundborg, porém, nem queriam ouvir falar no assunto. Karlsson recebera alta, seu tratamento estava terminado e agora eles tinham outros pacientes para castrar e analisar. O senhor inspetor não podia nem imaginar quantas pessoas precisavam de tratamento para que o país pudesse ser salvo: desde judeus, ciganos, até negros, débeis mentais e outros. O fato de Karlsson ter dinamitado a própria casa não o qualificava para uma viagem a Uppsala. De mais a mais, cada um podia fazer o que queria com a própria casa, certo? Vivemos em um país livre, ou não?

Por fim, o inspetor Krook desligou. Na adiantava falar com aquela gente da cidade grande. Agora ele estava arrependido de não ter deixado Karlsson continuar em sua bicicleta na noite anterior como havia planejado.

Foi assim que depois de uma manhã de negociações Allan estava novamente montado em sua bicicleta, puxando uma carretinha. Dessa vez ele levava um pacote com comida para três dias e dois cobertores para o caso de esfriar. Ele deu adeus para o inspetor Krook, que não retribuiu, e pedalou rumo ao norte. Allan achava que essa direção era tão boa como qualquer outra.

No fim da tarde, o caminho o havia levado até Hälleforsnäs, e isso bastava para aquele dia. Allan se ajeitou num gramado, espalhou um dos cobertores e abriu o pacote de comida. Enquanto mastigava um pedaço de pão com salame, examinava as instalações industriais que viraram seu espaço para piquenique. Do lado de fora da fábrica havia uma montanha de cilindros fundidos para serem montados em canhões. Talvez estivesse precisando de alguém para cuidar das explosões. Para garantir que elas realmente ocorressem na hora certa. Não faria mesmo sentido se afastar demais de Yxhult. Hälleforsnäs servia bem. Isto é, se houvesse trabalho.

Talvez a relação entre os cilindros de canhão e uma eventual necessidade dos serviços de Allan fosse um pouco simplória. Mas foi exatamente isso que aconteceu. Depois de uma breve entrevista com o fabricante, durante a qual Allan omitiu determinados detalhes sobre sua vida, ele foi contratado como técnico de ignição.

Ele logo concluiu que ia gostar daquele lugar.

Na fundição de Hälleforsnäs a fabricação de canhões estava sendo mantida em fogo brando, pois as encomendas eram cada vez mais raras. Depois da guerra, o ministro da Defesa, Per Albin Hansson, cortou o orçamento dos militares, enquanto Gustaf V rangia os dentes no castelo. O ministro, um homem analítico, percebeu em retrospectiva que a Suécia devia estar mais preparada para a guerra do que tinha estado e *agora*, dez anos depois, não adiantava se armar.

Para a fundição as consequências resultaram em um novo e mais pacífico direcionamento da produção e na dispensa de funcionários.

Mas não Allan, porque técnico de ignição era artigo raro. Quando ele apareceu lá dizendo ser especialista em todo tipo de explosivo, o dono da fábrica mal conseguiu acreditar. Até então, ele não tinha outra escolha a não ser confiar no técnico de ignição do qual dispunha, e isso não era nada fácil, porque o homem era estrangeiro, quase não falava sueco e, além de ter os cabelos pretos, seu corpo também era coberto de pelos pretos. Não estava claro se era possível confiar no homem, mas naquela altura não havia muita escolha.

Allan não costumava julgar as pessoas pela cor, ele sempre achou as ideias do professor Lundborg um pouco estranhas. Contudo, tinha muita curiosidade em conhecer um negro. No jornal ele leu com ansiedade que Josephine Baker ia fazer um show em Estocolmo, mas teve de se satisfazer com a companhia de Estebán, seu colega de trabalho espanhol, branco de um matiz de pele mais escuro.

Allan e Estebán se davam bem. Moravam no mesmo cômodo num alojamento para os trabalhadores, junto à fábrica. Estebán contou sobre seu dramático passado. Numa festa em Madri, ele havia conhecido uma moça com quem iniciou um relacionamento inocente, às escondidas, sem ter ideia de que ela era nada menos que a filha do primeiro-ministro Miguel Primo de Rivera, e esse homem não era alguém com quem se brincasse. Ele conduzia o país como queria, com o indefeso rei em seu rastro. O termo primeiro-ministro era um eufemismo para ditador, dizia Estebán, mas sua filha era um espetáculo.

A criação operária de Estebán não havia agradado de forma alguma ao sogro em potencial. Por isso, em seu primeiro e único encontro com Primo de Rivera, Estebán foi informado de que ele tinha duas alternativas: desaparecer rumo ao canto mais distante das terras espanholas ou levar um tiro na nuca ali mesmo.

Enquanto Primo de Rivera soltava a trava de segurança de seu rifle, Estebán havia se decidido pela primeira alternativa e saiu rapidamente da sala, sem nem olhar para a moça aos prantos.

O mais longe possível, pensou Estebán, e seguiu para o norte, depois ainda mais para o norte, até finalmente chegar em um lugar tão longe, tão distante, que os lagos congelavam no inverno. Aqui, ele pensou, acho que já está bom. Desde então, ele vivia na Suécia. Conquistara uma vaga na fundição três anos antes de Allan chegar, com a ajuda de um padre católico que serviu de intérprete e, que Deus o perdoe, pela história que inventou sobre ter trabalhado com explosivos na Espanha quando, na realidade, o máximo que tinha feito lá era colher tomates.

Aos poucos, Estebán havia aprendido sueco o suficiente para se fazer entender e tinha também se transformado em um técnico em ignição razoavelmente bom. E, agora ao lado de Allan, ele tinha se transformado em um verdadeiro profissional.

* * *

Allan rapidamente se sentiu em casa no alojamento da fundição. Depois de um ano, ele conseguia se fazer entender em espanhol, pois Estebán lhe ensinara. Depois de dois anos, o espanhol era quase fluente, mas levou três anos até que Estebán desistisse de tentar fazer Allan aderir à variante espanhola do socialismo internacional. Ele havia tentado de tudo, mas Allan não era receptivo. Esse detalhe da personalidade do amigo, Estebán não conseguia entender. Não era que Allan tivesse uma opinião contrária em relação ao assunto, respondendo com contra-argumentos. Não, ele simplesmente não se interessava. Ou, talvez, essa fosse justamente a ideia que ele queria passar. Por fim, não restou outra escolha a Estebán a não ser se conformar com a ideia de que ele não entendia.

Por outro lado, Allan tinha que lidar com o mesmo problema, mas de forma contrária. Estebán era um bom amigo. Não era culpa dele se ele havia sido envenenado pela maldita política. Certamente, não era o único.

As estações se sucederam por mais algum tempo até que a vida de Allan deu uma nova guinada. Começou quando Estebán recebeu a notícia de que Primo de Rivera havia renunciado e fugido do país. Agora estava começando a se instalar uma democracia de verdade, quem sabe até um socialismo, e isso Estebán não queria perder.

Ele pensou em voltar para casa o quanto antes. A fundição ia de mal a pior, já que o senhor ministro da Defesa havia decidido que não haveria mais guerras. Estebán estava convencido de que os dois especialistas seriam despedidos a qualquer momento. Quais eram os planos do amigo Allan? Será que ele gostaria de acompanhá-lo?

Allan pensou no assunto. Ele não estava interessado em nenhuma revolução, fosse ela espanhola ou de qualquer outra nacionalidade. Isso só levaria a outra revolução, no sentido contrário. Mas a Espanha ficava no estrangeiro, assim como todos os outros países, exceto a Suécia; e depois de ter lido sobre o estrangeiro durante toda a vida, talvez fosse o caso de agora vivenciá-lo de verdade. No caminho, talvez até tropeçassem em um negro, ou dois.

Quando Estebán prometeu que encontrariam pelo menos um negro no caminho para a Espanha, Allan teve que aceitar. Em seguida, os dois amigos passaram a discutir coisas mais práticas. Depois de várias conversas, chegaram à mesma conclusão: o dono da fundição era um "burro desgraçado" (foi exatamente assim que se expressaram), que não merecia nenhuma consideração. Por isso, decidiram aguardar o pagamento da semana e, então, cair fora silenciosamente.

Foi assim que, na manhã do domingo seguinte, Allan e Estebán levantaram às cinco horas para, de bicicleta e carrinho, se mandarem para o sul, em direção à Espanha. No caminho, Estebán queria aproveitar a oportunidade, parar na porta do dono da fundição e deixar um conjunto completo de suas necessidades físicas no jarro de leite que era deixado no portão todos os dias pela manhã. Isso porque, em todos esses anos, Estebán teve de aguentar ser chamado de "macaco" pelo industrial e pelos filhos adolescentes dele.

— Vingança não traz nada de bom — decretou Allan. — É como a política: uma coisa leva à outra até o ruim ficar pior, e o pior ir se transformando em algo ainda pior.

Estebán, no entanto, persistiu.

— Só porque seus braços têm um pouco de pelo e você não fala bem a língua do sujeito não significa que você é um macaco, certo?

Allan concordou e assim os amigos chegaram a um acordo razoável: Estebán faria xixi no jarro de leite, mas não cocô.

Então, a fundição de Hälleforsnäs ficou sem dois técnicos de ignição, ou seja, sem nenhum técnico. Nessa mesma manhã algumas pessoas já haviam contado para o dono da fábrica que Allan e Estebán tinham sido vistos de bicicleta e carrinho a caminho de Katrineholm, ou talvez até mais para o sul, de modo que o industrial, sentado lá no terraço de sua residência, degustando o copo de leite que Sigrid tão gentilmente havia lhe servido com biscoitos de amêndoas, estava preparado para a falta dos funcionários na semana vindoura. O humor do empresário mudou um pouco porque parecia haver algo de errado com os biscoitos. Decididamente, tinham gosto de amônia.

O dono da fábrica decidiu esperar terminar a missa para puxar a orelha de Sigrid. Por ora, se contentou em tomar mais um copo de leite, na esperança de tirar aquele gosto horrível da boca.

Foi assim que Allan Karlsson foi parar na Espanha. Atravessar a Europa levou três meses, e pelo caminho ele encontrou mais negros do que podia ter imaginado. Mas logo depois do encontro com o primeiro ele perdeu o interesse. Na verdade, não havia diferença nenhuma, apenas a cor da pele, além de todos eles falarem uma língua muito estranha; mas, pensando bem, isso também valia para os branquelos mais ao sul da Suécia. Allan se perguntou se o professor Lundborg não tinha sido assustado por um negro na infância.

Allan e o amigo Estebán chegaram a um país mergulhado no caos. O rei havia fugido para Roma, tendo sido substituído por uma república. A esquerda clamava por *revolución,* enquanto a direita estava apavorada com os acontecimentos da Rússia de Stalin. Será que ia acontecer a mesma coisa aqui?

Por um instante Estebán esqueceu que o amigo era irremediavelmente apolítico e tentou puxar Allan para o lado revolucionário, mas ele resistiu, como de hábito. Tudo parecia familiar demais, e ele continuava sem entender por que tudo tinha que virar o exato oposto do que era.

Sobreveio um golpe militar frustrado da direita, seguido por uma greve geral da esquerda. Depois disso vieram as eleições. A esquerda ganhou, e a direita emburrou, ou teria sido o contrário? Allan não tinha muita certeza. De qualquer jeito, a situação terminou em guerra.

Allan, que se encontrava em um país estrangeiro, não via outra saída a não ser ficar meio passo atrás do amigo Estebán, que, por sua vez, entrou para o Exército. Lá ele recebeu de imediato a patente de sargento assim que o chefe do batalhão descobriu que Estebán sabia como fazer coisas explodirem.

O amigo de Allan vestia o uniforme com orgulho e mal podia esperar para dar sua primeira contribuição na guerra. O batalhão recebeu ordens para dinamitar algumas pontes no vale de Aragão, e o destacamento de Estebán devia detonar a primeira ponte. Estebán ficou tão empolgado com a incumbência que subiu em uma pedra, pegou o fuzil com a mão esquerda, levantou-o para o alto e gritou:

— Morte ao fascismo, morte a todos os fascist...

Não deu tempo de Estebán terminar a frase antes de ter sua cabeça e parte do ombro dilacerados pelo que possivelmente foi um dos primeiros morteiros inimigos disparados na guerra. Allan estava distante uns 20 metros quando isso aconteceu, não sendo besuntado com os restos do amigo que se espalharam em volta da pedra onde ele imprudentemente havia subido. Um dos soldados do grupo de Estebán começou a chorar.

Allan inspecionou o que restara do amigo e decidiu que de nada adiantaria tentar juntá-los.

— Você devia ter ficado em Hälleforsnäs — disse Allan, e de repente sentiu saudade de cortar lenha na frente do casebre em Yxhult.

O morteiro que atingiu Estebán pode até ter sido o primeiro da guerra, mas estava longe de ser o último. Allan pensou em voltar para casa, mas de repente a guerra estava por toda parte. Além disso, era um longo caminho até a Suécia, e lá não havia ninguém esperando por ele.

Com isso em mente, Allan procurou o comando do batalhão de Estebán, apresentou-se como o melhor pirotécnico da Europa e disse que poderia explodir pontes e outras estruturas a serviço do comandante se recebesse em troca três refeições por dia e uma boa bebedeira de vinho, quando as circunstâncias permitissem.

O chefe do batalhão estava prestes a mandar fuzilar Allan por ele teimosamente se recusar a cantar a glória do socialismo e da república, além de, pior ainda, exigir poder permanecer com roupas civis. Ou como Allan se expressou:

— Mais uma coisa... Se for para eu explodir pontes para você, então faço isso usando minhas próprias calças. Do contrário, explodam vocês mesmos suas pontes.

Ainda não havia nascido um chefe de batalhão que permitisse tamanha insolência por parte de um civil. Mas o problema desse chefe específico era que seu subordinado que mais entendia de explosivos estava espalhado em pedaços sobre uma pedra um pouco mais distante.

Enquanto o chefe do batalhão, sentado em sua cadeira militar, dobrável, ponderava se o futuro próximo de Allan seria um emprego ou uma execução sumária, um dos comandados atreveu-se a lhe cochichar no ouvido que o jovem sargento, tão importunamente destroçado um pouco mais cedo, tinha apresentado aquele sueco esquisito como sendo um *mestre* na arte de dinamitar.

Isso decidiu a questão. O *señor* Karlsson: a) não seria morto, b) receberia três refeições por dia, c) teria o direito de usar roupas civis, d) teria o direito, como os demais, de provar um vinho de vez em quando, em quantidade razoável. Em troca, ele deveria dinamitar exatamente o que o comando indicava. Além disso, dois soldados foram designados para ficar de olho no sueco, porque não dava para excluir a possibilidade de ele ser um espião.

Meses se transformaram em anos. Allan dinamitava o que era para ser dinamitado, e o fazia com muita habilidade.

Não era um trabalho sem riscos. Muitas vezes, ele tinha de rastejar até o local que deveria ser explodido, colocar uma carga com detonador de intervalo programado e em seguida arrastar-se de volta até um lugar seguro. Depois de três meses, um dos soldados que vigiavam Allan se foi (ele rastejou, por engano, diretamente para dentro do campo inimigo). E, depois de mais seis meses, chegou a hora do outro (ele se levantou para esticar as costas e na mesma hora elas foram partidas ao meio).

O comandante do batalhão achou que não era necessário substituí-los, já que o *señor* Karlsson havia sempre se comportado bem.

Allan não via vantagem em matar as pessoas sem necessidade, e sempre cuidava para que a próxima ponte a ser dinamitada estivesse vazia na hora da explosão. E a regra continuou valendo até a última ponte que ele preparou antes de acabar a guerra. Mas dessa vez, justamente, quando ele tinha aprontado tudo e rastejado de volta para o esconderijo atrás de uma das extremidades da ponte, veio marchando em sua direção uma patrulha inimiga com um homem baixinho, cheio de condecorações, no centro. Eles se aproximavam pelo outro lado e pareciam ignorar completamente que havia republicanos por perto, muito menos que estavam perto de fazer companhia a Estebán e a centenas de outros espanhóis na eternidade.

Mas já era demais para Allan. Ele levantou-se, saiu de trás do arbusto e começou a agitar os braços.

— Vão embora, saiam! — gritou para o homem baixinho cheio de medalhas e seus companheiros. — Sumam, antes que vocês explodam!

O baixinho das medalhas recuou, enquanto os demais se juntaram para protegê-lo. Puxaram-no pela ponte e não pararam até estarem junto ao arbusto onde Allan estava. Oito carabinas miraram no sueco e pelo menos uma teria sido acionada se não fosse a ponte atrás deles de repente ir para os ares. A pressão empurrou o portador das medalhas para cima do arbusto. No tumulto, nenhum dos homens do baixinho ousou mandar uma bala na direção de Allan, devido ao risco de errar o alvo. Além disso, parecia se tratar de um civil. Depois que a fumaça assentou, ninguém falou em atirar em Allan. O baixinho condecorado pegou a mão dele e declarou que um general que se prezava sabia como mostrar sua gratidão, mas que no momento era melhor o grupo bater em retirada até o outro lado, com ou sem ponte. Se seu salvador quisesse acompanhá-lo, ele era mais do que bem-vindo e, nesse caso, o general lhe ofereceria um jantar.

— Paella Andaluz. Meu cozinheiro é do sul. *Comprende?*

Sim, Allan compreendia. E pelo que entendeu, ele havia salvado a vida do próprio *generalíssimo*. Compreendeu, também, que era uma vantagem estar ali com sua casaca suja em vez de estar vestindo o uniforme do inimigo. Viu que seus amigos estavam observando os acontecimentos, pelo binóculo, lá do alto da colina, e achou que para o bem da própria saúde seria melhor mudar de lado nessa guerra cuja finalidade ele ainda não havia entendido.

Acima de tudo, ele estava com fome.

— *Sí, por favor, mí general* — respondeu Allan. Uma paella cairia muito bem. Quem sabe até um copo ou dois de vinho tinto?

Quando, dez anos antes, Allan havia procurado emprego como técnico de ignição na fundição de Hälleforsnäs, ele preferira omitir do currículo que havia ficado por quatro anos em um manicômio e depois explodira a própria casa. Talvez tenha sido por isso que a entrevista para o emprego deu tão certo.

Allan se lembrou disso enquanto falava com o general Franco. Por um lado, não se deve mentir. Por outro, não devia ser nada saudável revelar para o general que tinha sido o próprio Allan quem preparara aquela carga sob a ponte e que ele, por três anos, fora um empregado civil no Exército republicano. Não que Allan tivesse medo de contar, mas é que justamente nesse caso estava em jogo um jantar com uma boa bebida. Quando se trata de comida e aguardente, raciocinava Allan, a verdade pode ser colocada temporariamente de lado.

Então Allan contou ao generalíssimo que tinha caído naquele arbusto quando fugia dos republicanos. Por sorte, ele tinha visto com os próprios olhos como a carga havia sido preparada, e, por isso, pôde avisar o general.

Além disso, o motivo de Allan estar na Espanha e na guerra era o fato de ter sido induzido por um amigo, um homem próximo do falecido Primo de Rivera. Mas depois que o amigo foi atingido por um morteiro inimigo e morreu, Allan teve que batalhar sozinho para se manter vivo. Ele tinha sido pego pelas garras republicanas, mas por fim havia conseguido se livrar delas.

E, então, ele mudou rapidamente de assunto, contou que seu pai tinha sido um dos homens mais próximos do tsar russo Nicolau e que havia sofrido a morte de um mártir, em uma luta inglória contra o líder bolchevique, Lenin.

O jantar foi servido na tenda do general. Quanto mais vinho Allan tomava, mais colorida ia ficando a descrição do heroísmo do pai. O general Franco não podia se sentir mais emocionado. Primeiro, sua vida fora salva; depois, viera à tona que seu salvador era praticamente parente do tsar Nicolau II.

A comida estava excelente; menos que isso o cozinheiro andaluz nem se atreveria a apresentar. O vinho fluía através de incontáveis brindes a Allan, ao seu pai, ao tsar Nicolau e à família dele. E logo depois de ter dado um grande abraço em Allan, para selar a recém-estabelecida fraternidade, o general pegou no sono.

Quando os novos melhores amigos acordaram, a guerra tinha terminado. O general Franco assumiu a direção da nova Espanha e ofereceu a Allan o cargo de chefe da segurança interna. Allan agradeceu a gentileza, dizendo que estava na hora de ir para casa, se é que Francisco permitiria. Francisco permitiria, sim, e até escreveu uma carta na qual dava a Allan proteção irrestrita do generalíssimo ("se ou quando você precisar de ajuda, mostre esta carta") e providenciou uma escolta digna de um imperador até Lisboa, onde o general acreditava haver navios que iam para o norte.

De Lisboa saíam navios para todos os cantos do mundo. Allan ficou nos cais pensando. Em seguida, exibiu a carta do general para o capitão de um navio de bandeira espanhola, e na mesma hora conseguiu uma carona. Trabalhar para se manter, nem pensar.

O navio não estava indo para a Suécia mas, ali no cais, Allan havia se perguntado o que ele iria fazer lá e não chegou a conclusão alguma.

CAPÍTULO 8

Terça-feira, 3 de maio-
quarta-feira, 4 de maio de 2005

DEPOIS DA COLETIVA de imprensa daquela tarde, Balde pegou uma cerveja e sentou-se para pensar. Mas, por mais que pensasse, as pontas não se juntavam. Será que Parafuso tinha começado a sequestrar centenários? Ou uma coisa não tinha nada a ver com a outra? Pensar muito lhe deu dor de cabeça, por isso ele parou e, em vez de pensar, telefonou para o Chefe, relatando que não tinha nada para relatar. Recebeu ordem de permanecer em Malmköping e aguardar.

Terminada a conversa, Balde estava novamente só com sua cerveja. A situação estava começando a ficar estressante. Ele não gostava quando não entendia algo, e sua cabeça começou a doer novamente. Nisso, seu pensamento voou para tempos atrás, quando era adolescente.

Balde tinha começado sua carreira criminosa em Braås, somente alguns quilômetros de onde Allan se encontrava com seus novos amigos. Ele tinha se juntado a alguns jovens iguais a ele e fundado o clube de motocicletas chamado The Violence. Balde era o líder; quem determinava qual a próxima banca de jornal a ser assaltada e ter os cigarros roubados. Também foi ele quem deu o nome The Violence, a violência, em inglês. E foi ele também que, por infelicidade, incumbiu sua namorada de bordar o nome do clube em dez jaquetas de couro, recém-roubadas. O nome da namorada era Isabella e na escola ela nunca aprendeu direito a soletrar, em qualquer língua que fosse.

Por esse motivo, e por ironia do destino, Isabella bordou The Violins, os violinos, em inglês, nas jaquetas e, como os demais componentes do clube tinham tido uma carreira escolar igualmente brilhante, ninguém do grupo notou o pequeno lapso.

Foi por isso que todos ficaram muito surpresos quando chegou uma carta da Sala de Concertos de Växjö, endereçada ao The Violins de Braås. A correspondência indagava se o clube se dedicava à musica clássica e, caso positivo, se gostariam de participar de uma apresentação junto com a prestigiada orquestra de câmara da cidade, Musica Vitae.

Balde sentiu-se provocado; certamente, alguém estava zoando dele. Uma noite, ele deixou de assaltar uma banca para ir até a cidade de Växjö e jogar um tijolo na porta de vidro da Sala de Concertos. Isso para ensinar aos responsáveis uma lição sobre respeito.

Tudo correu como planejado, com exceção de um pequeno detalhe. A luva de couro de Balde foi junto com o tijolo e aterrissou com ele no saguão da Sala de Concertos. Como o alarme disparou na mesma hora, não seria aconselhável ir buscar a peça em questão.

Perder uma das luvas foi bem ruim. Tinha viajado de motocicleta até Växjö, e a mão congelou no caminho de volta. Mas o pior era que a infeliz da namorada de Balde havia caprichosamente colocado o nome e o endereço dele na luva, em caso de extravio. Por isso, na manhã do dia seguinte, a polícia buscou Balde para um interrogatório.

Ao ser interrogado, Balde explicou que havia sido provocado pela direção da Sala de Concertos. Quando o jornal local contou a história de como The Violence havia virado The Violins, ele virou motivo de chacota em toda a Braås. Cheio de ódio, resolveu pôr fogo na próxima banca de jornal, em vez de apenas arrombar a porta. Isso, por sua vez, fez com que o proprietário, um turco-búlgaro que dormia na banca para impedir assaltos, por pouco não queimasse junto. Balde perdeu a segunda luva na cena do crime (tão bem-identificada como a primeira), e logo se viu conduzido à cadeia pela primeira vez. Foi lá que ele conheceu o Chefe, e quando acabou de cumprir sua pena, Balde achou melhor deixar Braås e a namorada para sempre. De toda forma, os dois só lhe trouxeram azar.

Porém, The Violence sobreviveu e as jaquetas com o nome errado foram mantidas. Ultimamente, porém, o clube tem atuado em outro mercado. Agora era roubo de carros que estava em pauta, junto com alteração do odômetro. Esta última parte provou ser muito lucrativa. Ou, como dizia o novo líder, irmão caçula de Balde: "Nada deixa um carro tão bonito como você descobrir de repente que ele só rodou metade da quilometragem."

Balde mantinha um contato esporádico com o irmão e sua vida pregressa, mas nenhuma vontade de voltar.

— Mas que merda! — Era como ele costumava sintetizar a própria história.

Era duro pensar em novos caminhos e igualmente complicado relembrar o velho. Melhor então tomar mais uma cerveja, a terceira, e depois, seguindo as instruções do Chefe, ir para o hotel.

Já estava quase escurecendo quando, após uma longa caminhada, saindo de Vidkärr e seguindo a linha do trem, o comissário Aronsson, o adestrador de cães e a cadela policial Kicki chegaram a Åkers.

A cadela não havia mostrado qualquer reação durante o trajeto. Aronsson se perguntou se ela sabia que estavam ali a trabalho, não a passeio. Mas, quando o trio chegou perto do carrinho abandonado, ela parou, alerta, ou seja lá o que fosse aquilo. Então levantou uma das patas e começou a latir. Aronsson sentiu um fio de esperança.

— Isto quer dizer alguma coisa?

— Certamente — respondeu o adestrador.

E começou a explicar que Kicki tinha várias formas de assinalar, dependendo do que ela queria informar.

— Mas então explique logo o que a cadela quer dizer com isso aí! — pediu o comissário Aronsson, cada vez mais impaciente, apontando para o cão, que continuava com uma pata levantada e latindo.

— Isso — respondeu o adestrador — quer dizer que há um cadáver no carrinho.

— Um cadáver? Uma pessoa morta?

— Um cadáver.

Por um momento o comissário Aronsson viu diante de seus olhos como o membro da Never Again tinha trucidado o pobre do centenário Allan Karlsson. E de repente essa nova informação se fundiu com a que já estava arquivada na cabeça dele.

— Mas deve ser exatamente o contrário — murmurou, sentindo-se estranhamente aliviado.

Linda serviu bife de panela com batatas e geleia, acompanhados de cerveja e *bitter*. Os hóspedes estavam com fome mas, antes, queriam saber que animal era aquele que tinham ouvido bramir no celeiro.

— Foi Sonya — explicou Linda. — Minha elefanta.

— Elefanta? — indagou Julius.

— Elefanta? — imitou Allan.

— Bem que eu achei que conhecia aquele som — comentou Benny.

O ex-proprietário do carrinho de cachorro-quente apaixonou-se à primeira vista. E agora, numa segunda "olhada", nada havia mudado. A mulher de cabelos ruivos e curvas fartas, praguejando o tempo todo, era como um personagem saído de um romance.

Numa manhã de agosto, no ano passado, a elefanta tinha surgido no jardim da Linda, a fim de comer maçãs. Se ela pudesse falar, teria contado que na noite anterior havia fugido de um circo em Växjö à procura de algo para beber e seu tratador tinha feito exatamente a mesma coisa, em vez de seu trabalho.

Ao entardecer, a elefanta chegou no lago Helga e decidiu fazer algo mais que aplacar sua sede. Um banho refrescante cairia bem, pensou, e mergulhou no lago raso.

Mas, de repente, já não estava mais tão raso e a elefanta teve de apelar para sua inata capacidade de nadar. De modo geral, o raciocínio dos elefantes não é tão lógico como o do ser humano, prova disso foi quando ela preferiu nadar 2,5 quilômetros até o outro lado do lago, para chegar a terra firme, em vez de voltar uns 4 ou 5 metros.

Essa lógica de paquiderme teve duas consequências. Uma, a elefanta foi declarada morta pelo pessoal do circo e pela polícia, que chegou a seguir as pegadas até o lago, entrando na água, com 15 metros de profundidade. A outra foi que a elefanta, mais do que viva, protegida pela escuridão, conseguiu vagar por todo o caminho até a macieira de Linda sem que qualquer pessoa a tivesse visto.

Linda desconhecia esses detalhes, mas aos poucos ela foi colocando as peças no lugar ao ler, no jornal local, sobre um elefante desaparecido e declarado morto. Conjecturou que não devia ter tantos elefantes assim perdidos naquela região, o que significava que o elefante declarado morto e a elefanta mais que viva que ela havia recolhido deviam ser o mesmo animal.

Linda resolveu dar um nome à elefanta. Acabou escolhendo Sonya, igual à estrela Sonya Hedenbratt. Em seguida, passou alguns dias fazendo a intermediação entre Sonya e o cão pastor Buster, antes que conseguissem se tolerar.

Depois veio o inverno, e a constante procura de comida para a pobre Sonya, que comia feito o elefante que era. Convenientemente, o velho pai de Linda tinha acabado de bater as botas, deixando 1 milhão de coroas de herança para sua única filha (vinte anos antes, ao se aposentar, ele tinha vendido sua empresa de escovas, um grande sucesso, e administrado bem o capital). Com isso, Linda deixou seu emprego na clínica local para se dedicar, em tempo integral, a ser mãe de um cachorro e de uma elefanta.

Mais uma vez a primavera chegou, e Sonya podia novamente se alimentar de grama e folhas. Foi então que aquele Mercedes apareceu no seu jardim, a primeira visita desde que papai (que Deus o tivesse!) havia visitado sua filha pela última vez. Linda contou que não tinha por hábito brigar com o destino, e por isso não lhe ocorreu manter Sonya escondida dos visitantes.

Allan e Julius ficaram em silêncio, absorvendo a história de Linda, mas Benny falou:

— Mas o que foi aquele bramido da Sonya? Eu acho que ela está com dor.

— E como diabos você conseguiu ouvir isso?

Benny não respondeu de imediato. Primeiro, ele pegou uma garfada da comida para ter tempo de pensar. Depois, respondeu:

— Sou quase veterinário. Vocês querem a versão longa ou a curta?

Todos estavam de acordo que a versão longa era preferível, mas Linda insistiu que ela e Benny deviam antes ir até o celeiro, onde o quase veterinário daria uma olhada na pata dianteira esquerda de Sonya.

Allan e Julius continuaram à mesa e se perguntavam como um veterinário de rabo de cavalo tinha acabado proprietário falido de um carrinho de cachorro-quente naquela região. Veterinário de rabo de cavalo, onde estava a ordem das coisas? Os tempos eram outros!

Confiante, Benny examinou a pobre da Sonya. Ele já tinha visto coisa assim antes, na época de estagiário. Debaixo da segunda unha da pata encontrou uma lasca de galho quebrado, que havia provocado uma infecção. Linda já tinha tentado remover a farpa, mas sem força ou jeito suficientes. Não levou mais que alguns minutos para Benny tirar o incômodo com a ajuda de um alicate universal e uma boa conversa para acalmar Sonya. Mas a pata estava bem infeccionada.

— Precisamos de antibióticos — avisou Benny. — Mais de 1 quilo.

— Se você sabe do que precisamos, eu sei onde conseguir.

Mas a aquisição do medicamento pedia uma excursão *noturna* até Rottne, e enquanto aguardavam a hora certa, Benny e Linda voltaram à mesa de jantar.

Todos comeram com muito apetite, complementando a refeição com cerveja e *bitter,* com exceção de Benny, que tomava suco. Depois da última garfada, todos se transferiram para a sala e se acomodaram nas poltronas junto à lareira, onde Benny agora estava incumbido de desenvolver melhor aquela história de ser *quase* veterinário.

Benny começou contando que ele e seu irmão mais velho, Bosse, criados em Enskede, ao sul de Estocolmo, todos os anos passavam as férias de verão na casa do tio Frank, em Dalarna. O tio, chamado apenas de Frasse, era um empresário de sucesso, e possuía e administrava diversas empresas na região. Tio Frasse comercializava de tudo, desde trailers até areia, com toda a gama de coisas que podia haver no meio. Além de dormir e comer, o trabalho era o grande amor dele. Tinha deixado para trás alguns relacionamentos frustrados, porque as mulheres logo se cansavam de um homem que só trabalhava, comia e dormia (e, aos domingos, tomava uma ducha).

Durante vários verões, nos anos 1960, o pai, irmão mais velho de Frasse, mandou Benny e Bosse para a casa do tio, alegando que eles precisavam respirar ar puro. A questão do ar puro ficou meio esquecida, e Benny e Bosse foram logo treinados para operar a enorme britadeira do poço de cascalho do tio Frasse. Os meninos gostavam, apesar de o trabalho ser árduo e de respirarem mais poeira que ar por dois meses ininterruptos. À noite, tio Frasse servia o jantar com recomendações moralistas. Sua preferida era:

— Tratem de estudar para ter uma boa profissão, senão vão terminar como eu.

Nem Benny nem Bosse achavam que terminar como tio Frasse seria um desastre, pelo menos não antes de ele ter morrido em um acidente naquela britadeira. Mas tio Frasse sempre sofrera por seus estudos limitados. Ele quase não conseguia escrever, era ruim de conta, não entendia nada de inglês e com grande esforço conseguia lembrar que a capital da Noruega se chamava Oslo, no caso de alguém perguntar. A única coisa que tio Frasse dominava eram os negócios. E com isso ele ficou rico como um duende.

Era difícil saber quanto dinheiro tio Frasse tinha quando morreu. Isso aconteceu quando Bosse tinha 19 anos e Benny ia fazer 18. Um belo dia, um advogado entrou em contato com os irmãos, informando que ambos haviam sido mencionados no testamento de tio Frasse, mas que a questão era complicada e pedia um encontro.

Foi assim que Bosse e Benny conheceram o advogado no escritório dele, onde descobriram que uma *significante* soma de dinheiro, não especificada, aguardava os irmãos no dia em que eles terminassem seus estudos.

E como se isso não fosse o bastante, os irmãos receberiam, por meio do advogado, uma boa e regulada mesada durante os estudos propriamente ditos. Eles só não podiam deixar de estudar, porque, nesse caso, a mesada cessaria, assim como acabaria no dia em que um deles se formasse em alguma profissão, podendo, portanto, se manter. Havia mais coisas naquele testamento; detalhes, uns mais e outros menos, complicados. Mas, no fim, ele significava que os irmãos seriam ricos assim que terminassem os estudos.

Bosse e Benny se matricularam imediatamente em um curso de solda de sete semanas e o advogado concordou, dizendo que, de acordo com o testamento, esse tipo de curso serviria, "mesmo achando que seu tio Frank talvez tivesse pensado em algo mais avançado".

Na metade do curso aconteceram duas coisas. Primeiro, Benny cansou do irmão dando ordens. Desde que eram pequenos tinha sido assim, mas agora estava na hora de dizer ao mano que estavam ficando adultos e que ele arrumasse outro com quem pudesse bancar o chefe.

A segunda coisa foi que Benny não estava a fim de ser soldador, pois ficou claro que ele não tinha talento algum para o trabalho.

Por esse motivo, os irmãos brigaram durante algum tempo até que Benny, vencendo pelo cansaço, conseguiu se matricular em um curso de botânica na Universidade de Estocolmo. De acordo com o advogado, uma mudança de orientação dos estudos era perfeitamente admissível, desde que não ocorresse uma interrupção.

Com isso, Bosse logo terminou seu curso de soldador, mas não ia receber um tostão do dinheiro do tio Frasse enquanto Benny continuasse estudando. E o advogado cortou a mesada de Bosse, conforme o estabelecido no testamento. Foi aí que os irmãos brigaram mesmo. E quando, durante uma bebedeira, Bosse acabou com a moto novinha em folha de Benny (comprada com o dinheiro da generosa mesada para estudar), acabou de vez o amor fraternal e o respeito entre eles.

Bosse começou a fazer negócios como se fosse o espírito do tio Frasse, mas sem o talento dele. Depois de algum tempo ele se mudou para a província de Västergötland, para dar novo impulso aos negócios e para não correr o risco de tropeçar no maldito irmão. Bosse mudou-se e Benny continuou no mundo acadêmico, ano após ano. A mesada, como já foi dito, era generosa; abandonando os cursos pouco antes da formatura e começando um novo, Benny conseguia levar uma vida muito boa ao mesmo tempo que o prepotente e pilantra do irmão esperava sua parte do dinheiro.

Por trinta anos Benny ficou nessa, até que um dia, o já bem idoso advogado o procurou dizendo que o dinheiro da herança tinha acabado. Não haveria mais mesadas porque o tacho tinha sido raspado. Em poucas palavras, os irmãos agora podiam esquecer a herança, comunicava o advogado que já havia completado 90 anos e aparentemente se manteve vivo por causa do testamento, porque, algumas semanas depois, sentado em sua poltrona de ver tevê, faleceu.

Fazia apenas algumas semanas que isso tinha acontecido e de repente Benny se viu obrigado a arrumar um emprego. Mas, apesar de ser talvez uma das pessoas que mais estudara na Suécia, nada conseguiu. O mercado de trabalho não queria saber do tempo que ele passou estudando, e sim dos resultados dos exames finais. Benny, apesar de seus pelo menos dez cursos acadêmicos quase terminados, teve de investir em um carrinho de cachorro-quente para ter algum rendimento. Ele e o irmão foram obrigados a aturar a presença um do outro para ouvir o comunicado do advogado. Bosse foi tão irritante na ocasião que Benny descartou qualquer plano de visitá-lo.

A essa altura do relato, Julius começou a ficar preocupado com eventuais perguntas invasivas de Linda, como, por exemplo, como Benny conhecera Julius e Allan. Mas, com a cerveja e o *bitter*, a mulher felizmente não ligava muito para detalhes. Por outro lado, ela pensou, estava muito, muito perto de se apaixonar, mesmo naquela idade.

— O que mais você quase é, além de veterinário? — perguntou ela, os olhos brilhando.

Benny entendeu bem, assim como Julius, que não era para entrar muito em detalhes sobre os últimos acontecimentos, e ficou grato pela virada que a pergunta de Linda provocou. Ele disse não se lembrar de tudo, mas alguma coisa se aprende, ficando como ele ficou por três décadas estudando e pressupondo que de vez em quando a lição de casa fosse feita. Benny sabia que era quase veterinário, quase médico alopático, quase arquiteto, quase engenheiro, quase botânico, quase professor, quase professor de educação física, quase historiador e quase mais um punhado de coisas. Isso temperado com outros cursos menos extensos, de qualidade e importância variadas. Houve época em que ele fez dois cursos diferentes ao mesmo tempo.

De repente, Benny lembrou-se de algo que ele também quase era, mas havia esquecido. Levantou-se, virou-se para Linda e declamou um poema de amor:

Da minha pobre e obscura vida
e na solidão da noite infinda
elevo o canto
para você, minha vida,
meu primeiro e luminoso tesouro.

O silêncio foi sepulcral, com exceção dos xingamentos quase inaudíveis que saíam da boca de Linda, enquanto ela corava.

— Erik Axel Karlfeldt — esclareceu Benny. — Com essas palavras, eu gostaria de aproveitar a oportunidade e agradecer a refeição e a hospitalidade. Acho que não mencionei que sou quase formado em literatura também.

Depois ele talvez tenha exagerado um pouco ao convidar Linda para uma dança em frente à lareira, porque ela recusou rapidamente, alegando que tinha de haver um diabo de limite para aquilo. Entretanto, Julius notou que ela estava encantada. Ela puxou o zíper da jaqueta de ginástica e a ajeitou para mostrar seu lado mais vantajoso para Benny.

Em seguida, Allan agradeceu os momentos agradáveis e se retirou, enquanto os outros três passaram para o café, que podia ser acompanhado por conhaque. Julius aceitou a oferta completa alegremente, enquanto Benny estava satisfeito com a metade.

Julius, então, cobriu Linda de perguntas sobe a casa e a vida dela. Em parte porque estava curioso, mas também porque queria, a todo custo, evitar perguntas sobre quem eles eram, para onde estavam indo e por quê. Mas ele não tinha que se preocupar, porque Linda havia se empolgado e começou a falar sobre a infância, a adolescência, o homem com quem aos 18 anos ela havia se casado e que dez anos depois ela chutou (essa parte da história veio repleta de xingamentos), sobre nunca ter tido filhos, sobre a Fazenda do Lago, que havia sido a casa de verão de seus pais antes de a mãe falecer, há sete anos, e o pai ter deixado Linda assumi-la permanentemente, sobre o dinheiro herdado que já estava quase no fim e que já estava chegando a hora de partir para algo diferente.

— Eu já tenho 43 — disse Linda. — Inferno, já é meio caminho andado até a cova.

— Não tenha tanta certeza disso — alertou Julius.

O adestrador deu novas instruções a Kicki e ela começou a farejar, afastando-se do carrinho. O comissário Aronsson torcia para que o cadáver aparecesse logo, mas, depois de 30 metros já dentro da área da usina, Kicki começou a andar em círculos, como se estivesse procurando aleatoriamente, depois olhou para o adestrador como se tivesse caído do caminhão de mudanças.

— Kicki pede desculpas, mas ela não sabe dizer para onde foi o morto — explicou o adestrador.

Mas o adestrador não foi tão minucioso quanto deveria ter sido. O comissário Aronsson interpretou o comentário como se Kicki tivesse perdido o rastro do morto, ainda perto do carrinho. Porém, se ela soubesse falar, teria dito que o corpo tinha sido carregado para dentro da área da usina por alguns metros, antes de desaparecer; quanto a isso ela não tinha dúvida. Talvez, se o comissário Aronsson soubesse disso, tivesse procurado por caminhões que saíram da usina nas últimas horas.

A resposta teria sido uma só: uma carreta indo para o porto de Gotemburgo com um contêiner. Com isso, a polícia poderia ter dado o alarme e o caminhão seria interceptado no meio do caminho. Em vez disso, o morto seguiu para o estrangeiro.

Umas três semanas mais tarde um jovem guardador de cargas egípcio ficou nauseado com o forte cheiro que vinha do carregamento da balsa, que acabara de deixar o canal de Suez.

No fim ele não aguentou mais. Umedeceu um pano e o amarrou no rosto, tampando a boca e o nariz. Em um do caixotes de madeira ele encontrou a resposta. Havia nele um cadáver semidecomposto.

O marujo egípcio pensou por alguns instantes. Ele não queria deixar o cadáver lá e estragar o resto da viagem. Mas ele seria forçado a responder a intermináveis interrogatórios policiais em Djibouti, e todos sabiam como a polícia de Djibouti trabalhava.

Mudar o cadáver de lugar também não era uma ideia que o deixava alegre, mas finalmente ele se decidiu. Primeiro, esvaziou os bolsos do morto de tudo que tinha algum valor, algo ele merecia pelo trabalho, depois empurrou o corpo para dentro d'água.

Foi assim que, o que uma vez tinha sido um rapaz esguio, de cabelos louros e ensebados, barba rebelde e vestindo uma jaqueta jeans com os dizeres Never Again nas costas, foi transformado em comida para peixes no mar Vermelho.

O grupo da Fazenda do Lago se dispersou um pouco antes da meia-noite. Julius subiu ao segundo andar para dormir enquanto Benny e Linda foram para o Mercedes a fim de fazer uma visitinha fora de hora à clínica local. Na metade do caminho descobriram Allan debaixo de um cobertor, no banco de trás. O velho acordou e explicou que havia saído para respirar um pouco de ar fresco e depois teve a ideia de fazer do carro seu quarto de dormir, porque as escadas até o segundo andar lhe pareceram um pouco demais para os pobres joelhos, o dia tinha sido longo.

— Não tenho mais 90 — explicou-se.

A dupla acabou se transformando em trio para os planos da noite, mas isso não tinha nenhuma importância. Linda explicou seu plano em detalhes. Eles iriam entrar na clínica com a ajuda da chave que ela havia se esquecido de devolver quando pediu as contas. Uma vez lá, ela entraria no computador do Dr. Erlandsson e em nome dele emitiria uma receita de antibiótico para ela. É claro que para isso precisaria dos dados e da senha de Erlandsson, mas isso não seria problema, explicou ela, porque o doutor não era apenas um nariz empinado, mas também um idiota. Quando, anos antes, o novo sistema de informática foi instalado, Linda teve de ensinar ao doutor como se emitia receita eletronicamente, e quem escolheu o nome de usuário e a senha também tinha sido ela.

O Mercedes chegou à cena do crime. Benny, Allan e Linda saíram do carro e começaram a observar o lugar antes do crime propriamente dito. Claro, outro carro passou bem devagar por eles e o motorista olhou para o trio com a mesma surpresa que o trio olhou para o motorista. Uma criatura acordada em Rottne depois da meia-noite era algo raro, e esta noite havia quatro.

O automóvel sumiu e a escuridão e o silêncio imperavam novamente. Linda conduziu Benny e Allan pela porta dos funcionários nos fundos e então para a sala do Dr. Erlandsson. Lá, ela ligou o computador e entrou com nome de usuário e senha.

Tudo correu de acordo com o plano, e Linda sorria feliz, mas parou repentinamente e começou uma série de xingamentos. Ela acabara de lembrar que não era possível digitar uma receita de "1 quilo de antibióticos" sem mais nem menos.

— Escreva eritromicina, gentamicina e rifampicina, 300 gramas cada — orientou Benny. — Assim atacamos a infecção por diversos ângulos.

Linda olhou para Benny com admiração. Depois ela o convidou a sentar e ele mesmo digitar aquilo que acabara de dizer. Benny fez o que lhe foi pedido e acrescentou alguns outros remédios que poderiam ser necessários se dessem azar.

Sair da clínica foi tão fácil quanto entrar, e a viagem de volta ocorreu sem incidentes. Benny e Linda ajudaram Allan a subir para o segundo andar e, quando o relógio batia 1h30, apagou-se a última lâmpada da Fazenda do Lago.

Não havia muita gente acordada àquela hora. Mas em Braås, a alguns quilômetros da Fazenda do Lago, havia um jovem deitado, virando de um lado para outro, com uma vontade incontrolável de fumar. Era o irmão caçula de Balde, o novo líder do The Violence. Três horas antes ele tinha fumado seu último cigarro, mas logo sentiu novamente aquela vontade de mais um. O caçula se amaldiçoava por ter se esquecido de comprar um maço antes de a cidadezinha toda fechar, o que acontecia sempre muito cedo naquele lugar.

Primeiro ele pensou em esperar até o dia seguinte, mas, perto da meia-noite, não deu mais para segurar. Foi aí que o irmão de Balde teve a ideia de relembrar os velhos tempos e simplesmente assaltar uma banca de jornal com a ajuda de um pé de cabra. Mas não em Braås, lá ele precisava preservar sua boa reputação. Além disso, seria considerado suspeito mesmo antes de descobrirem o assalto.

Melhor mesmo seria procurar um lugar bem distante, mas a vontade de fumar era forte demais. O meio-termo seria Rottne, a 15 minutos dali. Vestido com trajes que não levantavam suspeita, ele deslizou logo depois da meia-noite pela rua no seu velho Volvo 240. Na porta da clínica, para sua enorme surpresa, ele viu três pessoas na calçada: uma mulher de cabelos vermelhos, um homem de rabo de cavalo e, atrás dos dois, um velho bem idoso.

O caçula não fez uma análise muito profunda do acontecimento (raramente ele fazia análises de qualquer tipo). Em vez disso, continuou em frente por 1 quilômetro e, a uma curta distância de uma banca, parou debaixo de uma árvore. Falhou na tentativa de entrar porque o proprietário tinha reforçado a porta, para impedir sua abertura com pé de cabra. Ele acabou voltando para casa com a mesma vontade de fumar de antes.

Quando Allan acordou, pouco depois das onze da manhã, ele se sentia forte. Olhou pela janela, para onde o bosque da província se fechava em volta de um lago. Allan achava que a paisagem lembrava Södermanland. O dia prometia.

Ele vestiu sua única roupa e pensou que talvez devesse gastar um pouco com um novo guarda-roupa. Nem ele, nem Julius, nem Benny tinham sequer levado uma escova de dentes.

Quando Allan entrou na sala, Julius e Benny já estavam sentados tomando café. Julius tinha dado sua volta matutina, enquanto Benny dormira profundamente até bem mais tarde. Linda tinha posto copos e pratos na mesa e deixado um bilhete instruindo-os sobre como podiam se servir na cozinha. Ela havia ido até Rottne. O bilhete terminava com um pedido para que eles deixassem algumas sobras nos pratos, para que Buster pudesse aproveitar um pouco.

Allan deu bom-dia e recebeu o mesmo cumprimento de volta. Em seguida, Julius acrescentou que havia pensado em ficar ali na fazenda por mais uma noite, porque o entorno era maravilhoso. Allan perguntou se por acaso o motorista particular deles havia exercido alguma pressão nesse sentido, com base na paixonite que ele havia testemunhado na noite anterior. Julius respondeu que aquela manhã ele não só havia engolido pão torrado com ovos como também alguns argumentos de Benny sobre por que seria melhor permanecer ali durante o verão todo, mas a conclusão era dele mesmo. E se fosse o caso de partirem, para onde iriam? Não seria bom ficarem mais um dia para refletir sobre a situação? Agora eles precisavam de uma história plausível sobre quem eram e para onde iam. E o consentimento de Linda, naturalmente.

Benny acompanhava com interesse a conversa entre Allan e Julius, e torcia para que resultasse em mais uma noite lá. Seus sentimentos referentes a Linda não haviam arrefecido em nada desde a noite anterior; pelo contrário, ficou decepcionado quando não a viu ao descer para o café da manhã. Pelo menos ela havia deixado um "Muito obrigada" pela noite anterior, no bilhete de instruções. Será que ela estava se referindo aos versos que ele havia declamado? Torcia para que ela não demorasse a voltar.

Mas se passou quase uma hora até Linda surgir no jardim. Ao sair do carro, Benny achou que ela estava ainda mais linda do que da última vez que haviam se visto. Ela trocara o conjunto de moletom por um vestido, e Benny se perguntou se ela não havia ido ao cabeleireiro também. Ele seguiu na direção dela em passos decididos, exclamando:

— Minha Linda, bem-vinda de volta!

Logo atrás dele estavam Allan e Julius, divertindo-se com as manifestações de amor diante de seus olhos. Mas os sorrisos desapareceram assim que Linda abriu a boca. Primeiro, ela passou por Benny, continuou passando pelos outros dois antes de parar nos degraus da fazenda, onde se virou e disse:

— *Seus desgraçados!* Já sei de tudo! E agora quero saber o resto. Reunião na sala, JÁ.

Com isso, desapareceu dentro da casa.

— Se ela já sabe de tudo, o que mais ela quer saber? — questionou Benny.

— Fique quieto, Benny — orientou Julius.

— Exato — concordou Allan.

E assim foram ao encontro do destino.

Linda havia começado o dia alimentando Sonya com grama recém-cortada, depois foi se arrumar. Muito a contragosto ela admitira para si mesma que queria ficar bonita para o tal de Benny. Por isso, trocou o moletom vermelho por um vestido amarelo-claro e o cabelo emaranhado ela dominou com duas tranças. Além disso, aplicou uma leve maquiagem, temperando tudo com um perfume, antes de se sentar no seu Passat vermelho e ir a Rottne para as compras.

Buster, como sempre, assumiu seu lugar no banco do carona, e lambeu o focinho quando o carro pegou a direção do supermercado. Mais tarde ela se perguntou se o latido de Buster não teria sido para alertar sobre a manchete do *Expresso* na entrada do supermercado. Havia duas fotografias — uma embaixo, do velho Julius, e outra mais acima, do ainda mais velho Allan. O texto dizia:

"Centenário sequestrado por gangue criminosa. Caçada em andamento por ladrão notório — Polícia."

O rosto de Linda ficou vermelho, os pensamentos voando em todas as direções. Ela ficou furiosa e cancelou imediatamente todos os planos de compras, porque os três espertalhões iam cair fora da casa dela antes do almoço! Linda foi até a farmácia, comprou os medicamentos que Benny havia digitado na noite anterior e depois comprou um exemplar do *Expresso* para saber mais detalhes sobre em que pé estava a situação.

Quanto mais Linda lia, mais furiosa ficava. Ao mesmo tempo, ela não conseguia juntar os fatos. Seria Benny do Never Again? Julius era um notório ladrão? E quem havia sequestrado quem? Eles pareciam se dar tão bem.

Por fim, a raiva superou a curiosidade. Fosse como fosse, ela fora enganada. E ninguém enganava Gunilla Björklund impunemente! Minha Linda, pois sim!

Sentou-se novamente ao volante e leu mais uma vez: "*Na segunda-feira, no dia de seu centésimo aniversário, Allan Karlsson sumiu da Casa de Repouso de Malmköping. A polícia desconfia que ele tenha sido sequestrado por um membro da organização criminosa Never Again. De acordo com o que foi apurado pelo* Expresso, *o notório ladrão Julius Jonsson também está envolvido.*"

Em seguida havia uma série de informações e testemunhos confusos. Allan Karlsson foi visto no terminal rodoviário de Malmköping, antes de embarcar em um ônibus para Strängnäs, o que teria enfurecido um membro da Never Again. Mas espere um pouco... "*um homem louro, por volta dos 30...*". Isso não era uma descrição de Benny. Linda sentiu-se... aliviada, talvez?

A confusão continuou quando ela leu que, no dia anterior, Allan tinha sido visto sentado em um carrinho de inspeção, no meio do bosque de Södermanland, junto com o notório ladrão Jonsson e o membro da Never Again, que estava supostamente furioso com ele. O *Expresso* não conseguia explicar o exato relacionamento entre os três, mas a teoria que prevalecia era a de que Allan Karlsson era refém dos dois. Pelo menos era o que o fazendeiro Tengroth, de Vidkärr, acreditava, depois de ter sido pressionado por um repórter do *Expresso*.

Para terminar, o jornal podia adiantar outro detalhe: que Benny Ljungberg, proprietário de um carrinho de cachorro-quente, havia desaparecido sem deixar rastros no dia anterior, próximo ao local onde o centenário e o notório ladrão tinham sido vistos pela última vez.

Linda dobrou o jornal e colocou-o na boca de Buster.

Ela então voltou para a casa no bosque onde agora sabia que tinha um centenário, um notório ladrão e um proprietário de um carrinho de cachorro-quente como hóspedes. Este último, bonitão, charmoso e aparentemente com vastos conhecimentos médicos, mas aqui não havia espaço para romance. Por um breve momento Linda ficou mais triste do que brava, mas foi trabalhando a ira até alcançar o ponto certo no momento que entrasse no quintal.

Linda arrancou o jornal da boca de Buster, abriu-o na primeira página, exibindo a fotografia de Allan e Julius, esbravejou e xingou antes de começar a ler a matéria em voz alta. Depois exigiu uma explicação do que havia acontecido e enfatizou que os três estariam fora dali em cinco minutos, independentemente de quais fossem os fatos. Dobrou o jornal, colocou-o novamente na boca do cachorro e cruzou os braços, terminando com um determinado e frio:

— E aí?

Benny olhou para Allan, que olhou para Julius, que, estranhamente, sorriu.

— Notório ladrão. Então sou um notório ladrão. Nada mau.

Mas Linda não se deixou impressionar. Seu rosto já estava vermelho e ela ficou ainda mais ruborizada quando comunicou a Julius que logo, logo ele seria um notório ladrão esmigalhado, se não contasse imediatamente o que estava acontecendo. Então, repetiu para os hóspedes o que tinha dito a si mesma: que ninguém engana impunemente Gunilla Björklund da Fazenda do Lago. Ela reforçou as palavras pegando uma espingarda pendurada na parede. Tudo bem que não dava mais para atirar com ela, mas, com certeza, serviria para afundar uns crânios, tanto de ladrões como de proprietários de carrinhos de cachorro-quente e de velhos, se fosse necessário — e parecia ser esse o caso.

O sorriso de Julius Jonsson apagou-se rapidamente. Benny estava como que pregado no chão, com os braços caídos ao longo do corpo. Pelo visto, toda e qualquer chance de romance estava indo por água abaixo. Foi quando Allan tomou a frente, pedindo a Linda um tempo para pensar. Com a permissão dela, ele gostaria de poder conversar a sós com Julius no quarto ao lado. Linda concordou num resmungo, mas alertou Allan para não tentar nenhuma gracinha. Ele prometeu se comportar e, pegando o braço de Julius, levou-o até a cozinha e fechou a porta.

Allan iniciou a reunião perguntando a Julius se ele tinha alguma ideia que não deixasse Linda ainda mais enfurecida, diferente de tudo que eles tinham tido até então. Julius respondeu que a única coisa que provavelmente poderia salvar a situação era oferecer a ela parte do que havia na mala. Allan concordou, mesmo achando que não ia dar muito certo essa história de a cada dia contar para uma pessoa nova que eles tinham roubado a mala de alguém, matado esse alguém quando ele veio reivindicar suas posses e que ainda haviam empacotado o cadáver no capricho em um caixote de madeira, despachando-o para a África.

Julius achou que Allan estava exagerando. Até então, apenas uma pessoa teve de contribuir com a vida, e certamente mereceu. E se conseguissem ficar fora de circulação até a poeira baixar, não haveria necessidade de outros terem o mesmo destino.

A isso Allan respondeu que tinha outra ideia. Podiam dividir o conteúdo da mala em quatro: Allan, Julius, Benny e Linda. Assim não haveria o risco de os dois últimos saírem dando com a língua nos dentes para pessoas erradas. Com a vantagem de eles todos poderem permanecer na fazenda durante o verão e, depois disso, aquela gangue já teria desistido de procurar por eles; se é que estavam procurando, mas era de se supor que estivessem mesmo.

— Vinte e cinco milhões por uma hospedagem de algumas semanas — suspirou Julius, mas sua linguagem corporal denunciava que ele sabia que Allan tinha razão.

A reunião na cozinha terminou. Julius e Allan voltaram para a sala. Allan pediu mais 30 segundos de paciência a Linda e a Benny enquanto Julius foi até o quarto, voltando em seguida arrastando a mala. Colocou-a na mesa e a abriu.

— Allan e eu combinamos que vamos dividir isso em quatro partes iguais.

— Jesus na cruz, que diabos é isso? — espantou-se Linda.

— Em partes iguais? — perguntou Benny.

— Sim, mas você tem de devolver seus 10 mil — disse Allan —, e o troco da gasolina.

— Meu Deus! — exclamou Linda.

— Sentem-se que vou explicar — disse Julius.

Linda, assim como Benny, teve dificuldade em digerir a história do cadáver que foi colocado em um caixote de madeira, mas estava ainda mais impressionada com o fato de Allan ter saído pela janela e fugido de sua vida anterior.

— Eu devia ter feito o mesmo duas semanas depois de ter casado com aquela porcaria.

A calma voltou à fazenda. Linda e Buster saíram para novas compras. Comida, bebida, roupas, artigos de higiene e uma porção de outras coisas. Pagaram tudo com dinheiro, de um maço de notas de 500.

O comissário Aronsson interrogou a testemunha do posto de gasolina em Mjölby, uma senhora por volta dos 50 anos. Tanto a profissão como a forma com que ela relatou suas observações passavam credibilidade. A testemunha também podia apontar Allan nas fotografias tiradas umas semanas antes, numa festa de aniversário de 80 anos na Casa de Repouso, gentilmente cedidas pela diretora Alice não só para a polícia, mas para todos os representantes interessados da mídia. O comissário Aronsson foi obrigado a confessar para si mesmo que ele, no dia anterior, havia descartado erroneamente essa pista. Mas agora não adiantava lamentar. Em vez disso, Aronsson concentrou-se na análise dos fatos. Da perspectiva de fuga, puramente, havia duas possibilidades: ou os velhos e o proprietário do carrinho de cachorro-quente sabiam para onde iam, ou estavam seguindo sem rumo na direção sul. Aronsson preferiu a primeira alternativa, era mais fácil seguir quem tinha um destino do que alguém que andava a esmo. Mas com essa gente não dava para ter certeza. Allan Karlsson não parecia ter qualquer ligação com Jonsson ou Benny Ljungberg. Jonsson e Ljungberg porém, podiam se conhecer; moravam a cerca de 20 quilômetros um do outro. Talvez o sequestrado fosse Ljungberg, que teria sido obrigado a dirigir o veículo. Mesmo o centenário podia estar lá também sob coação, ainda que duas coisas contrariassem essa teoria: 1) o fato de Allan Karlsson ter saltado do ônibus justamente na estação de Byringe e aparentemente ter ido procurar Julius Jonsson espontaneamente; 2) segundo testemunhos, o relacionamento entre Allan Karlsson e Julius Jonsson parecia ser amigável; estas foram as impressões tanto quando vistos no carrinho atravessando o bosque como quando avistados passeando perto da usina.

De qualquer forma, testemunhas tinham observado que o Mercedes prata havia deixado a autoestrada e continuado em direção a Tranås. Mesmo que isso tenha se dado um pouco mais de 24 horas antes, o fato era bastante interessante. Quem vai para o sul pela autoestrada e de repente desvia perto de Mjölby limita as possibilidades de destino final. Tudo que restava era o norte de Småland, caso o Mercedes tivesse tomado o caminho mais curto. Mas se os dois velhos e o proprietário do carrinho de cachorro-quente achassem que estavam sendo perseguidos, seria sensato pegar caminhos menores.

Tranås, Eksjö, talvez Nässjö, Åseda, Vetlanda e aquela região. Talvez tão ao sul como Växjö, mas, nesse caso, o Mercedes não tinha escolhido o caminho mais curto. Porém, era perfeitamente possível, principalmente se os velhos e o proprietário da carrocinha se sentissem caçados. Aí seria recomendável escolher caminhos menores.

O que indicava que ainda estavam na área recém-circundada pelo comissário Aronsson era o fato de haver no veículo duas pessoas sem passaporte válido. Não deviam estar tentando sair do país. Também pelo fato de os colegas do comissário Aronsson terem telefonado para todos os postos de gasolina que se encontravam a uma distância de 300 a 500 quilômetros de Mjölby, em todas as direções, e ninguém sabia qualquer coisa sobre um Mercedes prata, com três passageiros estranhos a bordo. É claro que podiam ter abastecido o automóvel em um posto self-service, mas em geral as pessoas escolhiam postos com serviços porque, depois de algum tempo sentado em um veículo, queriam uma guloseima, um cachorro-quente ou um refrigerante, e isso era providenciado enquanto o veículo era abastecido. O que também contava a favor de um posto com serviços era que já haviam usado um desses em Mjölby.

— Tranås, Eksjö, Nässjö, Vetlanda, Åseda... e proximidades — listou o comissário Aronsson, satisfeito consigo mesmo. Mas em seguida murmurou: — E depois?

Ao acordar após uma noite de pesadelos, o líder do The Violence foi direto até o posto de gasolina para finalmente aplacar sua vontade de fumar. Na parede, do lado de fora, a manchete do *Expresso* praticamente gritava para ele com suas letras garrafais. A foto maior era claramente do mesmo velho que ele havia visto na noite anterior, em Rottne.

Na pressa, ele se esqueceu de comprar o cigarro. Mas comprou o jornal e, surpreso com o que leu, telefonou para o irmão mais velho, Balde.

O mistério sobre o centenário desaparecido e provavelmente sequestrado tinha envolvido o país todo. Mais de 1,5 milhão de espectadores, entre eles o próprio centenário e seus novos companheiros na fazenda, assistiram a uma reportagem que não dizia nada além do que eles já haviam lido no jornal.

— Se eu não soubesse que sou eu, teria sentido pena daquele pobre velho — comentou Allan.

Linda não via a coisa de uma forma tão tranquila e achava que Allan, Julius e Benny deviam ficar escondidos por uns tempos. E a partir de hoje o Mercedes ficaria estacionado atrás do celeiro. Amanhã mesmo ela sairia para comprar o ônibus que vinha namorando havia algum tempo. Em um futuro próximo poderia surgir a necessidade de uma partida abrupta e, nesse caso, toda a família partiria, inclusive Sonya.

CAPÍTULO 9

1939-1945

No dia 1º de setembro de 1939 o navio de bandeira espanhola no qual Allan se encontrava chegou ao ancoradouro de Nova York. Allan havia planejado dar uma rápida olhada nesse grande país a oeste da Europa e depois pegar o navio de volta, mas, nesse mesmo dia, um dos amigos do generalíssimo tomou a Polônia e novamente a guerra na Europa estava a todo vapor. O navio de bandeira espanhola foi apreendido e mais tarde confiscado para servir sob a bandeira da Marinha dos EUA, até a paz, em 1945.

Todos os homens a bordo foram enviados ao escritório de imigração na ilha Ellis. Lá, o oficial fazia quatro perguntas para todos os passageiros: 1) Nome; 2) Nacionalidade; 3) Profissão; 4) Motivo da visita aos Estados Unidos da América.

Todos os companheiros de Allan alegaram ser espanhóis, simples marinheiros que, agora, não tinham para onde ir, uma vez que o navio fora apreendido. Com isso, foram rapidamente liberados para entrar no país, onde teriam de se virar da melhor forma que pudessem.

Allan, entretanto, se diferenciava dos demais. Primeiro, porque tinha um nome que o intérprete espanhol não conseguia pronunciar. Depois, porque ele era da Suécia, mas principalmente porque contou, com toda a sua ingenuidade, que era um especialista em explosões com experiência, que já tivera o próprio negócio, que havia trabalhado na indústria de fabricação de canhões até sua recente participação na guerra de espanhóis contra espanhóis.

Em seguida, Allan puxou a carta escrita pelo general Franco. Assustado, o intérprete espanhol traduziu a carta para o oficial da imigração, que, por sua vez, chamou imediatamente seu chefe.

A primeira decisão foi a de que o sueco fascista deveria ser mandado de volta para o lugar de origem.

— É só vocês arrumarem um navio que eu caio fora — avisou Allan.

Bem, isso não era tão fácil, e então os interrogatórios continuaram. Quanto mais o oficial da imigração conseguia tirar de Allan, mais ele via o quão distante o sueco estava de ser fascista. Tão pouco era comunista. Ou socialista. Ele não era nada, pelo visto, a não ser especialista em explosivos. Além disso, a história de como ele e o general Franco haviam se tornado amigos era tão ridícula que não podia ter sido inventada.

Como não tinha uma ideia melhor, o chefe da imigração arranjou para que Allan ficasse preso por alguns meses. No entanto, meses se transformaram em anos, e o chefe de imigração tinha praticamente esquecido dele, até o dia em que se viu discutindo o assunto com seu irmão, durante o feriado de Ação de Graças, na fazenda da família. Seu irmão estava trabalhando em um tipo de dispositivo explosivo para os militares. O irmão não gostava da ideia de ter um potencial apoiador de Franco sob seus cuidados, mas eles estavam desesperados em ter toda experiência que poderiam dispor em Los Alamos. Eles poderiam, provavelmente, encontrar um trabalho com pouca qualificação e não tão secreto para esse sueco esquisito, se isso fosse ajudar seu irmão.

O chefe da imigração respondeu que, sem dúvida, estaria lhe fazendo um favor, e então os dois irmãos se concentraram no peru.

Tempos depois, no inverno de 1943, pela primeira vez na vida, Allan tomou um avião e foi parar no laboratório nacional americano em Los Alamos, onde logo se descobriu que não falava uma palavra em inglês. Um tenente que falava espanhol teve como tarefa descobrir o quanto o sueco conhecia em matéria de explosivos e, na frente do tenente, Allan teve de escrever suas fórmulas. O tenente leu as anotações, achou que o sueco era bem criativo, mas duvidava que as cargas de Allan fizessem sequer um automóvel ir pelos ares.

— Ah, fazem sim — retrucou Allan. — Um carro com um homem dentro. Já tentei.

Deixaram-no ficar. No começo, ele estava alojado na barraca mais distante, mas, com o passar dos meses e dos anos, ele foi aprendendo a falar inglês e foram impostas a ele cada vez menos restrições de circulação na base. Durante o dia, Allan, muito observador, aprendia como se faziam explosivos bem diferentes daqueles que ele havia utilizado, aos domingos, no poço atrás de casa. À noite, quando a maioria dos homens jovens da base de Los Alamos se dirigia à cidade para caçar mulheres, Allan ficava na biblioteca da base, considerada de segurança máxima, aperfeiçoando seus conhecimentos e aprendendo sobre novas esferas do mundo dos explosivos.

Allan foi aprendendo cada vez mais, na mesma velocidade em que a guerra na Europa (e também no mundo) ia se tornando mais abrangente. Não que ele ali pudesse praticar seus conhecimentos de forma significativa, era apenas um ajudante. Não se tratava mais de nitroglicerina ou nitrato de sódio — isso era para peixe pequeno —, mas de relações exóticas entre hidrogênio e urânio e outras substâncias muito mais complicadas do que ele poderia imaginar.

A partir de 1943 foram introduzidas normas bem restritivas em Los Alamos. O grupo recebeu do presidente Roosevelt a incumbência secreta de criar uma bomba gigante; uma que, de uma só vez, pudesse derrubar dez ou vinte pontes espanholas, imaginava Allan. Ajuda era necessária até nas atividades mais secretas, e Allan passou a ter acesso às áreas mais restritas.

Ele tinha de reconhecer que os americanos sabiam o que estavam fazendo. No lugar dos explosivos com os quais Allan estava acostumado a lidar, agora as experiências eram para tentar fissurar pequenos átomos, para obter uma explosão muito maior que qualquer coisa que o mundo conhecia até então.

Em abril de 1945 eles estavam quase conseguindo. Os pesquisadores — Allan incluso — sabiam como conseguir uma reação nuclear, mas não como controlá-la. O problema fascinava Allan; à noite, sentado na biblioteca, ele ficava pensando e repensando sobre o que ninguém havia lhe pedido para pensar. O ajudante sueco não se dava por vencido — e encontrou a solução.

Uma vez por semana, naquela primavera, os militares de patentes mais altas e os físicos mais proeminentes se reuniam por horas, liderados pelo chefe da equipe dos físicos, J. Robert Oppenheimer, com Allan servindo cafezinho e ouvindo.

Cada vez mais os físicos arrancavam os cabelos e pediam a Allan que servisse mais café; os militares coçavam as cabeças e pediam mais café a Allan. E por alguns instantes físicos e militares se lamentavam em uníssono, para depois pedir mais café a Allan. E assim foi, semana após semana. Já havia algum tempo que Allan tinha encontrado a solução do problema, mas não cabia a um simples copeiro explicar para o chef como se preparava um prato, portanto, guardou para si o que havia descoberto.

Até que um dia, para sua própria surpresa, ele se ouviu dizendo:

— Me desculpem, mas por que vocês não dividem o urânio em duas partes iguais?

Isso meio que saiu dele sem querer, enquanto servia mais café para Oppenheimer em pessoa.

— O que você disse? — perguntou Oppenheimer, tão chocado com o fato de o copeiro abrir a boca que nem sequer ouviu o que ele falou.

Allan não tinha escolha a não ser continuar:

— Bem, se dividirem o urânio em duas partes iguais e se juntarem as partes só quando for a hora certa, a explosão se dará quando vocês quiserem.

— Partes iguais? — indagou Oppenheimer.

Nesse instante havia muito mais passando por sua cabeça, mas "partes iguais" foi o que ele conseguiu formular.

— Bem, o senhor está certo em questionar. As partes não precisam ser iguais, o importante é que sejam grandes o suficiente quando se juntarem.

O tenente Lewis, um dos que havia recomendado Allan para o serviço de assistente, parecia querer matar o sueco, mas um dos físicos sentado à cabeceira da mesa reagiu com interesse.

— Como você pensa em juntar as partes? E quando? No ar?

— Exatamente, senhor físico. Ou o senhor é químico? Não. Sim, porque vocês não têm problema com explosões. O problema é que não conseguem controlar o momento que ela acontece. Mas uma massa crítica dividida passa a ser duas massas não críticas, não é verdade? E raciocinando ao contrário, duas massas não críticas formam uma massa crítica.

— E como o senhor propõe que as juntemos, senhor... Perdão, mas quem é o senhor? — perguntou Oppenheimer.

— Sou Allan.

— Pois bem, Sr. Allan. Como o senhor pensa em juntar as partes? — continuou Oppenheimer.

— Com uma boa e velha carga de explosivo comum — respondeu Allan. — Eu sou bom nisso, mas tenho certeza de que podem resolver essa parte por conta própria.

De modo geral, físicos e cientistas militares de primeira linha não são burros. Em alguns segundos, de cabeça, Oppenheimer tinha reexaminado equações quilométricas e chegado à conclusão de que o copeiro estava certo. Imagine que algo tão complicado pudesse ter uma solução tão simples! Uma boa carga de explosivo comum, na parte posterior da bomba, que podia ser explodida remotamente e enviar uma massa não crítica de urânio-235 para se chocar com outra massa não crítica. Imediatamente, haveria uma transformação em massa crítica. Os nêutrons iam começar a se movimentar, os átomos de urânio começariam a se dividir. A reação em cadeia estaria deflagrada e...

— Bum! — disse Oppenheimer para si mesmo.

— Exatamente isso — concordou Allan. — Vejo que o senhor já entendeu. Alguém quer mais um pouco de café?

Nesse momento a porta da sala secreta se abriu e entrou o vice-presidente Truman, em uma de suas raras visitas de surpresa.

— Sentem-se — ordenou ele aos homens que rapidamente haviam se colocado de pé.

Pelo sim, pelo não, Allan também se sentou em uma das cadeiras vazias. Se um vice-presidente lhe diz para sentar, era melhor sentar; era assim que funcionava na América, ele pensou.

Em seguida, o vice-presidente pediu um relatório do andamento a Oppenheimer, que pulou novamente para ficar de pé e, na pressa, não conseguia se lembrar de nada a não ser que o Sr. Allan, sentado lá no canto, tinha acabado de solucionar o último entrave de como controlar a detonação. É verdade que a solução do Sr. Allan não havia sido testada ainda, mas ele pensava estar falando por todos ali ao alegar que estavam convencidos de que o problema já era história e que dentro de um prazo de três meses fariam uma detonação-teste.

O vice-presidente olhou as pessoas em volta da mesa e todos menearam a cabeça, concordando. O tenente Lewis finalmente atreveu-se a respirar novamente. No fim, o olhar do vice-presidente caiu sobre Allan.

— Então o senhor é o herói do dia, Sr. Allan? Preciso de algo para forrar o estômago antes de voltar para Washington. O senhor me acompanha?

Deve ser um traço comum entre os líderes do mundo, pensou Allan, essa coisa de convidar para jantar assim que ficavam satisfeitos com alguém, mas nada disse. Em vez disso, agradeceu, aceitando o convite do vice-presidente, deixando o recinto com ele. Na ponta da mesa, Oppenheimer parecia ao mesmo tempo aliviado e infeliz.

O vice-presidente Truman tinha mandado isolar seu restaurante mexicano favorito no centro de Los Alamos, de modo que o espaço era só dele e de Allan, com exceção de uns dez seguranças espalhados pelos vários cantos.

O chefe da segurança tinha chamado a atenção para o fato de que o Sr. Allan não era americano nem mesmo havia sido revistado antes de ficar a sós com o vice-presidente, mas Truman ignorou as observações dele, dizendo que, naquele dia, o Sr. Allan havia feito a coisa mais patriótica de que se tinha notícia.

O vice-presidente estava de excelente humor. Logo depois do jantar, em vez de ir para Washington, ele voaria para a Geórgia, onde o presidente Roosevelt se encontrava em uma casa de repouso, para tratar da sua poliomielite. Essa notícia o presidente ia querer ouvir de fonte direta, disso Harry Truman tinha certeza.

— Eu decido a comida e você escolhe a bebida — disse alegremente Harry Truman, oferecendo a carta de vinhos a Allan.

Truman virou-se para o maître, que fez uma reverência ao receber o pedido de tacos, enchilada, tortillas de milho e uma porção de molhos diferentes.

— E para beber?

— Duas garrafas de tequila — respondeu Allan.

Harry Truman riu e perguntou se o Sr. Allan tinha a intenção de fazê-lo tomar um porre. Allan respondeu que nos últimos anos ele havia constatado que os mexicanos sabiam fazer uma aguardente quase tão boa como a que os suecos chamavam de aquavit, mas que o vice-presidente naturalmente estava livre para tomar leite, se achasse mais adequado.

— Não, promessa é dívida — respondeu Truman, pedindo para trazerem limão e sal.

Três horas depois os dois eram "Harry" e "Allan", o que mostra o quanto duas garrafas de tequila podem fazer em termos de relações internacionais. Allan contou como o atacadista tinha ido para os ares na Suécia e como ele havia salvado a vida do general Franco. Por outro lado, o vice-presidente divertiu Allan com as imitações que fazia do presidente Roosevelt tentando se levantar da cadeira de rodas.

Quando o clima estava no auge, o chefe da segurança chegou discretamente ao lado do vice-presidente:

— Posso lhe falar, senhor?

— Fale à vontade — respondeu Truman, a língua enrolada.

— Em particular, senhor?

— Mas que diabos, como você se parece com Humphrey Bogart! Allan, você viu isso?

— Senhor... — insistiu o chefe da segurança, cada vez mais incomodado.

— Mas que inferno, o que você quer? — exasperou-se o vice-presidente.

— Senhor, é a respeito do presidente Roosevelt.

— Sim, o que é que há com o bode velho?

— Ele morreu, senhor.

CAPÍTULO 10

Segunda-feira, 9 de maio de 2005

HAVIA QUATRO DIAS que Balde estava sentado na frente do supermercado de Rottne, esperando ver Parafuso acima de tudo, ou então um sujeito de 100 anos, uma ruiva mais nova, um homem de rabo de cavalo (isso era tudo que sabia da aparência dele) e um Mercedes. Ficar ali sentado não foi ideia dele, e sim do Chefe. Depois de receber aquele telefonema sortudo do irmão caçula, líder do The Violence em Braås, avisando que o centenário estivera na frente da clínica, em Småland, na noite anterior, Balde relatara imediatamente o ocorrido para a chefia. Foi quando o Chefe determinou vigiar o supermercado mais frequentado da cidadezinha. Ele chegou à conclusão de que quem passeia por Rottne no meio da noite deve estar instalado ali por perto, e todos precisam comprar comida mais cedo ou mais tarde. A lógica parecia clara. Não era à toa que o Chefe era Chefe. Mas, quatro dias já haviam se passado, e Balde estava começando a perder a esperança.

Sua concentração também já não era como no início. E foi por esse motivo que ele não notou a ruiva quando ela entrou no estacionamento em um VW Passat vermelho, em vez do esperado Mercedes prata. Mas como ela fez a gentileza de passar bem na frente do nariz de Balde ao se dirigir para o supermercado, ele não a perdeu. Ele não tinha certeza de que era exatamente ela, mas a idade parecia bater com as informações da testemunha e a cor do cabelo estava certíssima.

Balde ligou para o Chefe em Estocolmo, que não mostrou o mesmo entusiasmo. Sua esperança maior era de encontrar Parafuso, ou pelo menos o maldito velho.

Mas tudo bem. Balde devia anotar a placa do carro e discretamente seguir a ruiva e ver para onde ela ia. Em seguida, se reportar outra vez.

O comissário Aronsson tinha passado os últimos quatro dias em um hotel de Åseda. A intenção era que ele ficasse próximo do centro dos acontecimentos, quando surgisse alguma nova testemunha.

Mas nada surgiu, e Aronsson já se preparava para ir para casa quando os colegas de Eskilstuna ligaram. A escuta no telefone do bandido da Never Again Per-Gunnar Gerdin tinha dado resultado.

Gerdin, ou Chefe, como era chamado, ficara famoso uns anos antes ao criar uma organização criminosa na penitenciária de segurança máxima onde estava detido. A mídia ficou atenta, chegando até a publicar nome e foto do sujeito. Que o grande plano não tinha dado em nada, por causa de uma carta da mãe de Per-Gunnar Gerdin, isso nunca foi divulgado.

Uns dias antes o comissário Aronsson tinha mandado grampear o telefone de Gerdin, e tivera sorte. A conversa em questão foi gravada, transcrita e enviada por fax para Aronsson em Åseda:

— *Alô?*

— *Sim, sou eu.*

— *Algo de novo?*

— *Sim, talvez. Estou sentado em frente ao supermercado e acaba de passar uma mulher de cabelos vermelhos, para fazer compras.*

— *Só a mulher? Nada do Parafuso? Nenhum centenário?*

— *Não, só a mulher. Mas não sei se...*

— *Ela estava dirigindo um Mercedes?*

— *Bem, não deu tempo de ver... mas não tem nenhum Mercedes no estacionamento, então ela deve estar dirigindo outra coisa.*

(silêncio por cinco segundos)

— *Alô?*

— *Sim, estou aqui, só estou pensando, inferno! Alguém aqui tem que pensar.*

— *Sim, eu só...*

— *Deve ter mais de uma ruiva de meia-idade em Småland...*

— *Sim, mas ela aparenta ter a idade certa, de acordo com...*

— *Você vai fazer o seguinte: siga-a, anote a placa, mas não faça nada idiota. Fique de olho para ver para onde ela vai. E, pelo amor de Deus, trate de não ser descoberto. Depois me informe das novidades.*

(silêncio por cinco segundos)

— *Você entendeu?*

— *Ahn, é, entendi. Assim que eu souber mais eu telefono...*

— *E da próxima vez ligue para o meu número pré-pago. Já não falei que todas as ligações de negócio têm que ser por ele?*

— *Sim, mas isso não é só quando negociamos com os russos? Eu pensei que você não ia deixá-lo ligado agora que...*

— *Idiota (seguido de um resmungo, e o telefonema estava terminado).*

O comissário Aronsson leu a transcrição e tentou encaixar as peças novas do quebra-cabeça.

O tal "Parafuso" que foi mencionado deve ser Bengt Bylund, um dos membros conhecidos da Never Again, a esta altura tido como morto. E aquele que fez a chamada para Gerdin com certeza era Henrik "Balde" Hultén, caçando o Parafuso em algum lugar de Småland.

Aronsson teve a confirmação de que estava na pista certa.

Em algum lugar na província de Småland se encontravam Allan Karlsson, Julius Jonsson, Benny Ljungberg e o Mercedes. Havia também uma mulher ruiva, de idade desconhecida, mas, decerto não era jovem, uma vez que falaram em "meia-idade". Por outro lado, para uma pessoa como Balde, uma mulher deixava de ser jovem rapidinho.

Na Never Again, em Estocolmo, acreditava-se que Parafuso também estava com o grupo. Nesse caso, estaria ele fugindo dos colegas? Se não, por que ainda não havia feito contato? *Porque ele estava morto!* Mas isso o Chefe não tinha entendido ainda, portanto acreditava que Parafuso estava escondido em algum lugar de Småland, junto com... onde é que entrava a ruiva na história?

Pensando nisso, Aronsson pediu um levantamento da família de Allan, de Benny e de Julius. Será que algum deles tinha uma prima, uma irmã, ou algo assim, morando em Småland e que, por coincidência, fosse ruiva?

"Ela aparenta ter a idade certa, de acordo com...", disse Balde. De acordo com o quê? De acordo com algo que alguém teria dito a eles? Alguém que viu o grupo em Småland e que telefonou dando a dica? Que pena que a escuta telefônica só começou havia poucos dias.

A essa altura Balde já teria seguido a ruiva do supermercado, e talvez até desistido depois, porque viu que não era a ruiva certa, ou então... Balde agora sabia onde Allan Karlsson e os amigos se encontravam. Nesse caso, o Chefe também já estaria a caminho de Småland, para tirar de Allan e de seus companheiros a verdade sobre o que havia acontecido com Parafuso e a mala.

Aronsson pegou o telefone e ligou para Conny Ranelid, o promotor responsável por Eskilstuna. A princípio, Ranelid não havia se envolvido muito no caso, mas seu interesse aumentava à medida que Aronsson relatava novas complicações.

— Não vá perder o Gerdin e seu capanga — aconselhou Ranelid.

Linda colocou duas sacolas cheias no porta-malas de seu Passat e se dirigiu para casa novamente.

Balde a acompanhava a uma distância segura. Chegando à autoestrada, a primeira coisa que ele fez foi ligar para o Chefe (para o pré-pago, naturalmente; Balde tinha um forte instinto de sobrevivência) para comunicar marca e placa do veículo da ruiva. Prometeu ligar novamente assim que chegassem ao destino.

A viagem seguia para fora de Rottne, mas logo a ruiva entrou numa estrada de terra batida. Balde reconhecia o lugar. Tinha estado lá uma vez para participar de um rally. Naquela ocasião, seu copiloto tinha sido sua ex-namorada; na metade do rally ela se deu conta de que estava lendo o mapa de cabeça para baixo.

O caminho estava seco e o carro da ruiva havia deixado uma nuvem de poeira atrás de si. Por isso, Balde podia segui-la com tranquilidade sem nem mesmo vê-la. Só que a nuvem de poeira sumiu depois de alguns quilômetros. Maldição! Balde aumentou a velocidade, mas a nuvem não reapareceu.

De início, ele entrou em pânico, mas logo se acalmou. A mulher deve ter virado e entrado em alguma estradinha. Voltando um pouco mais de 1 quilômetro, Balde achou que tinha a solução do enigma. Ali havia uma caixa de correio e, à direita, um caminhozinho que a ruiva deve ter pegado.

Considerando o desenrolar dos acontecimentos, pode-se dizer que Balde estava um pouco ansioso demais. Ele virou rapidamente o volante e mandou o carro a toda velocidade caminho abaixo, sem saber onde ia parar. A recomendação de ser discreto e cuidadoso de alguma forma tinha ficado lá em cima, junto à caixa de correio.

Balde estava dirigindo rápido demais e, antes que se desse conta, o caminho acabou dando num jardim. Com um pouco mais de velocidade não teria dado tempo de Balde parar e ele teria ido diretamente para cima dos velhos que estavam lá alimentando um... elefante?

Allan encontrou uma nova amiga em Sonya. Os dois tinham uma porção de coisas em comum: um tinha saído pela janela, e com isso viu a vida tomando um novo rumo, enquanto a outra também havia entrado na água, e obtido o mesmo resultado. Antes, ambos haviam conhecido um bocado do mundo. Além disso, Sonya estava cheia de rugas, parecia uma sábia centenária, pensava Allan.

Sonya não se engraçava com qualquer um, mas desse velho ela gostava. Ele lhe dava frutas, coçava sua tromba e falava com ela com voz suave. Ela não entendia muito o que ele falava, mas isso não tinha importância. Ele era tão agradável! Assim, quando o velho pedia a Sonya para girar, ela girava, com a maior boa vontade. Ela até mostrou a ele que sabia ficar de pé em duas patas, apesar de ele não conhecer esse comando. Receber uma maçã ou duas e umas coçadas extras pela exibição era puro lucro. Sonya não era do tipo que se vendia.

Linda gostava de ficar sentada no terraço com Benny e Buster, com café e guloseimas para o cão. E lá estavam eles, vendo como o relacionamento de Allan e Sonya se desenvolvia no jardim, enquanto Julius ficava horas pescando percas lá embaixo, na beira do lago.

O calor do verão não cedia. O sol havia brilhado a semana inteira e a previsão era que iria continuar assim.

Benny, que além de todo o resto era quase arquiteto, havia planejado num piscar de olhos como o ônibus de mudanças recém-comprado por Linda devia ser reformado para se adequar a Sonya. E quando Linda descobriu que Julius não era somente um ladrão, mas também um antigo comerciante de madeira relativamente habilidoso com martelo e pregos, ela disse a Buster que os amigos que tinha arranjado não eram tão ruins.

Foi sorte não tê-los enxotado. Seguindo as instruções de Benny, não levou mais que uma tarde para Julius fazer as modificações internas no ônibus. Depois, Sonya entrou e saiu do veículo com Allan para testar, e ela parecia satisfeita. Estava um pouquinho apertado para ela, mas havia dois tipos de jantar para mastigar bem à frente e água à direita. O piso havia sido suspenso e levemente inclinado para trás e havia uma fossa nos fundos para as fezes de Sonya, estava cheia de feno, até a borda, para absorver a maior parte do que eventualmente saísse durante a viagem.

Também havia um abrangente sistema de ventilação, obtido por meio de furos feitos ao longo de ambas as laterais do ônibus, e uma janela móvel de vidro que isolava a cabine do motorista para que Sonya pudesse manter contato visual com a dona durante a viagem. Em outras palavras, o ônibus tinha sido transformado em um veículo de luxo para elefantes, e isso em poucos dias.

Quanto mais preparado o grupo estava para partir, menos entusiasmados eles ficavam para partir. A vida na fazenda havia se transformado em um convívio agradável para todos. Especialmente para Benny e Linda que, na terceira noite, acharam um desperdício gastar dois jogos de lençóis em dois quartos diferentes quando podiam muito bem compartilhá-los. As noites em frente à lareira eram sempre muito agradáveis, com boa comida, bebida de primeira e episódios da interessantíssima história de Allan Karlsson.

Na segunda-feira de manhã não havia quase mais nada na geladeira ou na despensa; estava mais do que na hora de Linda ir até Rottne para reabastecer. Por motivo de segurança, ela fez a viagem no seu velho Passat. O Mercedes ficou onde estava, escondido atrás do celeiro.

Ela voltou com uma sacola de mantimentos para ela e para os velhos, e outra com maçãs argentinas frescas para Sonya. Chegando em casa, Linda deu a sacola com as maçãs para Allan, distribuiu o restante entre a geladeira e a despensa da cozinha e depois, com um potezinho com morangos belgas, juntou-se a Benny e Buster na varanda. Julius agora também estava sentado com eles, em uma de suas raras pausas da pescaria.

Foi quando um Ford Mustang entrou disparado no jardim e quase atropelou Allan e Sonya.

A elefanta foi a que se manteve mais calma. Ela estava tão concentrada na próxima maçã de Allan que não via nem ouvia o que se passava à sua volta. Ou talvez estivesse prestando atenção no fim das contas, porque parou no meio de um rodopio, com o traseiro virado para Allan e o visitante que acabara de chegar.

O segundo mais calmo era Allan. Ele tinha estado perto da morte tantas vezes que um Mustang galopante não fazia muita diferença. Era só ele parar a tempo, exatamente como fez.

O terceiro mais calmo talvez fosse Buster. Ele tinha sido muito bem-treinado para não sair correndo e latindo quando chegava um visitante. Mas as orelhas estavam em pé, e os olhos, redondos como duas bolas de gude. Aqui o negócio era ficar de olho nos acontecimentos.

Já Linda, Benny e Julius, pelo contrário, levantaram-se de uma só vez e, em fila, esperavam pelo que viria.

O que aconteceu foi que Balde, depois de uns minutos, um pouco sem graça, saiu cambaleando de seu Mustang, procurou por um revólver numa bolsa que estava no chão, na parte de trás do carro. Primeiro, mirou no traseiro do elefante; depois mudou de ideia e mirou em Allan e nos três amigos, enfileirados na varanda, ordenando (um pouco sem imaginação):

— Mãos para cima!

— Mãos para cima?!

Foi a coisa mais ridícula que Allan tinha ouvido nos últimos tempos. O que aquele sujeito achava que iria acontecer se eles não levantassem as mãos? Que ele, com 100 anos, ia jogar maçãs nele? Ou que a delicada senhora lá, um pouco mais afastada, fosse atravessá-lo com morangos belgas? Ou que...

— Tá bom, tá bom, põe as mãos onde quiser, mas nada de truques.

— Truques?

— Cale a boca, velho desgraçado! Fala logo onde está a maldita mala. E quem é responsável por ela.

Pronto, pensou Linda. A sorte deles tinha acabado. A realidade os alcançara. Ninguém respondia a Balde; todos estavam pensando, pensando tanto que era possível ouvir as engrenagens do cérebro — possivelmente com exceção da elefanta, que, virada de costas para o drama, achou que era hora de evacuar. E quando um elefante se alivia, isso geralmente não passa despercebido para quem por acaso estiver nas proximidades.

— Que merda! — exclamou Balde, afastando-se rapidamente da nojeira que saía da elefanta. — Por que diabos vocês têm um elefante?

O silêncio continuava. Mas agora era Buster que não conseguia se conter mais. Ele sentia que havia algo errado e queria muito latir para o estranho. Apesar de conhecer as regras, ele deixou escapar um rosnado baixinho. Isso fez com que Balde, pela primeira vez, prestasse atenção no cão policial na varanda, instintivamente dando dois passos para trás enquanto levantava novamente o revólver, preparado para atirar se necessário.

Foi então que surgiu uma ideia no cérebro centenário de Allan. Era uma ideia louca e, além disso, havia o risco iminente de ele ser baleado e morrer — a não ser que fosse de fato imortal. Tomou fôlego e com um sorriso inocente nos lábios foi andando na direção do bandido, falando com sua voz mais débil:

— Mas que beleza de pistola você tem. É de verdade? Posso pegar?

Benny, Julius e Linda pensaram que o velho tinha surtado.

— Pare, Allan! — gritou Benny.

— É, seu velho desgraçado! Para, senão eu atiro — ameaçou Balde.

Mas Allan continuava andando, arrastando os pés. Balde deu um passo para trás, esticou o braço com o revólver ameaçando Allan e... aconteceu. Ele fez o que Allan esperava que ele fizesse. Naquele estresse, ele deu *mais um* passo para trás....

Quem já colocou o pé na nojeira pegajosa de cocô fresco de um elefante sabe que é praticamente impossível permanecer de pé. Balde não sabia, mas aprendeu rapidinho. O pé que estava atrás escorregou, ele procurou apoio com as mãos, mas não teve jeito e ele caiu de costas na merda.

— Senta, Sonya! Senta! — mandou Allan, para o que seria a última parte do plano.

— Não, pelo amor de Deus, Sonya! Não senta! — gritou Linda, que de repente entendeu o que estava para acontecer.

— Mas que inferno! — praguejou Balde, deitado de costas na pilha de excrementos.

Sonya, que estava de costas para todos, tinha ouvido claramente o comando de Allan. E o velho era tão bonzinho que ela faria o que ele pedia com prazer. Ademais, Sonya achou que sua dona tinha confirmado o comando. A palavra "não" para negar uma ordem era algo que ela ainda não entendia bem.

Assim, Sonya se sentou. Seu traseiro aterrissou no quente e no macio e ouviu-se um som de algo quebrando, qualquer coisa como um ganido, e depois tudo ficou quieto. Sonya estava pronta para mais maçãs.

— Aí se foi o número 2 — disse Julius.

— Pro inferno com isso — praguejou Linda.

— Aqui uma maçã, Sonya — ofereceu Allan.

Henrik "Balde" Hultén nada disse.

O Chefe esperou por três horas pelo telefonema de Balde. Depois concluiu que tinha acontecido alguma coisa com aquele imprestável. O Chefe não conseguia entender por que as pessoas não podiam fazer só o que ele mandava, nada mais.

Era hora de ele mesmo pegar as rédeas, isso estava claro. O Chefe começou pelo número da placa que Balde havia lhe passado. Não levou muito tempo para que, por meio do registro de veículos motorizados, ele ficasse sabendo que se tratava de um VW Passat vermelho, de propriedade de uma tal de Gunilla Björklund, da Fazenda do Lago, Rottne, Småland.

CAPÍTULO 11

1945-1947

Seria possível ficar sóbrio em um segundo depois de ter tomado uma garrafa inteira de tequila? Bom, foi exatamente isso que aconteceu com o vice-presidente Harry S. Truman.

O repentino falecimento do presidente Roosevelt fez com que o vice interrompesse o agradável jantar com Allan e partisse imediatamente para a Casa Branca, em Washington. Allan foi deixado sozinho no restaurante e teve de argumentar um bom tempo com o maître para não ter que arcar com a despesa. Por fim, o chefe dos garçons aceitou o argumento de Allan de que o futuro presidente dos Estados Unidos devia ser considerado digno de crédito e que, pelo sim, pelo não, seu endereço também era conhecido.

Allan fez um passeio revigorante até a base militar e voltou ao seu posto de ajudante dos físicos, matemáticos e químicos mais proeminentes da América, ainda que eles tenham começado a se sentir incomodados com a presença dele. O ambiente ficou estranho e, depois de algumas semanas, Allan achou que estava na hora de se mexer um pouco. Um telefonema de Washington resolveu a questão.

— Oi, Allan, aqui é Harry.

— Que Harry? — perguntou Allan.

— Truman, Allan. Harry S. Truman, o presidente, por Deus!

— Mas que satisfação! Obrigado pelo jantar, senhor presidente. Espero que não tenha sido o senhor quem pilotou o avião na volta...

Não, não tinha sido o presidente. Apesar da seriedade da situação, ele havia apagado em um sofá do Air Force 2 e só acordou ao aterrissar, cinco horas depois.

Aconteceu de ter alguns assuntos que ele havia herdado de seu antecessor, e, por isso, o presidente possivelmente ia precisar da ajuda de Allan, se fosse possível.

Certamente, Allan achou tudo possível e já na manhã seguinte deixava a base de Los Alamos de vez.

O Salão Oval era mais ou menos oval, como Allan havia imaginado. Agora, ele estava lá, sentado em frente ao amigo de bebedeiras de Los Alamos, ouvindo o que ele tinha a dizer.

A questão era que o presidente estava tendo problemas com uma mulher que ele, por motivos políticos, não podia dispensar. Seu nome era Soong May-ling; será que Allan tinha ouvido falar nela? Não?

Bem, de qualquer forma, ela era a esposa do líder anticomunista do Kuomintang, Chiang Kai-shek, da China. Além disso, era lindíssima, tinha estudado na América e era a melhor amiga da Sra. Roosevelt. Ela chamava a atenção de todos por onde passava e tinha até feito um discurso no Congresso. E agora estava quase acabando com a vida do presidente Truman de tanto caçá-lo para que ele cumprisse todas as promessas que ela dizia ter ouvido do presidente Roosevelt, referentes à luta contra o comunismo.

— Eu devia ter imaginado que o assunto ia acabar chegando em política novamente — disse Allan.

— Isso é um pouco difícil de se evitar quando se é presidente — retrucou Harry Truman.

De qualquer forma, no momento estava tudo calmo na luta entre o Kuomintang e os comunistas, porque ambos os lados estavam lutando por uma causa mais ou menos comum na Manchúria. Mas logo, logo os japoneses desistiriam, e nessa hora os chineses começariam a lutar entre si de novo.

— Como você sabe que os japoneses vão desistir?

— Entre todas as pessoas do mundo, você, definitivamente, deveria saber — respondeu Truman, para depois mudar de assunto.

O presidente continuou com um chato e infindável relato sobre o desenvolvimento da situação da China. Relatórios do Serviço

Secreto diziam que os comunistas estavam com a vantagem na guerra civil e no Office of Strategic Services se questionava a estratégia militar de Chiang Kai-shek. Estava claro que a intenção dele era ficar com as cidades, enquanto deixava o interior livre para o comunismo se espalhar. O líder dos comunistas, Mao Tsé-Tung, seria logo eliminado pelos agentes americanos, mas o risco de suas ideias ganharem seguidores entre o povo era grande. Até a própria esposa de Chiang Kai-shek, a tão irritante Soong May-ling, entendeu que algo tinha de ser feito. Então ela simplesmente seguiu a própria estratégia militar. O presidente continuava explicando estratégias, mas Allan tinha parado de ouvir. Ele agora olhava distraidamente o Salão Oval, pensando se os vidros das janelas eram blindados, para onde levaria a porta da esquerda, que aquele tapete gigante não devia ser fácil de levar na lavanderia quando fosse necessário... No fim, ele se viu obrigado a interromper o presidente antes que ele começasse com as perguntas para verificar o quanto ele tinha compreendido.

— Me perdoe, Harry, mas o que você quer que eu faça?

— Bem, como eu disse, trata-se de dar um basta na mobilidade dos comunistas no interior do país...

— E o que você quer que eu faça?

— Soong May-ling está pressionando para ter mais suporte americano de armas e quer equipamento complementar ao que já lhe foi dado.

— E o que você quer que eu faça?

Depois da terceira vez que Allan perguntou, o presidente ficou quieto, como se precisasse tomar impulso antes de prosseguir.

Depois ele disse:

— Quero que você vá à China para explodir pontes.

— Por que você não falou logo? — perguntou Allan, a expressão se desanuviando.

— O máximo de pontes que você conseguir, de forma que interrompa o máximo de rotas comunistas que...

— Vai ser divertido conhecer um país novo — disse Allan.

— Quero que você instrua os homens de May-ling na arte de dinamitar pontes e que...

— Quando é que eu vou?

É verdade que Allan era um especialista em dinamites e explosivos e que ele, num estado etílico, rapidamente havia se tornado amigo do futuro presidente dos Estados Unidos, mas, mesmo assim, ele era *sueco*. Se tivesse o menor interesse no jogo político, poderia ter perguntado por que justo ele tinha sido *escolhido* para essa missão. De fato, o presidente estava preparado para essa pergunta, e, se tivesse sido feita, ele diria com toda a sinceridade que não ficava bem para os Estados Unidos apoiar dois projetos militares na China, os dois potencialmente oponentes. Oficialmente, o apoio era a Chiang Kai-shek e seu partido Kuomintang. Agora, além disso, estavam enviando na surdina embarcações de equipamentos capazes de explodir pontes em grande escala, segundo a encomenda da mulher de Chiang Kai-shek, a lindíssima serpente (segundo a opinião do presidente) meio americanizada Soong May-ling. O pior de tudo é que não se podia excluir que tudo isso havia sido acordado durante um chá entre Soong May-ling e a Sra. Eleanor Roosevelt. Que bagunça! Agora só restava ao presidente unir Allan Karlsson e Soong May-ling. Depois disso, daria o caso como encerrado.

Seus outros assuntos na agenda eram mera formalidade, porque ele já tinha tomado todas as decisões. Mesmo assim, precisava acionar o botão. Numa ilha a leste das Filipinas havia a tripulação de um B-52 aguardando as instruções do presidente. Todos os testes tinham sido feitos. Nada podia dar errado.

O dia seguinte era 6 de agosto de 1945.

A alegria de Allan Karlsson de que algo novo estava para acontecer diminuiu quando ele, pela primeira vez, falou com Soong May-ling. Allan tinha recebido ordens de procurá-la na suíte do seu hotel em Washington. Depois de ter sido revistado por fileiras de seguranças, ele se encontrou frente a frente com a dama em questão, esticou a mão e disse:

— Bom dia, senhora. Meu nome é Allan Karlsson. Como vai?

Soong May-ling não pegou sua mão. Em vez disso, apontou para uma poltrona próxima.

— Sente-se!

Nesses anos todos, Allan tinha sido acusado de tudo, desde doido até fascista, mas nunca sido tratado como *cachorro*. Por uns instantes ele pensou em corrigir o tom inadequado usado pela dama, mas desistiu, interessado no que poderia vir em seguida. Além disso, a poltrona parecia confortável.

Quando Allan se sentou, Soong May-ling continuou com o que havia de pior para Allan, uma explanação política. Ela se referia ao presidente Roosevelt como o mentor de toda a operação, o que Allan achou estranho; não dava para liderar operações militares do outro lado, ou dava?

Soong May-ling falava da importância de parar os comunistas, de evitar que o tonto do Mao Tsé-Tung espalhasse seu veneno político de província em província e — muito estranho, pensava Allan — que Chiang Kai-shek, marido dela, não entendia nada disso.

— Como está o relacionamento de vocês, do ponto de vista romântico?

Soong May-ling respondeu que isso era um assunto que não interessava a um joão-ninguém como ele. Karlsson foi designado pelo presidente Roosevelt para ser um comandado dela nessa operação e, de agora em diante, ele deveria responder o que lhe era perguntado e nada mais.

Allan ficou bravo, mesmo que essa palavra nem estivesse em seu vocabulário, e respondeu à altura.

— A última coisa que ouvi do presidente Roosevelt era que ele havia falecido, e se houve alguma mudança nesse ponto, teria sido noticiada pelos jornais. Estou aqui a pedido do *presidente Truman*. Mas, se a senhora pretende continuar com esse mau humor, acho que vou deixar tudo para lá. Posso visitar a China numa outra oportunidade, e já dinamitei pontes de sobra.

Soong May-ling nunca tinha sido confrontada, desde que sua mãe tentou impedir o casamento da filha com um budista, e isso já fazia muitos anos. E a mãe, mais tarde, teve de pedir desculpas, uma vez que o arranjo levou a filha até o topo da sociedade.

Agora Soong May-ling foi obrigada a parar para repensar. Ela tinha julgado mal a situação. Os americanos começaram a tremer quando ela descreveu o casal Roosevelt como seus amigos pessoais. Como é que aquela pessoa devia ser tratada se não como os demais? *Quem era esse sujeito que o estúpido do Truman havia lhe enviado?*

Soong May-ling não era uma pessoa que confraternizava com qualquer um, mas, neste caso, sua determinação era mais forte que seus princípios. Por isso, ela mudou de tática:

— Acho que esquecemos de nos cumprimentar — disse ela, esticando a mão à moda ocidental. — Antes tarde do que nunca.

Allan não era uma pessoa que guardava rancor. Pegou na mão dela e sorriu, mostrando compreensão. Mas não concordava com a generalização de "antes tarde do que nunca".

Seu pai, por exemplo, tinha se tornado fiel ao tsar Nicolau apenas um dia antes da Revolução Russa.

Dois dias depois, Allan, Soong May-ling e vinte guardas da segurança pessoal dela voaram para Los Angeles. Lá estava o navio que ia levá-los, junto com uma carga de dinamite, até Xangai.

Allan sabia que não ia conseguir ficar longe de Soong May-ling durante toda a viagem, o navio não era suficientemente grande para isso. Dessa forma, resolveu nem mesmo tentar, e aceitou um lugar fixo na mesa do comandante para o jantar de todas as noites. A vantagem que isso lhe trazia era a boa comida, e a desvantagem era que ele e o capitão não iam ficar a sós, mas teriam a companhia de Soong May-ling, que parecia incapaz de falar de outra coisa que não fosse política.

Honestamente, havia mais uma desvantagem: em vez de aguardente era servido um licor verde de banana. Allan aceitava o que lhe era oferecido, mas concluiu que era a primeira vez que ele bebia o que não era bebível. Bebidas alcoólicas deviam descer pela garganta e escorregar até a barriga o mais rápido possível, e não grudar na língua.

Soong May-ling gostou muito do licor e, quanto mais cálices tomava, mais pessoais se tornavam suas intermináveis explanações políticas.

O que Allan, sem querer, aprendeu durante os jantares no Pacífico foi que o tonto do Mao Tsé-Tung e seus comunistas até podiam ganhar a guerra civil, e tudo porque Chiang Kai-shek, seu marido, era inútil como comandante. Nesse momento ele estava em negociações de paz com Mao Tsé-Tung, na cidade chinesa de Chongqing. Será que o Sr. Allan e o senhor capitão já tinham ouvido algo tão idiota?

Negociar com um comunista! Aonde isso poderia levar a não ser a nada?

Soong May-ling estava certa de que as negociações iam acabar fracassando. Os relatórios secretos que recebia diziam, além disso, que importante parte do Exército comunista estava aguardando o líder Mao nas montanhas desertas da província de Sichuan, não muito longe de lá. Os agentes de Soong May-ling, escolhidos a dedo, pensavam como ela: que o Tonto e suas forças iriam se dirigir para o nordeste, na direção de Shaanxi e Henan, em seu nojento trem de propaganda pelo país.

Allan tratou de ficar calado o tempo todo, para que a explanação política da noite não fosse além do necessário. Porém, o sempre educado capitão fazia uma pergunta atrás da outra, enquanto servia mais daquela gosma verde de banana.

E o capitão queria saber, por exemplo, de que forma Mao Tsé-Tung representava realmente uma ameaça. O Kuomintang era apoiado pelos Estados Unidos e era, pelo que o capitão entendia, militarmente superior.

A pergunta prolongou a tortura da noite por quase uma hora. Soong May-ling explicou que o pateta do seu marido tinha a inteligência, o carisma e a liderança de uma vaca leiteira. Chiang

Kai-shek, totalmente iludido, achava que tudo era uma questão de controlar as cidades.

Com seu pequeno projeto paralelo e o apoio de Allan e parte de sua guarda particular, Soong May-ling não tinha a intenção de lutar com Mao. Vinte homens mal-armados, 21 com Karlsson, contra um Exército inteiro de competentes adversários nas montanhas do Sichuan... Seria feio de ver.

Em vez disso, o plano era, em primeiro lugar, limitar a mobilidade do Tonto, dificultando ao máximo a movimentação do Exército comunista; o segundo passo seria fazer com que o imprestável do seu marido entendesse que ele tinha que agarrar a oportunidade e também levar suas tropas para o interior, para os campos, e fazer o povo chinês acreditar que o Kuomintang era necessário para protegê-los do comunismo, e não o contrário.

Soong May-ling tinha entendido, tal como o Tonto, o que Chiang Kai-shek até agora não tinha conseguido entender: que era mais fácil se tornar líder de um povo se o povo estava com você.

Mas a roda da fortuna tanto anda como desanda, e foi uma tremenda sorte Chiang Kai-shek ter feito esse convite para negociar a paz justamente em Chongqing, na parte sudeste do país. Com um mínimo de sorte, Tonto e seus soldados ainda estariam lá, ao sul do Yangtze, depois das negociações terem fracassado e até a chegada da guarda de segurança e de Karlsson. Nessa hora é que ele deveria explodir umas pontes! E Tonto ficaria isolado nas montanhas por muito tempo, na metade do caminho para o Tibete.

— E se ele por acaso estiver do lado *errado* do rio, é só fazermos um reagrupamento. Na China há 5 mil rios. Para qualquer lado que aquele parasita for, haverá água em seu caminho.

Um tonto, parasita, pensou Allan, guerreando com um coitado pateta inútil, além de inteligente como uma vaca leiteira. E no meio dos dois, uma serpente embriagada com licor verde de banana.

— Tenho a impressão de que vai ser muito interessante ver onde isso tudo vai acabar — disse Allan com sinceridade. — Falando de subidas e descidas, será que o senhor capitão não teria aí um gole de aguardente, para ajudar a descer o licor?

Não, infelizmente o capitão não tinha aguardente, mas havia muitas outras coisas se o Sr. Karlsson estava querendo variação na língua: licor cítrico, licor de creme, licor de menta...

— Uh, não tem nada a ver com o assunto, mas quanto tempo falta até Xangai?

O Yangtze não é qualquer poça d'água. O rio se estende por milhares de quilômetros e há trechos em que ele tem mais de 1 quilômetro de largura. No interior do país, o rio atinge uma profundidade que comporta navios de milhares de toneladas.

É bonito, corre sinuoso pela paisagem chinesa, passando por cidades, campos e por entre íngremes rochedos.

Foi de balsa que Allan Karlsson e a força de vinte homens da guarda de segurança de Soong May-ling seguiram em direção a Sichuan, com o objetivo de infernizar a vida do emergente comunista, Mao Tsé-Tung. A viagem começou em 12 de outubro de 1945, dois dias depois que as negociações de paz haviam fracassado, conforme esperado.

A viagem não era exatamente rápida, porque os vinte seguranças queriam se divertir em cada porto. Eles fizeram inúmeras paradas. Primeiro, Nanquim, depois, Wuhu, Anqing, Jiujiang, Huangshi, Wuhan, Yueyang, Yidu, Fengjie, Wanxian, Chongqing e Luzhou. Em cada lugar, bebedeira, prostituição e libertinagem, de um modo geral.

Como esse estilo de vida é muito dispendioso, os soldados da guarda de segurança de Soong May-ling haviam criado um novo imposto. Aldeões que quisessem desembarcar mercadoria no porto teriam de pagar uma taxa de 5 yuan ou ir embora sem levar nada. Quem reclamava era morto a tiros.

A receita proveniente dos impostos era imediatamente consumida nos quarteirões mais escuros de cada cidade, que geralmente ficavam próximos aos cais. Allan acreditava que se Soong May-ling achava mesmo importante ter o *povo* ao seu lado, talvez devesse ter comunicado isso aos seus súditos mais próximos. Mas isso era problema dela, não de Allan.

Allan e os vinte soldados levaram dois meses para chegar à província de Sichuan, e a essa altura as forças de Mao Tsé-Tung já haviam seguido para o norte fazia muito tempo. Além disso, não foram pela montanhas, e sim pelo vale, onde lutaram com a companhia do Kuomintang, posicionada lá para guardar a cidade de Yibin.

Logo Yibin estava prestes a cair em mãos comunistas. Três mil soldados do Kuomintang foram mortos na batalha, e pelo menos 2 mil morreram porque estavam embriagados demais para lutar. Em contrapartida, morreram trezentos comunistas, supostamente sóbrios.

Apesar de tudo, a batalha de Yibin tinha terminado com sucesso para o Kuomintang, porque, entre os cinquenta comunistas presos, havia um *diamante*. Quarenta e nove presos podiam ser executados e jogados numa vala, mas a quinquagésima...! Ah! A quinquagésima era nada menos que a belíssima Jiang Qing, a atriz que virou marxista-leninista e, mais importante, a terceira mulher de Mao Tsé-Tung!

Imediatamente surgiram conversações entre a chefia da companhia do Kuomintang em Yibin e os soldados da guarda de Soong May-ling. A briga era sobre quem seria responsável pela estrela-refém Jiang Qing. Até agora o chefe da companhia tinha apenas mantido a mulher presa, sob sua guarda, esperando pela balsa com os homens de Soong May-ling. Não teve coragem de agir de outro modo, porque Soong May-ling podia estar a bordo, e com ela era melhor não arranjar encrenca.

Mas Soong May-ling estava em Taipei, então o chefe da companhia achou que tudo era mais simples. Jiang Qing seria violentamente estuprada primeiro e depois, se ainda estivesse viva, seria executada.

Os soldados da guarda de segurança de Soong May-ling nada tinham contra a história de estuprar, eles até estavam dispostos a dar uma mãozinha, mas Jiang Qing não poderia morrer. Em vez disso, ela seria levada a Soong May-ling, ou pelo menos até Chiang Kai-shek, para que eles decidissem o destino dela. Isso é política de cachorro grande, explicavam os soldados com experiência internacional para o chefe da companhia de Yibin, com treinamento e experiência provincial.

No fim, o chefe da companhia cedeu e prometeu, de mau grado, que naquela mesma tarde ele entregaria o diamante. A reunião terminou e os soldados decidiram festejar a vitória com uma bela volta pela cidade. Pense só como a viagem iria ser divertida depois, com o diamante!

As negociações finais tinham ocorrido no convés da balsa que trouxera Allan e os soldados desde o oceano. Allan se surpreendeu com o fato de ter entendido quase tudo que havia sido dito. No caminho, enquanto os soldados se distraíam nas diferentes cidades, ele e o simpático ajudante Ah Ming, que tinha grande talento pedagógico, ficavam sentados na popa. Em dois meses Ah Ming havia ensinado tanto chinês para Allan que ele podia se fazer entender muito bem naquela língua (em especial com palavrões e obscenidades).

Quando criança, Allan havia aprendido a desconfiar daqueles que não tomavam um trago quando havia oportunidade. Ele não devia ter mais de 6 anos quando seu pai, colocando a mão em seu ombro, lhe disse:

— Cuidado com os padres, meu filho. E com aqueles que não tomam vodca. Os piores de todos são os padres que não bebem vodca.

Allan sabia que o pai não estava completamente sóbrio no dia em que bateu em um passageiro inocente, sendo imediatamente despedido da ferrovia nacional. Isso, por sua vez, fez com que a mãe também dissesse algumas palavras sábias ao filho:

— Cuidado com os bêbados, Allan. Era o que eu devia ter feito.

O menino cresceu e foi formando a própria opinião, que ele somou ao que tinha ouvido dos pais. Allan achava que padres e políticos eram igualmente ruins e também não fazia diferença se eram comunistas, fascistas, capitalistas ou qualquer outra coisa que uma pessoa pudesse ser, eram todos iguais. Mas ele concordava com o pai quando este dizia que uma pessoa confiável não tomava suco. E concordava com a mãe também quando ela argumentava que era importante se comportar, mesmo se tivesse bebido um pouco mais que o devido.

Na prática, isso quer dizer que, durante a viagem pelo rio, ele perdeu a vontade de cooperar com Soong May-ling e seus vinte soldados bêbados (na verdade eram só 19, porque um havia caído do barco e se afogado). Ele também não queria estar por perto quando os soldados violentassem a refém, agora trancafiada no porão, independentemente se ela era comunista ou não, fosse casada com quem fosse.

Assim, Allan decidiu ir embora e levar a refém junto. Ele comunicou sua decisão ao ajudante e amigo Ah Ming e pediu humildemente que ele ajudasse os dois fugitivos a conseguir um pouco de comida para a viagem. Ah Ming prometeu ajudar, mas com uma condição — que ele também pudesse ir junto.

Dezoito dos 19 soldados da guarda de segurança de Soong May-ling, o cozinheiro da balsa e o capitão saíram para se divertir nos quarteirões alegres de Yibin. O décimo nono, que tinha tirado o bilhete azarado, estava sentado, irritado, do lado de fora da porta da escada que levava à cela de Jiang Qing, no porão.

Allan sentou-se para conversar com o guarda e sugeriu que tomassem um trago juntos. O guarda respondeu que estava ali guardando, quem sabe, o prisioneiro mais importante do país, e que aquela não era hora para ficar bebendo aguardente de arroz.

— Concordo plenamente — disse Allan. — Mas um copinho não pode fazer mal, pode?

— Não — respondeu o guarda, pensativo. — É claro, um copinho não vai fazer mal.

Duas horas depois, Allan e o guarda haviam esvaziado a segunda garrafa enquanto o ajudante Ah Ming entrava e saía, servindo petiscos da despensa. Durante o processo, Allan ficou levemente tonto, enquanto o guarda apagou ali mesmo no convés.

— Ótimo — disse Allan, olhando para o soldado chinês desmaiado aos seus pés. — Não tente competir com um sueco na bebida, a não ser que você seja finlandês ou, pelo menos, russo.

O especialista em explosões Allan Karlsson, o ajudante Ah Ming e a eternamente agradecida mulher do líder comunista, Jiang Qing, deixaram a balsa protegidos pela escuridão e logo estavam na montanha onde Jiang Qing havia passado bastante tempo junto das tropas do marido. Jiang Qing era conhecida entre os nômades tibetanos, e os fugitivos não tiveram problema em arranjar comida depois da que haviam trazido ter acabado. Que os tibetanos mostravam bastante boa vontade para com uma pessoa tão elevada e que representava o exército de libertação não era de se estranhar. Era do conhecimento de todos que, se os comunistas vencessem a guerra na China, o Tibete seria imediatamente declarado independente. A ideia de Jiang Qing era que ela, Allan e Ah Ming se apressassem na direção norte, fazendo uma longa curva em volta da área controlada pelo Kuomintang. Depois de andar alguns meses pelas montanhas, eles, por fim, se aproximariam de Xi'an, na província de Shaanxi — Jiang Qing sabia que o marido estaria lá, se eles não demorassem demais.

O ajudante Ah Ming estava encantado com a promessa de Jiang Qing de que futuramente ele serviria a Mao em pessoa. O rapaz tinha se convertido ao comunismo às escondidas quando viu o comportamento dos soldados da guarda de segurança; parecia uma boa ideia mudar de lado e dar um impulso na carreira.

Allan, ao contrário, disse que tinha certeza de que a campanha comunista sobreviveria bem sem ele. Então presumiu que já podia voltar para casa. Será que Jiang Qing concordava?

Sim, ela concordava, mas "casa", decerto, era a Suécia, que ficava incrivelmente longe. E como o Sr. Karlsson pensava em solucionar isso?

Allan respondeu que o mais prático seria ir de barco ou de avião, mas que, infelizmente, viajar pelos mares no momento não era uma boa alternativa, e ele não tinha visto nenhum aeroporto lá nas montanhas. E, além disso, ele estava sem dinheiro.

— Bem, talvez eu tenha que caminhar — disse Allan.

O chefe do vilarejo que havia recebido tão bem os três fugitivos tinha um irmão mais viajado que qualquer habitante de lá. Ele já tinha ido a lugares distantes, como Ulan Bator, ao norte, e até Kabul, no oeste. Ele também tinha lavado os pés na baía de Bengala, durante uma viagem à longínqua Índia. Mas, no momento, ele estava em casa, então o chefe mandou chamá-lo e pediu que desenhasse um mapa-múndi para o Sr. Karlsson, para que ele encontrasse o caminho para a Suécia. O irmão prometeu que assim o faria e no dia seguinte a tarefa estava cumprida.

Mesmo estando preparado, não deixava de ser ousado atravessar o Himalaia apenas com a ajuda de um mapa feito em casa com a ajuda de um compasso. Na realidade, Allan podia ter ido pelo norte, circundando a cadeia de montanhas, o Aral e o mar Cáspio, mas a realidade e o mapa desenhado não andavam exatamente de mãos dadas. Allan se despediu de Jiang Qing e de Ah Ming e começou seu pequeno passeio que o levaria pelo Tibete, atravessando o Himalaia, através da Índia britânica e do Afeganistão, por dentro do Irã, continuando para a Turquia e subindo a Europa.

Depois de dois meses a pé, Allan descobriu que provavelmente estava do lado errado do pico de uma montanha, e a melhor forma de corrigir isso seria voltar e começar tudo de novo. Quatro meses mais tarde (do lado certo da montanha) ele achou que estava ficando monótono. Por isso, numa feira de um pequeno vilarejo, ele negociou o melhor que pôde, com a ajuda de sinais e do chinês que sabia, o preço de um camelo. No fim, chegaram a um acordo, mas somente depois que o dono concordou em tirar sua filha da negociação.

Allan chegou a considerar a questão da filha. Não por motivos de cópula, porque desejos nesse sentido ele não tinha mais. Tudo isso ficou na sala de operação do professor Lundborg. O que o atraía era a companhia. A vida nos altiplanos tibetanos às vezes era muito solitária.

Mas como a filha não falava mais que um dialeto tibetano uníssono, do qual Allan não entendia uma só palavra, ele concluiu que, como estímulo intelectual, falar com o camelo seria a mesma coisa. Também não dava para não supor que a filha podia ter certas expectativas sexuais com a negociação. Allan desconfiou disso depois de ter visto o olhar da moça.

Foi por isso que se seguiram mais dois meses de solidão, balançando nas costas de um camelo, até que Allan um dia encontrou três estranhos, também a camelo. Allan os cumprimentou em todas as línguas que conhecia: chinês, espanhol, inglês e sueco. Por sorte, o inglês funcionou.

Um dos estranhos perguntou a Allan quem ele era e para onde estava indo. Allan respondeu que ele era Allan e que estava indo para casa, para a Suécia. Os homens arregalaram os olhos para ele. Allan estava pensando em ir de camelo até o norte da Europa?

— Com uma pequena interrupção, para atravessar o estreito de Öresund de barco — corrigiu Allan.

Os três homens não sabiam o que era Öresund. Mas depois de terem se assegurado de que Allan não era um seguidor do lacaio anglo-americano, o xá do Irã, ofereceram-lhe para se unir ao grupo.

Os homens contaram que muito tempo atrás haviam se conhecido na Universidade de Teerã, onde estudaram inglês.

Diferentemente dos demais alunos da classe, não haviam escolhido aprender a língua para mais tarde se transformarem em serviçais da classe britânica dominante. Depois dos estudos, passaram dois anos na China, respirando o mesmo ar que seu ídolo, Mao Tsé-Tung, e agora estavam voltando para casa, para o Irã.

— Somos marxistas — explicou um dos homens. — Fazemos nossa luta em nome do trabalhador internacional; em seu nome faremos uma revolução social no Irã e no mundo inteiro. Vamos acabar com o sistema capitalista, construir uma sociedade igualitária, financeira e economicamente, e valorizar a capacidade individual de cada um; *cada um de acordo com sua capacidade, cada um segundo sua necessidade.*

— Entendo, camarada — respondeu Allan. — Vocês não teriam aí um restinho de aguardente sobrando?

Os homens tinham. A garrafa ia de camelo em camelo e de repente Allan achou que a viagem estava ficando mais agradável.

Onze meses depois, os homens haviam salvado a vida um do outro por pelo menos três vezes. Juntos haviam sobrevivido a uma avalanche de neve, a assaltantes, a um frio de matar, e várias vezes haviam passado fome. Dois dos camelos haviam sucumbido, o terceiro tiveram que abater para comer e o quarto tiveram de dar a um homem da alfândega afegã para poderem entrar no país em vez de serem presos.

Allan nunca achou que seria fácil atravessar o Himalaia. Mas depois concluiu que teve muita sorte em ter encontrado aqueles três simpáticos comunistas iranianos; não teria sido fácil encarar sozinho as tempestades de vento nos vales, as inundações dos rios e o frio de 40 graus negativos nas montanhas — mesmo que ele estivesse acostumado com o frio de matar do inverno sueco. O grupo havia acampado a 2 mil metros de altitude para aguardar o fim do inverno de 1946-1947.

É claro que os três comunistas tentaram arregimentar Allan para a *causa*, especialmente depois que descobriram o quão habilidoso ele era com dinamite. Allan respondeu que ele lhes desejava sorte, mas tinha de ir para a Suécia e ver sua casinha em Yxhult. (Allan momentaneamente esqueceu que 18 anos antes ele tinha explodido a casinha em questão.)

No fim, os homens desistiram de tentar convencê-lo, dizendo que ele tinha sido um bom amigo e que não reclamava muito quando caía um pouco de neve. A imagem de Allan melhorou ainda mais quando, esperando que o tempo melhorasse e na falta do que fazer, ele bolou como produzir aguardente a partir de leite de cabra. Os comunistas não entendiam como ele fazia, mas o resultado era potente e, graças a ele, as coisas ficavam mais quentes e menos monótonas.

Na primavera de 1947, finalmente, eles tinham atravessado para o lado sul da cadeia de montanhas mais altas do mundo. Quanto mais se aproximavam do Irã, mais empolgada ficava a conversa dos três comunistas sobre o futuro do país. De uma vez por todas chegou a hora de botar os estrangeiros para fora do Irã. O fato de os britânicos terem apoiado o corrompido xá todos esses anos já era muito ruim; agora que o xá se cansara de dançar a música deles e estava começando a mostrar um pouco de oposição, os britânicos o depuseram e colocaram o filho dele em seu lugar. Allan traçou um paralelo entre o relacionamento de Soong May-ling e Chiang Kai-shek e concluiu que os laços familiares mundo afora eram muito esquisitos.

O filho parecia ser mais facilmente corrompível do que o pai, porque o petróleo iraniano agora era controlado por ingleses e americanos. Inspirados por Mao Tsé-Tung, os três comunistas iranianos iriam pôr um fim nisso. O problema era que outros comunistas iranianos tinham mais atração pelo comunismo da União Soviética de Stalin, além de muitos outros elementos revolucionários que misturavam religião com comunismo.

— Interessante — comentava Allan, querendo dizer o oposto.

Em resposta, vinha uma declaração marxista sobre a questão ser mais que interessante! Em poucas palavras, o trio venceria ou morreria.

Já no dia seguinte ficou claro que seria a última alternativa, porque, assim que pisaram em território iraniano, foram presos por uma patrulha de fronteira. Por azar, cada um dos três comunistas estava carregando uma cópia de O manifesto comunista (em persa ainda), e por isso foram executados imediatamente. Allan escapou por não levar textos consigo. Além disso, ele parecia ser estrangeiro, o que exigia mais averiguações.

Com o cano de uma espingarda nas costas, Allan tirou o chapéu e agradeceu aos três comunistas executados pela companhia através do Himalaia. Nunca iria se acostumar em ver os amigos que fazia serem mortos na sua frente.

Ele não teve muito tempo para o luto. Suas mãos foram amarradas nas costas e ele foi jogado sobre um cobertor em cima da carroceria de um caminhão. Com o nariz no cobertor, em inglês, ele pediu para ser levado para a embaixada da Suécia em Teerã ou para a embaixada americana, no caso de a Suécia não ter alguma legação na cidade.

— *Khafe sho!* — foi a resposta que recebeu em um tom ameaçador.

Allan não compreendeu as palavras, mas conseguiu entender o recado. Não seria má ideia ficar com a boca fechada por algum tempo.

Meio globo distante daí, em Washington, o presidente Harry S. Truman tinha as próprias preocupações. As eleições nos Estados Unidos estavam se aproximando e a questão se resumia em se posicionar corretamente. A questão estratégica maior era saber o quanto ele estava preparado para dar apoio aos negros do sul. Era preciso manter o equilíbrio entre ser moderno e não parecer um molenga. Era assim que se mantinha a opinião pública favorável.

E na arena mundial, ele tinha que lidar com Stalin. Nesse caso, porém, ele não estava preparado para fazer concessões. Stalin tinha conseguido encantar um e outro, mas não Harry S. Truman.

À luz de tudo isso, a China já era águas passadas. Stalin bombeava ajuda para Mao Tsé-Tung e Truman não podia fazer o mesmo para aquele amador do Chiang Kai-shek. Até agora Soong May-ling tinha conseguido tudo o que queria, mas para ela também haveria um basta. O que teria acontecido com Allan Karlsson? Sujeito divertido.

As derrotas de Chiang Kai-shek foram se acumulando. E o projeto paralelo de Soong May-ling também fracassou, desde que o especialista em explosivos havia desaparecido. Além disso, ele tinha levado a mulher do *Tonto*.

Soong May-ling pedia incessantemente por uma audiência com o presidente Truman, com a intenção de esganá-lo com as próprias mãos por ter lhe enviado Allan Karlsson, mas Truman não tinha tempo. Em vez disso, os Estados Unidos deram as costas ao Kuomintang; corrupção, hiperinflação e fome — tudo concorria para o sucesso de Mao Tsé-Tung. No fim, Chiang Kai-shek, Soong May-ling e seus súditos tiveram que fugir para Taiwan. A China continental virou comunista.

CAPÍTULO 12

Segunda-feira, 9 de maio de 2005

O GRUPO DE amigos na fazenda entendeu que estava mais do que na hora de entrar no ônibus e cair fora definitivamente. Mas, antes disso, algumas coisas precisavam ser feitas.

Linda vestiu uma capa de chuva com capuz e luvas de borracha e pegou uma mangueira para lavar os restos mortais do bandido que Sonya acabara de esmigalhar. Ela tirou o revólver da mão direita do falecido e, com muito cuidado, colocou-o na varanda (onde depois o esqueceu), com o cano apontando para o grosso tronco de um pinheiro, uns 4 metros adiante. Nunca se sabe quando esse tipo de coisa pode inventar de disparar.

Limpo das fezes de Sonya e com a ajuda de Julius e Benny, Balde foi colocado sob o banco traseiro de seu próprio Ford Mustang. Em condições normais ele não teria cabido, mas agora estava caprichosamente achatado.

Julius sentou-se ao volante do carro do bandido e Benny seguiu atrás dele, no Passat de Linda. A intenção era procurar um lugar ermo, a uma distância segura da fazenda, encharcar o carro do bandido com gasolina e atear fogo, exatamente como teriam feito gângsteres de verdade.

Mas para isso eles precisavam de um recipiente, e de gasolina para enchê-lo. Então, Julius e Benny pararam em um posto de gasolina em Braås. Benny saiu para providenciar o necessário e Julius foi comprar algo para mastigar.

Um Ford Mustang V8 com mais de 300 cavalos, novinho, estacionado do lado de fora de um posto de gasolina em Braås, é quase tão sensacional como ver um Boeing 747 na avenida principal de Estocolmo. Não levou mais de um segundo para o irmão caçula de Balde e um colega do The Violence decidirem aproveitar a chance. O irmão caçula pulou para dentro do Mustang, enquanto o colega ficava de olho no provável proprietário, que estava comprando chocolates na loja de conveniência. Que achado! E que otário! As chaves estavam na ignição!

Quando Benny e Julius saíram novamente, um com o galão de gasolina e o outro com um jornal debaixo do braço e a boca cheia de chocolate, o Mustang havia sumido.

— Eu não deixei o carro aqui? — perguntou Julius.

— Sim, você deixou o carro aqui — respondeu Benny.

— Estamos com problemas.

— Estamos com problemas.

Pegaram o Passat que não havia interessado a ninguém e voltaram para a fazenda.

O Mustang era preto e tinha duas brilhantes listras amarelas pintadas no capô. Um verdadeiro tesouro que renderia um bom dinheiro ao irmão caçula de Balde e seus comparsas. O roubo foi tão imprevisível quanto sem problemas. Em menos de cinco minutos, depois da pilhagem não planejada, o veículo estava seguro, guardado na garagem do The Violence.

No dia seguinte foram trocadas as placas, antes que o caçula permitisse que um dos colegas levasse o carro até outro cúmplice, em Riga. O que aconteceria era que os lituanos, com a ajuda de placas e documentos falsos, venderiam o veículo como importação particular de volta para alguém do The Violence, tornando o carro legal em um passe de mágica.

Mas dessa vez foi diferente, porque o carro dos suecos começou a feder enquanto estava estacionado numa garagem em Ziepniekkalns, na zona sul de Riga. O responsável pela garagem começou a investigar e descobriu *um cadáver* sob o banco traseiro do automóvel. Enfurecido, xingava em altos brados, arrancando todas as placas e tudo que pudesse identificar o carro. Em seguida, amassou e arranhou o que havia sido um automóvel espetacular e não parou até o carro não valer mais nada. Depois localizou um bêbado na rua e subornou-o com quatro garrafas de vinho para que ele levasse a carcaça até um ferro-velho para virar sucata, com cadáver e tudo.

Os amigos da fazenda estavam prontos para partir. É claro que o roubo do Mustang com o cadáver do bandido era preocupante, mas só até Allan decretar que foi como deveria ter sido, e o resto seria como seria. Allan também disse que havia esperança de que os ladrões do carro não chamassem a polícia. Manter certa distância da polícia estava na natureza de um ladrão de carros.

Eram seis da tarde, melhor saírem antes de escurecer, porque o ônibus era grande, e as estradas mais próximas, estreitas e sinuosas.

Sonya estava a postos e todos os vestígios dela haviam sido apagados, desde o jardim até o celeiro. O Passat e o Mercedes iam ficar, não estavam envolvidos em nada ilegal e, no mais, o que fariam com os carros?

E, assim, o ônibus partiu. Linda havia pensado em dirigir, ela sabia muito bem como guiar um ônibus. Mas Benny era quase um instrutor de autoescola, com todas as categorias que existiam em sua carteira de habilitação, então era melhor ele ficar no volante. O grupo não precisava ser ainda mais ilegal do que já era.

Lá em cima, perto da caixa de correio, Benny virou à esquerda, afastando-se de Rottne e Braås. De acordo com Linda, depois de um zigue-zague por caminhos de terra, chegariam a Åby; em seguida pegariam a autoestrada. Até lá, levariam pouco menos de meia hora, então podiam aproveitar para discutir uma questão insignificante, como seu destino final, por exemplo.

Quatro horas antes o Chefe estava impaciente, esperando pelo único de seus comparsas que ainda não havia desaparecido. Assim que Caracas voltou de seus afazeres, seja lá o que tivessem sido, ele e o Chefe foram para o sul. Mas não de motocicleta nem de jaqueta. Agora era hora de cautela.

O Chefe estava começando a questionar sua estratégia anterior, com as jaquetas do clube com o símbolo da Never Again nas costas. De início, a intenção tinha sido criar uma identidade e união no grupo, bem como impor respeito aos que não eram membros. Mas o grupo ficou muito menor do que o Chefe havia planejado; manter um quarteto unido, Parafuso, Balde, Caracas e ele mesmo, isso ele conseguiria sem as jaquetas. E o teor ilegal das atividades era tal que as jaquetas passaram a sinalizar algo negativo. As ordens para Parafuso em relação à transação, em Malmköping, haviam sido um tanto contraditórias a esse respeito: por um lado, ele foi até lá de transporte público, em nome da discrição; por outro, foi vestido com a jaqueta com o símbolo da Never Again nas costas, a fim de mostrar para os russos com quem eles estavam lidando.

E, agora, Parafuso estava foragido... Ou o que quer que tivesse acontecido. Nas costas ele levava um símbolo que significava algo na linha de: "Em caso de dúvida, ligue para o Chefe."

Inferno!, pensou o Chefe. Quando a bagunça estivesse resolvida, as jaquetas seriam queimadas.

Mas onde diabos estava Caracas? Eles tinham que partir.

Oito minutos depois apareceu o venezuelano, com a desculpa de que tinha ido à loja de conveniência comprar uma melancia.

— Mata a sede e é gostosa — explicou.

— Mata a sede e é gostosa? Metade da nossa organização sumiu com 50 milhões de coroas e você sai para comprar frutas?

— Não é fruta, é legume — alertou Caracas. — Na verdade, uma planta da família dos pepinos.

Foi aí que o Chefe não aguentou mais e espatifou a melancia na cabeça de Caracas, que começou a chorar, dizendo que não queria mais fazer parte do grupo. Ele só tinha sido chutado pelo Chefe desde que Parafuso e depois Balde haviam desaparecido, como se ele, Caracas, estivesse sempre para trás. Não, chega, agora o Chefe que se virasse; ele, Caracas, ia chamar um táxi, seguir para o aeroporto e pegar um avião de volta para sua família em... Caracas. Lá, pelo menos, ele teria seu verdadeiro nome de volta.

— ¡Vete a la mierda! — gritou ele, antes de disparar porta afora.

O Chefe suspirou. Tudo estava ficando cada vez mais confuso. Primeiro, sumiu Parafuso, e em retrospectiva o Chefe tinha que admitir que havia descontado parte de sua frustração em Balde e em Caracas. Depois Balde sumiu e, pensando bem, o Chefe não devia ter descontado sua frustração em Caracas. Por fim, sumiu Caracas — para comprar melancia. Depois de alguma reflexão, o Chefe tinha que admitir que... não devia ter jogado a melancia na cabeça dele por causa disso.

Agora ele estava só na caça do... bem, ele nem sabia mais o que estava caçando. Ele encontraria Parafuso? E Parafuso, teria roubado a mala? Será que ele tinha sido tão idiota? E o que aconteceu com Balde? O chefe viajava, de acordo com seu status, em uma BMW X5, último modelo. Geralmente depressa demais. Os policiais em carros civis que o seguiam se dedicavam a contar o número de infrações de trânsito cometidas no trajeto de Estocolmo até Småland, e, depois de terem viajado por uns 300 quilômetros, estavam de acordo que o condutor da BMW à sua frente não devia ter sua habilitação de volta antes dos próximos quatrocentos anos, caso todas as infrações que ele havia cometido chegassem ao tribunal — o que, obviamente, não aconteceria.

O caminho passou por Åseda, onde o comissário Aronsson rendeu os colegas de Estocolmo, agradecendo a ajuda e dizendo que dali para a frente ele assumiria a vigilância.

Com a ajuda do GPS na BMW, o Chefe não teve dificuldade em achar o caminho até a Fazenda do Lago. Quanto mais se aproximava, mais impaciente ficava. A viagem já cheia de infrações agora estava indo tão depressa que o comissário Aronsson teve dificuldade em segui-lo. Ele tinha que manter certa distância para que Per-Gunnar "Chefe" Gerdin não percebesse que estava sendo seguido, mas a verdade era que Aronsson começava a perder contato visual. Ele só conseguia visualizar a BMW nas retas longas, até que... não o via mais.

Para onde foi Gerdin? Ele devia ter virado em algum ponto, ou então...? Aronsson diminuiu a velocidade, sentiu o suor escorrer pela testa. Isso, definitivamente, não era o que deveria acontecer.

Havia um caminho à esquerda, será que ele tinha entrado nele? Ou será que continuou em frente até... Rottne, era esse o nome do lugar? A não ser que Gerdin tivesse pegado uma saída antes.

Só pode ter sido isso. Aronsson manobrou o carro e entrou na ruazinha onde ele imaginava que Gerdin podia ter entrado. Agora era tratar de ficar com os olhos bem abertos porque, se Gerdin tivesse entrado por aquela ruazinha, então o destino final estava próximo.

O Chefe deu uma freada brusca, diminuindo a velocidade de 180 para 20 quilômetros por hora e pegou o caminho de terra, conforme instruções recebidas do GPS. Agora faltava só pouco mais de 1 quilômetro.

Duzentos metros depois da caixa do correio, a trilha fazia uma curva, e logo depois dela o Chefe viu a parte traseira de um enorme ônibus que acabara de sair da estradinha, exatamente aquela que o Chefe deveria pegar. E, agora, o que ele ia fazer? Quem estava naquele ônibus? E quem permanecia na fazenda?

O Chefe decidiu deixar o ônibus seguir. Manobrou o carro e desceu por uma estrada sinuosa que levava a uma casa com jardim, celeiro e um barraco para guardar acessórios de barco, que certamente já haviam estado em melhores condições.

Mas nenhum sinal de Balde. Nem de Parafuso. Nenhum velho, nenhuma mulher de cabelos vermelhos e, definitivamente, nenhuma mala cinza com rodas.

Ele perdeu mais alguns minutos no local. Podia estar vazio de gente, mas atrás do celeiro havia dois automóveis escondidos: um Passat vermelho e um Mercedes prateado.

— Definitivamente, é o lugar certo — disse para si mesmo. — Mas acho que cheguei um pouco atrasado.

Com isso, decidiu alcançar o ônibus. Não devia ser nada difícil; o veículo só tinha três, quatro minutos de vantagem, num escorregadio caminho de terra.

O Chefe rapidamente ligou a BMW e a colocou novamente na estradinha. Lá, perto da caixa de correio, ele virou para a esquerda, exatamente como o ônibus havia feito, pisou fundo no acelerador e desapareceu numa nuvem de poeira. O fato de dar de cara com um Volvo azul no sentido contrário não o preocupou nem um pouco.

Aronsson ficou feliz em ver Gerdin novamente, mas vendo a velocidade com que ele guiava, o comissário perdeu novamente o ânimo para a caçada. Não teria nenhuma chance de segui-lo. Em vez disso, daria uma olhada no lugar. Gunilla Björklund era o nome na caixa de correio.

— Eu não ficaria surpreso se você fosse ruiva, Gunilla — disse o comissário Aronsson.

E foi assim que o Volvo de Aronsson entrou no mesmo jardim onde o Ford Mustang de Henrik "Balde" Hultén havia entrado nove horas antes, e onde a BMW de Per-Gunnar "Chefe" Gerdin, apenas alguns minutos antes, também havia estado.

O comissário Aronsson constatou logo, assim como o Chefe, que a fazenda estava abandonada. Mas ele levou muito mais tempo procurando peças do quebra-cabeça. Uma ele encontrou na cozinha, em forma de jornal do dia e em variados legumes frescos na geladeira. Portanto, a partida tinha se dado naquele mesmo dia. Outras peças eram o Mercedes e o Passat, atrás do celeiro. Um era um tremendo achado, enquanto o outro, ele supôs, provavelmente pertencia a Gunilla Björklund.

Restavam duas descobertas importantes para o comissário Aronsson. Primeiro, ele encontrou um revólver na varanda da casa. O que a arma estava fazendo lá? E de quem seriam as impressões digitais que eventualmente estariam nela? Enquanto ele guardava a pistola cuidadosamente em um saco plástico, seu palpite era de que pertencera a Balde Hultén.

A outra descoberta que Aronsson fez foi na caixa de correio, ao sair de lá. Entre a correspondência havia uma carta do Departamento de Regulamentação de Veículos, confirmando a mudança de proprietário de um Scania K113 amarelo, ano 1992.

— Vocês estão passeando de ônibus — falou consigo mesmo o comissário.

O ônibus amarelo seguia lentamente. Não levou muito tempo para a BMW alcançá-lo. Mas, naquele caminho estreito, o Chefe não podia fazer outra coisa a não ser ficar atrás do ônibus e fantasiar sobre quem estaria nele e se, por acaso, haveria uma mala cinza com rodas.

Felizes e sem consciência do perigo iminente 5 metros atrás deles, os amigos no ônibus discutiam a nova situação e rapidamente concordaram que seria mais seguro se encontrassem um lugar onde pudessem se esconder por umas semanas. Essa tinha sido a intenção quando chegaram à fazenda, mas a brilhante ideia de repente foi por água abaixo, na hora em que receberam aquela visita inesperada na qual Sonya depois sentou em cima.

O problema é que Allan, Julius, Benny e Linda tinham em comum o fato de ter uma família bastante reduzida e pouquíssimos amigos que pudessem abrigar um ônibus amarelo com quatro pessoas, um cachorro e uma elefanta.

Allan se desculpou por ter 100 anos e por todos os seus amigos terem morrido com um problema ou outro; mas, se não fosse assim, estariam mortos de qualquer forma, pela idade avançada. Poucos tinham sorte de sobreviver a tudo na vida, ano após ano.

Julius contou que sua especialidade eram os *inimigos*, não amigos. Com Allan, Benny e Linda, ele gostaria muito de aprofundar a amizade, mas essa não era a questão do momento.

Linda confessou que havia se tornado tremendamente antissocial depois do divórcio, e, então, da parte dela, também não havia a quem contatar ou pedir ajuda.

Só sobrou Benny. Ele tinha um irmão. O irmão mais irritado do mundo.

Quando Julius perguntou se não daria para subornar o irmão com dinheiro, Benny se animou. Na mala eles tinham vários milhões. Subornar não ia dar certo porque Bosse era mais orgulhoso que ganancioso. Mas agora se tratava de semântica, e Benny tinha a solução. Ele ia *pedir que o irmão o deixasse compensar* depois de todos esses anos.

Com isso em mente, Benny telefonou para o irmão, mas mal teve tempo de dizer quem era antes que Bosse lhe avisasse que estava com uma espingarda de chumbo engatilhada e que o irmãozinho caçula era muito bem-vindo se quisesse receber uma carga na bunda ao visitá-lo.

Benny disse que isso não era exatamente o que desejava, mas que ele — e alguns amigos — mesmo assim estavam pensando em dar uma passada lá, porque queria acertar um velho assunto financeiro que ficara pendente. Houve, por assim dizer, certa discrepância na partilha da herança de tio Frasse.

Bosse mandou o caçula deixar de enrolação e foi direto para a questão.

— Quanto você está trazendo?

— Que tal 3 milhões? — propôs Benny.

Bosse ficou em silêncio por alguns minutos, repassou a situação mentalmente. Ele conhecia seu irmão Benny o suficiente para saber que ele não iria lhe telefonar para debochar dele sobre esse assunto. *O irmãozinho caçula estava simplesmente cheio da grana. Três milhões! Fantástico!* Mas... talvez ele tivesse mais.

— Que tal quatro? — arriscou Bosse.

Mas Benny tinha jurado a si mesmo que nunca mais deixaria seu irmão mais velho dar ordens, então respondeu:

— Podemos ir para um hotel, se você achar que vamos atrapalhar.

A isso Bosse respondeu que o irmão caçula nunca atrapalhou. Benny e seus amigos eram muito bem-vindos, e se ele queria aproveitar para acertar velhas contas com 3 milhões — ou 3,5 milhões que fossem —, então isso só ia somar.

Benny recebeu uma descrição de como chegar à casa do irmão e disse que estariam lá em algumas horas.

Tudo parecia caminhar para dar certo. Até a estrada estava ficando larga e sem curvas.

Era exatamente tudo que o Chefe queria, uma via mais larga e mais reta. Por quase dez minutos ele havia ficado atrás do ônibus, ao mesmo tempo que a BMW lhe avisava que ele precisava de um reforço de combustível. O Chefe não tinha abastecido desde Estocolmo, mas quando ele teve tempo para isso?

Ele temia que a gasolina acabasse ali, no meio do mato. Se isso acontecesse, ele nada poderia fazer, a não ser observar o ônibus amarelo desaparecer no horizonte, talvez com Parafuso, Balde e a mala a bordo, ou seja lá quem quer que fosse.

Por isso, o Chefe agiu com a determinação que ele achava que um chefe de gangue de Estocolmo deveria agir. Pisou fundo no acelerador e em um segundo havia ultrapassado o ônibus amarelo com uma margem de uns 150 metros, antes de parar a BMW com uma derrapada transversal, deixando o veículo atravessado no meio da estrada. Em seguida tirou o revólver do porta-luvas e se preparou para abordar o ônibus.

O Chefe tinha um caráter mais analítico que seus parceiros mortos ou emigrados. A ideia de colocar o carro atravessado na rodovia na verdade surgiu do fato de a gasolina da BMW estar acabando, e também porque ele tinha acertadamente concluído que o motorista do ônibus optaria por parar. A conclusão do Chefe se baseava no conhecimento que, de modo geral, as pessoas não passavam por cima de outro veículo de propósito, arriscando a vida e a saúde das duas partes envolvidas.

De fato, Benny pisou fundo no freio. O raciocínio do Chefe estava certo.

Mas ele se esqueceu de levar em conta a possibilidade de o ônibus ter como carga um elefante de algumas toneladas. Se tivesse pensado nisso, também consideraria as consequências que isso poderia trazer numa freada brusca de um ônibus, lembrando que o chão era de terra, não de asfalto.

Benny realmente tentou evitar o choque, mas a velocidade devia estar próxima de 50 quilômetros por hora quando o ônibus de 15 toneladas, com elefante e tudo, atingiu o carro que estava no seu caminho, lançando-o no ar uns 20 metros à frente, como se não fosse nada mais que uma luva, batendo com força contra um pinheiro de uns 80 anos.

— Eu acho que aí foi o número 3. — Foi o prognóstico de Julius.

Todos os passageiros do ônibus desceram (uns com mais facilidade, outros com menos) e se aproximaram da BMW destruída.

Pendurado sobre o volante havia um homem aparentemente morto, desconhecido para o grupo e com um revólver ainda na mão, do mesmo modelo da arma do bandido que os havia ameaçado mais cedo naquele mesmo dia.

— Com certeza é o número 3.

— Devem ter tentado três pra dar sorte — disse Julius. — Acho que não funcionou.

Benny protestou brandamente contra o tom brincalhão de Julius. *Um* bandido por dia era suficiente, mas hoje já estavam no segundo, e ainda nem eram seis da tarde. Havia tempo para mais, se dessem azar.

Allan sugeriu que escondessem o morto número 3 em algum lugar, porque não poderia ser saudável estar próximo de quem a gente acabara de matar, principalmente se não quiséssemos que alguém soubesse do crime, e ele acreditava que os amigos não tinham motivo para querer que alguém soubesse.

Nisso, Linda começou a xingar o defunto debruçado sobre o volante, discursando sobre como é que alguém pode ser tão *estupidamente idiota* a ponto de se colocar atravessado em uma rodovia.

O cadáver respondeu chiando baixinho e mexendo uma das pernas.

O comissário Aronsson não tinha nada melhor para fazer a não ser continuar a viagem no mesmo sentido que o Chefe Gerdin havia ido, meia hora antes. É claro que ele não tinha nenhuma esperança de alcançar o líder da Never Again, mas talvez surgisse algo de interessante no caminho. Além disso, Växjö também não devia estar tão longe; o comissário precisava encontrar um hotel, pensar na situação e dormir por algumas horas.

Depois de algum tempo no caminho, Aronsson viu a carcaça de uma BMW novinha colada ao tronco de um pinheiro velho. Inicialmente, ele não achou estranho o fato de Gerdin ter saído da pista, levando em consideração sua velocidade desde a fazenda. Porém, uma olhada mais de perto o fez pensar duas vezes.

Em primeiro lugar, o veículo estava vazio. O banco do motorista estava cheio de sangue, mas este desaparecera.

Segundo, a lateral direita do carro estava amassada de forma esquisita e havia várias manchas de cor amarela. Algo grande e amarelo parecia ter atingido o carro, em alta velocidade.

— Como, por exemplo, um Scania K113 amarelo, ano 1992 — murmurou o comissário Aronsson.

Não se tratava de uma suposição elaborada, era fácil ver a placa dianteira do Scania firmemente encaixada na porta de trás, do lado direito, da BMW. Para ter certeza, Aronsson só precisava comparar os números e as letras que constavam da carta do Departamento de Regulamentação de Veículos, que confirmava a troca de proprietário.

O comissário Aronsson ainda não conseguia entender o que estava acontecendo. No entanto, uma coisa ficava cada vez mais clara para ele, ainda que improvável: o centenário Allan Karlsson e seus amigos eram bons em acabar com a vida das pessoas e, como mágica, sumir com os corpos.

CAPÍTULO 13

1947-1948

ALLAN CERTAMENTE JÁ tivera noites mais confortáveis do que aquela em que estava deitado na carroceria de um caminhão, indo na direção de Teerã. Estava bem frio também, e naquele momento não havia leite de cabra especialmente tratado para mantê-lo aquecido. Além disso, suas mãos estavam amarradas para trás, o que só dificultaria as coisas.

Não era de estranhar que Allan ficara satisfeito quando finalmente a viagem acabou. A tarde já ia alta quando o caminhão estacionou na entrada principal de um prédio marrom, no centro da capital.

Dois soldados colocaram o estrangeiro de pé e espanaram o pó mais grosso. Depois soltaram os nós que mantinham suas mãos amarradas para trás, voltando a vigiá-lo com um fuzil apontado para ele.

Se Allan conhecesse a língua persa, ele poderia ter lido, numa pequena placa amarela junto à entrada, onde ele tinha ido parar. Mas ele não conhecia o idioma, e não estava preocupado. Mais importante para ele era saber se haveria café da manhã. Ou almoço. De preferência ambos.

Os soldados sabiam bem para onde haviam conduzido o provável comunista, e, ao empurrar Allan pela porta, um deles deu adeus com um sorriso e um comentário em inglês:

— *Good luck.*

Allan agradeceu o desejo de boa sorte mesmo entendendo a ironia e pensou que talvez fosse melhor se preparar para o que estava por vir. O oficial do grupo que capturou Allan fez a transferência do prisioneiro, de acordo com as regras, para outro da mesma patente. Depois de ter sido regularmente registrado, ele foi transferido para outra cela, um pouco mais para o fundo de um corredor próximo.

A prisão era um Shangri-La perto do que Allan teve de enfrentar nos últimos tempos. Quatro leitos enfileirados, cada um com dois cobertores, luz elétrica no teto, uma pia com água corrente em um dos cantos e no outro havia um penico com tampa, para adultos. Deram-lhe também um bom prato de mingau e um litro inteiro de água, para matar fome e sede.

Três dos leitos estavam vazios, mas no quarto havia um homem deitado de costas, mãos juntas e olhos fechados. Quando Allan entrou no recinto, o homem despertou de seu cochilo e se levantou. Ele era alto e magro e vestia uma gola branca de pastor, que contrastava com o resto da roupa preta. Allan esticou a mão para se apresentar e disse que lamentava não dominar o idioma local, mas talvez o senhor pastor entendesse uma ou outra palavra de inglês.

O homem vestido de preto explicou que sim, uma vez que era nascido e criado em Oxford, onde também estudara. Ele se apresentou como sendo Kevin Ferguson, pastor anglicano que se encontrava no Irã havia 12 anos, caçando espíritos perdidos e convertendo-os para a verdadeira fé. E por falar nisso, qual era a posição do Sr. Karlsson?

Allan respondeu que, fisicamente, ele não sabia onde se encontrava, mas não era por causa disso que sentia sua alma perdida. Em se tratando de fé, Allan sempre achou que, já que não era possível ter *certeza*, não adiantava ficar por aí tentando adivinhar.

Allan viu que o pastor Ferguson estava prestes a começar um longo sermão, por isso acrescentou, rapidamente, que o pastor, por favor, respeitasse seus desejos profundos de não se tornar um anglicano ou outra coisa qualquer.

Mas o pastor Ferguson não era do tipo que se deixava intimidar com um não. Dessa vez, porém, ele hesitava. Talvez não devesse agir com tanta determinação com aquele homem, a única pessoa — além de Deus — que talvez pudesse salvá-lo daquela situação na qual ele havia se colocado.

Era um acordo, mas o pastor Ferguson fez uma pálida tentativa, dizendo que não ia fazer mal ao Sr. Karlsson se ele pudesse lhe esclarecer, em poucas palavras, a *teoria da trindade*. Justamente a trindade, o primeiro dos 39 artigos da crença anglicana.

Allan respondeu que o pastor nem imaginava o quão pouco ele, Allan, se interessava pela trindade.

— De todos os agrupamentos aqui na Terra, eu acho que a trindade é justamente aquela que menos me interessa — disse Allan.

O pastor Ferguson achou aquilo tão idiota que prometeu deixar o Sr. Karlsson em paz no que dizia respeito à religião, *"apesar de Deus, provavelmente, ter algum motivo para nos colocar na mesma prisão"*.

Em vez disso, ele começou a explicar a situação de Allan e a dele.

— Isto aqui não parece bom — começou o pastor Ferguson. — Podemos estar a caminho de encontrar o Criador, tanto eu como o senhor, e se eu não tivesse acabado de prometer, eu teria acrescentado que justamente por isso está mais do que na hora de o senhor abraçar a fé certa.

Allan olhou sério para o pastor, mas nada disse. Deixou que o homem continuasse a contar que, no momento, ambos se encontravam na penitenciária das autoridades responsáveis pela segurança e pelas informações internas; em poucas palavras, a *polícia secreta*. Talvez isso parecesse seguro para o Sr. Karlsson, mas a verdade era que a polícia secreta cuidava da segurança do xá, e seu propósito era manter o povo iraniano em constante estado de terror e respeito, bem como, na medida do possível, apavorar socialistas, comunistas, islamitas e outros elementos inconvenientes de um modo geral.

— Como pastores anglicanos?

O pastor Ferguson respondeu que pastores anglicanos nada tinham a temer, porque no Irã havia liberdade de credo. Mas aquele pastor anglicano, em especial, talvez tivesse ido longe demais.

— O prognóstico para alguém que cai nas garras da polícia secreta não é bom e, no que diz respeito a mim, temo ser este o ponto final — confessou o pastor, e de repente ele se entristeceu.

Allan ficou com pena do colega de cela, apesar de ele ser pastor. Disse-lhe em tom de consolo que os dois acabariam encontrando uma forma de sair dali, mas tudo tinha seu tempo. Agora, ele queria saber o que o pastor havia aprontado para acabar naquela situação.

O pastor Kevin Ferguson fungou e se endireitou. Não que ele temesse a morte, disse, mas achava que ainda tinha muito a fazer aqui na Terra. O pastor, como sempre, colocava sua vida nas mãos de Deus, mas se o Sr. Karlsson pudesse encontrar uma solução para si e para ele, enquanto Deus se decidia, Ferguson tinha certeza de que Nosso Senhor não iria levar a mal.

Assim, o pastor começou sua história. O Senhor falou com ele em um sonho, logo após ele ter feito seus votos. "Saia pelo mundo em missão", havia lhe dito o Senhor, mas como nada mais fora explicado, ele mesmo teve de descobrir para onde deveria ir.

Um amigo bispo lhe deu a dica do Irã — um país onde a liberdade de crença não era levada a sério. O número de anglicanos no Irã era insignificante, enquanto sobravam sunitas, xiitas, judeus e aqueles que aderiam a religiões puramente supersticiosas. Existiam cristãos, e estes eram armênios ou sírios, e todo mundo sabia que os armênios e sírios haviam entendido tudo errado.

Allan comentou que não fazia ideia disso, mas que agora estava sabendo, e agradeceu ao pastor por isso.

O pastor continuou com sua história. Irã e Grã-Bretanha eram amigos e, com ajuda de uma pessoa do alto clero que tinha contatos políticos, ele conseguiu uma carona até Teerã em um avião do corpo diplomático da Grã-Bretanha.

Isso havia acontecido mais de dez anos antes, por volta de 1935. Desde então, ele vinha abordando religião após religião, na abrangente área metropolitana da capital.

No começo, ele havia se concentrado nas diferentes cerimônias religiosas. Ele entrava escondido em mesquitas, sinagogas e em todo tipo de templo e aguardava o momento certo antes de, simplesmente, interromper a celebração em curso para, com a ajuda de um intérprete, pregar a *verdadeira* fé.

Allan elogiou seu colega de cela, dizendo que o pastor certamente era um homem muito corajoso. A questão era que ele não devia ser muito certo das ideias, porque essas visitas certamente não podiam acabar bem.

O pastor Ferguson confessou que não houve uma única vez em que a coisa tenha dado certo. Nunca o deixavam falar até o fim, e muitas vezes ele e o intérprete eram jogados na rua; frequentemente apanhavam. Todavia, nada disso o havia impedido de continuar em sua luta. Ele sabia que estava colocando pequeninas sementes anglicanas na alma de todos com quem cruzava.

Mas, no fim, a fama do pastor havia se espalhado tanto que começou a ficar difícil conseguir intérprete. Por esse motivo, ele fez uma pausa e se aprofundou no estudo do persa. Ao mesmo tempo, planejava uma maneira de refinar sua tática, e um dia, sentindo-se seguro no idioma, colocou seu plano em ação.

Em vez de procurar templos e cultos, ele passou a visitar feiras onde sabia que, entre os frequentadores, todas as religiões fajutas estavam abundantemente representadas. Colocou-se de pé sobre um caixote de madeira que havia arranjado e pediu a atenção de todos.

Essa modalidade não tinha resultado em tanta pancadaria como nos primeiros anos, é verdade; porém o número de almas salvas não chegava perto do que o pastor Ferguson havia imaginado.

Allan perguntou ao pastor Ferguson por quantos convertidos ele era responsável e a resposta que teve foi que isso dependia de como a gente olhava para a questão. Com sua pregação, o pastor havia convertido oito pessoas no total, cada uma de religião diferente. Mas, alguns meses atrás, ele começou a desconfiar que, na verdade, aqueles oito podiam ser espiões da polícia secreta, enviados para ficar de olho no pastor em missão.

— Entre zero e oito, então — concluiu Allan.

— Provavelmente mais próximo a zero do que oito.

— Em 12 anos.

O pastor reconheceu que estava ficando desgastante depois que ele compreendeu que o fraco resultado, na realidade, era ainda mais pífio. Entendeu também que, com esse método de trabalho, jamais teria sucesso naquele país, porque, por mais que os iranianos quisessem se converter, tinham medo. A polícia secreta estava em todos os lugares, e mudar de religião certamente criaria um dossiê com o nome da pessoa, que iria direto para o arquivo. O caminho daí até o dia em que a pessoa desaparecia sem deixar rastro geralmente era curto.

Allan respondeu que, apesar de tudo, talvez houvesse um ou outro iraniano que, independentemente do pastor Ferguson e da polícia secreta, andava satisfeito com a religião que confessava. Será que o pastor não via isso?

O pastor Ferguson respondeu que nunca antes havia ouvido um argumento tão ignorante, mas ele estava impedido de responder ao Sr. Karlsson por ter sido proibido de fazer qualquer explanação anglicana. Será que o Sr. Karlsson poderia ouvir o resto da história sem fazer interrupções desnecessárias? Continuando com sua nova compreensão de como a polícia secreta havia se infiltrado em sua congregação, o pastor começou a pensar de maneira diferente. Ele começou a pensar grande.

Primeiro o pastor se livrou de seus oito apóstolos, e prováveis espiões, e, em seguida, entrou em contato com o movimento secreto dos comunistas para uma reunião, mandando dizer que era um representante britânico da Verdadeira Crença e queria um encontro para discutir o futuro.

Levou tempo para conseguir marcar uma reunião, mas um dia lá estava ele sentado com cinco pessoas, que representavam a liderança comunista na província de Coração Razavi. Na verdade, ele queria ter encontrado com os comunistas de Teerã, porque imaginava que eram eles que mandavam; mas esse encontro podia funcionar por ora.

Ou não.

O pastor Ferguson apresentou sua ideia aos comunistas. Em poucas palavras, ele dizia que o anglicanismo deveria ser a religião do Estado no Irã, no dia em que os comunistas assumissem. Se os comunistas concordassem com isso, o pastor prometeu que aceitaria o trabalho de ministro da Igreja, e como tal, providenciaria para que desde o início houvesse Bíblias suficientes para todos. Igrejas seriam construídas aos poucos; para começar, podiam fechar sinagogas e mesquitas e usá-las para pregação anglicana. Só havia uma coisa que ele precisava saber: quanto tempo levaria até a revolução?

Os comunistas não reagiram com o entusiasmo nem sequer com a curiosidade que o pastor Ferguson havia esperado. Em vez disso, deixaram claro para ele que não haveria anglicanismo ou qualquer outro ismo com o comunismo quando chegasse o dia certo. E pelo que havia exposto, e também por ter convocado a reunião com falsas expectativas, o pastor levou uma reprimenda. Os comunistas nunca haviam visto tanta perda de tempo.

Com uma votação de 3 a 2, ficou decidido que o pastor Ferguson deveria levar uma coça antes de ser colocado no trem de volta para Teerã, e por 5 a 0 ficou decidido que, para a saúde do pastor, seria melhor ele não se dar mais o trabalho de voltar.

Allan sorriu e disse que não poderia de forma alguma excluir a possibilidade de o pastor estar doido, se ele desculpasse a franqueza. Tentar um tratado religioso com comunistas era um plano falho por natureza, o pastor não conseguia ver isso?

Ferguson respondeu que, para hereges como o Sr. Karlsson, era melhor não julgar o são e o insano. É claro que o pastor sabia que as possibilidades eram pequenas.

— Mas, Sr. Karlsson, pense se tivesse funcionado. Imagine poder telegrafar ao arcebispo de Canterbury e relatar que, de uma só vez, havia 50 milhões de novos anglicanos.

Allan sabia que a diferença entre a loucura e a genialidade era milimétrica, e aqui ele não saberia dizer com certeza qual era o caso, mas tinha uma opinião a respeito.

De qualquer forma, a maldita polícia do xá havia grampeado os telefones dos comunistas de Coração Razavi, e tão logo o pastor Ferguson saltou do trem ao chegar à capital, acabou preso e interrogado.

— E lá confessei tudo e mais alguma coisa — contou o pastor. — Porque meu corpo magricelo não foi feito para aguentar tortura. Uma boa surra é uma coisa, tortura é outra.

Com a imediata e exagerada confissão, o pastor Ferguson foi conduzido a esse lugar de detenção, tendo ficado em paz por duas semanas, sem ser incomodado pelo chefe, o vice-primeiro-ministro, que no momento estava em Londres, numa viagem a trabalho.

— O *vice-primeiro-ministro?* — perguntou Allan.

— Sim, ou o assassino-chefe — respondeu Ferguson.

À boca pequena, falava-se que não existia uma organização mais controlada de cima que a polícia secreta. É claro que apavorar o povo de forma rotineira ou matar comunistas, socialistas ou islamitas não exigia a bênção do chefão, mas a menor coisa fora dos planos cairia nas mãos dele. Ele recebeu o título de *vice-primeiro-ministro* do xá, mas no fundo tratava-se de um assassino, essa era a opinião de Ferguson.

— E, de acordo com o guarda da detenção, era melhor omitir o "vice", no caso de ter o azar de encontrá-lo pessoalmente, o que parece ser tanto meu como o seu caso.

Talvez o pastor tivesse convivido mais com os comunistas secretos do que ele queria admitir, porque logo acrescentou:

— Desde que a guerra mundial acabou, a CIA americana tem estado aqui, treinando a polícia secreta do xá.

— CIA? — estranhou Allan.

— Sim, é o nome agora. Antes se chamava OSS, mas é a mesma atividade suja. Foram eles que ensinaram todos os truques e torturas à polícia iraniana. Como será que é o homem que permite que a CIA estrague o mundo desse jeito?

— Você quer dizer o presidente dos Estados Unidos?

— Harry S. Truman vai arder no inferno, ouça minhas palavras — disse o pastor.

— Você acha?

Os dias se seguiam na detenção da polícia secreta, no centro de Teerã. Allan contou sua história para o pastor Ferguson sem deixar nada de fora. Isso silenciou o pastor. Quando ele soube da relação de amizade que Allan havia tido com o presidente americano, ele parou de conversar com o colega de cela, e, pior ainda, havia o envolvimento dele com as bombas sobre o Japão.

O pastor se virou para o Senhor e pediu conselhos. Foi o Senhor que havia enviado o Sr. Karlsson em seu auxílio ou era o diabo mesmo que estava por trás de tudo?

O Senhor respondeu com silêncio; às vezes ele fazia isso, e o pastor Ferguson sempre interpretava esses casos como indicação para ele mesmo refletir. É verdade que nem sempre acabava bem quando o pastor pensava por conta própria, mas isso não era motivo para desistir.

Depois de dois dias e duas noites de deliberação, a favor e contra, o pastor Ferguson chegou à conclusão de que, por enquanto, ele faria as pazes com o pagão da outra cama.

E assim comunicou a Allan que voltaria a falar com ele novamente.

Allan respondeu que enquanto o pastor esteve calado ele tinha tido um belo sossego e muita tranquilidade, é verdade; mas talvez no longo prazo fosse melhor que voltassem a se falar.

— Além disso, vamos tentar sair daqui de alguma forma e, de preferência, antes daquele assassino-chefe voltar de Londres. Nesse caso não dá para cada um ficar no seu canto. O que o senhor pastor acha?

Sim, é claro, o pastor Ferguson concordava plenamente. Quando o assassino-chefe estivesse em sua cadeira novamente, aguardava um breve interrogatório seguido de um rápido sumiço. Isso era o que o pastor Ferguson tinha ouvido falar.

A carceragem não era um presídio de verdade, com tudo o que o termo implicava, com fechaduras duplas por todo lado. Ali, não, pelo contrário, às vezes os guardas nem trancavam as portas direito. Mas nunca havia menos de quatro guardas de cada vez na porta de entrada e na saída. E, caso Allan ou o pastor tentassem escapar, com certeza, eles não ficariam só olhando. Será que daria para criar um tumulto, de alguma forma, pensava Allan, e depois escapulir no meio de toda a confusão? Valia a pena pensar no assunto.

Agora, Allan queria paz para trabalhar e por isso deu ao pastor a tarefa de descobrir, por intermédio dos guardas, quanto tempo ainda lhes restava. Isto é, saber exatamente quando o assassino-chefe estaria de volta. *Quando seria tarde demais?*

O pastor prometeu perguntar assim que tivesse uma oportunidade. Talvez já, porque ouviam um ruído na porta. Era o guarda mais jovem e mais bonzinho. Ele colocou a cabeça no vão da porta e olhou com compaixão quando disse:

— O *primeiro-ministro* está de volta da Inglaterra e está na hora do interrogatório. Qual dos dois quer começar?

O chefe da entidade responsável pelo serviço de informação e segurança estava sentado em seu escritório em Teerã, de mau humor.

Acabara de chegar de uma viagem a Londres, onde levou uma bronca dos ingleses. Ele, primeiro-ministro (ou praticamente), chefe supremo da entidade mais importante do Irã, *foi repreendido pelos ingleses*!

O xá também não fazia outra coisa a não ser tentar agradar esses ingleses arrogantes. O petróleo estava nas mãos dos ingleses, e ele mesmo estava lá para garantir que aqueles que queriam uma nova ordem no país fossem tirados de circulação. Isso não era uma coisa fácil, porque quem na realidade estava satisfeito com o xá? Os islamitas, não, os comunistas, não, e, decididamente, os trabalhadores locais dos poços de petróleo também não; eles, literalmente, se matavam de trabalhar para receber o correspondente a 1 libra por semana.

Em vez de elogios, ele levou uma reprimenda pelo seu trabalho.

O chefe de polícia sabia que tinha vacilado ao ser um pouco duro demais com um provocador de origem desconhecida, que ele havia apanhado. O provocador se recusava a dizer qualquer coisa, a não ser que exigia ser libertado, uma vez que sua única culpa tinha sido insistir que a fila do açougue era para todos, inclusive para os funcionários da polícia secreta.

Depois de se defender, o provocador cruzou os braços e respondeu a todas as perguntas sobre quem era com silêncio. O chefe de polícia não gostou da cara do provocador (era mesmo provocativa), e aplicou alguns dos métodos de tortura recém-aprendidos com a CIA (o chefe de polícia admirava a criatividade dos americanos). Só então ficou sabendo que o provocador era funcionário da embaixada britânica, e isso foi, é claro, um grande azar.

O remédio foi tentar ajeitar o funcionário o máximo possível e soltá-lo, mas só para garantir que depois ele seria cuidadosamente atropelado por um caminhão, que desapareceu em seguida.

É assim que se evitam crises diplomáticas, pensava o chefe, satisfeito consigo mesmo.

Os ingleses, porém, juntaram o que sobrou do funcionário e mandaram tudo para Londres, onde o cadáver foi examinado com lupa. Depois disso, o chefe de polícia foi convocado a Londres para dar explicações sobre o funcionário da embaixada inglesa em Teerã que havia desaparecido por três dias e reaparecido de repente na rua em frente à central da polícia secreta, onde foi imediatamente atropelado com tanta vontade que quase não dava para detectar a tortura a que ele havia sido submetido antes disso.

O chefe de polícia negou veementemente ter qualquer conhecimento sobre o caso — era assim que o jogo diplomático funcionava. Mas esse funcionário por acaso era filho de algum lorde, que por sua vez era amigo do ex-primeiro-ministro Winston Churchill, e agora os ingleses iam ficar de *olho nele*.

Por esse motivo, o departamento de inteligência e segurança interna perdeu a autoridade quando da visita que Churchill faria a Teerã dentro de algumas semanas. Em vez disso, os amadores da segurança pessoal do xá iam cuidar do visitante. É claro que isso estava muito acima de sua competência. E representava um desprestígio imenso para o chefe de polícia, além de distanciá-lo do xá de um jeito que lhe causava uma sensação ruim.

Para fugir de seus pensamentos amargos, o chefe de polícia mandou chamar o primeiro dos inimigos da sociedade que aguardavam na detenção. Ele estava preparado para um interrogatório sucinto, uma execução rápida e discreta, seguidos de uma cremação tradicional do corpo. Depois, o almoço, e, então, à tarde daria tempo de cuidar do segundo também.

Allan Karlsson havia se candidatado a primeiro a ser interrogado. O chefe de polícia foi ao seu encontro na porta do escritório, apertou sua mão e o convidou a sentar, oferecendo-lhe uma xícara de café e um cigarro.

Allan, que nunca havia conhecido um assassino-chefe antes, imaginava que um homem desses seria muito mais grosseiro em seus modos do que aquele parecia ser. Aceitou o café, mas dispensava o cigarro, se não fosse problema para o senhor primeiro- -ministro.

O chefe de polícia sempre tentava iniciar o interrogatório de forma a dar a impressão de ter uma extensa experiência. Não era preciso se comportar como um brucutu só porque a pessoa ia ser trucidada na sequência. Além disso, o chefe sentia prazer em ver acender uma chama de esperança no olhos da vítima. De modo geral, as pessoas eram muito ingênuas.

Essa vítima, em especial, não parecia assustada; não ainda. E ele havia usado exatamente o título pelo qual o chefe de polícia gostava de ser chamado. Um começo interessante.

No interrogatório, na falta de uma estratégia de sobrevivência elaborada, Allan escolheu revelar alguns trechos mais recentes de sua vida, previamente selecionados, revelando que ele era um especialista em explosivos enviado à China pelo presidente Harry S. Truman para lá realizar diversas missões de combater os comunistas. Depois disso, ele iniciou uma longa jornada de volta à Suécia e agora lamentava que o Irã havia se colocado no meio desse caminho, que Allan fora compelido a entrar no país sem o visto necessário, mas que estava disposto a deixar o território imediatamente, se o *senhor primeiro-ministro* assim o permitisse.

O chefe de polícia havia feito uma sequência de perguntas, principalmente por que, na hora em que foi preso, Allan Karlsson estava com um grupo de comunistas iranianos. Allan respondeu com sinceridade: ele havia encontrado os comunistas por acaso e eles haviam ajudado um ao outro a atravessar o Himalaia. Ainda acrescentou que se o senhor primeiro-ministro em algum momento planejasse uma viagem dessas, então não devia ser muito criterioso quanto à ajuda no caminho, porque aquelas montanhas eram muito altas quando queriam exibir essa faceta.

Não, não, o chefe de polícia não tinha nenhum plano de cruzar o Himalaia a pé, assim como também não tinha a intenção de libertar a pessoa que estava diante dele. Mas nascia nele uma ideia. Talvez ele pudesse usar aquele especialista internacional em explosivos antes de dar um sumiço definitivo nele. Com uma voz talvez um pouco ansiosa demais, o chefe de polícia perguntou que experiência o Sr. Karlsson tinha quanto a matar pessoas importantes e bem protegidas?

Allan nunca mexeu com isso. Em sã consciência, planejar tirar a vida de uma pessoa como se fosse uma ponte. Não, nem tinha vontade de mexer com esse tipo de coisa. Mas ele precisava pensar bem no que iria responder. Será que o assassino, que mais parecia uma chaminé ambulante, tinha algum plano?

Allan pensou por alguns segundos, puxou pela memória e na pressa encontrou nada menos que:

— Glenn Miller.

— Glenn Miller? — repetiu o chefe.

Allan lembrou que, anos antes, na base militar de Los Alamos, houve uma comoção geral quando a notícia de que o lendário músico Glenn Miller estava desaparecido depois que seu avião da US-Force sumiu na costa da Inglaterra.

— Isso mesmo — confirmou ele em um sussurro. — A ordem era de que devia parecer um acidente aéreo, o que acabou sendo.

Providenciei para que os dois motores pegassem fogo e o avião caísse em algum lugar no Canal da Mancha. Desde então, ele nunca mais foi visto. Um destino digno de um traidor nazista, se o senhor ministro me perguntar.

— Glenn Miller era nazista? — surpreendeu-se o chefe de polícia.

Allan fez que sim com a cabeça (em silêncio pediu perdão aos familiares de Glenn Miller). O chefe de polícia, por outro lado, tentava se recuperar da informação de que seu grande ídolo havia servido a Hitler.

Allan pensou que dali para a frente era melhor assumir o comando do diálogo, antes que o chefe de polícia começasse a fazer mais perguntas sobre o caso Glenn Miller.

— Se o senhor primeiro-ministro desejar, estou pronto para eliminar qualquer pessoa, com a máxima discrição, em troca de nos separarmos como amigos.

O chefe de polícia permanecia em estado de choque depois daquela notícia nefasta sobre o homem por trás de *Moonlight Serenade*, mas não seria por causa disso que iam fazer dele o que quisessem. Nem pensar em começar qualquer negociação sobre o futuro de Allan.

— Se eu quiser, você eliminará a pessoa que eu indicar em troca de *eventualmente considerar a possibilidade* de deixá-lo viver — decretou o chefe de polícia, esticando-se por sobre a mesa para apagar o cigarro no café de Allan.

— Sim, era o que eu queria dizer — concordou Allan. — Mas me expressei mal.

O interrogatório da manhã tinha tomado um rumo diferente daquele a que o chefe de polícia estava acostumado. Em vez de eliminar o provável inimigo da sociedade, ele havia agendado a continuação do interrogatório para mais tarde, para ter tempo e, com toda a paz do mundo, absorver a nova situação. Depois do almoço, o chefe de polícia e Allan se encontraram novamente, e os planos tomaram forma.

A questão era acabar com a vida de Winston Churchill enquanto ele estivesse sob a proteção da segurança particular do xá. Mas teria de ser de maneira que não houvesse qualquer conexão com a autoridade responsável pelas comunicações e segurança internas do país e, muito menos, com seu chefe. Como era certo que os ingleses fariam diligências minuciosas, não poderia haver falha em hipótese alguma. Se o projeto vingasse, isso favoreceria incontestavelmente o chefe de polícia.

Isso calaria a boca dos prepotentes ingleses, que haviam tirado dele a responsabilidade da segurança dessa visita. Depois dessa falha, o xá lhe daria a incumbência de melhorar sua guarda pessoal, e quando a poeira tivesse assentado, sua posição estaria muito reforçada, em vez de, como agora, enfraquecida. O chefe de polícia e Allan estavam acertando as peças do quebra-cabeça juntos, como se fossem melhores amigos. Porém, toda vez que ele sentia que o ambiente estava ficando mais íntimo, apagava o cigarro no café de Allan.

O chefe de polícia informou que o único automóvel blindado do Irã se encontrava na garagem daquele departamento, um andar abaixo deles. Era um DeSoto Suburban, fabricação especial, de cor vinho e muito bonito. Os seguranças do xá provavelmente fariam contato em breve perguntando sobre o veículo; do contrário, como transportariam Churchill do aeroporto até o palácio do xá?

Allan então disse que uma carga bem-equilibrada de explosivos, colocada na parte de baixo do veículo, seria a solução de tudo. Mas, considerando a necessidade do chefe de polícia de não deixar rastros que pudessem levar a ele, Allan gostaria de sugerir duas medidas preventivas.

Uma delas era que a carga de explosivos tivesse os mesmos ingredientes usados pelos comunistas de Mao Tsé-Tung na China. Por acaso Allan tinha plenos conhecimentos sobre a questão e por isso tinha certeza de que tudo pareceria um feito comunista.

A segunda medida seria que a carga explosiva fosse escondida na parte da frente do chassi do DeSoto, mas não detonasse imediatamente; em vez disso, devia soltar-se do lugar onde foi escondida para explodir um décimo de segundo mais tarde, ao cair no chão.

Nesse décimo de segundo haveria tempo de a carga cair diretamente sob a parte posterior do veículo, isto é, no lugar onde, com certeza, se encontraria sentado Winston Churchill, fumando seu charuto. A carga rasgaria o piso do veículo, mandando Churchill para a eternidade e abrindo, ao mesmo tempo, um enorme buraco no chão.

— Dessa forma, as pessoas vão pensar que a carga estava enterrada no chão, e não que alguém tentou colocar dinamite no automóvel. Esse despiste não cai como uma luva nos planos do senhor ministro?

O chefe de polícia dava risinhos de satisfação e ansiedade, e enterrou mais um cigarro no novo café de Allan. O sueco disse ao primeiro-ministro que ele naturalmente poderia fazer o que bem entendesse com seus cigarros e com seu café, mas se por acaso o senhor ministro não estivesse satisfeito com o cinzeiro que tinha a seu lado e pudesse considerar uma breve licença, Allan teria enorme prazer em sair e procurar um belo cinzeiro para ele.

O chefe de polícia nem ligou para a conversa de Allan sobre o cinzeiro; aprovou imediatamente o plano e pediu uma lista completa do que o sueco iria precisar para, na menor fração de tempo possível, preparar o veículo em questão.

Allan sabia exatamente do que precisava e escreveu o nome dos nove ingredientes que compunham a fórmula. Acrescentou também um décimo ingrediente — nitroglicerina —, que ele achou que poderia vir a ser útil. E mais um ingrediente: uma lata com tinta.

Allan pediu emprestado um dos homens de confiança do senhor ministro, como assistente e comprador, e que o senhor ministro permitisse que seu colega de cela, o pastor Ferguson, servisse de intérprete.

O chefe de polícia murmurava que teria preferido eliminar aquele pastor, porque não gostava de homens da igreja, mas que não havia problemas, já que não tinham mais tempo a perder. Em seguida, apagou novamente o cigarro no café de Allan e comunicou que a reunião estava encerrada, lembrando mais uma vez quem estava no comando.

* * *

Os dias se passaram e tudo corria conforme o planejado. Dito e feito, o chefe da guarda pessoal de segurança havia entrado em contato e comunicado que tinha a intenção de buscar o DeSoto na quarta-feira seguinte. O chefe de polícia fervia de ódio. O sujeito havia *comunicado* que iria buscar o automóvel, e não pedido permissão. Ele estava tão cego de raiva que não viu que isso era perfeito. Imagine se o chefe da segurança *não* tivesse feito contato a respeito do veículo. Não ia demorar muito para que ele levasse o troco, de qualquer forma.

Agora Allan sabia quanto tempo tinha para aprontar a explosão. Infelizmente, o pastor Ferguson também entendeu o que estava para acontecer. Ele não só seria coautor do assassinato do ex-primeiro-ministro Churchill, mas tinha motivos para acreditar que sua vida também teria um fim logo em seguida. Encontrar o Senhor pouco depois de ter cometido um assassinato não era algo que o pastor Ferguson antevia com prazer.

Mas Allan o acalmava, dizendo que ele também tinha seus planos. Com isso, queria dizer que havia vislumbrado certa possibilidade para si e para o pastor de se safarem, e não precisaria ser à custa da vida do Sr. Churchill.

Mas o esquema exigia que o pastor fizesse exatamente o que Allan mandasse quando chegasse a hora, e Ferguson prometeu que assim faria. O Sr. Karlsson era a única esperança de sair com vida com quem ele podia contar, porque Deus continuava não respondendo a nada. Isso já durava um mês. Será que estava aborrecido com o pastor por ele ter tentado se aliar aos comunistas?

Chegou a quarta-feira. O DeSoto estava pronto. A carga no chassi do veículo calhou de ser maior do que a missão exigia, mas estava totalmente disfarçada, se por acaso alguém se aventurasse a procurar por objetos estranhos.

Allan mostrou ao chefe de polícia como o controle remoto funcionava, explicando em detalhes como seria o resultado final, na hora da explosão. O chefe de polícia sorria e parecia estar feliz. Apagou seu 18° cigarro no café de Allan.

Allan pegou outra xícara, que havia escondido atrás da caixa de ferramentas, e colocou-a estrategicamente na mesa, junto à escada que levava ao corredor da cela de detenção e à entrada. Então pegou o pastor pelo braço e eles saíram da garagem, enquanto o chefe de polícia dava voltas e voltas em torno do DeSoto, fumando o 19° cigarro do dia, regozijando-se com a ideia do que estava por vir.

Pela movimentação de Allan, o pastor entendeu que agora era sério. Era hora de obedecer ao Sr. Karlsson cegamente.

O trajeto passou pela cela de detenção, continuando para a recepção. Chegando lá, Allan nem se deu o trabalho de parar diante dos guardas armados; passou por eles com uma postura segura, sempre com o pastor firmemente seguro pelo braço.

Os guardas estavam acostumados a ver Karlsson e o pastor, e não viam qualquer risco de tentativa de fuga, por isso foi mais pela surpresa que o chefe dos guardas gritou:

— Ei, parados aí. Onde é que vocês pensam que vão?

Allan parou com o pastor exatamente na soleira da porta para a liberdade, com uma expressão de surpresa.

— Estamos livres para ir. O senhor primeiro-ministro não lhe comunicou isso?

O pastor Ferguson estava em pânico, mas forçou uma respiração para não desmaiar.

— *Parem exatamente onde estão* — ordenou com a voz firme o chefe dos guardas. — Vocês não vão a lugar algum até eu ter a confirmação do senhor primeiro-ministro do que estão dizendo.

Os três guardas auxiliares foram colocados para vigiar rigorosamente o pastor e o Sr. Karlsson, enquanto o chefe deles seguiu pelo corredor até a garagem, a fim de esclarecer a questão. Allan sorria para animar o pastor ao seu lado, dizendo que tudo iria se ajeitar já, já. A não ser que tudo fosse para o inferno antes disso. Como o chefe de polícia, em primeiro lugar, não tinha dado permissão a Allan e ao pastor para irem embora, e, em segundo lugar, nunca teve tal intenção, sua reação foi vigorosa.

— O que está me dizendo? Estão lá na entrada, mentindo na sua cara? Não, os desgraçados vão pagar...

Raramente o chefe de polícia praguejava. Sempre se preocupou em manter certo nível. Mas agora ele estava nervoso. E como de hábito, apagou o cigarro no café do maldito Karlsson antes de, com passos fortes, subir os degraus em direção ao corredor.

Quer dizer, ele não passou da xícara de café. Justamente dessa vez, a xícara não continha café, e sim nitroglicerina mistura-da com tinta preta. Foi um belíssimo estrondo quando o vice--primeiro-ministro e seu chefe da guarda foram feitos em mil pedaços. Uma nuvem branca saía da garagem e seguia pelo cor-redor onde, na outra extremidade, estavam Allan, o pastor e os três guardas.

— Vamos — disse Allan ao pastor, e os dois foram embora.

Os três guardas estavam suficientemente conscientes de que deviam impedir Karlsson e o pastor, mas apenas um décimo de segundo depois detonou — como consequência lógica da gara-gem ter se transformado em um mar de fogo — a carga sob o DeSoto, destinada a Winston Churchill. Isso mostrou a Allan que a carga teria servido para a finalidade pensada pelo chefe de polícia, com uma boa margem de segurança. O prédio todo ficou torto e o andar térreo queimava quando Allan corrigiu suas ordens ao pastor.

— Vamos ter que correr.

Dois dos guardas foram arremessados contra uma parede pela onda de calor, pegando fogo em seguida. O terceiro não conseguia pensar o suficiente para prestar atenção nos fugitivos. Primeiro, fi-cou alguns segundos se perguntando o que havia acontecido, mas logo saiu correndo, para não acabar como seus colegas. Allan e o pastor tinham ido numa direção, só lhe restava correr para a outra.

Depois que Allan, à sua moda peculiar, providenciou para que ele e o pastor ficassem longe do escritório central da polícia secreta, foi a vez de o pastor prestar serviço. Como sabia onde ficava a maioria das legações estrangeiras, ele levou Allan até a embaixada da Suécia. Chegando lá, deu um forte abraço de agradecimento no sueco.

Allan perguntou o que o pastor faria agora. E onde ficava a embaixada da Grã-Bretanha.

O pastor respondeu que não ficava muito longe dali, mas o que ele iria fazer lá? Todos lá já eram anglicanos. Não, o pastor estava pensando em uma nova estratégia. Os últimos acontecimentos haviam lhe ensinado que tudo começava e terminava com as autoridades do serviço interno de comunicações e segurança. O negócio, então, era começar um trabalho interno na organização. Quando todos os policiais do serviço secreto, com seus colaboradores, tivessem se convertido ao anglicanismo — o resto seria fácil.

Allan respondeu que ele conhecia um bom sanatório na Suécia, caso o pastor chegasse a alguma conclusão diferente. O pastor respondeu que não queria parecer ingrato, de forma alguma, mas ele estava convicto de sua vocação e agora chegava a hora de se separarem. O pastor estava pensando, primeiramente, em procurar aquele guarda que sobreviveu, o que correu para o outro lado. No fundo, era um rapaz bom e afetuoso e havia possibilidades de trazê-lo para a verdadeira crença.

— Adeus — disse o pastor solenemente antes de sair andando.

— Tchau!

Allan ficou olhando o pastor ir embora e chegou à conclusão de que o mundo era suficientemente estranho para que o pastor pudesse sobreviver ao caminho que tinha decidido tomar.

Mas nisso Allan estava errado. O pastor encontrou o guarda zanzando no Park-e Shahr, no centro de Teerã, com os braços queimados, e nas mãos segurava uma espingarda automática, com a trava solta.

— Aí está você, meu filho — disse o pastor, e foi até o rapaz para abraçá-lo.

— Você — gritou o guarda. — É *você*!

E matou o pastor com 22 tiros no peito. Teriam sido mais se os cartuchos não tivessem acabado.

Allan foi aceito na embaixada, com a ajuda de seu sotaque sueco. Mas depois a situação se complicou, porque ele não tinha nenhum documento que comprovasse quem era. Por isso, a embaixada não podia lhe emitir um passaporte, muito menos providenciar meios para seu retorno à Suécia. Além disso, comunicou-lhe o terceiro-secretário Bergqvist, a Suécia havia estabelecido novos critérios para o número de identificação pessoal, e se o que o Sr. Karlsson declarava estivesse correto, que ele se encontrava fora do país havia muitos anos, então nem devia mais existir um Sr. Karlsson no sistema de lá.

A isso Allan respondeu que, mesmo se o nome de todos os suecos tivessem sido transformados em números, ele continuava sendo Allan Karlsson, de Yxhult, perto de Flen, e agora gostaria que o senhor terceiro-secretário providenciasse uma documentação para ele.

Naquele momento, o terceiro-secretário Bergqvist era o de patente mais elevada na embaixada. Ele foi o único que não pôde ir à conferência dos diplomatas, que acontecia em Estocolmo. É claro que tudo, então, tinha que acontecer agora. Não bastasse que partes de Teerã estivessem ardendo em fogo havia uma hora, agora também surgia aquela pessoa estranha ali dizendo que era da Suécia. Certamente, havia indícios de que o homem estava dizendo a verdade, mas se ele não quisesse que sua carreira fosse para o beleléu, então o negócio era se manter firme nas regras. De modo que o terceiro-secretário Bergqvist repetiu sua decisão de que não haveria passaporte a não ser que o Sr. Karlsson pudesse ser identificado.

Allan alegou que o terceiro-secretário Bergqvist estava sendo exageradamente teimoso, mas que talvez tudo pudesse se resolver se ele dispusesse de um telefone.

Sim, o terceiro-secretário tinha um telefone, mas telefonar custava caro. Para onde o Sr. Karlsson havia pensado em ligar?

Allan, que estava começando a se cansar do birrento do terceiro-secretário, não respondeu. Em vez disso, fez uma pergunta:

— O primeiro-ministro ainda é Per Albin?

— O quê? Não — disse o terceiro-secretário, surpreso. — O nome agora é Erlander. Tage Erlander. O primeiro-ministro Hansson faleceu no ano passado. Mas por que....

— Dá para o senhor ficar calado um minuto? Esse assunto já vai ser resolvido.

Allan pegou o telefone, discou para a Casa Branca, em Washington, deu seu nome e pediu para falar com a secretária do presidente. Ela se lembrava bem do Sr. Karlsson, tinha ouvido muitas coisas agradáveis a seu respeito, e se o assunto dele era importante, ela ia tentar acordar o presidente. Passava um pouco das 8 horas em Washington, e de manhã o presidente nunca era muito rápido em sair da cama.

Pouco depois, um recém-desperto presidente Truman atendeu, e ele e Allan tiveram uma conversa bem longa, cordial e agradável, ambos atualizando os últimos acontecimentos antes de chegarem ao assunto de Allan. Será que Harry poderia fazer uma ligação rápida para o novo primeiro-ministro sueco, Erlander, garantindo que Allan era mesmo Allan? E o ministro, por sua vez, podia telefonar para o terceiro-secretário Bergqvist na embaixada sueca em Teerã, e ordenar que fosse feito um passaporte para Allan, sem demora?

Harry ia cuidar de tudo, ele só precisava do nome do terceiro-secretário soletrado, para ter certeza de que ia dar tudo certo.

— O presidente Truman quer saber como se escreve o seu nome — disse Allan para o terceiro-secretário. Será que você mesmo poder lhe informar, para facilitar as coisas?

Depois de o terceiro-secretário ter soletrado seu nome praticamente em transe para o presidente dos Estados Unidos, colocou o fone de volta no gancho e nada disse por oito minutos. Foi o tempo que levou para o primeiro-ministro Tage Erlander ligar e ordenar que o terceiro-secretário

- emitisse imediatamente um passaporte diplomático para Allan Karlsson;
- providenciasse sem demora um transporte para o Sr. Karlsson até a Suécia.

— Mas ele não tem o número de identificação pessoal — tentou o terceiro-secretário Bergqvist.

— Eu sugiro que o senhor terceiro-secretário resolva o caso — retrucou o primeiro-ministro Erlander. — A não ser que ele queira passar para quarto ou quinto-secretário em vez de terceiro.

— Não há quarto ou quinto-secretários — arriscou o terceiro-secretário.

— E o que você conclui disso?

Em 1945, o herói de guerra Winston Churchill, de modo surpreendente, perdeu as eleições para primeiro-ministro da Grã-Bretanha, prova de que a gratidão do povo inglês tinha chegado ao fim.

Mas Churchill estava planejando uma desforra e, enquanto aguardava, seguia viajando pelo mundo. O ex-primeiro-ministro não ficaria nada surpreso se o trapalhão do Partido dos Trabalhadores que agora governava a Grã-Bretanha introduzisse uma economia plana ao mesmo tempo que repartia o império com gente que nem sabia governar.

Veja só a Índia britânica, por exemplo, desmantelando-se em pedaços agora. Hindus e muçulmanos não conseguiam manter a paz e no meio estava aquele maldito Mahatma Gandhi com suas pernas cruzadas e, quando qualquer coisa não lhe agradava, ele parava de comer. Que estratégia de guerra era essa? Até que ponto isso teria conseguido fazer frente aos nazistas, quando eles bombardearam a Inglaterra?

Na África Oriental britânica a situação ainda não estava tão ruim, mas era uma questão de tempo até os negros também quererem ser seus próprios senhores.

Churchill compreendia que as coisas não seriam mais como antes, mas os ingleses estavam precisando de um líder que, com a voz firme, pudesse lhes dizer o que estava valendo; nada de socialismo camuflado como o de Clement Attlee.

Quanto à Índia, a batalha estava perdida, isso Churchill sabia. Por muitos anos a situação tinha ido naquela direção e, durante a guerra, foi necessário enviar sinais de independência para os indianos, a fim de não ter de lidar com uma guerra civil no meio de uma luta pela sobrevivência.

Em muitos outros lugares ainda estava em tempo de agir. O plano de Churchill para o outono era ir ao Quênia e averiguar como estavam as coisas. Mas antes disso ele deu uma esticada até Teerã para tomar chá com o xá.

Por azar, ele tinha caído no meio de um caos. Um dia antes alguém explodira a central da autoridade responsável pelas comunicações e segurança interna do país. O prédio inteiro pegou fogo e desabou. Parece que o idiota do chefe de polícia foi junto, aquele que pouco antes havia colocado suas sangrentas mãos no ingênuo pessoal da embaixada britânica.

Até aí, sem grandes danos, mas, com isso, parecia que o único carro blindado do xá havia sido incendiado, resultando em um encontro bem mais breve do que o planejado; além disso, tudo foi feito no aeroporto, por motivos de segurança.

Mas foi bom ter feito a visita. De acordo com o xá, a situação estava sob controle. A explosão no prédio da polícia secreta era embaraçosa para ele e no momento nada mais havia para dizer sobre o assunto. E o xá conseguia viver bem com o fato de seu chefe de polícia ter ido junto com a explosão. De qualquer forma, parecia que ele estava perdendo o controle da situação.

Portanto, a questão política era estável. Um novo chefe de polícia seria designado. E havia o resultado recorde da Anglo-Iranian Oil Company. O petróleo enriquecia sobremaneira tanto a Inglaterra como o Irã. Mais a Inglaterra, para ser sincero, mas isso porque a única coisa com a qual o Irã contribuía no projeto era com a mão de obra barata. E o petróleo, é claro.

— Tudo na santa paz com o Irã — resumia Winston Churchill enquanto cumprimentava o agregado militar sueco, a quem foi dado um lugar no avião que voltava para Londres.

— É uma satisfação ver que o Sr. Churchill está contente — respondeu Allan. — E que aparenta estar passando bem.

Via Londres, Allan finalmente chegou ao aeroporto de Bromma, em Estocolmo, pisando em solo sueco pela primeira vez em 11 anos. Era fim de outono de 1947 e a temperatura estava de acordo com a estação.

No saguão de desembarque havia um jovem esperando por Allan, dizendo ser assistente do primeiro-ministro Erlander, e que ele gostaria de ter uma reunião com Allan, imediatamente, se fosse possível.

Allan achou que era possível, sim, e acompanhou de bom grado o assistente, que orgulhosamente convidou o recém-chegado a tomar assento no novo carro do governo, um Volvo PV 444, preto brilhante.

— O Sr. Karlsson já viu algo mais espetacular? — perguntou o assistente, interessado em automóveis. — Quarenta e quatro cavalos!

— É, eu vi um DeSoto de cor vinho, bem bonito, na semana passada — respondeu Allan. — Mas o seu está mais bem-conservado.

A viagem seguiu para o centro de Estocolmo, e Allan olhava interessado ao redor. Infelizmente ele não havia estado na capital antes. Uma beleza de cidade, cheia de água e pontes não dinamitadas.

O primeiro-ministro deu as boas-vindas a Allan, dizendo:

— Sr. Karlsson, ouvi falar muito do senhor. — E, então, empurrou o assistente para fora da sala e fechou a porta.

Allan nada disse, mas ele, ao contrário, nunca havia ouvido falar de Tage Erlander. Allan nem mesmo sabia se o primeiro-ministro era de esquerda ou de direita. Ou um ou outro, isso era certeza, e se existia algo que Allan havia aprendido com a vida foi que as pessoas sempre insistiam em pensar assim ou assado.

Tudo bem, o primeiro-ministro podia pensar como quisesse. A questão agora era ouvir o que ele tinha a dizer.

Allan ficou sabendo que o primeiro-ministro havia telefonado de volta para o presidente Truman, com quem teve uma longa conversa sobre Allan. Então, agora, ele sabia tudo a respeito do...

De repente Erlander se calou. Ele tinha menos de um ano de experiência no cargo que ocupava e ainda havia muito a aprender. Mas uma coisa ele já sabia: em certas situações era melhor nada saber, ou pelo menos não deixar vestígios do que sabia.

Foi por esse motivo que o primeiro-ministro não terminou a frase. A informação que Truman tinha dado sobre Karlsson ficou para sempre só entre os dois. Ele foi direto:

— Pelo que entendi, você não tem por que voltar à Suécia. Por isso providenciei uma recompensa, em espécie, por serviços prestados à nação, por assim dizer. Tome 10 mil coroas.

O primeiro-ministro estendeu a mão com um envelope cheio de cédulas, e Allan assinou um comprovante de recebimento do dinheiro. Tudo como manda o figurino.

— Muito obrigado, senhor primeiro-ministro. Acredito que com essa magnífica contribuição vou poder dormir em lençóis limpos esta noite e comprar umas roupas novas. É, talvez eu até escove os dentes pela primeira vez desde agosto de 1945.

O primeiro-ministro interrompeu Allan quando ele estava para descrever em que estado se encontravam suas cuecas, dizendo que, naturalmente, não havia restrições quanto ao uso do dinheiro, mas que ele queria revelar para o Sr. Karlsson que estava em curso na Suécia um programa sobre fissão nuclear; e que ele, o primeiro-ministro, gostaria muito que o Sr. Karlsson fizesse uma visita.

Na verdade, o primeiro-ministro Erlander não sabia o que fazer com várias questões importantes e espinhosas que havia herdado quando, no outono passado, o coração de seu predecessor simplesmente parou. Uma dessas era como a Suécia devia se posicionar diante do fato de agora existir algo chamado bomba atômica. O comandante em chefe não lhe dava sossego sobre o assunto, dizendo que o país precisava se proteger contra o comunismo e que só havia a pequena Finlândia entre a Suécia e Stalin.

Essa questão tinha dois lados. De um lado, o comandante em chefe havia se casado bem e era do conhecimento de todos que, de vez em quando, ele e o velho rei da Suécia tomavam seus drinques juntos. O social-democrata Erlander não suportava a ideia de que o rei Gustavo V pudesse sequer *imaginar* que ainda exercesse qualquer influência na política de segurança da Suécia.

Por outro lado, Erlander não podia excluir a possibilidade de que o comandante em chefe e o rei estivessem certos. Stalin e os comunistas não eram de confiança, e se lhes desse na telha estender sua esfera de interesses para o leste, a Suécia ficava perigosamente perto.

O instituto de pesquisas militares da Suécia tinha acabado de transferir todo o seu limitado conhecimento atômico para a recém-constituída AB Atomenergi. Os especialistas de lá estavam agora tentando entender exatamente o que havia acontecido em Hiroshima e Nagasaki. Além disso, havia um objetivo mais generalizado: *analisar o futuro nuclear sob uma perspectiva sueca.* Jamais foi dito em palavras e era melhor assim, mas o primeiro-ministro Erlander havia compreendido que a tarefa formulada de maneira vaga era, na verdade: *Como construiremos nossa própria bomba atômica se for necessário?*

E a resposta a essa questão estava sentada na frente do primeiro-ministro.

Disso Tage Erlander tinha certeza, mas não queria que os outros soubessem que ele sabia, esse era o ponto. Na política, tudo era questão de ver bem onde se estava pisando.

Por esse motivo, no dia anterior, o primeiro-ministro Erlander havia contatado o chefe de pesquisas da AB Atomenergi, o Dr. Sigvard Eklund, pedindo a ele que recebesse Allan Karlsson para uma entrevista de trabalho e verificasse minuciosamente se o Sr. Karlsson poderia ser útil nas atividades da empresa. Isso pressupondo que o Sr. Karlsson demonstrasse interesse, o que o primeiro-ministro ficaria sabendo no dia seguinte.

O Dr. Eklund não gostou nada de o primeiro-ministro Erlander interferir na escolha de quem ele contratava para o projeto atômico. Ele até desconfiava que Allan Karlsson pudesse ter sido enviado para que o governo tivesse um espião social-democrata lá. Mas prometeu, mesmo assim, fazer uma entrevista com Karlsson, apesar de Erlander estranhamente não querer adiantar nada sobre as qualificações do homem. Ele havia apenas enfatizado a palavra *minuciosamente*. O Dr. Eklund devia verificar *minuciosamente* a vida escolar pregressa de Karlsson.

Allan, por sua vez, nada tinha contra o fato de conhecer o Dr. Eklund ou qualquer outro doutor, se, com isso, ele deixasse o primeiro-ministro satisfeito.

Dez mil coroas era muito dinheiro, pensou Allan, e foi para o hotel mais caro que conseguiu encontrar.

O recepcionista do Grand Hôtel ficou apreensivo com aquele homem maltrapilho e sujo, até Allan apresentar seu passaporte diplomático.

— Naturalmente, temos um apartamento para o senhor — informou o recepcionista. — O senhor deseja pagar em dinheiro ou devemos enviar a fatura para o Ministério de Assuntos Exteriores?

— À vista para mim está bom. Querem receber adiantado?

— Oh, não, senhor! De forma alguma! — O recepcionista fez uma reverência.

Se o recepcionista pudesse ver o futuro, com certeza sua resposta teria sido diferente.

No dia seguinte, o Dr. Eklund recebia no seu escritório de Estocolmo um Allan Karlsson de banho tomado e mais ou menos bem-vestido. O doutor convidou Allan a sentar, oferecendo-lhe café e cigarros, assim como o assassino-chefe de Teerã costumava fazer (mas Eklund apagava seu cigarro no cinzeiro).

O Dr. Eklund estava descontente com o fato de o primeiro-ministro se meter em seu recrutamento.

E Allan, por sua vez, sentia as vibrações negativas na sala e por um instante lembrou-se de como tinha sido seu primeiro encontro com Soong May-ling, alguns anos antes. As pessoas tinham o direito de ser como bem entendessem, mas Allan achava que, de um modo geral, era desnecessário estar de mau humor se era possível ser diferente.

O encontro dos dois homens foi breve.

— O primeiro-ministro me pediu para verificar *minuciosamente* se o senhor se encaixa na nossa organização, Sr. Karlsson. E é isso que vou fazer, claro que com a sua permissão.

Sem problemas, Allan estava de acordo. Se o doutor queria saber mais a respeito dele, e a minúcia era uma qualidade, o doutor não devia pensar em poupar Allan de nenhuma pergunta.

— Está bem — disse o Dr. Eklund. — Vamos começar com os estudos do Sr. Karlsson...

— Não foi grande coisa — respondeu Allan. — Apenas três anos.

— Três anos! — exclamou Eklund. — Com parcos três anos de estudos acadêmicos o senhor dificilmente poderia ser físico, matemático ou químico!

— Não, quero dizer três anos no total. Eu ia completar 9 anos quando saí da escola.

O Dr. Eklund teve que se esforçar para manter a compostura. Quer dizer que o homem não tinha estudo! Será que ele sabia ler e escrever?

— O Sr. Karlsson tem alguma experiência profissional que possa ser de importância para a atividade que o senhor imagina que exercemos aqui na AB Atomenergi?

Sim, podia-se dizer que sim. Ele havia trabalhado bastante tempo nos Estados Unidos, na base Los Alamos, no Novo México.

O rosto do Dr. Eklund se iluminou. Talvez, apesar de tudo, Erlander tivesse seus motivos. Era de conhecimento geral o que se havia conseguido em Los Alamos. O que o Sr. Karlsson fazia lá?

— Eu servia café.

— Café? — o rosto de Eklund apagou novamente.

— Sim, e às vezes chá. Eu era ajudante e garçom.

— O senhor por acaso tomou parte em qualquer decisão envolvendo fissura atômica?

— Não; o mais próximo que cheguei foi uma vez em que me manifestei numa reunião na qual eu deveria só servir o café e não me meter em nada mais.

— O Sr. Karlsson então se manifestou numa reunião na qual servia como garçom... E o que aconteceu depois?

— Bem, fomos interrompidos... E aí fui convidado a deixar a sala.

O Dr. Eklund estava pasmo. Por que o primeiro-ministro mandou aquele homem para lá? Será que Erlander achava que um garçom que fugiu da escola antes de completar 9 anos poderia construir bombas atômicas para a Suécia?

O cientista pensou consigo mesmo que não seria de estranhar se aquele amador do primeiro-ministro perdesse o cargo até o fim do ano, e então disse para Allan que, se ele não tivesse mais nada a acrescentar, a entrevista estava terminada. O Dr. Eklund achava que, no momento, não havia lugar para o Sr. Karlsson. A copeira da AB Atomenergi nunca tinha pisado em Los Alamos, era verdade, mas o Dr. Eklund era da opinião de que ela trabalhava bem mesmo assim. Também, ainda dava tempo de Greta limpar os escritórios, e isso era para ser considerado um ponto a mais.

Allan permaneceu quieto por alguns minutos, deliberando se deveria revelar para o doutor que, diferentemente de todos os acadêmicos e do próprio Eklund, e provavelmente de Greta também, ele sabia como construir uma bomba atômica.

Mas Allan decidiu que o Dr. Eklund não merecia essa ajuda, já que ele não sabia fazer as perguntas certas. Além disso, o café de Greta tinha gosto de detergente.

Allan não conseguiu um emprego na AB Atomenergi, seus méritos foram considerados terrivelmente inadequados. Mesmo assim estava satisfeito, sentado em um banco de parque, do lado de fora do Grand Hôtel, com uma bela vista para o castelo do rei, que ficava do outro lado da baía. E como não poderia estar? Ele ainda estava com a maior parte do dinheiro que o primeiro-ministro tão gentilmente havia lhe dado, estava morando bem, todas as noites comia bem em algum restaurante e justamente nesse dia de janeiro o sol da tarde lhe aquecia o corpo e a alma.

É claro que o traseiro estava ficando gelado, e foi por isso que se surpreendeu quando outra pessoa veio sentar-se no mesmo banco, ao seu lado.

— Boa tarde — cumprimentou Allan em sueco.

O homem desejou uma boa-tarde a Karlsson, em inglês.

CAPÍTULO 14

Segunda-feira, 9 de maio de 2005

QUANDO O COMISSÁRIO Aronsson reportou as últimas novidades para Conny Ranelid em Eskilstuna, o promotor decidiu emitir mandados de prisão para Allan Karlsson, Julius Jonsson, Benny Ljungberg e Gunilla Björklund.

Aronsson e o promotor encarregado do caso estiveram em contato constante desde que o centenário saiu pela janela e desapareceu, e o interesse do promotor foi aumentando com o tempo. Agora mesmo ele estava pensando na espetacular possibilidade de conseguir condenar Allan Karlsson por assassinato ou pelo menos por homicídio, apesar de não terem encontrado as vítimas. Na história do direito sueco havia um ou dois exemplos de que isso era possível. Mas seriam necessárias provas excepcionais e um promotor também excepcional. O promotor Conny Ranelid não via problema nesta última parte e, quanto à primeira, ele pretendia construir uma *cadeia de indícios* na qual o primeiro elo seria o mais forte, mas nenhum dos outros seria realmente fraco.

O comissário Aronsson sentiu certa decepção com o desenrolar dos fatos. Teria sido mais agradável se ele tivesse conseguido salvar o idoso das garras de um bando de bandidos, em vez de — como agora — fracassar em salvar os malfeitores das garras do velhote.

— Podemos realmente ligar Allan Karlsson e os demais às mortes de Bylund, Hultén e Gerdin enquanto não tivermos os corpos? — perguntou Aronsson, esperando que a resposta fosse "não".

— Göran, você não deve ficar cabisbaixo — respondeu o promotor Ranelid. — Assim que você pegar o velhote para mim, ele vai contar tudo, você vai ver. E se ele for senil demais, temos os outros que vão se contradizer até nos entregarem tudo.

Com isso, o promotor repassou mais uma vez o caso com o comissário. Primeiro ele explicou a estratégia. Não acreditava ser possível trancafiar todos por assassinato, mas havia outras acusações: homicídio, coautoria de uma coisa ou outra, corresponsabilidade pela morte de terceiro, bem como proteção de criminoso. Até transgressão de leis envolvendo cadáveres seria uma possibilidade, mas para isso o promotor ia precisar de mais tempo para pensar.

Como alguns dos indiciados se envolveram com o caso mais tarde que outros, e, portanto, seriam mais difíceis de condenar, o promotor pretendia manter o foco em quem esteve lá o tempo todo: o centenário Allan Karlsson.

— No caso dele, acho que vamos tratar para que seja prisão — brincou o promotor Ranelid.

Em primeiro lugar, o velho tinha um *motivo* para matar primeiro Bylund, depois Hultén e por último Gerdin. Porque, se não os matasse primeiro, ele correria o risco de que acontecesse o contrário, e um deles o matasse. Provas de que esses três membros da organização Never Again eram dados à violência, isso o promotor tinha, de sobra.

E o velho não iria poder alegar legítima defesa porque no meio, entre Karlsson de um lado e as três vítimas do outro, havia uma enorme mala de viagem cujo conteúdo era desconhecido para o promotor. Desde o começo, tudo girava em torno da mala, portanto o velhote tinha tido uma alternativa de não ter tirado a vida dos outros — ele podia não ter roubado a mala, ou pelo menos tê-la devolvido.

Além disso, o promotor podia apontar para várias *conexões geográficas* entre o Sr. Karlsson e as vítimas. A primeira vítima tinha, *tal qual o Sr. Karlsson*, descido na estação de Byringe, mesmo que em horário diferente. *E assim como o Sr. Karlsson*, a vítima número 1 também estava no carrinho. E, *diferentemente do Sr. Karlsson* e de seu cúmplice, depois do passeio de carrinho, a vítima não foi mais vista. "Alguém", contudo, virou um cadáver e deixou um rastro atrás de si. Quem foi, parece ser óbvio. Tanto o velho como o ladrão pé de chinelo, Jonsson, tinham sido vistos no mesmo dia.

A ligação geográfica entre Karlsson e a vítima número 2 não era tão forte. Por exemplo, nunca haviam sido vistos juntos. Mas havia um Mercedes prata e um revólver esquecido, que sugeriam ao promotor Ranelid — e, logo mais, à corte — que o Sr. Karlsson e a vítima Hultén, conhecido como Balde, estiveram na fazenda em Småland. Ainda não foram confirmadas as impressões digitais no revólver, mas, segundo o promotor, isso era uma questão de tempo.

O aparecimento do revólver foi uma dádiva divina. Além de ligar Balde Hultén à fazenda, fortalecia o *motivo* para se matar a vítima número 2.

Quanto a Karlsson, agora podiam recorrer à novidade do DNA. O velho certamente teria espalhado seu DNA por toda parte. Portanto, tinham a fórmula: Balde + Karlsson = Fazenda do Lago.

O DNA também seria usado para estabelecer que quem estava esmigalhado na BMW era a vítima número 3, Per-Gunnar Gerdin, aquele a quem chamavam de Chefe. Dentro de pouco tempo seria possível proceder a uma verificação melhor do carro batido e, com certeza, haveria provas de que Karlsson e seus companheiros estiveram por lá também, colocando os dedos em tudo. Se não, como o cadáver tinha sido retirado do veículo?

Portanto, o promotor tinha motivos e conexões de tempo e espaço ligando, de um lado, Allan Karlsson e, do outro, os três bandidos mortos.

O comissário atreveu-se a perguntar como o promotor podia afirmar que todos os três eram realmente vítimas — ou seja, que estavam, de fato, mortos? O promotor Ranelid disse com desprezo que, em se tratando do primeiro e do terceiro, nem seriam necessárias mais explicações. Quanto ao segundo, Ranelid tinha por intenção apoiar-se no tribunal — porque uma vez que o tribunal tivesse reconhecido que o primeiro e o terceiro haviam partido dessa para melhor, o segundo se encaixaria como um perfeito elo na famosa cadeia de indícios.

— Ou talvez o comissário pense que o número 2 entregou seu revólver espontaneamente àqueles que haviam acabado de tirar a vida de seu amigo, para depois despedir-se emocionado e ir embora, sem aguardar a chegada do Chefe, que viria algumas horas mais tarde — disse o promotor, com ironia.

— Não, não penso — retrucou o comissário, na defensiva.

O promotor confessou para o comissário Aronsson que tudo podia parecer um pouco forçado, mas era, como ele já dissera, a *cadeia de indícios* que formava um caso substancial. Faltava ao promotor a arma do crime (exceto pelo ônibus amarelo). Mas o plano era conseguir condenar Karlsson em primeiro lugar pela vítima número 1. As provas referentes às vítimas número 3 e, principalmente, 2 não eram suficientes, mas dariam um excelente suporte para condenar Karlsson pela primeira vítima.

— Vou trancafiar o velho no mínimo por homicídio ou por coautoria. E assim que ele tiver sido condenado, os outros vão cair direitinho, em graus diferentes, mas vão cair todos.

É claro que o promotor não podia deter um punhado de pessoas com base na tese de que iriam se contradizer durante o interrogatório, a tal ponto que seria possível pedir a prisão de todos eles. Mesmo assim, esse era o plano B, porque todos eles eram amadores. Um centenário, um ladrão de galinha, um dono de carrinho de cachorro-quente e uma mulher. Não havia a mínima chance de eles sobreviverem a um interrogatório.

— Aronsson, vá até Växjö e se instale num hotel razoável. Esta noite eu vou deixar vazar a notícia de que o centenário provavelmente é uma máquina de matar, e amanhã cedo você vai ter tantas dicas sobre onde ele se encontra que você poderá ir buscá-lo antes do almoço, eu prometo.

Capítulo 15

Segunda-feira, 9 de maio de 2005

— Tome aqui 3 milhões, querido irmão. Quero também aproveitar para pedir perdão pela minha conduta a respeito da herança do tio Frasse.

Ao encontrar Bosse pela primeira vez em trinta anos, Benny foi direto ao assunto. Ele levantou uma sacola com dinheiro antes de os dois apertarem as mãos. E continuou, com a voz séria, enquanto o irmão mais velho ainda tentava recuperar o fôlego:

— Você tem que saber duas coisas. Um, nós precisamos de sua ajuda porque estamos numa baita enrascada. Dois, o dinheiro que lhe dei é seu de direito e você merece cada centavo. Se tiver que nos mandar embora, mande, o dinheiro fica com você de todo jeito.

Os irmãos estavam em frente à única luz dianteira que funcionava no velho ônibus de mudanças, bem na frente da entrada da excelente casa de Bosse, a Fazenda Bellringer, localizada na planície de Västgöta, poucos quilômetros a sudoeste de Falköping. Bosse tentou se concentrar, depois disse que tinha algumas perguntas a fazer, se possível. A partir das respostas, ele prometeu que se posicionaria sobre a hospitalidade. Benny assentiu, dizendo que responderia com sinceridade a todas as perguntas do irmão mais velho.

— Então vamos começar. O dinheiro que acabo de ganhar é honesto?

— Nem um pouco — respondeu Benny.

— A polícia esta atrás de vocês?

— Provavelmente, tanto a polícia como os ladrões — disse Benny. — Mais os ladrões.

— O que aconteceu com o ônibus? A frente está toda amassada.

— Pegamos um ladrão, em alta velocidade.

— Ele morreu?

— Não, infelizmente. Ele está no ônibus com traumatismo craniano, costelas quebradas e uma bela fratura exposta na coxa. Seu estado é grave, mas estável, como dizem.

— Vocês trouxeram ele com vocês?

— É, a situação está feia assim.

— O que mais tenho que saber?

— Bem, talvez que no caminho matamos outros ladrões, comparsas do quase morto que está no ônibus. Todos insistem em querer de volta os 50 milhões que, sem querer, caíram no nosso colo.

— Cinquenta milhões?

— Cinquenta milhões. Menos algumas despesas. Entre outras coisas, a compra do ônibus aqui.

— Mas por que viajam de ônibus?

— Temos uma elefanta lá trás.

— Uma elefanta?

— Ela se chama Sonya.

— Uma elefanta?

— Asiática.

— Uma elefanta?

— Uma elefanta.

Bosse ficou em silêncio por alguns instantes. Depois disse:

— A elefanta também foi roubada?

— Não exatamente.

Bosse ficou novamente em silêncio.

— Para jantar, frango grelhado com salada de batatas. Bom para vocês?

— Tenho certeza de que sim — aceitou Benny.

— *A oferta inclui algo para beber?* — perguntou uma voz débil, vinda de dentro do ônibus.

Quando ficou claro que o cadáver estava vivo no que restou do carro, Benny mandou Julius procurar a caixa de primeiros socorros atrás do assento do motorista. Benny disse que sabia que estava trazendo problemas para o grupo, mas que na qualidade de quase médico ele tinha que pensar em sua quase ética. Estava fora de questão deixar o semimorto ficar sentado ali nas ferragens sangrando até morrer.

Dez minutos depois já seguiam viagem. O quase morto foi tirado das ferragens com todo o cuidado, Benny o examinou, fez o diagnóstico e com a ajuda da caixa de primeiros socorros tratou dele com competência; cuidou, principalmente, para que o sangue que escorria da ferida na coxa estancasse.

Depois, Julius e Allan tiveram que ir para a parte de trás, perto de Sonya, para que o semimorto pudesse deitar atravessado na cabine do motorista, com Linda como enfermeira de plantão. Antes disso, Benny havia constatado que o pulso e a pressão sanguínea estavam razoavelmente normais. Com a quantidade certa de morfina, Benny também cuidou para que ele pudesse dormir, apesar das dores.

Assim que os amigos perceberam que eram realmente bem-vindos a permanecer na casa de Bosse, Benny examinou novamente o paciente. O semimorto ainda dormia profundamente graças à morfina, e Benny decidiu esperar para removê-lo.

Depois, Benny se uniu ao grupo, na enorme cozinha de Bosse. Enquanto o dono da casa cuidava do que logo seria servido como jantar, cada um deles falou sobre a dramaticidade dos últimos dias. Allan começou, depois foi a vez de Julius e, em seguida, Benny, com alguma ajuda de Linda, e novamente Benny, quando chegou no ponto da colisão com a BMW, do bandido número 3.

Apesar de Bosse ter acabado de ouvir, em detalhes, como duas pessoas haviam perdido a vida e como tudo foi encoberto de forma absolutamente contra as leis da Suécia, havia apenas uma coisa que ele queria confirmar:

— Deixe-me ver se entendi direito... Então vocês têm uma elefanta no ônibus?

— Sim, mas amanhã cedo ela vai sair para tomar ar puro — respondeu Linda.

No mais, Bosse achou que não havia nada mais a perguntar. Muitas vezes a lei diz uma coisa, e a moral, outra. Essa era sua opinião, e bastava olhar para o próprio umbigo para encontrar exemplos de como o direito pode ser colocado de lado bastando a gente manter a cabeça erguida.

— Mais ou menos como você cuidou da nossa herança, só que ao contrário — alfinetou Bosse, sem querer.

— Bom, mas quem foi que quebrou minha moto novinha? — retrucou Benny.

— Mas isso foi porque você desistiu do curso de solda.

— E eu fiz isso porque você vivia me dando ordens.

Bosse parecia ter resposta para tudo que Benny argumentava, mas Allan interrompeu os irmãos, dizendo que ele viajara pelo mundo e se havia aprendido alguma coisa era que os maiores e aparentemente mais insuperáveis conflitos tinham sua origem no seguinte diálogo: "*Você é bobo; não, você que é bobo; não, é você o bobo.*" Muitas vezes a solução, disse Allan, foi a de tomar uma garrafa de vodca juntos e olhar para a frente. Mas, neste caso, o azar era que Benny era abstêmio e é claro que Allan aceitaria beber a parte dele, mas não seria a mesma coisa.

— Então uma garrafa de vodca iria solucionar o conflito Israel-Palestina? — perguntou Bosse. — Este vem desde os tempos bíblicos.

— Nesse conflito em especial que você menciona, é possível que seja necessário mais de uma garrafa — respondeu Allan. — Mas o princípio é o mesmo.

— Será que não funciona se eu beber outra coisa? — indagou Benny, sentindo como se o fato de ser abstêmio fosse destruir o mundo.

Allan já estava satisfeito com o rumo da situação. Havia uma trégua na briga entre os irmãos. Com essa trégua, ele disse que a vodca em questão agora podia ser usada para outras finalidades que não resolver conflitos.

A bebida teria que esperar, disse Bosse, porque a comida estava na mesa. Frango grelhado na hora, batatas assadas no forno, cerveja para os adultos e suco para o irmão caçula.

Quando eles iam começar a jantar, Per-Gunnar, "o Chefe", acordou. Ele estava com muita dor de cabeça, doía quando respirava, e com o braço provavelmente quebrado, pois estava imobilizado numa tipoia. Quando o Chefe rastejou para fora da cabine do ônibus, começou a sair sangue de um ferimento na coxa direita. Por incrível que pareça, ele encontrou seu revólver no porta-luvas. Pelo visto só havia idiotas no mundo, exceto ele.

A morfina ainda fazia algum efeito, e assim ele conseguia suportar aquela dor toda; por outro lado, também tinha dificuldade em organizar seus pensamentos. Mancando, deu a volta no jardim e espiou por várias janelas até ter certeza de que todos os moradores da casa se encontravam na cozinha, inclusive um cão policial. Além disso, a porta que ligava a cozinha ao jardim estava destrancada. Por ela, o Chefe entrou mancando e, com grande determinação e o revólver na mão esquerda, começou com:

— Tranque já o cachorro na despensa, senão eu o mato agora. Depois disso ainda tenho cinco balas, uma para cada um de vocês.

O Chefe ficou surpreso com o controle que mantinha sobre o seu ódio. Linda parecia estar mais infeliz do que receosa quando levou o Buster até a despensa, fechando a porta. Buster ficou surpreso e um pouco preocupado mas, principalmente, satisfeito. Ele se viu fechado em uma despensa; definitivamente, havia destinos piores para um cachorro.

Os cinco amigos estavam enfileirados. O Chefe comunicou que a mala lá no canto pertencia a ele e que tinha a intenção de levá-la consigo quando fosse embora. Era possível que uma ou mais pessoas na sua frente ainda estivessem vivas nesse momento, dependendo das respostas que ele obtivesse e quanto do conteúdo da mala houvesse desaparecido.

Foi Allan que quebrou o silêncio, por parte dos reféns, e disse que realmente estavam faltando alguns milhões na mala, mas talvez o Sr. Revólver pudesse ficar satisfeito assim mesmo, uma vez que, por circunstâncias diversas, os colegas dele foram para o beleléu, e por isso o conteúdo seria dividido por menos pessoas.

— Parafuso e Balde estão mortos? — perguntou o Chefe.

— Pico?! — exclamou Bosse de repente. — É você, Pico? Quanto tempo!

— Mano Bosse! — Foi a vez de Per-Gunnar "Pico" Gerdin se surpreender.

E foi assim que Mano Bosse e Pico Gerdin se reencontraram, em um abraço, no meio da cozinha.

— Acho que vou sobreviver a isso aqui também — murmurou Allan.

Buster foi solto da despensa, Benny enfaixou o ferimento ensanguentado de Gerdin, enquanto Mano Bosse colocava mais um prato na mesa.

— Só preciso de um garfo — avisou Pico. — Não consigo mexer o braço direito mesmo.

— É, mas você era bom de faca quando preciso — retrucou Mano Bosse.

Pico e Mano Bosse tinham sido grandes amigos e companheiros na área de produtos alimentícios. Pico sempre foi o mais impaciente dos dois, aquele que sempre queria dar mais um passo. Finalmente, acabaram indo cada um para o seu lado, quando Pico insistiu para que o colega importasse almôndegas suecas das Filipinas, tratadas com formol, a fim de aumentar o prazo de validade de três dias para três meses (ou três anos, dependendo de quanto se queria gastar de formol). Nesse ponto Bosse deu um basta. Não queria participar desse negócio de preparar comida com o que poderia causar a morte das pessoas. Pico achou que Bosse estava exagerando. Ele era da opinião que um pouco de química na comida não ia matar ninguém; tratando-se de formol, era capaz de ser o contrário.

Os amigos se separaram. Bosse foi embora, mudou-se para Västergötland, enquanto Pico decidiu ver no que dava assaltar uma empresa de importação, e teve tanto sucesso que colocou os planos das almôndegas de lado para se transformar em assaltante em tempo integral.

Logo no início, Bosse e Pico se falaram algumas vezes por ano, mas, com o tempo, os dois foram gradualmente se afastando — até aquela noite em que Pico surgiu cambaleando na cozinha de Bosse, ameaçador, como o parceiro bem lembrava que ele podia ser quando estava de mal com a vida.

A ira de Pico desapareceu no momento em que reencontrou seu velho amigo e companheiro de juventude. Sentou-se à mesa com o Mano Bosse e os amigos dele. Fazer o que, se eles tinham acabado com Prego e Balde? Deixariam isso e a história da mala para amanhã, porque agora era hora de saborear o jantar e a cerveja.

— Saúde — brindou Per-Gunnar "Pico" Gerdin, e desmaiou, caindo de cara na comida.

Eles limparam o rosto de Pico e levaram-no para o quarto de hóspedes, onde ele foi colocado na cama. Benny verificou o estado dele e deu uma nova dose de morfina para que dormisse até o dia seguinte.

Finalmente chegou a hora de Benny e os demais degustarem o frango com as batatas assadas. E como degustaram!

— Este frango ficou uma delícia — elogiou Julius, e todos concordaram, dizendo que jamais haviam experimentado algo tão gostoso. Qual era o segredo?

Bosse contou que ele importava frangos frescos da Polônia ("Nada de porcaria, coisa boa") e depois injetava manualmente em cada frango, um por um, seu molho especial misturado com água. Depois empacotava as aves novamente e, como a maior parte do trabalho era feita por ele, achava que podia muito bem chamar seus frangos de "suecos".

Duas vezes mais gostosos por causa do tempero, duas vezes mais pesados por causa da água e duas vezes mais procurados por causa da origem, resumiu ele.

De repente, tudo virou um grande negócio, apesar de ele sempre ter sido um pequeno comerciante. Todo mundo *amava* os frangos dele. Mas, por motivo de segurança, ele não vendia para os atacadistas da região, alguém podia passar por lá e constatar que não havia um único frango ciscando no quintal de Bosse.

Essa era a diferença que ele dizia haver entre lei e moral, continuou Bosse. Os poloneses não sabiam alimentar seus frangos e abatê-los tão bem como os suecos? Qualidade tinha alguma coisa a ver com as fronteiras entre as nações?

— As pessoas são burras — afirmou. — Na França, a melhor carne é a francesa, na Alemanha, a alemã. A mesma coisa aqui, na Suécia. Então, para resguardar as pessoas, eu não dou certas informações.

— Gentil de sua parte — disse Allan, sem ironia.

Bosse contou que fazia algo semelhante com as melancias, também importadas por ele. Não da Polônia, mas da Espanha, ou do Marrocos, e ele gostava de dizer que vinham da Espanha porque ninguém ia acreditar mesmo que vinham de Skövde, no meio da Suécia. Mas, antes de vendê-las, ele injetava um litro de água com açúcar em cada uma.

— Pesam o dobro — bom para mim —, e são três vezes mais gostosas — bom para o consumidor!

— Também é gentil de sua parte — elogiou Allan, ainda sem ironia.

Linda pensou que talvez houvesse um ou outro consumidor que, por motivos de saúde, não poderia jamais ingerir um litro de água com açúcar dessa forma, mas ela nada disse. Ela achava que nem ela nem ninguém dos que estavam sentados ali tinham direito a votar em assuntos que envolviam moral. Além disso, a melancia era quase tão deliciosa quanto o frango.

O comissário Göran Aronsson estava sentado no restaurante do hotel Royal Corner em Växjö, comendo um *cordon bleu* de frango. O frango, que não era da região, estava seco e sem sabor. Mas Aronsson o engolia com a ajuda de um bom vinho.

A essa altura o promotor, certamente, já teria cochichado algo nos ouvidos dos repórteres, e no dia seguinte eles viriam com tudo. O promotor Ranelid provavelmente estava certo, haveria um mar de dicas sobre onde se encontrava o ônibus amarelo com a frente amassada. Na espera, ele podia muito bem permanecer onde estava. Mesmo porque ele não tinha mais nada: não tinha família, não tinha amigos próximos, nem mesmo um hobby. Quando essa estranha caçada tivesse acabado, ele ia repensar a vida.

O comissário Aronsson encerrou a noite com um gim-tônica e, enquanto bebia, sentia pena de si mesmo, imaginando o que aconteceria se ele puxasse a arma e atirasse no pianista do bar. Se, em vez disso, ele tivesse permanecido sóbrio e refletido bastante sobre o que já sabia, talvez a história tivesse tomado outro rumo.

Na mesma noite, na redação do *Expresso*, havia-se discutido o assunto antes de determinar qual seria a manchete do jornal do dia seguinte. Por fim, o editor determinou que *um* morto podia ser assassinato, *dois* mortos podia ser duplo assassinato, mas *três* mortos, infelizmente, não podia ser considerado assassinato em massa, como alguns de seus colegas gostariam de colocar. Mas mesmo assim a manchete ficou boa:

CENTENÁRIO
DESAPARECIDO
SUSPEITO DE
TRIPLO ASSASSINATO

A noite ia alta na Fazenda Bellringer e todos continuavam de ótimo humor. Histórias animadas se sucediam. Bosse fez um enorme sucesso quando pegou uma Bíblia dizendo que agora ia contar como e por que ele, sem querer, leu o livro de cabo a rabo. Allan queria saber a que método diabólico de tortura Bosse havia sido exposto, mas não tinha sido bem assim. Ninguém o forçara a nada, foi a inata curiosidade de Bosse que assumiu o comando.

— Tenho certeza de que nunca vou ficar curioso a esse ponto — comentou Allan.

Julius perguntou se Allan podia parar de interromper Bosse para que eles conseguissem ouvir a história ainda aquela noite, e o centenário disse que podia, sim. Bosse continuou sua narrativa.

Uns meses antes, ele recebera um telefonema de um conhecido que trabalhava no centro de reciclagem, na periferia de Skövde. Os dois haviam se conhecido no hipódromo. O tal conhecido logo entendeu que na consciência de Bosse havia um bom espaço de manobra e que ele estava sempre interessado na possibilidade de novas fontes de renda.

Aconteceu que acabara de chegar uma caixa com 500 quilos de livros que deveriam ser queimados porque tinham sido classificados como material impróprio, em vez de literatura, provavelmente por conterem algum erro. O conhecido de Bosse ficou curioso e, querendo saber que tipo de literatura era essa, arrebentou a embalagem, para em seguida ter em mãos uma Bíblia (as expectativas do conhecido haviam viajado numa direção completamente oposta).

— Mas não era uma Bíblia qualquer — explicou Bosse, passando um exemplar para todos verem. — Estamos falando de Bíblias *finas*, em couro legítimo, texto em ouro e coisa e tal... Vejam aqui, lista de personagens, mapas coloridos, índice...

O conhecido, que tinha ficado tão impressionado quanto eles, em vez de queimar toda aquela maravilha, telefonou para Bosse, oferecendo-se para lhe contrabandear tudo por... digamos, mil coroas.

Bosse topou na hora e, ainda naquela tarde, já estava com um sem-número de Bíblias finas estocado no seu celeiro. Não importa o quanto ele revirasse os livros, não conseguia encontrar o que estava errado com eles. Com o passar do tempo, isso o estava enlouquecendo. Uma noite, sentou-se perto da lareira na sala de estar e começou a leitura desde "No princípio Deus criou...". Para não ter erro, ele mantinha sua velha Bíblia junto, como referência. Tem de haver alguma impressão errada, por que outro motivo iriam jogar fora algo tão bonito e... sagrado?

Bosse lia e lia, noite após noite; do Velho Testamento passou para o Novo, e lia mais e mais, comparava com a sua velha Bíblia — e nada de encontrar qualquer erro de impressão. Até a noite em que chegou no último capítulo e na última página, último versículo.

Lá estava! O erro imperdoável e incompreensível que fez com que o proprietário dessas Bíblias todas decidisse queimá-las.

Bosse deu uma cópia para cada um em volta da mesa, e todos puderam folhear e chegar no último versículo para, um após o outro, cair na gargalhada.

Bosse se conformou com o fato de que havia mesmo um erro de impressão; não teve interesse em saber como tinha ido parar lá. A curiosidade dele estava aplacada; além disso, ele havia lido seu primeiro livro desde os tempos de escola, sem mencionar que se tornou levemente religioso com a leitura. Não que Bosse permitisse que Deus tivesse alguma opinião sobre as atividades que ocorriam no seu recanto, nem permitia a presença do Senhor quando fazia sua declaração de Imposto de Renda, mas, de resto, Bosse colocava sua vida nas mãos do Pai, do Filho e do Espírito Santo. Nenhum dos três devia ter algo contra o fato de Bosse, nos fins de semana, ir até as feiras mais ao sul para vender as Bíblias com um insignificante erro de impressão (*"99 coroas cada! Meu Deus, que pechincha!"*).

Mas se Bosse tivesse se interessado em saber o motivo, ele poderia agora somar o seguinte ao que já havia contado para os amigos:

Um tipógrafo na periferia de Roterdã estava passando por uma crise pessoal. Muitos anos antes ele havia sido recrutado por testemunhas de Jeová, mas fora expulso quando, ruidosamente, questionou o fato de eles, entre 1799 e 1980, terem afirmado por 14 vezes que Jesus voltaria — e conseguindo errar todas as 14 vezes.

Depois disso, o tipógrafo se juntou aos pentecostais; o conceito dos últimos dias lhe agradava e ele abraçou a ideia da vitória final de Deus sobre o Mal, da volta de Jesus (sem data determinada) e de como todos os conhecidos de sua infância, seu pai inclusive, iriam arder no inferno.

Mas um dia o tipógrafo foi posto na rua pela sua nova comunidade. Dessa vez o motivo foi o fato de a coleta de um mês inteiro ter se perdido quando se encontrava sob a guarda e proteção dele. O tipógrafo havia jurado, de pés juntos, que não tinha nada a ver com o sumiço. Além disso, o propósito da cristandade não era o perdão? E que escolha ele tinha se o carro quebrara e ele precisava de um novo, para poder manter o emprego?

Amargo como fel, o tipógrafo partiu para a tarefa do dia, que por ironia era a de imprimir 2 mil Bíblias. E, para completar, tratava-se de uma encomenda da Suécia, lugar onde, pelo que o tipógrafo sabia, seu pai vivia desde que abandonara a família, quando ele tinha 6 anos.

Com lágrimas nos olhos, o tipógrafo foi preparando capítulo após capítulo no software especial de tipografia. Quando chegou no último — O Apocalipse —, ele não aguentou. Como é que Jesus podia querer voltar para a Terra? Aqui o Mal controlava tudo! O Mal havia vencido o Bem, de uma vez por todas. Nada mais tinha significado. E a Bíblia... a Bíblia era uma piada!

Foi assim que o tipógrafo, com os nervos em frangalhos, fez um acréscimo no último parágrafo da Bíblia sueca antes de ela ser impressa. O tipógrafo não se lembrava muito da língua do pai, mas se lembrava de uma frase que se encaixava bem nesse contexto. Foi assim que os dois últimos versículos com o acréscimo do tipógrafo saíram:

20. Aquele que testifica estas coisas diz: Certamente cedo venho, Amém; vem, Senhor Jesus.
21. A graça de nosso Senhor Jesus Cristo seja com todos vós. Amém.
22. E eles viveram felizes para sempre.

A noite virou madrugada na fazenda. Uma profusão de amor fraternal de aguardente corria solta, e teria continuado não fosse o abstêmio do Benny descobrir que já era muito tarde. Por isso, ele interrompeu o deleite geral dizendo que estava mais do que na hora de todos irem dormir. Havia muita coisa a ser feita e resolvida no dia seguinte, e era melhor que todos estivessem descansados e ligados.

— Se eu fosse curioso, mal poderia esperar para ver com que humor o sujeito que apagou com a cara na comida iria acordar amanhã — disse Allan.

CAPÍTULO 16

1948-1953

O HOMEM SENTADO no mesmo banco de jardim que Allan o cumprimentara pelo nome, e em inglês, e com isso Allan chegou a duas conclusões: primeira, que o homem não era sueco, pois, se fosse, teria tentado uma conversação em sua língua nativa; segunda, ele sabia quem Allan era, porque o chamou pelo nome.

O homem estava bem-vestido, com chapéu cinza de aba preta, sobretudo cinza e sapatos pretos. Podia muito bem ser um homem de negócios. Tinha um ar gentil, parecia alguém que tinha uma missão. Allan, então, perguntou em inglês:

— Será que minha vida está para tomar um novo rumo?

O homem respondeu que isso não poderia ser totalmente descartado, mas acrescentou gentilmente que dependia do próprio Allan. De qualquer forma, a pessoa que havia enviado o homem gostaria de encontrar com o Sr. Karlsson para lhe oferecer um emprego.

Allan respondeu que ele passava bem os dias ali onde estava, mas que, por outro lado, não poderia ficar sentado o resto da vida em um banco de praça. Perguntou se era pedir demais querer saber quem era esse potencial empregador. Allan tinha a opinião de que seria mais fácil ou não aceitar uma coisa se a gente soubesse o que se aceitava ou recusava. O senhor não era dessa opinião também?

O homem gentil concordou, sem dúvida, mas disse que o chefe em questão era um tanto especial e provavelmente ele mesmo gostaria de se apresentar.

— Mas eu estou pronto para levar o senhor sem demora até o empregador. Claro, se isso for do agrado do Sr. Karlsson.

Claro, disse Allan, por que não? O homem acrescentou que fariam uma pequena viagem até o local. Se o Sr. Karlsson quisesse buscar seus pertences no hotel, o homem prometeu esperar no saguão. Ele podia levar o Sr. Karlsson até o hotel, porque seu carro com motorista estava logo ali.

Era um carro vistoso, um Ford Coupé vermelho, último modelo. E motorista particular! Um tipo calado. Nem de longe parecia tão amigável quanto o homem amigável.

— Podemos pular a parte do hotel — avisou Allan. — Estou acostumado a viajar com pouca bagagem.

— Combinado — concordou o homem amigável, batendo no ombro do motorista para que partisse.

A viagem seguiu por caminhos sinuosos na direção sul, para Dalarö, a uma hora da capital. Allan e o homem amigável conversaram durante o trajeto sobre um pouco disso, um pouco daquilo. O homem explicou a infinita grandeza da *ópera* enquanto Allan contava como se faz para cruzar o Himalaia sem morrer de frio.

O sol havia desistido do dia quando o Coupé vermelho deslizou para dentro da cidadezinha que, no verão, era animada por turistas e, no inverno, sepulcralmente escura e silenciosa.

— Ah, então é aqui que ele mora, o seu empregador — disse Allan.

— Não exatamente.

O motorista do homem amigável permaneceu em silêncio; apenas deixou Allan e o homem amigável próximos a Dalarö, desaparecendo em seguida. Mas antes disso havia dado tempo para o homem amigável tirar um casaco de pele do porta-malas do Ford, no qual ele gentilmente enrolou Allan, ao mesmo tempo que pedia desculpas porque ainda restava um pequeno trecho a pé, naquele frio de inverno.

Allan não era uma pessoa que criava expectativas, ou mesmo medos, à toa sobre o que poderia acontecer nos minutos seguintes de sua vida. O que tinha de acontecer acontecia; de nada adiantaria se preocupar por antecipação.

Mesmo assim, Allan foi surpreendido quando o homem amigável o levou para longe de Dalarö, em direção ao mar congelado — no arquipélago, a noite era de uma escuridão impenetrável.

O homem amigável e Allan foram andando. De vez em quando, ele acendia um farolete, piscava para a escuridão antes de voltar o facho de luz para sua bússola. Ele não conversou com Allan durante todo o trajeto. Em vez disso, contava os passos em voz alta — numa língua que Allan nunca tinha ouvido antes.

Depois de andar por uns 15 minutos, com passos rápidos, indo em direção a absolutamente nada, o homem amigável disse que haviam chegado. Tudo ao redor estava escuro, exceto por uma luz hesitante que vinha de uma ilhota afastada. O chão (ou melhor, o gelo) em que Allan e o homem amigável pisavam começou a rachar sob seus pés.

O homem amigável devia ter calculado mal. Ou, então, o comandante do submarino não foi tão preciso quanto deveria ter sido. Seja como for, a embarcação de 97 metros de comprimento havia quebrado o gelo perto demais de Allan e do outro homem. Ambos caíram para trás e por pouco não mergulharam naquela água gelada. Mas as coisas logo se ajeitaram e Allan rapidamente teve ajuda para entrar no espaço aquecido.

— Agora se vê como é bom não começar o dia tentando adivinhar o que vai acontecer — comentou Allan. — Quero dizer, quanto tempo eu não teria que ficar pensando até conseguir imaginar isso aqui?

O homem amigável achou que, agora, as coisas não precisavam mais ser tão secretas. Contou que seu nome era Yuri Borisovich Popov e que trabalhava para a União das Repúblicas Socialistas Soviéticas. Ele era físico, não político, muito menos militar, e havia sido enviado a Estocolmo para convencer o Sr. Karlsson a acompanhá-lo até Moscou. Yuri Borisovich foi escolhido para a missão porque era de se esperar certa resistência por parte do Sr. Karlsson, e nesse momento a profissão de físico poderia ser um fator de sucesso, uma vez que Yuri Borisovich e Allan Karlsson poderiam falar a mesma língua.

— Mas eu não sou físico — questionou Allan.

— Pode ser, mas minhas fontes me dizem que você sabe algo que eu gostaria muito de saber.

— Ah, é? E o que poderia ser?

— *A bomba*, Sr. Karlsson. *A bomba*.

Yuri Borisovich e Allan Karlsson haviam simpatizado um com o outro logo de cara. Aceitar o convite sem saber para onde, com quem e por que — aquilo impressionou o físico, pois denunciava uma total despreocupação, que ele mesmo não possuía. Allan, por seu lado, apreciava ter alguém com quem conversar, sem tentar, o tempo todo, lhe enfiar política ou religião goela abaixo.

Além disso, logo ficou provado que Yuri Borisovich e Allan Emmanuel eram grandes apreciadores de aguardente. Na noite anterior, Yuri Borisovich havia experimentado a variante sueca enquanto mantinha um olho em Allan Emmanuel no salão de jantar do Grand Hôtel. Primeiro, Yuri Borisovich a achou seca demais, não tinha a doçura russa, mas depois de algumas doses acostumou-se. E dois copos mais tarde um "Nada mal" escapou de seus lábios.

— Mas isto aqui é muito melhor — disse ele, erguendo uma garrafa de Stolichnaya. Ele e Allan Emmanuel estavam sentados no salão dos oficiais, reservado só para eles. — Agora merecemos um copo!

— Ótimo — concordou Allan. — O ar marítimo dá uma canseira...

Logo depois do primeiro copo Allan havia mudado o relacionamento entre eles. Chamar Yuri Borisovich de Yuri Borisovich cada vez que ele quisesse falar com Yuri Borisovich não era viável, em longo prazo. Ele, por sua vez, não queria ser chamado de Allan Emmanuel, nome que não tinha usado desde que fora batizado pelo padre de Yxhult.

— A partir de agora você é Yuri e eu sou Allan — decidiu. — Senão, eu saio do barco agora.

— Não faça isso, caro Allan; estamos a 200 metros de profundidade. Em vez disso, encha seu copo.

* * *

Yuri Borisovich Popov era um socialista fervoroso e não queria outra coisa a não ser trabalhar em nome do socialismo soviético. O camarada Stalin tinha mãos de ferro, mas quem fosse fiel e servisse o sistema com dedicação nada tinha a temer. Allan respondeu que não tinha planos de servir a qualquer sistema, mas, claro, ele poderia dar uma dica ou duas para Yuri caso ele estivesse travado na problemática da bomba atômica. Mas, antes, Allan queria experimentar mais um copo daquela vodca cujo nome era impronunciável quando se está sóbrio. Além disso, Yuri tinha que prometer que iria se manter no caminho pelo qual haviam enveredado: não falar de política.

Yuri agradeceu a Allan calorosamente a promessa de ajudá-lo e confessou, sem meias-palavras, que o marechal Beria, chefe imediato de Yuri, estava pensando em oferecer ao especialista sueco a soma de 100 mil dólares americanos, com a condição de que a ajuda de Allan levasse à produção de uma bomba.

— Tudo bem — aceitou Allan.

O conteúdo da garrafa baixava significativamente enquanto Allan e Yury conversavam sobre tudo entre o céu e a Terra (com exceção de política e religião). Também discutiram alguns problemas relacionados à bomba atômica, e, apesar de ser um assunto para os próximos dias, Allan decidiu dar algumas dicas. E mais algumas.

— Hum — murmurou o físico Yuri Borisovich Popov. — Eu acho que compreendo...

— Mas eu não — retrucou Allan. — Explique novamente aquela coisa da ópera. Não é só um monte de gritos?

Yuri sorriu, tomou um longo gole da vodca, ficando de pé — e começou a cantar. Na bebedeira, ele não entoou uma música folclórica qualquer, e sim a ária *"Nessun Dorma"* do *Turandot* de Puccini.

— Isso foi grandioso — comentou Allan quando Yuri terminou de cantar.

— *Nessun Dorma!* — declarou Yuri, solene. — *Ninguém pode dormir*!

* * *

Independentemente se podiam dormir ou não, logo os dois pegaram no sono, cada um em um beliche, no quarto anexo ao salão dos oficiais. Quando acordaram, o submarino estava ancorado no porto de Leningrado. Lá havia uma limusine esperando para levá-los até o Kremlin, para encontrar o marechal Beria.

— São Petersburgo, Petrogrado, Leningrado... Não dá para vocês se decidirem? — perguntou Allan.

— Bom dia para você também — respondeu Yuri.

Yuri e Allan sentaram no banco de trás de uma limusine Humber Pullman para ir de Leningrado até Moscou, viagem de um dia inteiro. Um vidro deslizante separava a cabine do motorista do verdadeiro *salão* onde Allan e seu novo amigo se encontravam. No salão havia também uma geladeira com água, refrigerantes e bebida alcoólica, que os passageiros dispensavam naquele momento. Havia também uma vasilha com balas de geleia e um prato cheio de bombons de chocolate fino. Tanto o carro como a decoração teriam sido brilhantes exemplos da arte de engenharia do socialismo soviético, não fosse tudo importado da Inglaterra.

Yuri contou seu passado para Allan. Ele havia estudado com Ernest Rutherford, o ganhador do prêmio Nobel, lendário físico nuclear da Nova Zelândia. Era por isso que Yuri Borisovich falava inglês tão bem. Allan, por sua vez, falou de suas aventuras na Espanha, América, China, no Himalaia e Irã para um Yuri Borisovich cada vez mais surpreso.

— O que aconteceu com o pastor anglicano? — perguntou.

— Não sei. Ou ele está perto de anglicizar toda a Pérsia, ou está morto. O menos provável é que ele se encontre entre esses dois extremos.

— Parece um pouco como desafiar Stalin na União Soviética — comentou Yuri com sinceridade. — Além de ser um crime contra a revolução, a possibilidade de sobrevivência é quase nula.

A sinceridade de Yuri naquele dia e naquela companhia parecia não ter limites. Ele falou, de coração aberto, o que pensava do marechal Beria, o chefe do serviço de segurança que de repente também tinha sido nomeado responsável supremo para o desenvolvimento do projeto da bomba atômica. Em poucas palavras, Beria não tinha vergonha na cara. Ele abusava sexualmente de mulheres e crianças, além de mandar pessoas inconvenientes para os campos de concentração — isso quando não as trucidava.

— É claro que uma pessoa inconveniente deve ser banida o quanto antes, mas essa inconveniência tem de ser baseada em fundamentos revolucionários. Aquele que não apoia o socialismo deve ser eliminado! Mas não aqueles que não apoiam a cartilha do *marechal Beria*... Allan, que desgosto! O marechal Beria não é um autêntico representante da revolução. Mas você não pode responsabilizar o camarada Stalin por isso. Nunca tive o privilégio de conhecê-lo pessoalmente, mas sobre ele recai a responsabilidade de um país inteiro, praticamente de um continente. E se ele nessa função deu mais responsabilidade para o marechal Beria do que ele tem capacidade de desempenhar... Bem, esse é o pleno direito do camarada Stalin! E agora, caro Allan, vou lhe contar algo fantástico. Esta tarde, você e eu temos uma audiência, não só com o marechal Beria, mas também com o próprio camarada Stalin. Ele vai nos oferecer um jantar.

— Mal posso esperar — disse Allan. — Mas, até lá, como fazemos? Vamos viver de balas de geleia?

Yuri providenciou para que a limusine desse uma parada numa cidadezinha de beira de estrada para comprarem uns sanduíches para Allan. Com isso resolvido, seguiram viagem.

Enquanto mastigava, Allan pensava no tal marechal Beria que, de acordo com a descrição de Yuri, parecia ter muitas coisas em comum com o chefe da polícia secreta de Teerã recém-falecido.

Yuri, por sua vez, estava tentando entender seu colega sueco. Iam jantar com Stalin, e ele tinha dito que mal podia esperar. Mas

Yuri se perguntava se por acaso era o jantar em si no qual ele estava pensando e não no líder?

— Você precisa comer para viver — disse Allan diplomaticamente, e elogiou a qualidade dos sanduíches russos. — Mas, caro Yuri, você me permite uma pergunta ou duas?

— Mas é claro, meu caro Allan. Pergunte à vontade, responderei o melhor que puder.

Allan confessou com sinceridade que não havia prestado muita atenção quando, ainda há pouco, Yuri fizera sua explanação sobre política, porque política não era o que mais lhe interessava neste mundo. Além disso, ele se lembrava bem da noite anterior, quando Yuri havia prometido não escorregar mais nessa direção.

Mas Allan gravou a descrição que Yuri fez das falhas de caráter do marechal Beria. Ele acreditava já ter encontrado esse tipo de pessoa antes. Pelo que havia entendido, por um lado o marechal Beria era totalmente implacável. Por outro, ele fez de tudo para que Allan tivesse todo o conforto possível, com limusine e tudo mais.

— Então me pergunto por que ele simplesmente não mandou me sequestrar para depois arrancar de mim tudo que queria saber. Ele teria economizado as balas de geleia, os chocolates finos, 100 mil dólares e uma porção de outras coisas.

Yuri disse que o mais triste sobre as observações de Allan é que tinham fundamento. Mais de uma vez o marechal Beria — sempre em nome da revolução — havia torturado pessoas inocentes. Yuri sabia que era assim que funcionava. Mas a questão era: ele vacilara um pouco antes de continuar; a questão agora era que — Yury abrira a porta da geladeira para tomar uma cerveja revigorante, apesar de não ser nem meio-dia ainda —, a questão era, confessou Yuri, que o marechal Beria recentemente havia falhado com a estratégia que Allan acabara de descrever. Um especialista da Europa Ocidental havia sido sequestrado na Suíça e levado até o marechal Beria. Mas essa história havia terminado em desastre. Que Allan o perdoasse, mas Yuri não queria se aprofundar em detalhes. Entretanto, Allan podia acreditar nas palavras dele: com o resultado do recente fracasso, ficou decidido que os conhecimentos nucleares necessários seriam *comprados* no mercado ocidental, com base na oferta e na procura, mesmo se isso parecesse banal. O programa do armamento nuclear soviético teve início com uma carta do físico nuclear Georgy Nikolaiyevich Flyorov dirigida ao colega Stalin em abril de 1942, na qual ele chamava a atenção para o fato de não se ter mais ouvido falar absolutamente nada nos jornais ou na mídia aliada do Ocidente sobre a tecnologia da cisão, desde sua descoberta em 1939.

O camarada Stalin não tinha nascido ontem.

Justamente como o físico nuclear Flyorov, ele pensava que um silêncio tão absoluto por *três anos* a respeito da descoberta da *cisão nuclear* só podia significar que alguém estava escondendo algo sobre, por exemplo, alguém que estava prestes a criar uma bomba que, de uma só vez, colocaria a União Soviética — para usar uma metáfora russa — em xeque-mate.

Portanto, não havia tempo a perder, não fosse pelo pequeno detalhe de que Hitler e a Alemanha nazista estavam ocupados em invadir a União Soviética em determinados pontos — isto é, tudo a leste do Volga, o que incluiria Moscou, o que por si só já era uma desgraça, mas seria ainda pior com Stalingrado.

A Batalha de Stalingrado tornou-se, para dizer o mínimo, um caso pessoal para Stalin. Ainda que tenha custado a vida de 1,5 milhão de pessoas, o Exército Vermelho venceu e aos poucos foi pressionando Hitler a voltar todo o caminho até seu bunker em Berlim.

Somente quando os alemães começaram a retroceder é que Stalin se sentiu tranquilo e convencido de que ele e sua nação teriam um futuro; foi aí que as pesquisas da fissão ganharam força.

É bem verdade que uma bomba atômica não é algo que se monte e aparafuse numa manhã, principalmente se a bomba ainda não foi descoberta. As pesquisas soviéticas da bomba nuclear já duravam alguns anos, sem conclusão, quando um belo dia houve uma explosão no Novo México. Os americanos haviam ganhado a corrida, o que não era de estranhar, já que haviam começado muito antes. Depois do teste no deserto do Novo México, vieram mais duas explosões, essas de verdade: uma em Hiroshima e outra em Nagasaki. Com isso, Truman esfregou na cara de Stalin quem mandava, e não era preciso conhecer bem Stalin para entender que isso era algo que ele não iria esquecer.

— Solucione o caso — disse o camarada Stalin para o marechal Beria. — Ou, para ficar mais claro: *Solucione o caso!*

O marechal Beria sabia que seus físicos, químicos e matemáticos estavam em um beco sem saída, e não adiantaria mandá-los para o gulag. Além disso, o marechal tampouco havia recebido qualquer sinal de que seus agentes em campo tinham conseguido se infiltrar em Los Alamos, nos Estados Unidos.

Roubar os desenhos dos americanos no momento era simplesmente impossível.

A solução seria *importar* o conhecimento e completar o que já existia no centro de pesquisas na cidade secreta de Sarov, algumas horas a sudoeste de Moscou, de carro. Como para o marechal Beria somente o melhor era aceitável, ele disse ao chefe da agência internacional de agentes secretos:

— Traga aqui Albert Einstein.

— Mas... *Albert Einstein...* — balbuciou o chocado chefe da agência.

— Albert Einstein é o primeiro cérebro do mundo. Vai fazer o que estou mandando ou você prefere morrer?

O chefe da agência tinha acabado de conhecer uma mulher e não havia ninguém no mundo que cheirava tão bem como ela, de modo que vontade de morrer ele, definitivamente, não tinha. Mas antes que o chefe da agência tivesse tempo de comunicar isso a Beria, o marechal disse:

— Solucione o caso. Ou, para ficar mais claro: *Solucione o caso!*

Não era apenas uma questão de pegar Albert Einstein e mandá-lo para Moscou em um pacote. Primeiro, ele tinha que ser localizado. Ele tinha nascido na Alemanha, mas mudou-se para a Itália, depois para a Suíça e, finalmente, para os Estados Unidos. Desde então ele ia e vinha, circulava por todos os lugares possíveis e imagináveis, e por todos os motivos concebíveis.

Atualmente sua casa ficava em Nova Jersey, mas os agentes locais disseram que a casa estava vazia. Além disso, o marechal Beria preferia que o sequestro fosse feito na Europa. Contrabandear pessoas importantes dos Estados Unidos atravessando o Atlântico tinha suas complicações.

Mas onde estava o homem? Ele raramente, ou nunca, avisava quando ia viajar, e era conhecido por chegar vários dias atrasado a eventos importantes e previamente combinados.

O chefe da agência fez uma lista de um punhado de lugares que tinham alguma ligação com Einstein, colocando um agente em cada lugar, para vigiar. Entre esses estavam a casa em Nova Jersey e a residência do melhor amigo em Genebra. Havia também o editor de Einstein em Washington e outros dois amigos, um na Basileia e outro em Cleveland, Ohio.

Passaram alguns dias de paciente espera, mas depois veio a recompensa — na forma de um homem vestindo um sobretudo cinza, gola levantada e chapéu. O homem vinha andando pela rua e passava em frente a uma residência em Genebra, onde morava Michele Besso, o melhor amigo de Albert Einstein. Ele tocou a campainha e foi recebido, com alegria e carinho, pelo próprio Besso, e também por um casal idoso, o qual exigia uma investigação mais detalhada. O agente de plantão chamou o colega da Basileia, 250 quilômetros distante, com a mesma missão. Depois de horas de observação pelas janelas e comparações com o álbum de fotos, os dois agentes puderam juntos constatar que realmente se tratava de Albert Einstein, que acabara de chegar para visitar seu melhor amigo. O casal de idosos era o cunhado de Michele Besso e sua esposa, Maja, que também era irmã de Albert Einstein. Festa em família!

Albert ficou com o amigo, a irmã e o cunhado por dois dias, bem vigiados, até que vestiu novamente seu sobretudo, suas luvas e seu chapéu e foi embora, tão discretamente como havia chegado.

Mal havia virado a esquina, no entanto, quando foi agarrado por trás e, num piscar de olhos, jogado no assento traseiro de um carro, no qual foi posto para dormir com clorofórmio. Dali ele foi levado via Áustria até a Hungria, país que tinha uma relação suficientemente amigável com a União Soviética, para não fazer perguntas quando os russos expressaram seu desejo de aterrissar no aeroporto militar de Pécs para abastecer, pegar dois cidadãos soviéticos e um passageiro muito sonolento para imediatamente decolar para um destino desconhecido.

No dia seguinte, começaram os interrogatórios com Albert Einstein, e com o marechal Beria comandando as ações nas dependências do serviço secreto em Moscou. A questão era se Einstein ia querer colaborar, para seu próprio bem, ou obstruir o processo, o que não ajudaria ninguém.

Infelizmente, a segunda alternativa iria prevalecer. Albert Einstein disse não haver dedicado um só pensamento à tecnologia da fissão nuclear (mesmo que fosse de conhecimento geral que ele, já em 1939, havia informado o presidente Roosevelt sobre o assunto, o que por sua vez resultou no Projeto Manhattan). Na verdade, Albert Einstein não admitia ser Albert Einstein. Ele afirmava, com uma teimosia insana, que ele era o irmão caçula de Albert Einstein, o *Herbert* Einstein. Só que Albert Einstein não tinha nenhum irmão; era só a irmã e nada mais. É claro que o truque não funcionou com o marechal Beria ou seu interrogador; eles estavam justamente partindo para a violência quando algo notável aconteceu na Sétima Avenida em Nova York, a milhares de quilômetros de lá.

No Carnegie Hall, *Albert Einstein* estava dando uma palestra sobre a Teoria da Relatividade, diante de 2.800 convidados especiais, dos quais pelo menos três eram espiões da União Soviética.

Dois Albert Einstein eram demais para o marechal Beria, mesmo se um deles se encontrasse do outro lado do Atlântico. Rapidamente ficou claro que o do Carnegie Hall era o verdadeiro. Mas, então, quem diabos era o outro?

Sob ameaça de ser exposto a procedimentos que ninguém em sã consciência aceitaria, o falso Albert Einstein prometeu esclarecer tudo para o marechal Beria.

— O senhor marechal terá toda a história esclarecida em detalhes, é só não me interromper.

O marechal Beria prometeu não interromper, a não ser com um tiro na cabeça, mas isso só quando não houvesse mais dúvidas de que tudo que ele tinha dito eram mentiras e nada mais.

— Por favor, pode começar. Não deixe que eu o perturbe — disse o marechal Beria, destravando sua pistola.

O homem que antes havia afirmado ser Herbert, o irmão desconhecido de Albert Einstein, suspirou fundo e começou... por reafirmar isso (por pouco o tiro não foi disparado).

Em seguida, veio uma história tão triste que, se fosse mesmo verdade, o marechal Beria não conseguiria executar de imediato o narrador.

O que Herbert Einstein contou foi que realmente Hermann e Pauline Einstein tiveram dois filhos: primeiro o filho Albert, depois a menina Maja. Até aí o senhor marechal estava certíssimo. Mas o fato é que o papai Einstein não conseguia manter suas mãos, e outras coisas mais, longe de sua linda (mas limitada) secretária da fábrica de eletroquímica que ele tinha em Munique. O resultado disso foi Herbert, o irmão secreto e nada legítimo de Albert e Maja.

Como os agentes do marechal já haviam constatado, Herbert era uma cópia exata de Albert, apesar de ser 13 anos mais novo. O que não dava para ver do lado de fora era que Herbert infelizmente havia herdado da mãe a inteligência — ou a falta dela.

Quando Herbert tinha 2 anos, em 1895, a família Einstein mudou-se de Munique para Milão. Herbert foi com a mudança, mas sua mãe, não. Papai Einstein havia lhe oferecido uma solução adequada, mas a mãe de Herbert não estava interessada. Nem podia imaginar trocar salsichão por espaguete, ou alemão por... sabe-se lá como se chamava a língua que se falava na Itália! Além disso, o bebê só dava trabalho; ele chorava o tempo todo, querendo comer, sempre fazendo bagunça. Se alguém queria levar Herbert para algum lugar, seria ótimo, mas ela queria ficar onde estava.

Papai Einstein deu um bom dinheiro para a mãe de Herbert se manter. O que parece ter acontecido depois foi ela conhecer um conde de verdade que a convenceu a investir todo o seu dinheiro em uma máquina dele, quase pronta, que fabricaria um *elixir da vida* capaz de curar todas as doenças que existiam no mundo. Mas logo o conde sumiu, aparentemente levando o elixir, porque a mãe de Herbert, arruinada, morreu alguns anos depois, de tuberculose.

Sendo assim, Herbert foi criado com o irmão mais velho, Albert, e a irmã Maja, também mais velha. Para evitar um escândalo, papai Einstein determinou que Herbert seria chamado de sobrinho, e não de *filho*. Herbert e o irmão nunca foram muito próximos, mas ele amava profundamente a irmã, mesmo tendo que chamá-la de prima.

— Resumindo, fui abandonado pela minha mãe, negado pelo meu pai, e sou inteligente como um saco de batatas. Nunca fiz algo de útil em toda a minha vida, só vivi da herança do meu pai e nunca tive um pensamento inteligente.

Durante o relato o marechal Beria havia abaixado e travado sua arma novamente. Era possível que a história fosse verdadeira, e o marechal sentiu que até poderia admirar o burro do Herbert Einstein, pela imagem simplória que tinha de si mesmo.

E agora, o que ele deveria fazer? O marechal, pensativo, levantou-se da cadeira na sala de interrogatórios. Por segurança e em nome da revolução, ele deixou de lado o que era certo e o que era errado. Já tinha problemas demais, não precisava de mais um. Sim, teria de ser assim. O marechal virou-se para os dois guardas na porta:

— Livrem-se dele.

Em seguida, deixou a sala.

* * *

A pisada na bola com Herbert Einstein não seria nada fácil de explicar para o camarada Stalin, mas o marechal Beria estava com uma sorte tremenda, porque, antes de cair em desgraça, houve uma revelação espetacular na base de Los Alamos, no Novo México.

Ao longo dos anos, mais de 150 mil pessoas trabalharam no Projeto Manhattan, e, é claro, mais de uma foi fiel à revolução socialista. Mas ninguém havia conseguido colocar as mãos nos segredos mais secretos da bomba atômica.

Mas, agora, se sabia de algo quase tão bom quanto. Era de conhecimento geral que um *sueco* tinha solucionado o enigma, e seu nome também era conhecido.

Depois de ter ativado toda a rede de espionagem, não levou mais de meio dia para descobrir que *Allan Karlsson* estava hospedado no Grand Hôtel, em Estocolmo, e que, no momento, ele nada fazia durante os dias, depois que o chefe do programa de armamento nuclear da Suécia lhe comunicou que seus serviços não seriam necessários.

— A questão é — perguntou o marechal para si mesmo —: quem leva o troféu mundial de burrice? O chefe do programa nuclear sueco ou a mãe de Herbert Einstein?

Dessa vez o marechal Beria optou por uma tática diferente. Em vez de pegar o homem na marra, Allan Karlsson seria convencido a colaborar com seus conhecimentos, mediante uma gorda recompensa em dólares americanos. E o incumbido a convencê-lo era um cientista como o próprio Allan Karlsson, nada de agente grosseirão ou troglodita. O agente em questão ficaria atrás do volante (questão de segurança) como motorista particular de Yuri Borisovich Popov, o homem amável e quase igualmente competente físico, do círculo mais estreito do grupo de armamento nuclear do marechal Beria.

Tudo havia acontecido de acordo com os planos. Yuri Borisovich estava voltando para Moscou trazendo Allan Karlsson — e Allan Karlsson havia se mostrado receptivo quanto a dar uma ajuda.

O escritório do marechal Beria em Moscou ficava dentro dos muros do Kremlin, segundo determinação do camarada Stalin. O próprio marechal recebeu Allan Karlsson e Yuri Borisovich quando os dois entraram no saguão.

— Seja muito bem-vindo, Sr. Karlsson — cumprimentou o marechal, estendendo a mão.

— Muito obrigado, senhor marechal.

Não era do feitio do marechal Beria ficar conversando amenidades por muito tempo. Ele achava que a vida era curta demais para isso (além do mais, ele era um incompetente, socialmente falando). Assim, ele disse para Allan:

— Sr. Karlsson, se entendi bem os relatórios, o senhor está disposto a colaborar com a República Socialista Soviética em assuntos nucleares mediante uma recompensa de 100 mil dólares.

Allan respondeu que não havia pensado muito no dinheiro, mas que teria muito prazer em dar uma ajuda a Yuri Borisovich, caso ele precisasse — e parecia ser esse o caso. Mas seria bom se o senhor marechal pudesse esperar até o dia seguinte, porque ultimamente ele tinha viajado demais.

O marechal Beria respondeu que entendia que a viagem tinha consumido suas forças e disse que em alguns minutos o jantar seria servido. E acrescentou que ele contaria com a companhia do camarada Stalin; depois disso o Sr. Karlsson poderia descansar no melhor apartamento para hóspedes que o Kremlin podia oferecer.

O camarada Stalin não era mesquinho com comida. Tinha caviar de salmão e arenque, pepino em conserva, salada de carne e legumes grelhados, borche, pelmeni, blini, costeletas de carneiro e tortas com sorvete. Para acompanhar, foi servido vinho de todas as cores e, é claro, vodca. E mais vodca.

Na mesa estavam o camarada Stalin em pessoa, Allan Karlsson, de Yxhult, o físico nuclear Yuri Borisovich Popov, o chefe da segurança secreta do Estado soviético, o marechal Lavrenty Pavlovich,

Beria e mais uma pessoa franzina, um jovem quase invisível, sem nome, que aparentemente não comia nem bebia. Ele era o intérprete, e eles fingiam que ele não estava ali.

Desde o início Stalin estava de ótimo humor. Lavrenty Pavlovich sempre fazia o trabalho! Tudo bem, havia o deslize de Einstein; o caso tinha chegado aos ouvidos de Stalin, mas agora era história. Einstein (o verdadeiro), além disso, só tinha seu cérebro; Karlsson, ali, tinha o conhecimento detalhado e exato!

E não fez mal nenhum descobrir a figura agradável que era esse Karlsson. Ele havia contado, mesmo que sucintamente, seu passado para Stalin. Seu pai havia lutado pelo socialismo na Suécia, partindo depois para a Rússia com o mesmo objetivo. Realmente louvável! O filho, por sua vez, havia combatido na guerra civil espanhola, e Stalin não ia ser indelicado e perguntar de que lado. Depois contou que foi para a América (deve ter fugido, pensou Stalin) e acabou prestando serviço aos aliados... e isso era perdoável, no fim da guerra. Stalin, de certa forma, havia feito o mesmo.

Mal chegaram ao prato principal e Stalin tinha aprendido a cantar *Helan går, sjunghoppfaderallanlallanlej*, o brinde sueco, toda vez que era hora de levantar o copo. Isso, por sua vez, levou Allan a elogiar a voz de Stalin quando ele contou que, quando jovem, havia cantado em um coral e também fazia solos em casamentos. Ele chegou a se levantar e, para provar o que havia afirmado, começou a pular, esticando braços e pernas para todos os lados e cantando uma música que para Allan parecia quase... indiana... mas era agradável!

Allan não sabia cantar. Aliás, ele se deu conta de que não sabia nada que tivesse valor cultural, mas o ambiente parecia exigir que ele fizesse algo mais que o *Helan går*, e tudo que lhe veio à mente foi uma poesia de Verner Von Heidenstam, que o professor de Allan, no segundo ano do curso fundamental, obrigou todos os alunos a decorarem.

Assim, quando Stalin se sentou, Allan levantou-se e declamou em sueco os versos:

Suécia, Suécia, pátria querida
Alvo da nossa saudade, nosso lar na Terra
Ouça o cantar das fontes, onde o entusiasmo das tropas
ardeu
Onde a proeza se fez história e onde, de mãos armadas,
A antiga lealdade de seu povo novamente floresceu.

Aos 8 anos, Allan não entendia o que estava lendo, mas agora, declamando novamente, com um envolvimento contagiante, 35 anos depois, ele continuava sem entender nada. Mas ele tinha declamado a poesia em sueco, de modo que o intérprete russo-inglês — aquele que não existia — continuava sentado em sua cadeira, mudo, existindo menos ainda.

Allan então contou (depois dos aplausos terem terminado) que o que ele havia declamado havia sido um poema de Verner von Heidenstam. Talvez Allan tivesse omitido essa informação, ou talvez tivesse ocultado um pouco a verdade, se tivesse sabido qual seria a reação do camarada Stalin.

A questão era que o camarada Stalin era, antes de mais nada, um poeta. E dos bons. Todavia, as circunstâncias haviam feito dele um combatente revolucionário, o próprio histórico já sendo suficientemente poético. O interesse pela poesia, contudo, ele manteve, conhecendo os poetas mais famosos na época.

Para azar de Allan, Stalin conhecia muito bem Verner von Heidenstam. E, diferente de Allan, ele também tinha conhecimento do grande amor que Verner von Heidenstam nutria pela Alemanha. E era um amor correspondido. Rudolf Hess, a mão direita de Hitler, tinha visitado Heidenstam em sua casa, nos anos 1930, e logo em seguida Heidenstam foi nomeado *doutor honoris causa* na Universidade de Heidelberg.

Tudo isso mudou drasticamente o humor do camarada Stalin.

— O Sr. Karlsson está aí sentado ofendendo seu generoso anfitrião que o acolheu de braços abertos? — perguntou.

Allan assegurou que não. Se tinha sido Heidenstam que deixara o Sr. Stalin nervoso, Allan pedia infinitas desculpas. Talvez servisse de consolo o fato de que Heidenstam estava morto havia alguns anos.

— E aquele *sjunghoppfaderallanlallanlej*, o que quer mesmo dizer? Será um tributo aos inimigos da revolução? E você ainda por cima fez o próprio Stalin pronunciar? — insistiu Stalin, que sempre falava de si próprio na terceira pessoa quando estava nervoso.

Allan disse que ia precisar de algum tempo para conseguir traduzir o *sjunghoppfaderallanlallanlej* para o inglês, mas que o Sr. Stalin podia ficar sossegado, porque não passava de uma expressão de felicidade.

— Expressão de felicidade? — questionou o camarada Stalin em voz alta. — O Sr. Karlsson acha que Stalin parece estar feliz?

Allan estava começando a se cansar da sensibilidade de Stalin. O homem estava vermelho de tão nervoso, por nada. Stalin continuou:

— E como foi mesmo aquela história da guerra civil espanhola? Talvez seja melhor perguntar para o *senhor amante do Heidenstam* de que lado lutou!

Será que o desgraçado ainda tem um sexto sentido?, pensou Allan. Bem, ele já estava tão bravo quanto era possível ficar, então era mais fácil falar logo.

— Na verdade, eu não combati, Sr. Stalin, mas ajudei. Primeiro, ajudei os republicanos e, no fim da guerra, sem querer, mudei de lado e acabei amigo do general Franco.

— General Franco? — berrou Stalin, levantando-se tão abruptamente que a cadeira rolou para trás.

É, parece que era possível ele ficar ainda mais enfurecido. Durante a vida de Allan, cheia de acontecimentos, já haviam gritado muito com ele, e ele nunca respondeu gritando, nem pensava em fazê-lo agora com Stalin. Mas isso não queria dizer que a situação não estivesse lhe incomodando. Pelo contrário, rapidamente ele pegou antipatia pelo pequeno homem que vociferava do outro lado da mesa. Allan decidiu contra-atacar, à sua própria maneira.

— Não apenas isso, Sr. Stalin. Estive também na China, para fazer guerra contra Mao Tsé-Tung, antes de ir para o Irã, onde desarmei um atentado contra Churchill.

— Churchill? Aquele porco gordo! — esbravejou.

Stalin se recuperou por um momento, engolindo um copo cheio de vodca. Allan o observou com inveja. Ele teria gostado de voltar a encher o copo, mas pensou que talvez não fosse a hora certa para manifestar sua vontade neste sentido.

O marechal Beria e Yuri Borisovich estavam calados. Mas suas expressões eram diferentes. Enquanto Beria olhava com ódio para Allan, Yuri parecia estar muito infeliz.

Depois de ter engolido a vodca, Stalin se sacudiu e abaixou a voz para um tom normal, mas ainda irritado.

— Será que Stalin entendeu tudo certo? — perguntou. — Você esteve do lado de Franco, combateu o camarada Mao, você... salvou a vida do porco de Londres e colocou a arma mais mortal do mundo na mão dos arquicapitalistas dos Estados Unidos?

— O camarada Stalin está exagerando um pouco, mas, em termos gerais, é isso mesmo. E meu pai, a última coisa que fez, foi unir-se ao tsar, se o Sr. Stalin quer acrescentar isso também contra mim.

— Eu devia ter imaginado — murmurou Stalin, e na sua ira se esqueceu de falar na terceira pessoa. — E agora você está aqui para se vender ao socialismo soviético? Cem mil dólares é o preço da sua alma? Ou esta noite ficou mais caro?

Allan tinha perdido a vontade de colaborar. Yuri continuava sendo um bom homem, e precisava de ajuda. Mas não dava para ignorar o resultado, que era justamente o fato de o trabalho dele acabar nas mãos do camarada Stalin, e ele não era um camarada legal. Muito pelo contrário, ele parecia ser instável, melhor que não tivesse aquela bomba como brinquedo.

— Bem, isso nunca foi uma questão de dinh...

Allan não conseguiu continuar a frase. Stalin explodiu:

— Quem você pensa que é, seu rato maldito? Você acha que *é* um representante do fascismo, do nojento capitalismo americano, de tudo que Stalin despreza tanto? Que você, você poder vir aqui no Kremlin, no *Kremlin,* e negociar com Stalin, *negociar com Stalin?*

— Porque você fala tudo duas vezes? — perguntou Allan enquanto Stalin continuava.

— Saiba você que a União Soviética está preparada para ir à guerra! E vai haver guerra, *inevitavelmente* haverá guerra, até que o imperialismo americano seja exterminado.

— É isso que você pensa?

— Para lutar e ganhar não precisamos da sua maldita bomba! O que é preciso são *almas e corações socialistas*! Aquele que sente que nunca poderá ser vencido jamais será vencido.

— A não ser que soltem uma bomba atômica sobre ele.

— Eu vou esmagar o capitalismo! Você está me ouvindo? Vou esmagar cada um dos malditos capitalistas. E vou começar com você, seu cachorro, se você não nos ajudar com a bomba!

Allan constatou que em apenas alguns minutos ele tinha sido rato e cachorro. E que, decididamente, Stalin não era muito normal porque agora, apesar de tudo, ele estava pensando em usar os serviços de Allan.

Só que Allan não estava mais a fim de ficar ali ouvindo desaforos. Ele tinha ido a Moscou para ajudar, não para ser destratado. Agora Stalin estava por sua própria conta.

— Estive pensando — comentou.

— O quê? — questionou Stalin, com raiva.

— Por que você não raspa esse bigode?

Com isso, terminou o jantar, porque o intérprete desmaiou.

Rapidamente, os planos tomaram outro rumo. Allan não chegou a se hospedar no apartamento mais elegante do Kremlin, mas foi colocado em uma cela no porão da polícia secreta. O camarada Stalin tinha, por fim, decidido que a União Soviética teria a bomba, ou pelos seus próprios cientistas, ou por uma honesta espionagem. Não haveria mais sequestro de ocidentais e, decididamente, não haveria negociações com capitalistas, fascistas ou ambos.

Yuri estava profundamente infeliz. Não apenas porque ele havia trazido o simpático Allan para a União Soviética, onde certamente agora a morte o aguardava, mas pelo camarada Stalin ter mostrado tantas falhas humanas. O grande líder era inteligente, culto, dançava bem e tinha uma boa voz. E era completamente pirado! Sem querer, Allan citou o poeta errado, e em alguns segundos o jantar, que havia começado de forma tão agradável, se transformou numa... catástrofe.

Arriscando a própria vida, Yuri tentou, com muito cuidado, falar com o marechal Beria sobre a iminente execução de Allan e se não haveria, apesar de tudo, uma alternativa.

Yuri havia julgado mal o marechal. É verdade que ele abusava de mulheres e de crianças, que mandava torturar e executar tanto culpados como inocentes, tudo era verdade, assim como muito mais... mas, por mais que seus métodos fossem truculentos, o marechal sempre trabalhava conscientemente para o melhor da União Soviética.

— Não se preocupe, caro Yuri Borisovich. O Sr. Karlsson não vai morrer. Pelo menos, não ainda.

O marechal Beria explicou que ele pretendia manter Allan Karlsson guardado como reserva, no caso de Yuri Borisovich e seus colegas continuarem a fracassar com a bomba. Nessa explicação havia uma ameaça velada, e o marechal Beria estava satisfeito com isso.

Aguardando o julgamento, Allan ficava sentado em uma das celas da polícia secreta. Para não dizer que nada acontecia, todo dia era servido um pedaço de pão, 30 gramas de açúcar e três refeições quentes (sopa de legumes, sopa de legumes e sopa de legumes).

A comida no Kremlin, certamente, era muito melhor do que na carceragem onde Allan se encontrava. Mas ele constatou que, mesmo que a sopa fosse horrível, pelo menos a degustava em paz, sem que houvesse alguém ali gritando por motivos que ele nem entendia.

A nova dieta durou seis dias, até que o colegiado especial do serviço secreto o convocou para uma audiência. O tribunal ficava, tal como a cela de Allan, no enorme prédio do serviço secreto, na praça Lubianka, só que alguns andares acima. Allan foi colocado em uma cadeira em frente a um juiz sentado a uma mesa. À esquerda do juiz estava o promotor, um homem de aparência sisuda, e à direita, o defensor de Allan, outro de expressão carrancuda.

Primeiro o promotor disse algo em russo que Allan não entendeu. Depois o advogado disse algo em russo que Allan também não entendeu. Em seguida o juiz mexeu a cabeça pensativamente e, antes de proferir a sentença, por segurança, leu a cola em um bilhetinho.

— O colegiado especial decide condenar Allan Emmanuel Karlsson, cidadão do reino da Suécia, elemento perigoso para a sociedade socialista soviética, a trinta anos no campo de concentração de Vladivostok.

O juiz informou ao sentenciado que, se ele fosse recorrer da sentença, isso deveria ser feito ao Supremo, no prazo de três meses, a contar da data em que a sentença foi proferida. Mas o advogado de Allan Karlsson informou, em nome do cliente, que ele não pensava em recorrer. Muito pelo contrário, Allan Karlsson estava agradecido pela pena branda.

É bem verdade que nunca perguntaram a Allan se estava ou não agradecido, mas a sentença tinha, indubitavelmente, suas vantagens. Primeiro, porque ele permaneceu vivo, o que era muito raro, tendo sido classificado como elemento perigoso. Em segundo lugar, porque foi enviado para um gulag de Vladivostok, que tinha o clima mais suportável de toda a Sibéria. O tempo lá não era muito pior do que o de casa, em Sörmland, enquanto mais ao norte a temperatura podia chegar a 50, 60 e até 70 graus negativos.

Portanto, Allan teve muita sorte, e agora ele estava sendo empurrado para dentro de um vagão de trem, com mais uns trinta dissidentes recém-sentenciados e sortudos como ele. E nesse vagão de carga foram distribuídos nada menos que três cobertores para cada preso, depois que o físico nuclear Yuri Borisovich Popov subornou o guarda de plantão e o chefe dele com um grande maço de rublos. O chefe dos guardas achou estranho que um cidadão tão proeminente se importasse com um reles transporte para o gulag, e chegou a considerar fazer um relatório para a chefia, mas aí lembrou que havia aceitado dinheiro, portanto, era melhor não criar caso.

Não foi fácil para Allan encontrar alguém com quem pudesse conversar, quase todos falavam somente russo. Porém, um homem nos seus 50 anos falava italiano, e como Allan falava espanhol fluentemente, os dois se entenderam razoavelmente bem. O suficiente para Allan entender que o homem estava profundamente infeliz e só pensava em tirar a própria vida se ele, conforme comentou, não fosse tão covarde. Allan tentou confortá-lo o mais que pôde, disse que ao chegar no interior da Sibéria as coisas talvez se arranjassem, mesmo porque ele era da opinião que três cobertores lá não seriam suficientes, se o tempo não estivesse bom. O italiano fungou e tentou se animar. Segurando a mão de Allan, agradeceu o apoio que este havia lhe dado. Na verdade, ele não era italiano, era alemão, Herbert era seu nome, o sobrenome era melhor ele não saber.

Herbert Einstein nunca teve sorte na vida. Devido a uma falha administrativa, ele foi sentenciado, assim como Allan, a trinta anos de trabalhos forçados em um gulag, em vez da morte que ele tanto almejava.

Aqueles cobertores a mais também contribuiriam para que ele tampouco morresse de frio na tundra siberiana. Além disso, o mês de janeiro de 1948 foi a época de menos frio em muitos anos. Allan prometeu que, no futuro, haveria novas oportunidades para Herbert. Afinal, estavam indo para um campo de trabalho, e se nada mais acontecesse, poderiam trabalhar até morrer. E queria saber o que ele achava disso?

Herbert suspirou e disse que era preguiçoso demais para isso, portanto não tinha certeza, porque nunca havia trabalhado na vida.

Allan então vislumbrou uma chance. Porque, em campos de trabalho, não dava para ficar de braços cruzados. Sendo assim, os guardas certamente mandariam uma rajada de balas de metralhadora em cima dele.

Herbert gostou do pensamento, mas, ao mesmo tempo, se arrepiou. Uma rajada de metralhadora, será que não ia doer horrivelmente?

Allan Karlsson não tinha grandes exigências no seu dia a dia. Ele queria ter uma cama, bastante comida, algo para fazer e, de tempos em tempos, tomar uma vodca. Tendo isso, ele podia conviver com quase tudo. O gulag de Vladivostok oferecia tudo, menos a bebida.

Nessa época, o porto de Vladivostok estava dividido em duas partes: uma, aberta, e a outra, fechada. A parte fechada era circundada por um alambrado de 2 metros de altura, dentro do qual estava localizado o gulag, com quarenta barracas enfileiradas de quatro em quatro. O alambrado ia até o cais. Os navios que deveriam ser carregados ou descarregados pelos presos do gulag ancoravam do lado de dentro do alambrado, os outros, do lado de fora. Quase tudo era feito pelos presos, somente os pequenos barcos pesqueiros tinham que se virar por conta própria, além de um ou outro petroleiro maior.

Os dias no campo de concentração em Vladivostok eram todos iguais, com raras exceções. Às 6h eram acordados nas barracas, café da manhã às 6h15. A duração do dia de trabalho era de 12 horas, de 6h30 às 18h30, com 30 minutos de almoço, ao meio-dia. Imediatamente após o encerramento do trabalho era servido o jantar, em seguida os prisioneiros eram trancados até o dia seguinte.

A comida era boa: geralmente peixe, é verdade, mas raramente em forma de sopa. Os guardas não eram exatamente amigáveis, mas não matavam as pessoas a torto e a direito. Até Herbert Einstein conseguiu se manter vivo, mesmo contra a própria vontade. Ele enrolava mais que qualquer outro preso, mas, como ficava sempre junto ao incansável trabalhador Allan, isso não era notado.

Allan não se importava de trabalhar por dois. Mas logo estabeleceu que Herbert estava proibido de ficar choramingando o dia todo sobre sua vida miserável. Allan já tinha entendido tudo e não sofria de amnésia. Ficar repetindo a mesma lamúria não adiantava nada.

Herbert obedecia, e tudo corria bem com ele, assim como tudo mais estava correndo bem, exceto pela falta de álcool. Allan aguentou exatamente cinco anos e três semanas. Um belo dia ele disse:

— Eu agora quero tomar um trago. E não vou conseguir um aqui. Está na hora de seguir em frente.

CAPÍTULO 17

Terça-feira, 10 de maio de 2005

O SOL DA primavera derramava seu calor pelo nono dia consecutivo, e mesmo que a manhã estivesse um pouco fria, Bosse arrumou a mesa do café na varanda.

Benny e Linda tiraram Sonya do ônibus, levando-a até o gramado verde no quintal da casa. Allan e Pico Gerdin estavam sentados na rede, balançando com cuidado. Um tinha 100 anos e o outro se sentia também muito velho. A cabeça doía, as costelas quebradas dificultavam a respiração, o braço direito não queria obedecer muito bem, mas o pior era o corte profundo na coxa direita. Benny, ao passar, sugeriu trocar as ataduras da perna mais tarde, mas talvez fosse melhor começar com alguns analgésicos fortes. De noite, podiam usar morfina, se necessário.

Em seguida, Benny voltou até Sonya, deixando Allan e Pico a sós. Allan conjecturou: estava na hora de uma conversa de homem para homem. Ele começou lamentando que — Parafuso? — tinha morrido lá no bosque de Sörmland e que — Balde? — logo depois tinha acabado embaixo de Sonya. Ambos tinham sido uma ameaça para eles, para dizer o mínimo, e isso poderia ser considerado um atenuante, o Sr. Pico não concordava?

Pico Gerdin respondeu que havia ficado muito triste em saber que os rapazes estavam mortos, mas que, de certa forma, o fato de terem sido sobrepujados por um velho de 100 anos não o surpreendia, ainda que o velho tivesse contado com alguma ajuda, porque ambos sempre foram muito burros. O único que poderia superá-los em estupidez seria o quarto membro do grupo, Caracas, mas ele acabara de fugir do país e estava a caminho de algum lugar na América do Sul: Pico não sabia muito bem de onde ele era.

De repente, a voz de Pico Gerdin ficou triste. Parecia sentir pena de si mesmo, porque era Caracas que negociava com os traficantes de cocaína na Colômbia; agora Pico não tinha nem intérprete nem intermediador para dar continuidade aos seus negócios. Ali estava ele, sentado, sem saber quantos ossos tinha quebrado e sem ter ideia do que faria da vida no futuro.

Allan o consolou dizendo que certamente havia outra droga que o Sr. Pico poderia comercializar. Ele não sabia muito bem como as coisas funcionavam com drogas, mas será que o Sr. Pico não podia se juntar a Mano Bosse e plantar algo ali, naquela propriedade?

Pico respondeu que Mano Bosse era seu melhor amigo na vida, mas que ele tinha sua maldita moral. Se não fosse por isso, hoje os dois seriam os reis das almôndegas na Europa.

Bosse interrompeu a melancolia generalizada na rede para falar que o café estava na mesa. Finalmente, Pico pôde provar o frango mais saboroso do mundo, além da melancia que parecia ter sido importada diretamente do reino dos céus.

Depois do café da manhã, Benny fez um curativo no corte na coxa de Pico. Terminado o procedimento, Pico declarou que gostaria de tirar um cochilo, se não houvesse problema.

As horas seguintes na Fazenda Bellringer transcorreram como segue:

Benny e Linda arrumaram o celeiro, para preparar uma morada decente e permanente para Sonya.

Julius e Bosse foram até Falköping para fazer compras e viram as manchetes dos jornais, que falavam do centenário e de seus comparsas que, aparentemente, estavam percorrendo o país espalhando caos e destruição.

Depois do café da manhã, Allan voltou para a rede com o firme propósito de não se cansar com nada, e Buster seria uma companhia agradável.

Pico dormia.

Quando Julius e Bosse voltaram das compras, chamaram imediatamente todos para uma reunião. Até Pico Gerdin foi obrigado a se levantar para participar.

Julius começou contando o que haviam lido nos jornais. Quem quisesse, poderia ler tudo com calma depois da reunião mas, resumindo, havia mandados de prisão para todos ali, com exceção de Bosse, que não havia sido mencionado, e de Pico, que estava morto, segundo os jornais.

— Bem, esta última parte não é de todo verdade, mas estou muito mal — comentou Pico Gerdin.

Julius continuou dizendo que ser acusado de assassinato era algo muito sério, mesmo se isso depois ganhasse outro nome, e quis saber a opinião de todos. Deveriam, por iniciativa própria, chamar a polícia, dizer onde se encontravam e deixar a justiça seguir seu curso?

Antes de qualquer um deles se pronunciar, Pico deu um grito dizendo que somente sobre seu corpo semimorto alguém iria chamar a polícia.

— Se for assim, vou procurar meu revólver novamente. O que fizeram com ele, afinal de contas?

Allan respondeu que havia escondido o revólver em um lugar seguro, considerando todos os medicamentos que Benny fazia Pico engolir. O Sr. Pico não concordava que era melhor o revólver ficar no seu esconderijo mais um pouco?

Bem, Pico até podia concordar com isso se o Sr. Karlsson e ele pudessem deixar a formalidade para lá.

— Eu sou Pico — disse, estendendo a mão esquerda para o centenário.

— Eu sou Allan. Muito prazer em conhecê-lo.

Então, Pico, ameaçando usar o revólver (mas sem o revólver), havia decidido que nada seria dito à polícia ou à promotoria. Sua experiência era de que raramente a justiça era justa como deveria ser. Os outros concordaram, pensando em como isso acabaria mal se a justiça dessa vez fosse justa.

A sucinta reunião resultou no ocultamento imediato do ônibus amarelo no barracão de Bosse, próximo a uma enorme quantidade de melancias ainda por tratar. Ficou decidido, também, que o único que podia sair de lá, sem a autorização do grupo, era Mano

Bosse — isto é, aquele dentre todos que não estava sendo procurado nem tinha sido declarado morto.

O que eles fariam em seguida e o que seria decidido em relação à mala e ao dinheiro o grupo deixou para resolver mais tarde. Ou, como disse Pico Gerdin:

— Me dói a cabeça só de pensar nisso, e tenho dor no peito quando inspiro para contar que me dá dor de cabeça pensar nisso. No momento, se for necessário, pago até 50 milhões por um analgésico.

— Tome, aqui tem dois — ofereceu Benny. E de graça!

Para o comissário Aronsson o dia estava agitadíssimo. Graças à atenção da mídia, entravam dicas a todo momento sobre onde o triplo assassino e seus comparsas poderiam estar. Mas a única dica que o comissário Aronsson achou plausível foi a do chefe interino da polícia de Jönköping, Gunnar Löwenlind. Ele dissera que na autoestrada perto de Råslätt havia cruzado com um ônibus amarelo do tipo Scania, com a frente amassada e apenas um farol funcionando. Não fosse o fato de seu neto, sentado em sua cadeirinha, começar a vomitar naquela hora, Löwenlind já teria ligado para os colegas da polícia rodoviária.

— A autoestrada ao norte — refletia o comissário. — Vocês estão voltando para Sörmland? Ou estão pensando em se esconder em Estocolmo?

Ele decidiu, então, sair do hotel no dia seguinte e ir para casa, para seu deprimente apartamento de três cômodos no centro de Eskilstuna. O baixinho Ronny Hulth da rodoviária pelo menos tinha um gato para abraçar. Göran Aronsson não tinha nada, pensou ele, bebendo o último uísque da noite.

Capítulo 18

1953

Em cinco anos e três semanas Allan aprendeu a falar russo muito bem, assim como tinha melhorado seu chinês. O porto era um lugar de intenso movimento, e Allan conheceu vários marinheiros que iam e vinham, mantendo-o informado sobre o que acontecia no mundo.

Entre outras coisas, a União Soviética havia detonado sua própria bomba atômica, um ano e meio depois do encontro entre Allan, Stalin, Beria e o amigável Yuri Borisovich. No Ocidente, desconfiava-se de espionagem, porque a bomba parecia ter sido construída de acordo com o mesmo princípio da carga americana de Los Alamos. Allan tentou se lembrar de quantas dicas havia passado para Yuri enquanto estavam no submarino, tomando vodca diretamente da garrafa.

— Caro Yuri Borisovich, eu desconfio que você domina a arte de beber e prestar atenção ao mesmo tempo.

O que mais Allan descobriu foi que Estados Unidos, França e Grã-Bretanha haviam unido suas zonas de ocupação e formado a República Federativa Alemã. Imediatamente Stalin, o sempre irascível Stalin, havia formado uma Alemanha própria, de maneira que o Oriente e o Ocidente tinham cada um a sua, e Allan achou isso prático.

O rei da Suécia tinha morrido, notícia que Allan leu em um jornal britânico que, por motivos obscuros, havia caído nas mãos de um marinheiro chinês que, por sua vez, se lembrou do prisioneiro sueco em Vladivostok com quem costumava conversar e por isso lhe levara o jornal. É verdade que o rei já estava morto havia um ano quando a notícia chegou ao conhecimento de Allan, mas isso não tinha muita importância. Mesmo porque um novo rei foi imediatamente colocado no lugar, de modo que o país nada sofreu com o fato.

O assunto mais falado entre os marinheiros era a Guerra da Coreia. O que não era de se estranhar, pois a Coreia ficava logo ali, a apenas uns 200 quilômetros.

Pelo que Allan entendeu, havia ocorrido o seguinte:

A península da Coreia meio que sobrou quando a Segunda Guerra terminou. Stalin e Truman ocupavam, fraternalmente, uma parte cada um, deixando que o Paralelo 38N separasse o norte do sul. Seguiram-se exaustivas negociações sobre como a Coreia, ela mesma, poderia se governar, mas como Truman e Stalin tinham opiniões políticas diferentes (absolutamente diferentes), terminou mais ou menos como ocorreu com a Alemanha. Primeiro, os Estados Unidos trataram de formar uma nova Coreia do Sul, e em seguida a União Soviética veio com a Coreia do Norte. Depois disso, tanto os Estados Unidos como os soviéticos deixaram as Coreias por conta própria.

Porém as coisas não saíram muito bem. Kim Il-sung, no norte, e Syngman Rhee, no sul, cada um achava ser o mais competente para governar a península. E começaram a guerrear por causa disso.

No entanto, após três anos, e cerca de 4 milhões de mortos, nada havia mudado (a não ser que muitas pessoas haviam morrido). O norte continuava sendo norte, e o sul, sul. E continuavam separados pelo Paralelo 38N.

Pensando em tomar aquele trago, isto é, o motivo principal da fuga do gulag, seria natural tentar embarcar em um dos muitos navios que chegavam para carregar no porto de Vladivostok. Mas, durante esses anos, pelo menos sete dos colegas de barracão-carceragem de Allan haviam sido descobertos e executados. Cada vez que isso acontecia, todos os demais do barracão sofriam. Mais que todos, Herbert Einstein. Apenas Allan entendia que Herbert estava se lamentando por mais uma vez não ser ele o executado.

Um dos desafios de um prisioneiro para embarcar em um navio era que cada preso vestia o uniforme preto e branco. Era impossível ficar camuflado onde quer que fosse. Além disso, havia uma ponte cuidadosamente vigiada e também cães bem treinados que farejavam toda carga içada com guindaste.

Some-se a isso que encontrar um navio que aceitasse um passageiro sem pagar não era nada fácil. Muitos dos transportes iam para a China continental, outros para Wonsan, na costa leste da Coreia do Norte. Era de se supor que um capitão coreano, ou chinês, que encontrasse um preso foragido de um gulag, ou retornaria com ele ou o jogaria ao mar (e teria o mesmo resultado, porém menos burocracia).

Por terra, por outro lado, não parecia ser mais fácil. A Sibéria, ao norte, com aquele frio intenso, também não seria uma saída. Nem mesmo para o oeste, em direção à China.

Sobrou apenas o sul, e lá estava a Coreia do Sul, onde certamente cuidariam de um fugitivo do gulag, que presumidamente era um inimigo dos comunistas. Pena que a Coreia do Norte ficava no meio.

E, no caminho, claro que haveria um obstáculo ou outro em que tropeçar, isso Allan já sabia mesmo antes de ter começado a elaborar um plano de fuga pela via que levava para o sul. Mas de nada adiantava ficar pensando nisso agora, ou nunca conseguiria bebida.

Ele tentaria sozinho ou levaria alguém consigo? Nesse caso, só poderia ser Herbert, aquela desgraça. Mas Herbert podia até vir a ser de serventia nos preparativos. Além disso, era mais agradável acompanhado que sozinho.

— Fugir? — perguntou Herbert Einstein. — Por terra? Até a Coreia do Sul? Pela Coreia do Norte?

— É, mais ou menos isso — disse Allan. — Pelo menos esse é o plano.

— As chances de conseguirmos não são nada além de microscópicas — constatou Herbert.

— É, provavelmente você tem razão — disse Allan.

— Estou nessa — respondeu Herbert.

* * *

Depois de cinco anos no gulag, já era de conhecimento geral que muito pouca atividade cognitiva se passava pela cabeça do preso 133 — Herbert —, e mesmo quando havia alguma, parecia colidir consigo mesmo.

Isso, de certa forma, criou uma tolerância por parte dos guardas com relação a Herbert. Qualquer um que não ficasse como deveria na fila da refeição, na melhor das hipóteses, levava uma reprimenda, ou podia levar uma coronhada no estômago e, no pior dos casos, um adeus definitivo.

Mesmo depois de cinco anos, Herbert nunca encontrava o barracão certo. Todos eram marrons, todos do mesmo tamanho; para ele, parecia um labirinto. As refeições eram sempre servidas entre os barracões 13 e 14, mas o 133 podia facilmente ser encontrado zanzando perto do barracão 7. Ou do 19. Ou do 25.

— Droga, Einstein! — os guardas gritavam. — A fila da comida é lá! Não, não aí, *lá*! Onde sempre foi, esse tempo todo.

Allan pensou que ele e Herbert podiam tirar vantagem dessa fama. É claro que daria para fugir em roupas de presidiário, mas se manterem vivos nessas roupas por mais de alguns minutos já seria complicado. E o único preso que conseguiria se aproximar do roupeiro sem chamar atenção e ser fuzilado na hora era o 133 Einstein.

Por isso, Allan instruiu o amigo sobre como deveria proceder. Tratava-se de "se perder" na hora do almoço, porque era também a hora do lanche para o pessoal que trabalhava na rouparia. Nessa meia hora, o lugar era vigiado apenas por um soldado com metralhadora, na torre número 4. Este, como os demais soldados, conhecia as peculiaridades do preso 133 e, ao encontrá-lo zanzando, era mais provável que gritasse com Herbert do que o enchesse de chumbo. Mesmo que Allan estivesse errado, o mundo não ia acabar por causa disso, considerando o eterno desejo que Herbert tinha de morrer.

Herbert achou que Allan havia planejado muito bem. Mas o que era mesmo que ele tinha de fazer?

* * *

É claro que ele se atrapalhou. Herbert se perdeu de verdade, indo parar, pela primeira vez em muito tempo, no lugar certo na fila da refeição. Allan já estava lá, e suspirando empurrou gentilmente Herbert na direção da rouparia. Mas não funcionou, e antes que tivesse se dado conta, Herbert estava na lavanderia. E justamente lá ele encontrou um monte de uniformes de soldado, lavados e passados!

Ele pegou dois, escondeu-os sob o casaco e saiu andando por entre os barracões. Dito e feito, ele foi logo descoberto pelo soldado da torre de vigilância número 4, que nem se deu o trabalho de gritar. O soldado pensou que parecia até que o idiota estava no caminho certo para o próprio barracão.

— Que progresso! — murmurou, e voltou para o que fazia, estava sonhando estar muito distante dali.

Allan e Herbert tinham agora um uniforme de soldado cada um, o que mostraria a todos que eram dois recrutas do Exército Vermelho. Só faltava o restante!

Allan havia notado que o número de navios para Wonsan na Coreia do Norte havia aumentado consideravelmente. Oficialmente, a União Soviética não estava do lado dos norte-coreanos, mas equipamentos de guerra em profusão chegavam a Vladivostok de trem, onde eram então carregados em navios que tinham o mesmo destino. Não que estivesse escrito para onde iam, mas os marinheiros tinham boca para falar, e Allan sabia o que perguntar. Às vezes, dava até para ver qual era a carga; por exemplo, havia muitos veículos para terrenos irregulares e até tanques blindados. Outras vezes, tratava-se de caixas de madeira.

Allan estava pensando em uma manobra que desviasse a atenção deles, como em Teerã, por exemplo, seis anos atrás. Pensou em um velho ditado que recomendava que cada um fizesse o que sabia fazer de melhor. Talvez um pequeno foguetório ajudasse. Foi então que ele se lembrou dos contêineres a caminho de Wonsan na Coreia do Norte. Allan não tinha certeza, mas imaginava que a maioria daqueles contêineres devia carregar material explosivo, e se um deles pudesse pegar fogo ali, na área do porto, e começasse a explodir aos poucos... Bem, talvez Allan e Herbert tivessem chance de virar a esquina e vestir o uniforme soviético. Depois eles tinham que encontrar um carro — é claro, com as chaves na ignição e o tanque cheio, sem o dono por perto. Os portões bem vigiados se abririam ao comando de Allan e Herbert, e, uma vez fora da área do gulag, ninguém desconfiaria de nada, ninguém ia sentir falta do carro roubado e ninguém ia segui-los. Isso tudo aconteceria antes da próxima preocupação: como iriam entrar na Coreia do Norte e — acima de tudo — atravessariam o país do norte até o sul?

— Eu sou meio lerdo para pensar — disse Herbert. — Mas tenho a impressão de que seu plano não está inteiramente acabado.

— Não, você não é lerdo — protestou Allan. — Bem, talvez um pouquinho, mas, nesse caso, você está certíssimo. E quanto mais penso, mais acho que devemos deixar como está. Vamos deixar as coisas acontecerem, é sempre assim. Pelo menos, quase sempre.

A primeira e única parte do plano consistia em, disfarçadamente, atear fogo no contêiner apropriado. Para isso seria necessário: 1) o contêiner certo; 2) algo com que acendê-lo. Aguardando um navio atracar, Allan mandou Herbert Einstein, reconhecidamente burro, executar a tarefa que lhe foi designada para o primeiro passo. Herbert milagrosamente conseguiu achar um foguete sinalizador que rapidamente escondeu nas calças, antes de um guarda soviético descobri-lo em um lugar onde ele não tinha o direito de estar. Em vez de executá-lo, ou pelo menos fazer uma revista no preso, ele gritou dizendo que depois de cinco anos o 133 tinha que parar de se perder. Herbert pediu desculpas e foi embora na ponta dos pés, e para manter a encenação, foi na direção errada.

— O barracão fica à *esquerda*, Einstein! — gritou o soldado. — Quão idiota você consegue ser?

Allan elogiou Herbert pelo trabalho bem-feito e a boa encenação. Herbert corou com o elogio, ao mesmo tempo que dizia que não era difícil fazer o papel de bobo quando se sentia assim. Allan respondeu que nem imaginava se era difícil ou não porque os bobos que havia conhecido até então tinham todos tentado parecer o contrário.

Chegou o dia que parecia ser o ideal. Era a manhã fria de 1º de março de 1953 quando chegava um trem com mais vagões que Allan, ou pelo menos Herbert, conseguia contar. Estava claro que o transporte era militar e tudo devia ser transferido para não menos que três navios, todos tendo a Coreia do Norte como destino. A carga incluía oito tanques de guerra T34, isso não dava para esconder, mas o resto estava muito bem embalado e acondicionado em caixas fortes de madeira, sem declaração do conteúdo. Mas o espaço entre as tábuas não era tão pequeno que não desse para introduzir um foguete sinalizador. E foi exatamente isso que Allan fez quando, depois de meio dia de carregamento, finalmente surgiu uma oportunidade.

Começou a sair uma fumaça do contêiner que, convenientemente, levou alguns segundos até estourar, de modo que Allan teve tempo de sair e não ser apontado como suspeito imediatamente. Rapidamente o próprio contêiner começou a queimar; não havia nada que a temperatura abaixo de zero pudesse fazer. De acordo com o plano, o encontro do fogo com uma granada de mão, ou alguma coisa assim, provocaria uma explosão barulhenta. Com isso, os guardas ficariam como um bando de galinhas tontas, e Allan e Herbert correriam até o barracão e mudariam de roupa para depois caírem fora.

O problema foi que não houve explosão, mas uma fumaceira gigantesca, e ficou ainda pior quando os guardas, que não queriam se aproximar muito, ordenaram aos presos que jogassem água sobre o contêiner incendiado.

A confusão levou três presidiários, protegidos pela fumaça, a escalar o alambrado de 2 metros para alcançar a parte aberta do porto. Todavia, o soldado da torre 2 viu o que estava acontecendo. Ele já estava posicionado atrás da metralhadora e, através da fumaça, mandou rajada após rajada na direção dos três fugitivos. Como ele usava munição com luz localizadora, logo os acertou com várias saraivadas, e os três imediatamente caíram mortos no chão. E se não estavam mortos, com certeza morreram alguns segundos depois, porque o guarda da torre não só havia atingido os presos com sua metralhadora como também incendiou o contêiner, que se encontrava à esquerda daquele ao qual Allan Karlsson havia ateado fogo. O contêiner de Allan continha uns 1.500 cobertores para o Exército. O do lado, 1.500 granadas de mão! Foguete sinalizador contém fósforo, e quando o primeiro projétil encontrou a primeira granada, ela explodiu. Em seguida, levou um décimo de segundo para incendiar as outras 1.499 granadas irmãs. A explosão foi tão forte que os quatro contêineres seguintes foram jogados para dentro do campo, cerca de 30 a 80 metros.

O contêiner número 5 da fileira continha setecentas minas de terra, e não demorou para se ouvir outra explosão, tão intensa como a primeira, e mais quatro contêineres voaram, cada um para um lado.

Caos era o que Allan e Herbert haviam desejado, e caos foi o que conseguiram. Assim mesmo, era apenas o começo, porque, agora, o fogo avançava sobre os contêineres, um atrás do outro. Um deles continha óleo diesel e gasolina. Um outro, com munição, começou a ter vida própria. Duas torres e oito barracões estavam queimando *antes* de os projéteis próprios para tanques começarem a atuar. O primeiro dizimou a torre número 3, o segundo caiu no meio do prédio principal, levando junto a cancela.

Quatro navios ancorados no cais estavam sendo carregados, e os projéteis seguintes incendiaram todos eles.

Logo depois, explodiu mais um contêiner cheio de granadas de mão, e com isso ocorreu uma nova cadeia de explosões que, por fim, atingiu o último contêiner da fileira. Nele havia uma carga de projéteis para tanques que dispararam em todas as direções, atingindo um petroleiro de 65 mil toneladas de petróleo que estava se aproximando para atracar. Um tiro certeiro na ponte de comando fez o petroleiro ficar sem rumo, e outros tiros na lateral do navio deram início ao maior incêndio até então ocorrido.

O petroleiro em chamas foi se afastando do cais, indo na direção do centro da cidade. Nessa sua última viagem, ele ateou fogo em todas as casas ao longo do caminho, em um trecho de mais de 2 quilômetros. Para piorar as coisas, nesse dia o vento soprava do sudeste. Portanto, não levou mais de 20 minutos até que toda Vladivostok estivesse em chamas, literalmente.

O camarada Stalin estava justamente terminando um jantar agradável com seus homens de confiança: Beria, Malenkov, Bulganin e Khrushchev, na residência de Krylatskoye, quando soube que Vladivostok tinha sido praticamente destruída depois que um incêndio de um contêiner com cobertores saiu de controle.

A notícia deixou Stalin fora de si.

O novo favorito de Stalin, Nikita Sergeyevich Khrushchev, homem de ação, perguntou se podia dar um bom conselho sobre o assunto, ao que Stalin respondeu debilmente que sim, claro que podia.

— Caro camarada Stalin — disse Khrushchev. — Sugiro que nada seja divulgado sobre o ocorrido, e que Vladivostok seja fechada imediatamente para o mundo, e que nós, pacientemente, a reconstruamos e façamos dela a base para nossa armada do Pacífico, exatamente como o camarada Stalin havia planejado. Mas, principalmente, *nada deve ser divulgado*, porque o contrário seria visto como uma fraqueza que não podemos nos permitir ter. O camarada Stalin está entendendo o que quero dizer? O camarada Stalin concorda comigo?

Stalin estava se sentindo muito estranho. Além disso, estava embriagado. Mas fez que sim com a cabeça, dizendo que era a vontade de Stalin que o próprio Nikita Sergeyevich cuidasse do acontecido que não havia acontecido. Tendo estabelecido isso, ele disse que estava na hora de Stalin se retirar, pois não estava passando bem.

Vladivostok, pensou o marechal Beria. Não foi para lá que mandei aquele sueco, fascista e especialista, para deixar de reserva no caso de não conseguirmos fazer a bomba por conta própria? Me esqueci totalmente do homem, devia ter providenciado o sumiço do maldito flagelo, quando Yuri Borisovich Popov, brilhantemente, solucionou o enigma sozinho. Bom, talvez ele agora tenha virado carvão, mas não precisava levar consigo uma cidade inteira.

Na porta do dormitório, Stalin avisou que não queria, sob pretexto algum, ser incomodado. Entrou e fechou a porta. Sentou-se na beira da cama e, pensativo, desabotoou a camisa.

Vladivostok... a cidade que Stalin tinha determinado que seria a base da Marinha soviética no Pacífico. *Vladivostok...* que teria uma importância estratégica na iminente ofensiva da guerra coreana! *Vladivostok...*

Não existia mais!

Stalin se perguntava como é que a droga de um contêiner contendo cobertores podia pegar fogo numa temperatura de 15, talvez 20 graus negativos? Alguém deve ser responsável, e esse desgraçado vai...

Stalin caiu de cara no chão. Ali ficou caído a noite toda, porque, se o camarada Stalin disse que não queria ser incomodado, então não seria incomodado.

O barracão de Allan e Herbert foi um dos primeiros a pegar fogo, e os dois tiveram de postergar os planos de se esconder e trocar de roupa. Mas o alambrado do campo já tinha desmoronado e, nas torres de vigilância que restavam, também não havia mais ninguém a postos. Portanto, sair dali não era problema. O problema era o que viria em seguida. Roubar um veículo militar não era possível, todos estavam em chamas. Ir até a cidade por conta própria, a fim de encontrar um veículo para fugir, também não era viável. Por algum motivo estranho, toda a Vladivostok estava em chamas.

A maioria dos presos que sobreviveram ao incêndio e as explosões permaneceu em grupo na estrada, a uma distância segura de granadas e munição de tanques e tudo mais que ainda voava por cima de tudo e de todos. Uns poucos ousados foram embora, todos no rumo noroeste, porque era a única direção para um russo fugir. A leste havia água, ao sul, a guerra coreana, a oeste estava a China e bem ao norte havia uma cidade em chamas de ponta a ponta. Restou, então, o caminho em frente, que ia diretamente para a gelada Sibéria. Mas os soldados tiveram o mesmo raciocínio e, antes de o dia terminar, já tinham recolhido todos os fugitivos e os mandado diretamente para a vida eterna.

As exceções eram Allan e Herbert. Eles conseguiram chegar a uma colina a sudoeste de Vladivostok. Lá sentaram para um breve descanso e para olhar a devastação.

— Aquele foguete de sinalização foi eficiente — falou Herbert.

— Por pouco ele não se iguala a uma bomba atômica — respondeu Allan.

— O que faremos agora? — perguntou Herbert no frio congelante, com saudades do barracão que não existia mais.

— Meu amigo, agora nós vamos para a Coreia do Norte, e como não há automóveis por perto, vamos ter que andar. E isso vai nos aquecer.

Kirill Afanasievich Meretskov era um dos comandantes mais competentes e condecorados do Exército Vermelho. Entre muitas coisas, ele era o "Herói da União Soviética", e tinha recebido a Ordem de Lenin nada menos que sete vezes.

Como comandante em chefe do IV Exército, ele lutou com sucesso contra os alemães em Leningrado e, após novecentos dias de horror, o cerco da cidade foi suspenso. Não era de admirar que Meretskov fosse nomeado "O marechal da União Soviética", além de todas as ordens, títulos e medalhas.

Quando Hitler fora definitivamente empurrado de volta para a Alemanha, Meretskov percorreu de trem 9.600 quilômetros para o leste. Sua presença era necessária para comandar a primeira fronte do Extremo Oriente com o objetivo de expulsar os japoneses da Manchúria. Não foi surpresa para ninguém quando ele foi bem-sucedido nessa empreitada também.

Quando a guerra terminou, Meretskov estava cansado. Como não tinha ninguém que o aguardasse em Moscou, permaneceu no Oriente. Ele terminou atrás de uma escrivaninha em Vladivostok, mas era uma escrivaninha elegante de teca.

No fim do inverno de 1953 ele estava com 56 anos e continuava atrás da mesma escrivaninha. De lá administrava a não presença da União Soviética na Guerra da Coreia. Tanto Meretskov quanto o camarada Stalin concordavam que, *naquele momento,* era estrategicamente importante a União Soviética não combater os soldados americanos abertamente. É verdade que ambos tinham a bomba, mas os americanos estavam na frente. Tudo tinha seu tempo certo, e agora não era hora de provocar — o que não significava que a Guerra da Coreia não pudesse, ou melhor, não devesse ser ganha.

Em sua posição de marechal, Meretskov agora se permitia ir com mais calma. Ele tinha, entre outras coisas, uma cabana de caça na periferia de Kraskino, aproximadamente duas horas ao sul de Vladivostok. Ia para lá sempre que podia, de preferência no inverno, e sozinho. Com exceção do ordenança, porque marechais não dirigiam seus próprios veículos. Senão, o que o povo iria dizer?

Tendo saído de Kraskino, ainda faltava quase uma hora para o marechal Meretskov e seu ordenança chegarem a Vladivostok quando, da estrada costeira e sinuosa, viram pela primeira vez uma coluna de nuvem preta ao norte. O que aconteceu? Algo estava pegando fogo?

A distância era grande demais para valer a pena tirar o binóculo da bagagem, então o marechal Meretskov mandou seguir adiante, a toda velocidade, acrescentando que 20 minutos depois o ajudante deveria procurar um lugar para estacionar, com boa visibilidade sobre a baía.

Allan e Herbert estavam andando pela beira da estrada havia um bom tempo quando um Pobeda verde com ornamentos militares se aproximou, vindo do sul. Os fugitivos se esconderam atrás de um monte de neve enquanto o automóvel passava. Mas o carro logo diminuiu a velocidade, parando uns 50 metros adiante. Do veículo saíram um oficial cheio de medalhas e seu ordenança. Ele tirou do porta-malas o binóculo do oficial e ambos deixaram o veículo para procurar um lugar com melhor visão da baía onde, do outro lado, até pouco tempo atrás, costumava ficar a cidade de Vladivostok.

Por isso, foi muito fácil para Allan e Herbert irem até o carro, pegar a pistola do homem das medalhas e a carabina automática do ordenança. E agora os dois militares se viam numa situação bem embaraçosa. Ou, como Allan colocou:

— Senhores, peço, por gentileza, que tirem as roupas.

O marechal Meretskov ficou furioso. Não era assim que se tratava um marechal da União Soviética, nem mesmo sendo um presidiá-rio. Os senhores esperavam que ele — o marechal Kirill Afanasie-vich Meretskov — chegasse em Vladivostok a pé e de cueca? Allan disse que seria difícil, porque naquele momento toda Vladivostok estava em chamas, mas, não fosse isso, sim, era mais ou menos o que ele e seu amigo Herbert tinham imaginado. É claro que, em troca, os senhores poderiam ficar com o uniforme de presidiários, preto e branco; e, de qualquer forma, quanto mais perto de Vladi-vostok — ou qualquer nome que se usasse para as ruínas e aquela nuvem negra, lá adiante —, mais quente ia ficando.

Em seguida, Allan e Herbert vestiram os recém-roubados uni-formes, deixando a roupa de presidiário empilhada no chão. Allan pensou que talvez fosse melhor que ele mesmo dirigisse, assim Her-bert seria o marechal, e ele, seu ordenança. Herbert se alojou no assento do passageiro enquanto Allan se sentava ao volante. Allan se despediu dizendo que o marechal não precisava fazer aquela cara de bravo porque, decerto, não ia ajudar em nada. Além disso, a primavera estava se aproximando, e primavera em Vladivostok era... Bem, talvez não fosse. Mesmo assim, Allan aconselhou o ma-rechal a ter pensamentos positivos, mas acrescentou que a decisão era do militar. Se ele queria andar de cueca e ficar cabisbaixo, isso era problema dele.

— Adeus, senhor marechal. E tchau para você também, é claro — ironizou Allan.

O marechal não respondeu. Continuou com o semblante sombrio enquanto Allan manobrava o Pobeda. Assim, Allan e Herbert seguiram para o sul.

Próxima parada, Coreia do Norte.

A fronteira entre a União Soviética e a Coreia do Norte foi um caso rápido e sem problemas. Primeiro, os soldados da fronteira soviética ficaram em posição de sentido, costas e nuca eretas. Em seguida, foi a vez de os soldados coreanos fazerem o mesmo. Sem que uma palavra fosse dita, a cancela se abriu para o marechal soviético (Herbert) e seu ordenança (Allan). O mais dedicado dos soldados coreanos ficou com os olhos marejados de emoção quando pensou no seu envolvimento pessoal naquele momento. Não podia haver vizinho melhor para a Coreia do Norte que a República Socialista Soviética. O marechal, com certeza, estava a caminho de Wonsan para inspecionar o carregamento de material que vinha de Vladivostok e para ver se estava sendo manuseado como deveria.

Mas isso não era verdade. Aquele marechal, em especial, não se importava com o bem-estar da Coreia do Norte. Ele talvez nem soubesse direito em que país se encontrava. Toda a sua atenção estava voltada para o porta-luvas e para descobrir como se fazia para abri-lo.

De acordo com os marinheiros do porto de Vladivostok, Allan tinha entendido que a Guerra da Coreia havia malogrado, que as partes estavam de volta às suas antigas posições em relação ao Paralelo 38N, cada uma de um lado. Ele havia contado isso para Herbert, que sugeriu que a única coisa necessária para ir do norte ao sul era tomar um bom impulso e pular (esperando que a tal latitude não fosse demais). Havia o risco de serem baleados durante o salto, é claro, mas isso também não seria o fim do mundo.

Todavia perceberam que, muitos quilômetros antes da linha de fronteira, a guerra estava a todo vapor. Aviões americanos circulavam no céu e pareciam mirar tudo que viam. Allan pensou que um automóvel russo verde-militar de luxo devia ser considerado um bom alvo, e por isso deixou a estrada principal em direção ao sul (sem pedir permissão para o marechal) e seguiu para o interior do país por vias menores e mais protegidas cada vez que havia um barulho sobre suas cabeças.

Allan continuou rumo ao sudeste enquanto Herbert o entretinha examinando, em voz alta, a carteira do marechal, que ele havia encontrado no bolso interno do uniforme. A carteira continha uma boa quantidade de rublos, informações sobre o marechal, bem como algumas correspondências, a partir das quais se podia deduzir o que ele fazia em Vladivostok enquanto a cidade não havia sido incendiada.

— Talvez ele fosse o chefe daquele transporte ferroviário — especulou Herbert.

Allan elogiou Herbert pelo seu raciocínio, que parecia lógico, e Herbert corou novamente.

— Você acha que consegue decorar o nome do marechal Kirill Afanasievich Meretskov? — perguntou Allan. — Pode ser útil.

— Tenho quase certeza de que não consigo — respondeu Herbert.

Quando começou a escurecer, Allan e Herbert entraram no jardim do que parecia ser uma próspera fazenda. O fazendeiro, a mulher e os dois filhos logo estavam de sentinela para receber os ilustres visitantes do carro bonito. O ordenança Allan se desculpou em chinês e russo por chegarem sem avisar, mas gostariam de saber se havia algo para comer. Estavam preparados para arcar com as despesas, mas teria de ser em rublos, porque era o que podiam oferecer no momento.

O fazendeiro e sua mulher não haviam entendido uma palavra do que Allan tinha dito, mas o filho mais velho, com cerca de 12 anos, estudava russo na escola e traduziu tudo para o pai. Não levou mais que alguns segundos para que o ordenança Allan e o marechal Herbert fossem convidados a se juntar à família.

Cerca de 14 horas depois, Allan e Herbert estavam prontos para seguir viagem. Primeiro, haviam jantado com o fazendeiro, a mulher e os filhos. Comeram chili com carne de porco, com um toque de alho, e arroz. E para acompanhar — aleluia! —, aguardente coreana de arroz. É verdade que a aguardente coreana não tinha exatamente o gosto da sueca, mas, depois de cinco anos e três semanas de sobriedade involuntária, estava mais do que bom.

Depois do jantar, o ordenança Allan e o marechal foram acomodados na residência da família. O marechal Herbert ficou com o grande quarto do casal, enquanto mãe e pai foram dormir com os filhos. O ordenança Allan acabou dormindo no chão da cozinha.

De manhã, foi servido o café com legumes no vapor, frutas secas e chá, antes de o fazendeiro encher o tanque do carro do marechal com gasolina, que ele guardava em um barril no celeiro.

O fazendeiro havia se recusado a receber o maço de dinheiro oferecido pelo marechal até o militar gritar em alemão:

— Pegue o dinheiro, aldeão!

O fazendeiro ficou tão assustado que obedeceu a Herbert, sem entender o que ele tinha dito.

Houve uma despedida amistosa e depois a viagem continuou, no sentido sudoeste. Não cruzaram com ninguém naquela sinuosa estrada, mas ao longe se ouvia um barulho ameaçador, vindo de bombardeiros.

À medida que o veículo ia se aproximando de Pyongyang, Allan achou que era hora de começar a pensar em um novo plano. O antigo já não tinha mais importância. Julgava fora de questão tentar entrar na Coreia do Sul.

Em vez disso, o plano seria tentar conseguir um encontro com o primeiro-ministro Kim Il-sung. Afinal, Herbert era um marechal soviético, isso devia bastar.

Herbert pediu desculpas por se intrometer no plano, mas ele gostaria de saber qual era a vantagem em encontrar com Kim II-sung.

Allan respondeu que ele ainda não sabia, mas prometeu pensar no assunto. O motivo que ele poderia dar naquele momento era que, quanto mais próximo dos homens importantes, melhor era a comida. Sem falar na vodca!

Allan compreendeu que era uma questão de tempo até que ele e Herbert fossem parados na estrada e revistados de verdade. Nem mesmo um marechal teria permissão para entrar numa cidade de um país em guerra antes que lhe fosse feita pelo menos uma pergunta. Por isso, Allan tinha, por algumas horas, instruído Herbert como deveria responder — uma única frase, mas muito importante: *Eu sou o marechal Meretskov da União Soviética; leve-me ao seu líder.*

Nessa época, Pyongyang era protegida por duas defesas militares em círculos, uma externa e outra interna. O círculo externo ficava a 20 quilômetros da cidade e tinha canhões antiaéreos e bloqueios de estrada, enquanto o círculo interno era simplesmente uma barreira mais parecida com uma trincheira, para servir de proteção contra ataques terrestres. Allan e Herbert foram parados na primeira defesa externa e recebidos por um soldado norte-coreano embriagado, com uma metralhadora sem trava pendurada no peito. O marechal Herbert havia ensaiado repetidas vezes sua frase e agora disse:

— Sou seu líder, leve-me até... a União Soviética.

Felizmente o soldado não falava russo, mas chinês. Por isso, o ordenança, Allan, teve de traduzir tudo o para seu marechal, garantindo que fossem ditas todas as palavras, e na ordem correta.

Mas o soldado, que estava completamente embriagado, não conseguia de maneira nenhuma pensar em que providências deveria tomar. Pelo sim, pelo não, ele convidou Allan e Herbert a entrarem na guarita da guarda e telefonou para um colega que se encontrava a uns 200 metros. Em seguida, sentou-se numa poltrona bem gasta e tirou do bolso interno uma garrafa com aguardente de arroz (a terceira do dia). Tomou um gole, olhando para os visitantes soviéticos, com um olhar vazio e brilhante.

Allan não estava satisfeito com o desempenho de Herbert diante do guarda e entendeu que com Herbert como marechal na presença de Kim II-sung bastariam alguns minutos até que os dois, marechal e ordenança, fossem presos. Pela janela, Allan viu que outro guarda se aproximava. O tempo urgia.

— Vamos trocar de roupa, Herbert, você e eu.

— Por quê?

— Agora!

E assim, de repente, o marechal virou ordenança e o ordenança virou marechal. Durante a troca, o olhar do soldado completamente embriagado vagueava incessantemente enquanto ele balbuciava algo em coreano.

Alguns instantes depois, entrou na guarita um segundo soldado, que bateu continência imediatamente ao ver o hóspede proeminente que estava ali. O soldado número 2 também falava chinês, e Allan, na figura do marechal, apresentou mais uma vez seu desejo de ser levado à presença do primeiro-ministro Kim II-sung. Antes de o soldado número 2 ter tido tempo de responder, o soldado número 1 interrompeu, balbuciando algo.

— O que ele está dizendo? — perguntou o marechal Allan.

— Ele diz que vocês acabaram de tirar toda a roupa e ficaram nus, mas depois se vestiram novamente — respondeu honestamente o soldado número 2.

— Ele bebeu um bocado, hein? — disse Allan enquanto balançava a cabeça.

O soldado número 2 lamentou o comportamento do colega, e quando o soldado número 1 *insistiu* no fato de Allan e Herbert terem tirado a roupa e depois vestido novamente, ele levou um soco do número 2, que deu ordens para que calasse a boca de uma vez por todas, ou seria denunciado por embriaguez.

O soldado número 1 então decidiu ficar calado (e tomar mais um gole), enquanto o número 2 deu alguns telefonemas antes de fazer um passe livre em coreano, assiná-lo e carimbá-lo em dois lugares, para depois estendê-lo ao marechal Allan. E acrescentou:

— Mostre isto no próximo controle, senhor marechal, e então serão conduzidos ao homem mais próximo do homem mais próximo do primeiro-ministro.

Allan agradeceu, bateu continência e voltou para o carro, empurrando Herbert na frente.

— Como você acabou de passar para ordenança, a partir de agora você dirige.

— Interessante — comentou Herbert. — Não dirijo um carro desde que a polícia suíça me proibiu de sentar atrás de um volante novamente.

— Acho que é melhor você não me contar mais nada — pediu Allan.

— Tenho problema com esse negócio de direita e esquerda — pediu.

— Como eu disse, é melhor você não me contar mais nada.

A viagem continuou com Herbert ao volante, e ele estava se saindo muito melhor do que Allan podia esperar. Com o auxílio do passe livre, não tiveram problemas no trajeto para chegar à cidade ou ir até o palácio do primeiro-ministro.

Lá foram recebidos pelo homem mais próximo do homem que lhe comunicou que o homem mais próximo do primeiro-ministro só teria tempo disponível para uma audiência dali a três dias. Até a audiência, os senhores ficariam hospedados no apartamento de hóspedes do palácio. O jantar seria servido às 20h, se fosse do agrado deles.

— Viu o que eu disse? — falou Allan para Herbert.

Kim II-sung nasceu numa família cristã em abril de 1912, na periferia de Pyongyang. Sua família, como todas as outras da Coreia, era submetida à autoridade japonesa. Com o passar do tempo, os japoneses fizeram o povo da colônia de gato e sapato. Milhares de garotas e mulheres coreanas foram feitas escravas sexuais para os necessitados soldados das tropas do Japão. Os coreanos eram, obrigatoriamente, recrutados pelo Exército para lutar pelo imperador, que às vezes os obrigava a mudar o nome para um nome japonês e fazia muito esforço para varrer da terra a língua e a cultura coreanas.

O pai de Kim II-sung era um pacífico farmacêutico, mas suficientemente articulado em sua crítica contra os modos dos japoneses, com isso, um dia a família achou que seria bom mudar-se para o norte, para a Manchúria chinesa.

Mas a calma só durou até 1931, quando tropas japonesas chegaram também até lá. A essa altura o pai de Kim II-sung já havia morrido, mas a mãe incentivava o filho a entrar para a guerrilha, com a finalidade de expulsar os japoneses da Manchúria e, por tabela, da Coreia. Kim II-sung fez carreira no serviço da guerrilha comunista chinesa. Ficou com fama de ser corajoso e destemido. Foi nomeado chefe supremo de toda uma divisão e combateu tão ferozmente os japoneses que, no fim, sobraram apenas ele e mais alguns soldados da divisão vivos. Isso foi em 1941, durante a guerra mundial, e Kim II-sung se viu obrigado a atravessar a fronteira para a União Soviética.

Lá também ele fez carreira. Não demorou muito, tornou-se capitão do Exército Vermelho, no qual lutou até 1945.

Com o fim da guerra, o Japão teve de devolver a Coreia. Kim II-sung voltou do exílio, agora como herói nacional. Faltava apenas constituir formalmente o Estado, e o povo queria Kim II-sung como seu grande líder, quanto a isso não havia dúvidas.

Mas os vencedores da guerra, a União Soviética e os Estados Unidos, tinham dividido a Coreia em duas partes. E nos Estados Unidos achavam que não era possível ter um *comunista de carteirinha* como chefe de toda a península. Trouxeram, então, seu próprio chefe, um coreano exilado, e o colocaram no sul. Kim II-sung tinha de se satisfazer com a metade ao norte, mas foi justamente o que ele não fez. Em vez disso, começou a Guerra da Coreia. Se ele havia conseguido expulsar os japoneses, conseguiria expulsar os americanos e a comitiva das Nações Unidas.

Kim II-sung, que havia empunhado armas a serviço da China e da União Soviética, agora lutava em causa própria. O que ele havia aprendido com essas experiências era *nunca depender de ninguém*.

Ele fez apenas uma exceção a essa regra. E essa exceção tinha acabado de ser nomeada como seu homem mais próximo.

Quem desejava falar com o primeiro-ministro Kim II-sung teria antes que solicitar uma audiência com seu filho, Kim Jong-il, de apenas 11 anos.

E você deve deixar seus visitantes esperando, no mínimo, por 72 horas antes de recebê-los. Isso mantém a autoridade, meu filho, instruíra Kim II-sung.

— Eu acho que entendo, pai — mentiu Kim Jong-il, procurando em seguida um dicionário para ver palavras que não havia compreendido.

Três dias de espera não incomodaram Allan ou Herbert, porque no palácio do primeiro-ministro a comida era boa, e as camas, macias. Além disso, era raro os aviões americanos de bombardeio se aproximarem de Pyongyang, já que havia alvos mais fáceis a bombardear.

Então, chegou a hora. Através de um corredor do palácio, Allan foi levado pelo homem mais próximo do homem mais próximo do primeiro-ministro até o escritório do homem mais próximo do primeiro-ministro. Allan estava preparado para constatar que o homem mais próximo do primeiro-ministro não passava de um menino.

— Sou Kim Jong-il, filho do primeiro-ministro — anunciou. — E sou o homem mais próximo de meu pai.

Kim Jong-il esticou a mão para o marechal, e o aperto era firme, mesmo com a mão desaparecendo na de Allan.

— Eu sou o marechal Kirill Afanasievich Meretskov — apresentou-se Allan. —Agradeço ao jovem Sr. Kim a gentileza de me receber. O jovem Sr. Kim permite que eu lhe apresente meu assunto?

Sim, Kim Jong-il permitiu, de modo que Allan continuou com sua mentira: o marechal tinha, se é que o jovem Kim entendia, uma mensagem diretamente de Moscou, do camarada Stalin, para o primeiro-ministro. Como havia desconfiança de que os Estados Unidos — as hienas capitalistas — haviam se infiltrado no sistema soviético de comunicação (o marechal não queria entrar em detalhes, com o perdão do jovem Kim), o camarada Stalin havia determinado que a mensagem deveria ser entregue pessoalmente. Essa tarefa honrosa tinha então recaído sobre o marechal e seu ordenança (que, por segurança, o marechal havia deixado no quarto).

Kim Jong-il olhou desconfiado para o marechal Allan e parecia estar recitando algo decorado quando disse que seu trabalho era proteger o pai a qualquer custo. E uma parte desse trabalho era não confiar em ninguém; seu pai havia lhe ensinado isso, explicou. Por esse motivo, Kim Jong-il não poderia sequer pensar em deixar o marechal chegar perto do pai antes de ter verificado sua história com a União Soviética. Em outras palavras, Kim Jong-il ia telefonar diretamente para Moscou e perguntar se o marechal realmente havia sido enviado por Stalin ou não.

— Eu sei que não compete a um simples marechal contradizê-lo, mesmo assim me permito observar que talvez não seja bom usar o telefone para conferir, se é verdade o fato de que o telefone não deveria ser usado.

, O jovem Kim concordou com Allan. Mas as palavras do pai ecoavam em sua cabeça: *Não confie em ninguém, meu filho.* Por fim, o menino encontrou uma solução. Ele iria telefonar para o tio Stalin, sim, mas ele falaria por *código*. O jovem Sr. Kim havia encontrado tio Stalin várias vezes, e tio Stalin sempre o chamava de "pequeno revolucionário".

— Então eu ligo para o tio Stalin dizendo que sou eu, o *pequeno revolucionário,* e pergunto se ele mandou alguém para falar com meu pai. Com isso eu acho que não falamos demais, mesmo se os americanos estiverem escutando. O que acha, marechal?

O marechal achava que aquele era um moleque dos bem espertos. Qual seria sua idade? Dez anos? O próprio Allan teve que ficar adulto cedo. Na idade de Kim Jong-il, ele já carregava dinamite no Nitroglycerin AB, em Flen. Além disso, Allan pensou que a situação estava muito perto de acabar mal, mas isso ele não podia revelar. As coisas eram como eram e assim por diante.

— Acho que o jovem Sr. Kim é um rapaz muito esperto e vai longe — respondeu Allan, deixando o resto para o destino.

— Sim, a ideia é que eu herde o trabalho do meu pai, então pode ser que o marechal esteja certo. Mas sirva-se de uma xícara de chá enquanto eu telefono para o tio Stalin.

O jovem Kim foi até a escrivaninha marrom do outro lado da sala enquanto Allan preparou uma xícara de chá, ponderando se devia tentar pular da janela. Mas descartou a ideia na mesma hora: porque se encontrava no quarto andar do palácio do primeiro-ministro; e porque não poderia abandonar seu amigo Herbert. Herbert teria pulado, mais do que prazerosamente (se tivesse reunido coragem), mas ele não estava lá.

Os pensamentos de Allan foram interrompidos de repente com o choro do jovem Sr. Kim. Ele desligou o telefone, correu para Allan e, chorando, começou a gritar:

— Tio Stalin morreu! Tio Stalin morreu!

Allan pensou que parecia impossível ter tanta sorte assim e disse:

— Calma, calma, jovem Sr. Kim. Venha cá que o tio marechal vai dar um abraço no Sr. Kim. Calma, calma.

Depois que o jovem Sr. Kim estava consolado e um pouco conformado, ele não parecia mais tão precoce. Era como se não aguentasse mais ser adulto. Fungando, conseguiu dizer que tio Stalin teve um infarto uns dias antes e que, de acordo com a *tia Stalin* (era assim que ele a chamava), faleceu pouco antes de o jovem Kim telefonar.

Com o jovem Sr. Kim no colo, Allan contava, com emoção, a boa lembrança que tinha do seu último encontro com o camarada Stalin. Haviam compartilhado um magnífico jantar e o ambiente tinha sido tão agradável como só pode acontecer entre dois amigos de verdade. E antes de terminar a noite o camarada Stalin havia cantado e dançado. Allan começou a cantarolar a canção folclórica da Geórgia que Stalin havia cantado naquela noite pouco antes de entrar em curto-circuito, e o jovem Sr. Kim reconheceu a canção! Tio Stalin a tinha apresentado para ele também. Com isso — se não antes —, todas as dúvidas estavam esclarecidas. Obviamente, o tio marechal era quem dizia ser. O jovem Sr. Kim ia providenciar para que seu pai, o primeiro-ministro, o recebesse no dia seguinte. Mas, agora, ele queria outro abraço...

O primeiro-ministro não governava o país de um escritório logo ao lado. Isso seria expô-lo a riscos grandes demais. Não, para falar com Kim II-sung era necessário empreender uma viagem, a qual, por motivos de segurança, era feita em um blindado da infantaria, SU-122, porque o homem mais próximo e filho do primeiro-ministro iria junto.

A viagem não foi nada confortável, mas esse também não era o principal objetivo com os veículos da infantaria. Durante o trajeto, Allan teve tempo de sobra para pensar em duas coisas, não inteiramente sem importância. Primeira, o que ele diria a Kim II-sung, e, segunda, a meta que ele desejava atingir.

Para o homem mais próximo e filho do primeiro-ministro, Allan tinha dito que vinha com um comunicado importante por parte do camarada Stalin e, graças a um golpe de sorte, isso passou a ser uma coisa fácil. O falso marechal agora podia inventar qualquer coisa; Stalin não estava em condições de desmenti-lo. Assim, Allan pensou que diria a Kim II-sung que Stalin havia decidido doar a ele duzentos tanques de guerra para a luta comunista na Coreia. Ou trezentos. Quanto maior a quantidade, mais feliz ficaria o primeiro-ministro, naturalmente.

A outra parte era mais complicada. Allan não estava morrendo de vontade de voltar para a União Soviética depois de cumprida a missão junto a Kim II-sung. Porém, fazer com que o líder norte-coreano ajudasse Allan e Herbert a ir até a Coreia do Sul não seria nada fácil.

E permanecer nas proximidades de Kim II-sung ficaria cada dia mais insalubre, à medida que os blindados de guerra não aparecessem.

Será que a China podia ser uma alternativa? Enquanto Allan e Herbert estavam usando aquele uniforme preto e branco de presidiário, a resposta seria não, mas já haviam se livrado dele. O gigantesco vizinho da Coreia talvez tivesse se transformado de ameaça em promessa, depois de Allan ter se transformado em marechal soviético. Especialmente se ele conseguisse fazer Kim Il-sung escrever uma bela carta de apresentação.

Portanto, o próximo destino, pelo visto, era a China. Depois seria como tivesse que ser. Se durante o caminho não surgisse uma ideia melhor, sempre daria para se enfiar mais uma vez no Himalaia.

Com isso, Allan pôs um ponto final nas reflexões. Primeiro, Kim Il-sung iria ganhar trezenots blindados de guerra, ou quatrocentos, não havia motivo para ficar regulando. Depois, o falso marechal ia pedir humildemente ao primeiro-ministro ajuda com o transporte e vistos para ir até a China, uma vez que tinha assunto a tratar com Mao Tsé-Tung. Allan ficou satisfeito com o plano elaborado.

No fim da tarde o blindado munido de canhão e com os passageiros Allan, Herbert e o jovem Kim Jong-il entrava em algo que para Allan parecia ser um destacamento militar.

— Será que estamos na Coreia do Sul? — perguntou Herbert, esperançoso.

— Se existe um lugar neste mundo onde Kim Il-sung *não* colocaria os pés, eu acho que seria a Coreia do Sul — respondeu Allan.

— Não, é claro — respondeu. — Eu só estava pensando... ou melhor, eu acho que não estava pensando.

O blindado sobre lagarta de dez rodas parou de repente. Os três passageiros saíram e pisaram em terra firme. Eles se encontravam em um aeroporto militar, em frente a algo que parecia um posto de comando.

O jovem Sr. Kim segurou a porta para Allan e Herbert, em seguida, passou por eles para segurar a próxima porta também. Com isso o trio havia chegado no coração do lugar. Lá dentro havia uma enorme escrivaninha, cheia de papéis espalhados. Atrás dela, numa parede, havia o mapa da Coreia e à direita, dois sofás. Em um deles estava sentado o primeiro-ministro Kim II-sung, e no outro um visitante. Próximo à parede do outro lado havia dois soldados em posição de sentido, cada um segurando uma metralhadora.

— Boa tarde, senhor primeiro-ministro — cumprimentou Allan. — Eu sou o marechal Kirill Afanasievich Meretskov, da União Soviética.

— Não, você não é — retrucou calmamente Kim II-sung. — Conheço bem o marechal Meretskov.

— Oh! — Foi tudo que Allan conseguiu dizer.

Os soldados saíram imediatamente de sua posição de sentido e apontaram as metralhadoras para o falso marechal e seu ordenança, provavelmente também falso. Kim II-sung continuava calmo, enquanto seu filho caía num choro combinado com raiva. Talvez tenha sido nesse momento que os últimos fragmentos de sua infância desapareceram. *Não confie em ninguém!* Assim mesmo ele tinha sentado no colo do falso marechal. *Não confie em ninguém!* Nunca, nunca mais ele confiaria em alguém.

— Você vai morrer — gritava ele para Allan entre lágrimas. — E você também — disse a Herbert.

— Sim, é claro que vão morrer — confirmou Kim II-sung no seu modo sempre calmo. — Mas primeiro precisamos saber quem os mandou.

Isso não está bom, pensou Allan.

Isso parece estar indo bem, pensou Herbert.

O verdadeiro marechal Kirill Afanasievich Meretskov e seu ordenança não tiveram escolha se não ir em direção ao que eventualmente podia restar de Vladivostok.

Depois de várias horas eles chegaram até um dos acampamentos do Exército Vermelho, na periferia da cidade destruída. Logo ao chegar, foram humilhados, o marechal sendo suspeito de ser um prisioneiro fugitivo que havia se arrependido. Mas ele foi rapidamente reconhecido e tratado como sua posição exigia.

Apenas uma vez na vida o marechal Meretskov havia deixado passar um desaforo, e isso aconteceu quando o homem mais próximo de Stalin, Beria, o havia prendido e torturado e, com certeza, iria deixá-lo morrer, se não fosse Stalin em pessoa ir em seu auxílio. Talvez, depois desse incidente, Meretskov devesse ter iniciado uma briga com Beria, mas havia uma guerra mundial a vencer e, para falar a verdade, Beria era forte demais. Ele deixou o ocorrido passar, mas prometeu a si mesmo nunca mais permitir que alguém o humilhasse. Assim sendo, a única saída agora era caçar e eliminar os dois homens que haviam assaltado o marechal e seu ordenança, levando o carro e os uniformes.

Como ele estava sem seu uniforme de marechal, não dava para iniciar a caçada de imediato. Também não foi uma tarefa fácil encontrar um alfaiate, e quando finalmente encontrou um, até uma questão trivial como achar linha e agulha era um problema. Todas as alfaiatarias de Vladivostok tinham deixado de existir, junto com a cidade.

Mas depois de três dias o uniforme do marechal estava pronto. Sem as medalhas, contudo, porque o falso marechal estava se exibindo com elas. Mas o marechal Meretskov não podia deixar que isso o impedisse, porque seria o mesmo que confessar uma derrota.

Foi difícil, mas o marechal Meretskov conseguiu retirar um novo Pobeda para si e para o ordenança (a maioria dos veículos militares havia queimado), e na madrugada, cinco dias depois, seguiram rumo ao sul.

Na fronteira com a Coreia, teve sua desconfiança confirmada. Um marechal, exatamente como o marechal, havia passado a fronteira em um Pobeda igual ao dele e seguido para o sul. Mais que isso os soldados não sabiam contar.

O marechal Meretskov chegou à mesma conclusão que Allan havia chegado cinco dias antes: que seria suicídio seguir na direção do fronte. Por isso, ele virou para o sentido de Pyongyang, e após algumas horas viu que havia feito a escolha certa.

Pelo soldado da defesa externa ele ficou sabendo que um marechal de nome Meretskov havia solicitado audiência com o primeiro-ministro Kim II-sung e havia conseguido um encontro com o homem mais próximo do homem mais próximo do primeiro-ministro. Em seguida, os dois soldados começaram a bater boca. Se o marechal Meretskov soubesse falar coreano, teria ouvido um guarda dizer para o outro que ele tinha certeza de que havia algo estranho com aqueles dois e que eles haviam, *sim,* trocado de roupa enquanto um deles dizia que se o outro conseguisse ficar sóbrio depois das dez da manhã, então talvez fosse possível lhe dar algum crédito. Depois disso, os guardas se xingaram de cabeça de bagre enquanto o marechal Meretskov e seu ordenança continuaram em direção a Pyongyang.

Nesse mesmo dia, depois do almoço, o verdadeiro marechal Meretskov encontrou-se com o homem mais próximo do homem mais próximo do primeiro-ministro. Com toda a autoridade que só um marechal de verdade pode exibir, Meretskov logo convenceu o homem de que tanto o primeiro-ministro como seu filho estavam correndo perigo iminente, e que o homem mais próximo do homem mais próximo do primeiro-ministro devia mostrar, agora mesmo, o caminho até o quartel-general. Como não havia tempo a perder, o percurso seria feito no Pobeda do marechal, um veículo que, com certeza, era quatro vezes mais rápido que o blindado com canhão que Kim Jong-il e os bandidos estavam usando.

— Bem — começou Kim II-sung, interessado mas demonstrando superioridade. — Quem são vocês, quem os enviou e que intenção vocês tinham com essa pequena trapaça?

Allan não teve tempo de responder antes que a porta se abrisse e o verdadeiro marechal Meretskov corresse para dentro da sala, gritando que aquilo era um atentado e que os dois homens ali eram prisioneiros foragidos.

Por um segundo, para os dois soldados com as metralhadoras havia marechais e ordenanças demais na sala. Mas, assim que o primeiro-ministro confirmou a identidade do verdadeiro marechal, os soldados puderam se concentrar nos dois farsantes.

— Calma, caro Kirill Afanasievich — disse Kim Il-sung. — A situação está sob controle.

— Você vai morrer — ameaçou o marechal Meretskov, furioso ao ver Allan ali, de pé, vestindo o uniforme de marechal e ostentando todas as suas medalhas.

— É, é o que dizem — respondeu Allan. — Primeiro, o jovem Kim, depois, o primeiro-ministro e agora o senhor marechal. O único aqui que não pediu minha morte foi o senhor — falou Allan, virando-se para o visitante do primeiro-ministro. — Não sei quem é o senhor, mas tenho esperanças de que tenha uma opinião diferente sobre o assunto.

— Não, com certeza não tenho. — O visitante sorriu. — Eu sou Mao Tsé-Tung, líder da República Popular da China, e já posso lhe informar que não tenho nenhuma tolerância com alguém que deseja prejudicar o camarada Kim Il-sung.

— Mao Tsé-Tung — exclamou Allan. — Que honra! Mesmo que eu seja executado dentro em pouco, não se esqueça de dar minhas recomendações à sua linda esposa.

— O senhor conhece minha esposa?

— Sim, a não ser que o senhor tenha trocado de esposa ultimamente. O senhor já fez isso antes. Jiang Qing e eu nos encontramos na província de Sichuan, há alguns anos. Andamos nas montanhas com um rapaz, Ah Ming.

— O senhor é *Allan Karlsson*? — indagou Mao Tsé-Tung, pasmo. — *O salvador de minha mulher?*

Herbert Einstein não estava entendendo muita coisa, mas estava convencido de que o amigo Allan devia ter sete vidas e que a morte, até então certa, estava se transformando em outra coisa. Isso não podia acontecer! Herbert estava em choque e de repente agiu:

— Eu vou fugir, eu vou fugir! Me matem, me matem! — gritava ele. Então disparou pela sala, se confundiu com as portas e foi parar no armário de limpeza, onde tropeçou num balde e num rodo.

— Camarada... — disse Mao Tsé-Tung. — Não parece ser exatamente um Einstein.

— Não diga isso — suspirou Allan. — Nem diga isso.

* * *

O fato de Mao Tsé-Tung se encontrar na sala não era de se estranhar, pois Kim II-sung havia instalado seu quartel-general na China manchurista, nas proximidades de Shenyang, província de Liaoning, cerca de 500 quilômetros a noroeste de Pyongyang. Mao gostava da região onde ele, historicamente, tinha seu maior apoio. Também gostava de conviver com seu amigo da Coreia do Norte.

De toda forma, levou um bom tempo até esclarecer tudo que precisava ser esclarecido e mudar o pensamento de todos que queriam a cabeça de Allan numa bandeja.

O marechal Meretskov foi quem primeiro estendeu uma mão conciliadora. Allan Karlsson havia sido vitima da fúria insana do marechal Beria, assim como o próprio Meretskov (por segurança, Allan omitiu o insignificante detalhe de que era ele o responsável pelo fogo em Vladivostok). E quando ele sugeriu ao marechal que trocassem de casaco do uniforme, para o marechal ter de volta suas medalhas, toda a raiva do militar desapareceu.

Kim II-sung também achava que não tinha motivo para estar revoltado. Allan nunca teve a intenção de machucar o primeiro-ministro. A única preocupação de Kim II-sung era que seu filho se sentia traído.

O jovem Kim ainda chorava e gritava, exigindo a execução imediata de Allan, de preferência uma morte violenta. No fim, Kim II-sung não via outra saída a não ser dar um tapa no filho, exigindo que ele se calasse imediatamente, senão levaria mais um.

Allan e o marechal Meretskov foram convidados a se sentar no sofá de Kim II-sung, onde um sisudo Herbert Einstein também foi buscar um lugar, depois de ter se desvencilhado dos panos no armário.

A identidade de Allan foi definitivamente confirmada quando o cozinheiro-chefe de Mao Tsé-Tung foi chamado para a sala. Allan e Ah Ming se abraçaram por um longo tempo, até Mao mandar Ah Ming de volta à cozinha para fazer o macarrão do jantar.

* * *

A gratidão de Mao Tsé-Tung por Allan ter salvado a vida de Jiang Qing não tinha limite. Ele falou que estava disposto a ajudá-lo e a seu amigo com o que quisessem, independentemente do que fosse. Se isso incluísse sua permanência na China, Mao Tsé-Tung ia providenciar para que ambos tivessem uma vida confortável e de alto escalão.

Allan respondeu que, com o perdão do Sr. Mao, ele estava saturado com o comunismo e queria ir para um lugar onde fosse possível tomar um drinque sem um infinito discurso político.

Mao respondeu que podia, sim, perdoar o Sr. Karlsson, mas alertou-o de que não se iludisse, porque o comunismo estava avançando em todas as frentes e não ia demorar até que o mundo inteiro tivesse sido conquistado.

Com essa resposta, Allan perguntou se algum daqueles senhores podia dar uma dica de onde o comunismo demoraria mais a chegar; de preferência um lugar ensolarado, com praias de areia branca, onde servissem qualquer coisa que não fosse o licor verde de banana da Indonésia.

— Eu acho que estou precisando de umas férias — declarou Allan. — Nunca tive férias.

Mao Tsé-Tung, Kim II-sung e o marechal Meretskov começaram a discutir o assunto entre si. Foi sugerida a ilha de Cuba, no Caribe, não dava para os três imaginarem algo mais capitalista. Allan agradeceu a dica, mas disse que o Caribe ficava muito distante; além disso, ele acabara de se lembrar que não tinha dinheiro nem passaporte; talvez fosse necessário diminuir um pouco as pretensões.

Em se tratando de passaporte e dinheiro, o Sr. Karlsson não precisava se preocupar.

Mao Tsé-Tung prometeu providenciar documentos falsos para ele e seu amigo, para que pudessem ir aonde quisessem. Também os proveria de muitos e muitos dólares, porque isso ele tinha sobrando, dinheiro que o presidente Truman, dos Estados Unidos, havia enviado para o Kuomintang, e que o partido havia deixado para trás quando os nacionalistas fugiram para Taiwan. Mas como o Caribe ficava do outro lado do mundo, talvez fosse mesmo o caso de repensar.

Enquanto os três arquicomunistas continuavam sua discussão criativa sobre onde uma pessoa alérgica à ideologia deles deveria ir passar férias, Allan agradeceu, em silêncio, a Harry Truman a ajuda com o dinheiro.

As Filipinas foram sugeridas, mas consideradas por demais instáveis em termos de política. Por fim, foi Mao quem sugeriu Bali. Allan tinha se queixado do licor de banana da Indonésia e isso fez Mao pensar justamente na Indonésia. E a Indonésia também não era comunista, mesmo se o comunismo já estivesse de tocaia por lá, como no mundo inteiro, exceto em Cuba, talvez. E em Bali havia mais do que licor de banana para beber, disso o líder Mao tinha certeza.

— Então estamos de acordo: será Bali! — anuncia Allan. — Você vem, Herbert?

Devagarinho, Herbert Einstein tinha se conformado com a ideia de eventualmente viver um pouco mais. Resignado, fez que sim com a cabeça para Allan. Sim, ele também iria. Senão, o que faria?

CAPÍTULO 19

Quarta-feira, 11 de maio-
quarta-feira, 25 de maio de 2005

Os PROCURADOS E o provável morto da Fazenda Bellringer conseguiram se manter longe da vista das pessoas. A fazenda ficava a 200 metros da estrada e, visto desse ângulo, a moradia e o estábulo ficavam numa linha reta, criando uma zona livre de olhares para Sonya. Ela tinha um espaço livre para andar entre o estábulo e o pequeno bosque próximo, sem ser vista pelos veículos que passassem.

De modo geral, a vida na fazendinha estava agradável. Regularmente, Benny fazia curativo em Pico, medicando-o com sabedoria e parcimônia. Buster gostava muito dos espaços abertos nas campinas de Västegötland e Sonya estava bem em qualquer lugar, desde que não precisasse passar fome e sua dona estivesse por perto, com uma ou duas palavras amigas. E nos últimos tempos havia também o velho, e a elefanta achou isso melhor ainda.

Para Benny e Linda o sol estava sempre brilhando, independentemente do clima, e se não fosse pelo fato de serem foragidos, teriam se casado de uma vez. Com certa idade, fica mais fácil reconhecer o certo.

Paralelamente a tudo isso, Benny e Bosse se tornaram mais irmãos que nunca. Agora que Benny finalmente havia conseguido convencer Bosse de que ele era adulto, apesar de tomar suco em vez de álcool, tudo ficou mais fácil. Bosse também ficou impressionado com tudo que Benny sabia e conhecia. Talvez não tivesse sido estupidez ou perda de tempo ir para a universidade. Parecia mais que o caçula tinha virado o irmão mais velho, e o mais velho virado o caçula. A sensação era até agradável, pensou Bosse.

Allan não criava caso com nada. Ele ficava na rede durante o dia, principalmente agora, que fazia aquele tempo típico de maio na Suécia. De vez em quando, Pico se sentava ao seu lado para um dedo de prosa.

Em uma das conversas entre Allan e Pico, eles perceberam que ambos tinham a mesma visão do que seria o nirvana. Ambos pensavam que o máximo de paz e harmonia estava em uma espreguiçadeira debaixo de um guarda-sol, em um lugar de clima quente, onde eram servidas bebidas geladas de todos os tipos. Allan contou para Pico os dias maravilhosos que ele passou em Bali, muito tempo atrás, férias com dinheiro dado por Mao Tsé-Tung.

Mas quando se tratava do conteúdo dos copos, Allan e Pico tinham opiniões diferentes. O centenário queria vodca com coca ou com uva. Em ocasiões mais festivas, podia aceitar vodca pura. Pico Gerdin, por sua vez, preferia cores mais vibrantes, de preferência algo cor de laranja, passando para o amarelo, mais ou menos como o pôr do sol, e devia ter um pequeno guarda-chuva. Allan perguntou por que ele queria o guarda-chuva, se não dava para beber. Pico respondeu que Allan já estivera em várias partes do mundo, e certamente sabia muito mais a respeito das coisas que ele, um simples detento da prisão de Estocolmo, mas nesse assunto específico ele parecia não entender nada.

E por algum tempo continuaram a bater boca amigavelmente sobre o tema nirvana. Um tinha aproximadamente o dobro da idade do outro, enquanto o outro tinha o dobro do tamanho de um, mas eles se davam bem.

Com o passar do tempo, foi ficando cada vez mais difícil para os jornalistas manterem acesa a chama da história do triplo assassino e seus cúmplices. Depois de um dia ou dois, a tevê e os jornais já haviam parado de noticiar o assunto, de acordo com a visão antiga e defensiva de que, se não havia nada para ser dito, nada se dizia.

Os jornais vespertinos insistiram por mais tempo. Era sempre possível entrevistar ou citar alguém que não se dava conta de que também não tinha nada a dizer. E o *Expresso* pensou em especular sobre onde Allan poderia estar com a ajuda de cartas de tarô, mas desistiu. Em vez disso, encerrou o assunto Allan Karlsson.

Hora de revirar o lixo do outro, como se diz. Se nada mais dava notícia, era possível fazer uma matéria sobre a última dieta milagrosa. Emagrecimento sempre funcionava.

A mídia deixou o assunto do centenário cair no esquecimento — com uma exceção. Os jornais locais continuavam tratando de coisas relacionadas ao desaparecimento de Allan Karlsson, como, por exemplo, a nova porta de segurança que fora instalada na recepção da rodoviária, como proteção contra assaltos. E que a diretora Alice, do asilo, comunicou que Allan Karlsson havia perdido o direito ao seu quarto; o espaço agora seria dado para outra pessoa, alguém que soubesse "apreciar melhor o carinho e a atenção" que a equipe dedicava aos idosos.

A cada novo artigo, contudo, repetia-se sucintamente a lista de ocorrências, que, segundo a polícia, nada mais era que a consequência de Allan Karlsson ter saído pela janela do asilo.

O jornal local tinha como diretor editorial um velho antiquado, cujo ponto de vista era que o cidadão seria inocente até que se provasse o contrário. Por esse motivo, na redação as pessoas eram muito criteriosas em relação aos nomes que publicavam. Allan Karlsson era Allan Karlsson, mas Julius Jonsson era "o de 67 anos", e Benny Ljungberg, "o dono do carrinho de cachorro-quente".

Isso, por sua vez, fez um senhor furioso ligar para o escritório do comissário Aronsson. O homem declarou que não queria ver seu nome publicado, mas que ele tinha uma dica sobre o desaparecido e o suspeito de assassinato Allan Karlsson.

O comissário Aronsson respondeu dizendo que uma dica certeira era tudo que ele precisava e que, por ele, comissário, o autor do palpite podia continuar anônimo, se era o que ele desejava.

O homem tinha lido todos os artigos do jornal local ao longo do mês e ponderara muito sobre o que havia acontecido. Naturalmente, não dispunha de tanta informação como o comissário, mas, com base no que havia lido, ele tinha a nítida impressão de que a polícia não havia averiguado bem o estrangeiro.

— Tenho certeza de que ele é o verdadeiro bandido — afirmou o anônimo.

— Estrangeiro? — questionou o comissário Aronsson.

— Sim, se ele se chama Ibrahim ou Muhammed eu não sei, porque o jornal é tão delicado que só chama o homem de *proprietário do carrinho de cachorro-quente*, como se a gente não pudesse entender que se tratava de um turco, árabe ou alguma coisa assim. Nenhum sueco ia abrir um negócio desses. Isso só funciona se você é estrangeiro e não paga impostos.

— Opa. Isso foi muita informação de uma vez só. Mas dá para ser turco e muçulmano ao mesmo tempo, ou árabe e muçulmano, é até provável. Digo, por uma questão de ordem...

— Nossa, ele é os *dois*, turco e muçulmano? Pior ainda! Mas, então, dê uma boa olhada nele! Ele e sua maldita família. Ele deve ter milhares de parentes aqui vivendo com subsídio da previdência.

— Não são milhares — explicou o comissário. — O único parente que ele tem é um irmão...

Foi aí que começou a germinar uma ideia no cérebro do comissário Aronsson. Algumas semanas atrás, Aronsson havia solicitado um levantamento sobre Allan Karlsson, Julius Jonsson e Benny Ljungberg. As informações foram pedidas com a esperança de que surgisse uma irmã, prima, neta ou bisneta, de preferência ruiva — e que morasse em Småland. Isso foi antes de Gunilla Björklund ser identificada. O resultado foi pífio. Um único nome surgiu e, na ocasião, era totalmente irrelevante. Mas, e agora? Benny Ljungberg tinha um irmão que morava na periferia de Falköping. *Será que era lá que estavam todos enfurnados?* O anônimo interrompeu o pensamento do comissário.

— E onde fica o carrinho do irmão? Quanto é que ele paga de imposto de renda? Essa imigração em massa tem que ter um fim.

Aronsson agradeceu pela dica do homem, mesmo que o proprietário no caso se chamasse Ljungberg e fosse completamente sueco, portanto nem árabe, nem turco. Se Ljungberg era muçulmano ou não, Aronsson não saberia responder, mas isso pouco importava.

O anônimo disse ter percebido um tom de deboche na voz e na resposta mentirosa do comissário, porque ele conhecia bem aquela atitude socialista.

259

— Somos muitos os que pensam como eu, e seremos mais. Você vai ver nas próximas eleições — avisou o anônimo.

O comissário mandou o anônimo ir para o inferno, batendo o telefone.

Aronsson ligou para o promotor Ranelid dizendo que, com a permissão dele, no dia seguinte ele pretendia ir cedo até Västergötland, com a intenção de investigar uma pista que havia recebido no caso do centenário e de seus comparsas (Aronsson achou desnecessário dizer que havia semanas que ele sabia da existência do irmão de Benny Ljungberg). O promotor Ranelid desejou boa sorte a Aronsson, sentindo-se novamente cheio de entusiasmo porque em pouco tempo ele faria parte do seleto grupo de promotores que havia conseguido condenar alguém por homicídio ou assassinato (pelo menos em segundo grau), apesar de não haver um corpo. Além disso, seria a primeira vez na história criminal que haveria mais de uma vítima envolvida. É claro que, primeiro, Karlsson e seus comparsas tinham de vir à tona, mas isso era apenas uma questão de tempo. Talvez Aronsson tropeçasse neles já no dia seguinte.

Eram quase cinco da tarde e o promotor guardava suas coisas enquanto assobiava baixinho, deixando o pensamento correr solto. Será que ele deveria escrever um livro sobre o caso? *A maior vitória da justiça.* O título poderia ser esse? Pretensioso demais? *A grande vitória da justiça.* Melhor. Mais humilde. Estaria mais de acordo com a personalidade do autor.

Capítulo 20

1953-1968

Mao Tsé-Tung forneceu passaportes falsos para Allan e Herbert. De Shenyang a viagem seguiu de avião para Xangai, Hong Kong e Malásia. Não levou muito tempo até que os ex-presidiários do gulag estivessem instalados sob um guarda-sol em uma praia de areia branquíssima, a apenas alguns poucos metros do oceano Índico.

Tudo estaria perfeito se a garçonete, cheia de boa vontade, não confundisse tudo. Independentemente do que Allan e Herbert pedissem, sempre vinha algo diferente. Isso quando vinha, porque, às vezes, a moça se perdia na praia. Para Allan, a gota d'água foi quando ele pediu um drinque com vodca e coca ("um pouco mais de vodca do que refrigerante") e veio Pisang Ambon, um licor verde intenso de banana.

— Agora chega — decretou Allan, pensando em ir até o gerente do hotel e pedir para substituir a garçonete.

— De jeito nenhum — discordou Herbert. — Ela é adorável!

O nome da garçonete era Ni Wayan Laksmi, tinha 32 anos e já havia passado da hora de casar. Sua aparência era boa, mas ela não vinha de uma família de bom nível social, não tinha dinheiro e era de conhecimento geral que seu grau de inteligência era o mesmo de um *kodok* — ou sapo, em balinês. Por esse motivo, Ni Wayan Laksmi sobrou quando os meninos da ilha escolheram as meninas (na medida em que lhes era permitido escolher livremente).

Isso não a incomodou muito, porque sempre se sentira pouco à vontade na companhia masculina. E na feminina também. Na verdade, com qualquer pessoa. Até agora. Havia algo de especial em um daqueles branquelos, os novos hóspedes do hotel. O nome dele era Herbert, e era como se... eles tivessem algo em comum. Ele, com certeza, era pelo menos trinta anos mais velho que ela, mas isso não tinha importância, porque ela estava... *apaixonada*! E seu amor era correspondido. Herbert nunca havia conhecido alguém tão lerda de cabeça quanto ele.

Quando Ni Wayan Laksmi fez 15 anos, ganhou um dicionário de presente de aniversário do pai. A intenção dele era que ela aprendesse holandês, porque, naquela época, a Indonésia era uma colônia holandesa. Depois de quatro anos apanhando do livro, um dia apareceu um holandês para visitar a família. Ni Wayan Laksmi se encheu de coragem e pela primeira vez tentou falar o idioma aprendido, com grande esforço; então foi informada de que o que ela estava falando era alemão. O pai, que também não era lá muito esperto, tinha dado o livro errado para a filha.

Agora, 17 anos depois, aquela circunstância infeliz gerava resultados inesperados, porque Ni Wayan Laksmi e Herbert conseguiam conversar e confessar seu amor.

Depois disso, Herbert pediu a metade do pacote de dólares que Mao Tsé-Tung dera para Allan. Em seguida, foi pedir a mão de Ni Wayan Laksmi ao pai dela. O homem pensou que Herbert estava debochando deles. Ali estava um gringo, branquelo, com os bolsos cheios de dinheiro, pedindo a mão daquela que era de longe a mais burra de suas filhas. O fato de ele ter batido na porta já foi uma sensação. A família de Ni Wayan Laksmi pertencia à casta *sudra*; das quatro castas em Bali, esta era a mais simples.

— Será que você veio à casa certa? — perguntou o pai. — E é a minha filha mais velha que você quer?

Herbert Einstein respondeu que ele, às vezes, confundia as coisas, mas que dessa vez tinha certeza.

Duas semanas depois eles se casaram, após Herbert ter se convertido a... alguma religião cujo nome não se lembrava. Mas era uma bem divertida, com cabeça de elefante e outras coisas mais.

Durante esse tempo, Herbert tentou aprender o nome de sua nova esposa, mas finalmente desistiu.

— Amor — disse ele. — Não consigo me lembrar do seu nome. Você ficaria muito chateada se eu passasse a chamar você de Amanda?

— De jeito nenhum, querido Herbert. Amanda me parece bonito. Mas por que Amanda?

— Não sei — respondeu Herbert. — Você tem uma sugestão melhor?

Ni Wayan Laksmi não tinha, então a partir daquele momento ela passou a ser Amanda Einstein.

Herbert e Amanda compraram uma casa no vilarejo de Sanur, perto do hotel e da praia onde Allan passava os dias. Amanda parou de trabalhar; achou melhor pedir as contas, porque ia acabar sendo despedida — de todo jeito não fazia nada direito. Agora eles só precisavam decidir o que iam fazer no futuro.

Assim como Herbert, Amanda confundia tudo que era possível confundir. Esquerda virava direita, alto virava baixo, aqui virava ali... por esse motivo ela não havia recebido educação formal. Era preciso, no mínimo, que a pessoa aprendesse o caminho até a escola.

Mas agora Amanda e Herbert tinham uma bela quantidade de dólares, logo as coisas iam se ajeitar. Como explicara ao marido, Amanda era de fato muito pouco inteligente, mas não era burra!

E então ela contou a Herbert que na Indonésia tudo estava à venda, o que era uma coisa muito prática para quem tinha dinheiro. Herbert não entendeu bem o que a mulher queria dizer, e esse negócio de não entender Amanda conhecia bem, logo, em vez de tentar se explicar melhor, ela disse:

— Diga o que você gostaria de fazer, querido Herbert.

— Você quer dizer... poder dirigir, por exemplo?

— Exatamente isso — disse Amanda.

Pediu licença e saiu porque tinha algumas coisinhas para fazer. Ela voltaria antes do jantar.

Três horas mais tarde ela estava de volta. Trazia consigo uma carteira de motorista recém-emitida em nome de Herbert, mas não apenas isso. Trouxe também um diploma que dizia que Herbert era instrutor e o contrato de compra de uma autoescola local, que ela rebatizou de Escola de Motoristas Einstein.

Herbert achou tudo fantástico, mas... aquilo não fazia dele um motorista melhor, fazia?

De certa forma, sim, disse Amanda. Porque naquela posição era *ele* quem determinava o que era dirigir bem e o que não era. A vida era assim, nem sempre o certo era o *certo,* e sim o que a pessoa no comando dizia ser o certo.

O rosto de Herbert se iluminou: ele tinha entendido.

A Escola de Motoristas Einstein foi um sucesso. Todos na ilha que precisavam de carteira de motorista queriam aprender com o simpático branquelo. E Herbert logo se encaixou no papel. Ele mesmo dava as aulas teóricas, explicando de forma gentil mas firme coisas como a importância de não correr muito para evitar bater com o carro. Também não era recomendável andar muito devagar, porque, nesse caso, você segura todo o trânsito. Os alunos concordavam com a cabeça e anotavam. O professor parecia saber do que estava falando.

Depois de seis meses as outras duas autoescolas da ilha fecharam por falta de alunos. Agora Herbert tinha um monopólio, e contou a Allan sobre isso durante uma de suas visitas semanais à praia.

— Herbert, estou orgulhoso de você — disse Allan. — De todas as pessoas, logo você resolveu dar aulas de direção! Com mão-inglesa e tudo...

— Mão-inglesa? — surpreendeu-se Herbert. — Na Indonésia a mão é inglesa?

Amanda também estivera ocupada. Primeiro, voltou aos estudos, e agora tinha um diploma de economista. Havia levado algumas semanas e custado uma fortuna, mas no fim das contas tinha um diploma em mãos. Notas máximas, aliás, e de uma das melhores universidades de Java.

Tendo obtido o diploma, foi dar um passeio ao longo da orla de Kuta para pensar, pensar e pensar. O que ela poderia fazer nesta vida para trazer boa sorte à sua família? Economista ou não, ainda não sabia fazer contas muito bem. Talvez ela pudesse... será que podia? Sim, é isso que eu vou fazer, pensou Amanda Einstein.

— Vou entrar para a política!

Amanda Einstein fundou o Partido da Liberdade Liberal Democrática (*liberal, democracia* e *liberdade* eram as três palavras que ela achava que soavam bem juntas). De imediato seu partido recebeu 6 mil membros inventados, os quais achavam unanimemente que ela deveria se candidatar nas próximas eleições para governador. O atual governador ia abandonar a política por causa da idade, e, antes de Amanda ter essa brilhante ideia, havia apenas um candidato provável para assumir o cargo. Agora eram dois. Um homem *pedana,* o outro, uma mulher *sudra.* O resultado seria obviamente contra Amanda, não fosse o *mundo de dólares* de que ela era dona agora.

Herbert não tinha nada contra sua amada entrar para a política, mas ele sabia que Allan detestava política, e depois dos anos no gulag, o comunismo, em particular.

— Vamos ser comunistas? — perguntou, preocupado.

Não, Amanda achava que não. Pelo menos aquela palavra não constava no nome do partido. Mas se Herbert quisesse muito ser comunista, talvez desse para acrescentar.

— Partido da Liberdade Liberal Democrática Comunista — disse Amanda, tentando sentir o gosto do nome. Um pouco longo, mas poderia funcionar.

Mas não era isso que Herbert queria dizer. Muito pelo contrário. Quanto menos o partido deles se dedicasse à política, tanto melhor.

Discutiram sobre o financiamento da campanha. De acordo com Amanda, não sobrariam mais *tantos dólares* quando a campanha tivesse terminado, porque vencer custava caro. O que Herbert achava disso?

Herbert respondeu que estava certo de que Amanda era quem melhor entendia disso na família. Tinha que admitir que ela não enfrentaria muita concorrência.

— Ótimo — disse Amanda. — Então vamos investir um terço do capital na minha campanha, um terço para subornar os chefes de cada distrito eleitoral, um terço para difamar o concorrente mais forte, e ficamos com um terço para nos manter se não der certo. O que você acha?

Herbert coçou o nariz e não achou nada. Mas contou para Allan sobre os planos de Amanda, e Allan suspirou, pensando em como uma pessoa que não diferenciava licor de banana de vodca podia pretender ser governadora. Mas, tudo bem, Mao Tsé-Tung tinha dado um bocado de dólares para eles, e a metade de Allan ainda estava quase intacta. Por isso, prometeu a Herbert e Amanda que depois das eleições daria mais algum dinheiro a eles, com a condição de que não houvesse mais projetos a respeito de coisas de que nem Herbert nem Amanda entendiam.

Herbert agradeceu a oferta. Allan era um bom amigo, isso era mesmo.

Mas a ajuda de Allan não foi necessária. As eleições para governador foram um sucesso total para Amanda. Ela ganhou com mais de 80 por cento dos votos, contra 22 do oponente. Como a soma total passava de 100 por cento, o oponente achou que tinha havido fraude, mas o tribunal ignorou sua queixa e até ameaçou com sanções caso continuasse a difamar a governadora, a Sra. Einstein. Um pouco antes do anúncio do tribunal, Amanda e o juiz haviam tomado uma xícara de chá juntos.

Enquanto Amanda Einstein pouco a pouco assumia o controle da ilha, e o marido ensinava as pessoas a dirigir (sem que ele mesmo se sentasse ao volante mais que o necessário), Allan ficava acomodado na espreguiçadeira à beira-mar com uma bebida nas mãos. Desde que Amanda abandonara o trabalho de garçonete, ele agora, na maioria das vezes, recebia exatamente o drinque que havia pedido.

Além de sentar onde sentava e beber o que bebia, Allan folheava as revistas internacionais que encomendava, comia quando tinha fome e tirava uma soneca no quarto quando sua cabeça ficava muito confusa.

Os dias viraram semanas, as semanas, meses, os meses viraram anos — sem que Allan se cansasse das férias. Depois de anos, ele ainda tinha *uma boa quantidade de dólares*. Isso em parte se devia ao fato de ter sido *um mundo de dólares* no começo, mas também porque Amanda e Herbert Einstein foram por um tempo os donos do hotel, e tornaram Allan imediatamente o único hóspede a ficar lá de graça.

Allan já estava com 63 anos e continuava a não fazer mais que o necessário, enquanto Amanda tinha mais e mais sucesso na política. Nas camadas mais simples, ela adquirira grande popularidade, como era comprovado pelas pesquisas frequentes realizadas pelo instituto local de estatística, de propriedade e administração de uma de suas irmãs. Além disso, Bali foi classificada pelas organizações de direitos humanos como a região menos corrupta do país. Esse resultado foi obtido porque Amanda subornou toda a diretoria da organização.

Ainda assim, a luta contra a corrupção era uma das três bandeiras que caracterizavam o trabalho de Amanda como governadora. Ela até introduzira aulas anticorrupção em todas as escolas de Bali. Um diretor de Denpasar havia protestado no início — ele achava que o efeito das aulas podia ser o inverso. Mas Amanda o promoveu a presidente do conselho de ensino, com o dobro do salário, e tudo se resolveu.

A segunda bandeira era a luta de Amanda contra o comunismo. Um pouco antes de ser reeleita, ela proibiu a existência do Partido Comunista local, que estava crescendo mais do que devia. Com isso, ela venceu a eleição com um orçamento muito menor do que teria sido de outra forma.

A terceira coisa a contribuir para o sucesso de Amanda foi a ajuda de Allan e Herbert. Por eles, ela ficou sabendo que, em muitas partes do mundo, não fazia 30 graus Celsius o ano todo. Lá, no que eles chamavam de Europa, o frio era bem intenso, principalmente no extremo norte, de onde Allan vinha. Amanda então passou a estimular o desenvolvimento do turismo, distribuindo licenças para a construção de hotéis de luxo em terrenos que ela acabara de comprar.

Ela também cuidava de seus familiares e amigos da melhor forma. Pai, mãe, irmãs, tios, tias e primos, todos logo ocupavam posições lucrativas e de destaque na sociedade balinesa. Isso levou Amanda a ser reeleita como governadora pelo menos duas vezes. Na segunda reeleição, o número de votos até bateu com o número de votantes.

Ao longo dos anos, Amanda também dera à luz dois filhos: o primeiro foi Allan Einstein (quase tudo que Herbert tinha era graças a Allan), seguido por Mao Einstein (em homenagem ao mundo de dólares, que fora tão útil).

Até que um dia tudo se complicou. Começou com a erupção do Gunung Agung, um vulcão de quase 3 mil metros. A consequência imediata para Allan, há 70 quilômetros de distância, foi que a fumaça encobriu o sol. Para os outros foi pior. Milhares de pessoas morreram e muitas mais foram obrigadas a abandonar a ilha. A governadora de Bali, até então muito popular, não tomou nenhuma medida importante. Nem mesmo se dera conta de que havia medidas a serem tomadas.

O vulcão foi se acalmando com o tempo, mas a ilha continuava em erupção, econômica e política — assim como o país inteiro. Em Jacarta, Suharto sucedeu Sukarno, e o atual líder certamente não seria gentil com políticos degenerados, como seu antecessor havia feito. Suharto começou caçando os comunistas, possíveis comunistas, prováveis comunistas e, vagamente, comunistas, bem como um ou outro inocente. Em pouco tempo haviam morrido entre 200 mil e 2 milhões de pessoas. O número era impreciso, porque muitos de etnias chinesas foram classificados como comunistas e simplesmente despachados da Indonésia, indo parar na China, onde foram tratados como capitalistas.

Quando a fumaça se dispersou, não sobrou um só comunista entre os 200 milhões de habitantes da Indonésia (por segurança, ser comunista passou a ser crime). Missão cumprida para Suharto, que convidou os Estados Unidos e outros países do Ocidente a compartilhar as riquezas do país. Isso pôs as engrenagens da economia a rodar, a vida do povo melhorou, e para Suharto ficou melhor ainda, porque em pouco tempo ele se tornou incrivelmente rico. Nada mal para um soldado que começou na carreira contrabandeando açúcar.

Amanda Einstein já não achava muita graça em ser governadora. Por volta de 80 mil balineses haviam sucumbido sob os esforços do governo de Jacarta em fazer os cidadãos pensarem do modo certo. Naquela desordem generalizada, Herbert se aposentou, e Amanda estava pensando em fazer a mesma coisa, apesar de ainda não ter 50 anos. Afinal, a família era proprietária de terras e hotéis, e aquele monte de dólares que tornara possível a prosperidade da família também havia se multiplicado em muito mais dinheiro; seria bom se aposentar, mas, então, o que ela ia fazer?

— O que você acha de ser embaixadora da Indonésia em Paris? — perguntou Suharto sem meias palavras pelo telefone, depois de ter se apresentado.

Suharto tinha notado o trabalho de Amanda Einstein em Bali e sua decisão resoluta de proibir o comunismo local. Além disso, ele queria um equilíbrio entre os sexos nos cargos mais altos das embaixadas (se Amanda Einstein aceitasse, o equilíbrio seria de 24 para 1).

— Paris? — respondeu Amanda Einstein. — Onde fica?

A princípio, Allan pensou que a erupção do vulcão em 1963 talvez fosse um sinal, talvez o destino avisando que estava na hora de levantar acampamento. Porém, quando o sol voltou a brilhar em meio à fumaça em dispersão, quase tudo voltou a ser como antes (a não ser pela guerra civil que parecia imperar nas ruas). Então Allan continuou em sua espreguiçadeira por mais uns anos.

Foi graças a Herbert que ele enfim fez as malas e partiu. Um dia, Herbert contou que ele e Amanda estavam se mudando para Paris, e se Allan quisesse acompanhá-los, o amigo prometeu que lhe arranjaria um passaporte indonésio para substituir o britânico, falso e vencido, que Allan usara da última vez. A futura embaixadora também iria providenciar um cargo em sua delegação; não que Allan tivesse que trabalhar lá, mas os franceses, às vezes, eram bastante chatos quando se tratava de deixar alguém entrar no país. Allan aceitou. Já havia descansado o suficiente. Além disso, Paris parecia ser um lugar calmo e estável, sem tumultos nas ruas, como andava acontecendo em Bali, até nas ruas próximas do hotel de Allan.

Eles iriam embora duas semanas mais tarde. Amanda começou seu serviço na embaixada no dia primeiro de maio.

O ano era 1968.

CAPÍTULO 21

Quinta-feira, 26 de maio de 2005

PER-GUNNAR GERDIN AINDA estava dormindo quando o comissário Göran Aronsson chegou à Fazenda Bellringer e, para sua surpresa, encontrou Allan Emmanuel Karlsson sentado numa rede, na espaçosa varanda de madeira na frente da casa.

Benny, Linda e Buster estavam justamente providenciando água para a nova baia de Sonya, no estábulo. Julius tinha deixado a barba crescer, e recebeu a permissão do grupo para acompanhar Bosse até Falköping para fazer compras. Allan pegou no sono na rede e só acordou quando o comissário anunciou sua presença.

— Allan Karlsson, eu suponho.

Allan abriu os olhos e disse que também supunha a mesma coisa. Porém ele não tinha a mínima ideia de quem havia lhe dirigido a palavra. Será que o desconhecido poderia esclarecer essa questão?

Imediatamente, o comissário o fez. Disse que seu nome era Aronsson, comissário de polícia, e que vinha procurando pelo Sr. Karlsson havia um bom tempo, e que ele seria preso por suspeita de ter matado algumas pessoas. Os amigos do Sr. Karlsson, os Srs. Jonsson e Ljungberg, bem como a Sra. Björklund, também haviam sido indiciados. O Sr. Karlsson saberia dizer onde essas pessoas se encontravam?

Allan demorou para responder. Disse que precisava organizar os pensamentos, tinha acabado de acordar, afinal, e esperava contar com a compreensão do comissário. A gente não fala dos amigos sem antes pensar bem no assunto, o senhor comissário não concordava?

O comissário respondeu que seu papel não era dar conselhos, mas que o Sr. Karlsson devia contar, sem demora, tudo o que sabia. De fato, o comissário não tinha pressa alguma.

Allan achou isso reconfortante e convidou o comissário a se sentar na rede enquanto ele buscava um café na cozinha.

— O senhor toma café com açúcar? Leite?

O comissário Aronsson não era do tipo que deixava um delinquente sob custódia ficar à vontade para lá e para cá, nem mesmo na cozinha ao lado. Mas havia algo de tranquilizante com aquela pessoa. Além disso, da rede, Aronsson tinha uma boa visão da cozinha, logo, agradeceu a oferta de Allan.

— Leite, por favor. Nada de açúcar — disse, e sentou-se na rede.

O recém-preso Allan foi para a cozinha ("Aceita um pão doce também?") enquanto o comissário Aronsson ficava observando, sentado na varanda. Aronsson não entendia como conseguira uma abordagem tão desastrada. De longe, ele vira um idoso sozinho na varanda da casa e pensara que talvez se tratasse do pai de Bo Ljungberg, que certamente poderia levar Aronsson até o filho, e que o próximo passo seria o filho confirmar que as pessoas procuradas não se encontravam nas redondezas, e que toda a viagem até Västergötland tinha sido em vão.

Mas ao se aproximar da varanda Aronsson viu que o velho na rede era o próprio Allan Karlsson. Aronsson agira de maneira calma e profissional com Allan, tanto quanto sua atitude poderia ser considerada "profissional" ao permitir que o suspeito de três assassinatos fosse até a cozinha fazer um café, mas agora estava se sentindo um amador. Allan Karlsson, com seus 100 anos, não parecia ser perigoso, mas o que Aronsson faria se os outros três suspeitos também aparecessem, talvez na companhia de Bo Ljungberg, que, aliás, também teria de ser preso por proteger criminosos.

— Leite e sem açúcar? — gritou Allan da cozinha. — Na minha idade a gente esquece tudo.

Aronsson repetiu seu pedido de café com leite e sacou o celular para pedir reforços aos colegas de Falköping. Por segurança, seriam necessárias duas viaturas.

Mas o celular tocou antes que o comissário tivesse tempo de fazer a ligação. Era o promotor Ranelid — e ele tinha notícias sensacionais.

CAPÍTULO 22

Quarta-feira, 25 de maio-
quinta-feira, 26 de maio de 2005

O MARINHEIRO EGÍPCIO que havia doado os restos mortais de Bengt "Parafuso" Bylund aos peixes do mar Vermelho finalmente chegara ao Djibouti para uma licença de três dias.

No bolso de trás ele carregava a carteira de Parafuso, com 800 coroas suecas, em espécie. Quanto isso valia, o marinheiro não tinha ideia, mas ele tinha grandes expectativas, e agora estava à procura de uma casa de câmbio.

A capital do Djibouti, que por falta de imaginação tinha o mesmo nome do país, era um lugar jovem e cheio de vida. Cheio de vida porque o Djibouti fica estrategicamente no Chifre da África, bem onde o mar Vermelho encontra o oceano, e jovem porque quem vive no Djibouti dificilmente chega a uma idade avançada. Chegar aos 50 é a exceção.

O marinheiro egípcio parou no mercado de peixe da cidade para ver se conseguia, talvez, um peixinho frito antes de continuar na busca por uma casa de câmbio. Perto dele havia um habitante local, muito suado, jogando o peso do corpo de uma perna para a outra, com um olhar febril e fugaz. O marinheiro achou que não era de se estranhar que ele estivesse tão suado, em parte porque a temperatura passava dos 35 graus na sombra, e em parte porque o homem estava vestindo dois sarongues e duas camisas além do fez até o meio da testa.

O homem devia ter seus vinte e poucos anos e não parecia ter a menor pretensão de ficar mais velho. Por dentro ele estava muito agitado. Não porque a metade da população estava desempregada, não porque um em cada cinco cidadãos tinha Aids ou HIV, não pela constante falta de água potável, nem porque o deserto invadia o país, devorando a pouquíssima terra cultivável que havia. Não, o homem estava furioso porque os Estados Unidos haviam instalado uma base militar no país.

Não eram só os Estados Unidos. A Legião Estrangeira francesa estava lá havia muito tempo. A ligação entre o Djibouti e a França era muito forte. O nome do país tinha sido Somalilândia Francesa até permitirem sua independência, nos anos 1970.

Bem próximo à base da Legião Estrangeira, os Estados Unidos tinham negociado o direito de ali se estabelecer, a uma distância conveniente do golfo e do Afeganistão e com uma série de tragédias da África Central logo na esquina.

Ótima ideia, pensaram os americanos, enquanto quase todos os nativos de Djibouti eram indiferentes porque estavam ocupadíssimos tentando sobreviver dia após dia.

Aparentemente, contudo, um deles tivera tempo para refletir sobre a presença americana. Ou talvez ele fosse apenas religioso demais para seu próprio bem-estar neste mundo.

Fosse qual fosse a razão, ele agora passava os dias no centro da capital procurando por soldados americanos de folga. No caminho, ele passava nervosamente a mão no fio que, na hora certa, devia puxar para mandar os americanos para o inferno, enquanto ele iria no caminho oposto.

Mas estava muito quente e abafado (isso é comum no Djibouti). A bomba estava colada em suas costas e barriga, escondida sob uma camada extra de roupas. O homem-bomba estava fervendo no calor e, sem perceber, acabou mexendo demais no fio.

Com isso, ele e todos os desafortunados ao redor viraram carne moída. Outros dois habitantes de Djibouti morreram e uns dez ficaram gravemente feridos.

Nenhuma das vítimas era americana. Mas o homem que estava mais próximo do suicida aparentemente era europeu. A polícia encontrou sua carteira num estado estranhamente bom junto aos restos mortais do proprietário. Na carteira havia 800 coroas suecas, passaporte e carteira de motorista.

* * *

No dia seguinte o cônsul honorário sueco no Djibouti foi informado pelo prefeito da cidade que tudo indicava que o cidadão sueco Erik Bengt Bylund tinha sido vítima do ataque insano no mercado de peixes.

Infelizmente não seria possível entregar os restos mortais do tal Bylund porque o corpo estava em péssimas condições. Tudo foi imediatamente cremado, de forma respeitosa.

O cônsul honorário sueco recebeu a carteira de Bylund, contendo seu passaporte e sua carteira de motorista (o dinheiro tinha desaparecido no caminho). O prefeito lamentou não terem conseguido proteger o cidadão sueco, mas se sentiu obrigado a mencionar algo, se o senhor cônsul honorário permitisse.

A questão era que Bylund se encontrava em Djibouti sem o visto necessário. Inúmeras vezes o prefeito havia abordado esse assunto com os franceses e também com o presidente Guelleh. Se os franceses queriam trazer seus legionários diretamente para a base, isso era problema deles. Mas a partir do momento em que um legionário chega como civil à cidade de Djibouti ("minha cidade", como o prefeito dizia), ele deve ter a documentação válida. O prefeito em momento algum duvidou que Bylund fosse um legionário, ele conhecia bem o estilo. Os americanos seguiam as regras, mas os franceses se comportavam como se ainda estivessem na Somalilândia Francesa.

O cônsul honorário agradeceu ao prefeito as condolências e prometeu, mentindo, que na primeira oportunidade abordaria o assunto referente aos vistos com os franceses.

Para Arnis Ikstens, o pobre homem que operava a máquina de prensar no ferro-velho na região sul de Riga, capital da Letônia, fora uma experiência horrível. Quando o último carro da fileira foi prensado, de repente ele viu um braço humano pendurado no pacote de metal compactado, que, havia pouco, tinha sido um automóvel.

Arnis ligou imediatamente para a polícia, depois foi embora para casa, apesar de o dia ainda estar na metade. A imagem do carro com o braço morto ia assombrá-lo por muito tempo. Por

Deus, será que o homem já estava morto antes de Arnis amassar o carro?

Foi o chefe de polícia de Riga que informou pessoalmente ao embaixador da Suécia que o cidadão Henrik Mikael Hultén havia sido encontrado morto em um Ford Mustang no ferro-velho na zona sul da cidade.

Quer dizer, ainda não havia sido definitivamente estabelecido que se tratava desse cidadão, mas o conteúdo da carteira do morto indicava que aquela era sua identidade.

Às 11h15 de quinta-feira, dia 26 de maio, o Ministério das Relações Exteriores em Estocolmo recebeu um fax do cônsul honorário no Djibouti, contendo informações e documentação sobre um cidadão sueco falecido. Oito minutos depois chegou mais um fax sobre o mesmo assunto, só que enviado da Letônia.

O funcionário responsável no ministério reconheceu logo os nomes e as fotografias dos dois falecidos; não fazia muito tempo tinha lido a respeito dos dois no jornal. Esquisito, pensou o homem, que os dois fossem morrer tão longe da Suécia; não tinha sido bem isso que ele havia entendido pelas matérias do jornal. Mas isso era problema da polícia e da promotoria. O funcionário escaneou os dois faxes, depois redigiu um e-mail com todas as informações relevantes sobre as duas vítimas e o enviou para a polícia de Eskilstuna. O e-mail foi recebido por outro funcionário, que o leu, franziu a testa e o retransmitiu para o promotor Ranelid.

A vida do promotor Conny Ranelid estava desmoronando. O caso do centenário que matara três pessoas devia ter sido a realização profissional que ele vinha esperando havia muito tempo, e que ele merecia mais do que ninguém.

Só que a vítima número 1, morta em Sörmland, havia morrido novamente três semanas depois no Djibouti, e com a vítima número 2, morta em Småland, aconteceu o mesmo na Letônia.

Depois de uns dez suspiros diante da janela escancarada do escritório, o cérebro do promotor Ranelid começou a funcionar novamente. Precisava ligar para Aronsson, ele concluiu.

Aronsson tinha de encontrar a vítima número 3 e *tinha* que haver uma ligação de DNA entre o centenário e o 3. *Tinha* que ser assim.

Do contrário, Ranelid tinha feito papel de bobo.

Ao ouvir a voz do promotor Ranelid ao telefone, o comissário Aronsson começou a contar que tinha acabado de encontrar Allan Karlsson e que este, agora, estava detido (mesmo se essa detenção representasse ficar na cozinha preparando um café com leite para Aronsson).

— Quanto aos outros, desconfio que eles estejam aqui por perto, mas é melhor eu pedir reforços...

O promotor Ranelid interrompeu o comissário e contou, em tom de desespero, que a vítima número 1 fora encontrada morta no Djibouti e a vítima número 2, em Riga, e que a cadeia de provas estava desmoronando.

— Djibouti? — perguntou o comissário. — Onde fica isso?

— Não sei — respondeu Ranelid —, mas se ficar a mais de 20 quilômetros da Fundição Åkers enfraquece demais minha teoria. Você agora *precisa* encontrar a vítima número 3, você está ouvindo, Göran? Você *precisa* encontrá-la.

Naquele momento, passou pela porta o recém-acordado Per-Gunnar Gerdin. Cumprimentou educada mas reservadamente o comissário Aronsson, que o encarava com os olhos arregalados.

— Acho que o número 3 acaba de me encontrar.

CAPÍTULO 23

1968

O CARGO DE Allan na embaixada da Indonésia em Paris não era exatamente extenuante. A nova embaixadora, a Sra. Amanda Einstein, lhe deu um cômodo próprio e disse que ele estava livre para fazer o que lhe viesse à cabeça.

— Mas seria gentil de sua parte se você pudesse ser meu intérprete, caso as coisas fiquem tão feias que eu tenha de encontrar gente de outros países.

Allan respondeu que não se podia descartar essa azarada possibilidade, principalmente considerando a natureza de seu cargo. Pelo que ele havia entendido, o primeiro estrangeiro na fila seria apresentado no dia seguinte.

Amanda soltou um palavrão quando lhe lembraram que ela teria de ir ao palácio Élysée para o credenciamento. Parece que a cerimônia não levava mais de dois minutos, mas isso era mais do que suficiente para quem tinha a tendência de deixar escapar qualquer bobagem que lhe viesse a cabeça, e Amanda achava que tinha esse dom.

Allan concordou que de vez em quando ela cometia algumas gafes, mas ele tinha certeza de que tudo ia sair bem com o presidente De Gaulle: era só ela não falar outra coisa que não fosse indonésio durante aqueles dois minutos e no mais apenas sorrir gentilmente.

— Como foi que você disse que era o nome dele? — perguntou Amanda.

— Indonésio, fale indonésio — disse Allan. — Ou, melhor ainda, balinês.

Em seguida Allan saiu para dar um passeio pela capital francesa. Ele achava que não ia lhe fazer mal dar uns passos depois de 15 anos em uma espreguiçadeira, e também havia se visto em um dos espelhos da embaixada e se dera conta de que não cortara o cabelo ou fizera a barba desde a erupção do vulcão em 1963.

Mas ele não achou nenhuma barbearia aberta, ou qualquer outra loja. Estava tudo fechado; parecia greve geral, e as pessoas invadiam prédios e protestavam e se exibiam virando veículos, gritando, xingando e jogando coisas uns nos outros. Na rua por onde Allan andava, com a cabeça baixa, haviam sido erguidas barricadas dos dois lados.

Tudo lembrava a Bali que ele acabara de deixar, apenas o ar era um pouco mais fresco ali. Allan interrompeu o passeio e voltou para a embaixada.

Chegando lá, veio ao seu encontro uma embaixadora furiosa. Haviam telefonado do palácio Élysée dizendo que a cerimônia rápida de credenciamento fora substituída por um longo almoço, para o qual a senhora embaixadora era muito bem-vinda, com o marido e seu intérprete, naturalmente. O presidente De Gaulle tinha a intenção de convidar também o ministro para Assuntos Interiores, Fouchet, e o presidente americano, Lyndon B. Johnson, também estaria presente.

Amanda ficou desesperada. Talvez tivesse conseguido ficar dois minutos com o presidente sem arriscar uma deportação imediata, mas *três horas*? E, além disso, com mais um presidente à mesa!

— Allan, o que está acontecendo? Como foi que isso aconteceu? O que vamos fazer? — perguntou Amanda.

Mas a mudança de um aperto de mãos de alguns minutos para um almoço demorado, com dois presidentes, era um enigma para Allan também. E tentar compreender o incompreensível não fazia parte de sua natureza.

— O que vamos fazer é procurar Herbert, sentar e beber algo juntos. Já é tarde.

Uma cerimônia de credenciamento com o presidente De Gaulle de um lado e uma embaixadora de um país distante e sem importância do outro em geral durava sessenta segundos, no máximo, mas poderia levar o dobro caso o diplomata fosse muito tagarela.

No caso da embaixada indonésia, a coisa subitamente havia se transformado em algo muito maior, por razões políticas de grande porte que Allan Karlsson jamais descobriria, mesmo se tentasse.

A questão era que Lyndon B. Johnson se encontrava na embaixada americana em Paris, desejoso de algum sucesso político. Os protestos no mundo inteiro contra a Guerra do Vietnã já haviam alcançado a força de um furacão, e, como consequência, o presidente Johnson não era popular em lugar algum.

Havia muito que Johnson tinha deixado para trás os planos de reeleição em novembro, mas ele não era absolutamente contra um epitáfio político melhor que "assassino" e outros nomes desagradáveis que ecoavam por todos os lados associados ao seu. Por isso, ele tinha dado uma pausa nos bombardeios de Hanói e organizado uma conferência de paz. O fato de haver uma semiguerra em curso nas ruas da cidade onde acontecia a conferência de paz era algo que o presidente Johnson achou quase cômico. Era um bom osso para aquele De Gaulle roer.

O presidente Johnson achava De Gaulle um zero à esquerda. Aparentemente, ele havia "esquecido" quem tinha arregaçado as mangas e salvado seu país dos alemães. Mas o jogo político funciona e sempre funcionou assim: um presidente francês e um presidente americano não poderiam estar na mesma cidade sem, pelo menos, almoçarem juntos.

Foi assim que um almoço foi agendado e teria de ser encarado. Por sorte, aparentemente os franceses tinham se atrapalhado (Johnson não estava surpreso) e colocaram seu presidente em dois eventos. Era por isso que a nova diplomata da embaixada indonésia — uma mulher! — também estaria presente à mesa. O presidente Johnson achou isso formidável; assim poderia falar com ela em vez de *com aquele De Gaulle*.

Na verdade, não se tratava de um erro de agendamento. Em vez disso, o presidente De Gaulle em pessoa tivera a brilhante ideia de fazer de conta que esse tinha sido o caso. Dessa forma, o almoço seria suportável, ele poderia conversar com a embaixadora da Indonésia — uma mulher! — em vez de com *aquele Johnson*.

O presidente De Gaulle não gostava de Johnson, mas era mais por motivos históricos do que pessoais. No fim da guerra, os Estados Unidos tentaram colocar a França sob administração militar americana — tinham pensado em roubar seu país! Como De Gaulle poderia perdoar uma coisa assim, ainda que naquela ocasião o atual presidente não estivesse envolvido? O atual presidente... Johnson... seu nome era Johnson. Os americanos simplesmente careciam de estilo, pensou Charles André Joseph Marie de Gaulle.

Amanda e Herbert deliberaram e logo estavam de acordo que era melhor Herbert ficar em casa durante o encontro com os presidentes no palácio Élysée. Ambos achavam que, com isso, o risco de tudo ir para o brejo cairia pela metade. Qual era a opinião de Allan?

Allan ficou em silêncio, pensou nas alternativas, até dizer:

— É, fique em casa, Herbert.

Os convidados para o almoço estavam reunidos e aguardavam o anfitrião, que se encontrava em seu escritório esperando, esperando por esperar. Ele pretendia ficar ali por mais alguns minutos, na esperança de que isso talvez deixasse *aquele Johnson* de mau humor.

Ao longe, De Gaulle ouvia o barulho das passeatas e o quebra-quebra que imperavam nas ruas de sua amada Paris. De repente, e por nada, a Quinta República Francesa havia começado a balançar. Primeiro foram alguns estudantes a favor do sexo livre e contra a Guerra do Vietnã. Até aí estava tudo certo, de acordo com o presidente, porque os estudantes sempre encontrariam motivo para reclamar.

Mas os protestos aumentaram, em número e violência, depois vieram os sindicatos, que também elevaram a voz, ameaçando colocar 10 milhões de trabalhadores em greve. Dez milhões! Isso pararia o país inteiro.

O que os trabalhadores queriam era uma jornada de trabalho menor e salários maiores. E a renúncia de De Gaulle. Todas as opções estavam erradas, de acordo com o presidente que havia travado e vencido batalhas muito piores. Os principais conselheiros do Ministério de Assuntos Interiores aconselharam o presidente a oferecer olho por olho. Não se tratava de um movimento maior, como por exemplo, uma tentativa comunista de assumir o país, orquestrada pela União Soviética. Mas, com certeza, *aquele Johnson* ia insinuar isso durante o almoço, era só ele ter uma chance. Os americanos viam comunistas atrás de cada arbusto. Por segurança, De Gaulle havia levado o ministro para Assuntos Interiores, Fouchet, e um especialista dele. Os dois juntos haviam sido responsáveis por controlar o caos da nação atual, e nada mais justo que respondessem por ele se *aquele Johnson* começasse a bisbilhotar.

— Ugh! Com o diabo! — disse o presidente Charles de Gaulle (em francês) e levantou-se da cadeira. Não podia mais postergar o almoço.

O pessoal da segurança do presidente francês tinha sido excepcionalmente rigoroso na vistoria do intérprete barbudo e cabeludo da embaixadora da Indonésia. Mas sua documentação estava em ordem e ele estava comprovadamente desarmado. Além disso, a embaixadora — uma mulher! — se responsabilizava por ele. Com isso, o barbudo também pôde ficar à mesa, entre o intérprete americano, muito mais jovem e arrumado, e uma cópia francesa deste.

Dos intérpretes, quem mais trabalhou foi o barbudo indonésio, já que os dois presidentes, De Gaulle e Johnson, dirigiam suas perguntas à senhora embaixadora, em vez de um ao outro.

O presidente De Gaulle começou perguntando sobre a carreira profissional da embaixadora. Amanda Einstein respondeu que na verdade ela era bem burra da cabeça e que havia subornado todo mundo até chegar ao posto de governadora de Bali, e continuou subornando para se manter no cargo por mais dois mandatos, e que ela e toda a família haviam enriquecido com isso por muitos anos até o novo presidente Suharto lhe telefonar, sem mais nem menos, oferecendo o posto de embaixadora em Paris.

— Eu nem sabia onde ficava Paris, pensava que fosse um país, não uma cidade. Já ouviram uma coisa mais maluca? — perguntou Amanda Einstein, rindo.

Tudo tinha sido dito em sua língua-mãe, e o intérprete cabeludo traduziu para o inglês, aproveitando para mudar quase tudo o que foi dito por Amanda Einstein para algo que ele achava mais apropriado.

Quando o almoço se aproximava do fim, ambos os presidentes estavam de acordo quanto a uma coisa, mesmo não tendo consciência disso. Ambos acharam a senhora embaixadora Einstein divertida, interessante, informada e sábia. Ela poderia, talvez, ter tido um julgamento melhor quanto ao seu intérprete, porque este parecia ser mais selvagem do que domado.

O especialista do ministro Fouchet, Claude Pennant, nascera em Strasbourg em 1928. Seus pais eram comunistas convictos e apaixonados e, quando a guerra irrompeu em 1936, tinham ido à Espanha para combater os fascistas de lá, levando junto Claude, à época com 8 anos.

Toda a família sobreviveu à guerra e fugiu, por caminhos complicadíssimos, para a União Soviética. Em Moscou, colocaram-se à disposição para servir ao comunismo internacional. Apresentaram o filho Claude, então com 11 anos, dizendo que ele já dominava três idiomas: o alemão e o francês de Strasbourg, e agora também o espanhol. A longo prazo, será que ele poderia ser útil à revolução?

Sim, poderia. O talento do jovem Claude para idiomas foi minuciosamente averiguado, bem como seu discernimento geral, por meio de uma série de testes de inteligência. Ele foi colocado em uma escola de línguas ideológica, e antes de completar 15 anos já falava fluentemente francês, alemão, russo, espanhol, inglês e mandarim.

Aos 18, logo após o término da Segunda Guerra, Claude ouviu a mãe e o pai comentarem suas dúvidas a respeito do caminho da revolução, sob o comando de Stalin. Imediatamente, ele relatou o fato para seus superiores, e Michel e Monique Pennant foram condenados à morte e executados por atividade não revolucionária. Com isso, o jovem Claude recebeu sua primeira honraria, uma medalha de ouro na qualidade de melhor aluno do ano escolar de 1945-1946.

Em 1946, Claude começou a se preparar para o serviço no exterior. O plano era colocá-lo no Ocidente e deixar que ele penetrasse nos corredores do poder, como um agente adormecido, se fosse preciso, por anos. Claude se encontrava sob a proteção das asas do marechal Beria e seria deliberadamente mantido longe de eventos oficiais em que, por azar, pudesse ser fotografado. A única atividade profissional que lhe era dada esporadicamente era a de intérprete, e somente quando o marechal em pessoa estava presente.

Em 1949, aos 21 anos, Claude Pennant foi reintroduzido na França, dessa vez em Paris. Ele pôde manter seu verdadeiro nome, ainda que a história de sua vida houvesse sido reescrita. Ele começou sua carreira na Universidade de Sorbonne.

Dezenove anos depois, ele havia chegado até as proximidades do presidente francês. Já fazia dois anos que ele era o braço direito do ministro Fouchet e como tal ele servia, mais do que nunca, à revolução internacional. Seu conselho ao ministro das Relações Interiores — e, por tabela, ao presidente — era agir com violência contra o levante estudantil e o operariado. Por segurança, ele providenciou que os comunistas franceses também mandassem falsos sinais, dando a entender que não estavam manipulando os estudantes e operários. A revolução comunista na França estava a apenas um mês de distância, no máximo, e nem De Gaulle nem Fouchet desconfiavam de nada.

Depois do almoço, antes de o café ser servido no salão, houve um esticamento geral de pernas. Os dois presidentes, De Gaulle e Johnson, não tinham outra escolha senão trocar elogios, e era o que estavam fazendo quando o intérprete cabeludo e barbudo de repente se aproximou deles.

— Os senhores vão me perdoar incomodá-los desta maneira, mas tenho um recado para o presidente De Gaulle que não pode esperar.

O presidente De Gaulle por pouco não chamou o segurança, porque um presidente francês não se misturava com qualquer um assim, sem mais nem menos. Mas como o cabeludo e barbudo havia sido muito educado, deixaram-no ficar.

— Bem, então passe seu recado, mas seja breve. Como deve ter percebido, estou ocupado com outros assuntos para ficar perdendo tempo com intérpretes.

Sim, Allan prometeu que seria breve. Em poucas palavras: ele era da opinião de que o presidente devia saber que o assistente do ministro Fouchet era um espião.

— Perdão, mas que diabo você está dizendo? — perguntou o presidente De Gaulle em voz alta, mas não tão alta que Fouchet, que estava fumando, e seu braço direito, também fumando na varanda, pudessem ouvir.

Allan continuou a relatar que tivera o duvidoso prazer de jantar com os Srs. Stalin e Beria havia exatamente vinte anos, juntamente com o braço direito do ministro do Interior, que naquela época havia atuado como intérprete de Stalin.

— Como disse, faz vinte anos, mas ele não mudou muito. Já eu, sim: naquele tempo eu não tinha este ninho de andorinhas na cara e meu cabelo não estava fugindo para todos os lados. Em poucas palavras, reconheci o espião, mas o espião não me reconheceu. Quando me vi no espelho ontem, eu também quase não me reconheci.

O rosto do presidente De Gaulle estava completamente vermelho. Ele se desculpou e imediatamente pediu para ter uma conversa a sós com seu ministro do Interior. ("Não, eu disse *a sós*, *sem* seu especialista. Agora!")

No meio da sala ficaram o presidente Johnson e o intérprete indonésio. Johnson parecia estar muito satisfeito. Decidiu apertar a mão do intérprete, como agradecimento indireto por ter feito o presidente francês perder seus ares de superioridade.

— Prazer em conhecê-lo — disse o presidente Johnson. — Como é seu nome?

— Meu nome é Allan Karlsson — disse. — Há muito tempo, eu conheci o antecessor do antecessor de seu antecessor, o presidente Truman.

— Veja só! — disse Johnson. — Ele está perto dos 90, mas está vivo e passa bem. Somos amigos.

— Dê-lhe recomendações minhas — disse Allan, e se apressou em procurar Amanda (ele queria lhe contar o que ela dissera aos presidentes durante o almoço).

O almoço com os dois presidentes foi rapidamente encerrado e todos voltaram para suas casas, mas Allan e Amanda mal haviam chegado à embaixada quando o presidente Johnson em pessoa telefonou para convidar Allan para um jantar na embaixada americana, às oito horas daquele mesmo dia.

— Ótimo — disse Allan. — Eu estava mesmo pensando em comer até não poder mais esta noite. Diga-se o que quiser da comida francesa, mas ela some do prato sem que se tenha comido muito.

Uma observação totalmente ao gosto do presidente Johnson, e ele esperava prazerosamente pelo que viria à noite.

Havia pelo menos três boas razões para o presidente Johnson convidar Allan Karlsson. Primeiro, porque queria ouvir mais sobre aquele espião e o encontro de Allan com Beria e Stalin. Segundo, porque Harry Truman tinha acabado de revelar, por telefone, o feito de Allan na base de Los Alamos em 1945. Só aquilo já valia um jantar. A terceira razão era a satisfação do presidente com o desenrolar do incidente no palácio Élysée. Ele tinha presenciado de perto *aquele De Gaulle* perdendo a compostura, e devia isso a Allan Karlsson.

— Seja bem-vindo, Sr. Karlsson — recebeu-o o presidente Johnson, apertando-lhe a mão. — Deixe-me apresentar o Sr. Ryan Hutton, ele é... meio secreto aqui na embaixada, por assim dizer. *Conselheiro jurídico*, eu acho que é esse o nome do cargo.

Allan cumprimentou o conselheiro secreto e o trio sentou-se à mesa. O presidente Johnson havia encomendado cerveja e vodca para o jantar, porque vinho francês lembrava-lhe os franceses, e aquela deveria ser uma noite agradável.

Durante a entrada, Allan contou parte de sua história, até o jantar no Kremlin, aquele que deu errado. Foi naquela ocasião que o futuro braço direito do ministro Fouchet desmaiou, em vez de traduzir a última ofensa de Allan para um Stalin furioso.

O presidente Johnson já não estava achando muita graça no fato de Claude Pennant ter sido descoberto como um espião russo na equipe do presidente francês, porque ele acabara de ser informado por Ryan Hutton que monsieur Pennant secretamente havia sido informante também da CIA. O fato era que Pennant, até então, tinha sido a fonte principal a informar a CIA de que não havia nenhuma revolução comunista às portas da França, numa França repleta de comunistas infiltrados. A análise agora teria de ser toda reavaliada.

— Isto é informação oficiosa e confidencial, claro — disse o presidente Johnson —, mas conto com a discrição do Sr. Karlsson; tenho certeza de que você sabe guardar segredo.

— Eu mesmo não teria tanta certeza disso, senhor — disse Allan.

Allan então começou a contar sobre a viagem de submarino pelo Báltico, quando ele bebeu na companhia de um senhor extremamente agradável, um dos mais destacados físicos da União Soviética, Yuri Borisovich Popov, e que no meio da conversa eles provavelmente falaram demais sobre detalhes nucleares.

— Você contou para Stalin como a bomba nuclear é feita? — perguntou o presidente Johnson. — Pensei que você tivesse acabado no campo de concentração justamente por ter se negado.

— Não para Stalin, ele nem teria entendido. Mas no dia anterior, acho que fui mais detalhista do que devia ter sido com aquele físico. São coisas que acontecem quando há muita vodca envolvida, senhor presidente. E só no dia seguinte fiquei sabendo quão desagradável era aquele Stalin.

O presidente Johnson passou a mão na testa e pensou que revelar como se constrói uma bomba atômica não é algo que acontece por acaso, independentemente da quantidade de álcool envolvida. Allan Karlsson era de fato... ele era de fato um... traidor. Mas ele não era cidadão americano, então, como ficava? O presidente Johnson precisava de tempo para pensar.

— E o que aconteceu depois? — perguntou ele, na falta do que dizer.

Allan pensou que talvez não valesse a pena economizar os detalhes, já que quem perguntava era um presidente. Contou então sobre Vladivostok, sobre o marechal Meretskov, sobre Kim Il-sung, sobre Kim Jong-il, sobre a feliz morte de Stalin, sobre Mao Tsé-Tung, sobre os dólares que Mao tivera a gentileza de lhe fornecer, sobre a vida tranquila em Bali e sobre a vida já não tão tranquila em Bali e, por fim, sobre a viagem a Paris.

— Acho que isso é tudo — disse Allan. — Minha garganta até secou com todo esse relato!

O presidente pediu mais cerveja, mas acrescentou, com irritação, que alguém que num estado de embriaguez espalhava segredos nucleares devia considerar a possibilidade de se tornar abstêmio. Em seguida, repassou a improvável história de Karlsson em pensamento e disse:

— Você tirou férias por 15 anos financiadas por Mao Tsé-Tung?

— Sim, ou quase. Na verdade, o dinheiro era de Chiang Kai-shek, que por sua vez o havia recebido do nosso amigo em comum, Harry Truman. Agora que o senhor mencionou, talvez eu devesse ligar para Harry e agradecer a ele.

Saber que o homem barbudo e cabeludo na sua frente tinha dado a bomba para Stalin fazia dele um enorme problema para o presidente Johnson. E de ter levado uma vida nababesca com o dinheiro do contribuinte americano, destinado à assistência a um país irmão. E como a cereja do bolo, era possível ouvir os manifestantes gritando do lado de fora da embaixada: "E-U-A fora do Vietnã! E-U-A, fora do Vietnã!" Johnson ficou quieto, seu rosto o retrato da desgraça.

Nesse meio-tempo, Allan tinha esvaziado seu copo e observava o rosto preocupado do presidente

— Posso ajudar em alguma coisa?

— Perdão? — disse o presidente Johnson, completamente absorto em seus pensamentos.

— Posso ajudar em alguma coisa? — repetiu Allan. — O senhor parece triste. Talvez precise de ajuda.

O presidente Johnson estava à beira de pedir que Allan Karlsson vencesse a Guerra do Vietnã para ele, mas logo voltou à realidade e viu novamente na sua frente o *homem que tinha dado a bomba para Stalin.*

— Sim, você pode me ajudar — disse o presidente, com a voz cansada. — Vá embora daqui!

Allan agradeceu pelo jantar e foi embora, deixando para trás o presidente e o chefe da CIA europeia, o tão secreto Ryan Hutton.

Lyndon B. Johnson estava arrasado pela forma como a visita de Allan Karlsson havia terminado. Um começo tão agradável... e então Karlsson ali sentado, confessando que tinha dado a *bomba* não só para os Estados Unidos, mas também para Stalin. O maior *comunista entre os comunistas!*

— E agora, Hutton? — disse o presidente Johnson. — O que vamos fazer? Devemos convidar aquele maldito Karlsson de novo e cozinhá-lo em óleo fervente?

— Devemos — respondeu o secretíssimo Hutton. — Ou isso ou vamos arrumar uma utilidade para ele.

O agente secreto Hutton não era apenas secreto, ele era também muito entendido na maioria das estratégias políticas importantes do ponto de vista da CIA. Por exemplo, ele sabia muito bem da existência do físico com quem Allan Karlsson tivera uma conversa tão agradável no submarino, entre a Suécia e Leningrado. Depois de 1949, Yuri Borisovich Popov havia feito uma belíssima carreira. O primeiro passo para o sucesso podia muito bem ter sido a informação fornecida por Allan Karlsson; era até provável que tivesse sido assim.

Popov agora tinha 63 anos e era o diretor técnico de todo o arsenal atômico da União Soviética. Com isso ele detinha informações tão valiosas para os Estados Unidos que quase não dava para calcular.

Se os Estados Unidos pudessem descobrir o que Popov sabia, e com isso confirmar que o Ocidente era superior ao Oriente em se tratando de armas nucleares, nesse caso o presidente Johnson poderia tomar a iniciativa de um desarmamento mútuo. E o caminho para descobrir isso chamava-se Allan Karlsson.

— Você quer fazer de Karlsson um agente americano? — perguntou o presidente, enquanto pensava que um pouco de desarmamento com certeza melhoraria sua fama, com ou sem a maldita Guerra do Vietnã.

— Exatamente — disse o agente secreto Hutton.

— E por que ele toparia uma coisa dessas?

— Bem... ele parece fazer o tipo. E ainda agora ele esteve sentado aqui, oferecendo ajuda ao presidente.

— Sim — disse o presidente Johnson. — É verdade, ele ofereceu.

O presidente ficou calado por mais alguns instantes, depois disse:

— Acho que preciso de um drinque.

A atitude inicialmente dura do governo francês em relação ao descontentamento do povo tinha de fato feito o país parar. Milhões de franceses entraram em greve. O porto de Marselha fechou, assim como os aeroportos internacionais, a rede ferroviária e todas as lojas de departamentos.

A distribuição de combustível foi interrompida e a coleta de lixo, suspensa. Havia demandas sindicais de todo lado. Melhores salários, naturalmente, jornadas mais curtas e condições de trabalho mais seguras. E mais influência.

Além dessas, havia demandas por um novo sistema de ensino. E uma nova sociedade! A Quinta República estava ameaçada.

Centenas de milhares de franceses fizeram passeatas, nem sempre pacíficas. Atearam fogo em automóveis, árvores foram derrubadas, ruas destruídas, barricadas organizadas... Havia a gendarmaria, a polícia de choque, gás lacrimogêneo e escudos...

Foi então que o presidente, o primeiro-ministro e todo o governo francês deram meia-volta. O especialista do ministro Fouchet já não exercia mais influência (ele fora secretamente preso nas instalações da polícia secreta e tivera grande dificuldade em explicar por que tinha um radiotransmissor instalado na balança do banheiro). De repente, foi oferecido aos trabalhadores grevistas um gordo aumento do salário mínimo, um aumento geral de 10 por cento, semana de trabalho com três horas a menos, subsídio familiar mais alto, maior poder sindical, negociações abrangentes sobre os acordos coletivos e salários indexados. Além disso, alguns ministros do governo abandonaram seus cargos, entre eles o ministro do Interior, Christian Fouchet.

Com essa série de medidas, o governo e o presidente neutralizaram as facções mais revolucionárias. Não havia mais apoio do povo para levar as coisas adiante. Os operários voltaram ao trabalho, as ocupações cessaram, as lojas reabriram, os transportes começaram a funcionar novamente. Maio de 1968 virou junho. E a Quinta República Francesa sobreviveu.

O presidente Charles de Gaulle telefonou pessoalmente para a embaixada da Indonésia em Paris, procurando pelo Sr. Allan Karlsson para lhe oferecer uma medalha. Porém a embaixada informou que ele não trabalhava mais lá, e ninguém sabia informar onde se encontrava, nem mesmo a embaixadora.

CAPÍTULO 24

Quinta-feira, 26 de maio de 2005

PARA O PROMOTOR Ranelid agora restava salvar o que podia ser salvo de sua carreira e honra. Pensando na velha máxima "melhor prevenir do que remediar", ele convocou uma coletiva de imprensa para aquela mesma tarde, para comunicar que havia suspendido a prisão dos três homens e da mulher no caso do centenário desaparecido.

O promotor Ranelid era bom em muitas coisas, mas não em reconhecer as próprias falhas e erros. Por isso, a introdução da coletiva foi como foi. Ele se enrolou em sua explicação para finalmente dizer que Allan Karlsson e seus amigos não estavam mais indiciados ou com a prisão decretada (a propósito, eles tinham sido localizados em Västergötland naquela manhã), mas que mesmo assim deviam ser culpados; o promotor havia feito a coisa certa, a única novidade era que as características das últimas provas haviam mudado tanto que os mandados de prisão não podiam mais ser sustentados.

Os representantes da mídia queriam saber como exatamente as provas haviam mudado, e o promotor Ranelid descreveu em detalhes a informação recém-chegada do Departamento de Relações Exteriores com referência aos destinos de Bylund e Hultén em Djibouti e Riga, respectivamente. E então o promotor encerrou a coletiva declarando que, às vezes, era preciso suspender mandados de prisão, por mais absurdo que pudesse parecer.

O promotor Ranelid sentiu que o assunto não morreria ali. E não demorou muito para ele ter a confirmação. O representante do grande jornal *Dagens Nyheter*, olhando por cima dos óculos, desatou a narrar um monólogo com uma série de perguntas incômodas a serem respondidas pelo promotor.

— Se eu entendi bem, você ainda acredita que Allan Karlsson seja culpado de homicídio, apesar das novas evidências? Com isso você quer dizer que o centenário Allan Karlsson obrigou Bengt Bylund, de 32 anos, a acompanhá-lo até o Djibouti, no Chifre da África, e lá o dinamitou — sem morrer junto —, ontem à tarde, para depois rapidamente voltar para Västergötland, onde, de acordo com o que você acaba de nos contar, foi encontrado esta manhã? Independentemente do resto, você poderia nos explicar que tipo de transporte Karlsson teria usado, posto que não há voos diretos entre Djibouti e esse lado da Suécia, e lembrando que, segundo informações, Allan Karlsson não tinha um passaporte válido?

O promotor Ranelid respirou fundo. Depois disse que provavelmente ele tinha sido mal-entendido no começo. Não havia a menor dúvida de que Allan Karlsson, Julius Jonsson, Benny Ljungberg e Gunilla Björklund eram inocentes das acusações feitas contra eles.

— Não há a menor dúvida, como eu disse — repetiu Ranelid, que no último minuto conseguiu se convencer daquilo.

Mas os malditos jornalistas não ficaram satisfeitos.

— Anteriormente, você descreveu em detalhes a cronologia e a geografia dos três supostos assassinatos. Se os suspeitos, agora, de repente, são inocentes, qual é o novo curso das investigações? — perguntou o repórter do jornal local.

Ranelid já tinha exposto sua jugular, agora bastava. Além disso, o representante de um *jornalzinho local* não devia achar que podia ficar tentando passar por cima de Conny Ranelid.

— Por motivos técnicos de diligência, não posso revelar mais no momento — concluiu o promotor, levantando-se.

"Motivos técnicos de diligência" já salvara muitos promotores de uma situação difícil, mas dessa vez não ia funcionar. Por semanas o promotor havia anunciado, para quem quisesse ouvir, os motivos pelos quais os quatro eram culpados, e a imprensa agora achava que ele devia se dedicar, pelo menos por alguns minutos, a explicar o porquê de serem considerados inocentes. Ou, como bem disse o sabe-tudo do *Dagens Nyheter*:

— Falar das atividades de pessoas inocentes? Como isso pode ser sigiloso por "motivos técnicos de diligência"?

O promotor Ranelid estava entre a cruz e a espada. Tudo indicava que ele ia se machucar, agora ou em questão de dias. Mas ele contava com uma vantagem que os jornalistas desconheciam. Ele, Ranelid, sabia onde Allan Karlsson e os outros se encontravam. E Västergötland era grande. Ou vai ou racha, pensou Ranelid.

— Se ao menos vocês deixassem eu falar até o final! Por motivos de diligência não posso, no momento, revelar mais. Amanhã às três da tarde em ponto farei uma nova coletiva de imprensa, aqui, neste mesmo lugar, e direi tudo o que vocês querem saber.

— Exatamente em que lugar de Västergötland se encontra Allan Karlsson agora? — perguntou um jornalista.

— Isso eu não posso dizer — concluiu o promotor Ranelid, e saiu da sala.

Como as coisas podiam ter acabado assim? O promotor Ranelid estava trancado em sua sala fumando um cigarro, o primeiro em sete anos. Ele, que devia ter entrado para a história da criminalística sueca como o primeiro a condenar assassinos sem que os corpos das vítimas tivessem sido encontrados. E, de repente, os corpos foram encontrados. Nos lugares errados! Além disso, a vítima número 3 estava viva, aquele que era o mais morto de todos. Só de imaginar quanto dano o terceiro havia causado para Ranelid!

— Na verdade, como castigo, eu devia era matar o infeliz — murmurou o promotor para si mesmo.

Mas a questão, agora, era salvar sua honra e sua carreira, e nesse caso um assassinato não seria a melhor solução. O promotor repassou mentalmente a coletiva para lá de desastrosa. No fim, ele tinha sido muito claro quanto à inocência de Karlsson e seus comparsas. E tudo porque na verdade ele... não sabia. O que de fato teria acontecido? "Parafuso" Bylund *só podia* ter morrido naquele carrinho. Então, como diabos ele podia ter morrido de novo semanas depois em outro continente?

O promotor Ranelid se amaldiçoou por ter tido tanta pressa em falar com a imprensa. Ele devia, primeiro, ter interrogado Allan Karlsson e seus comparsas, ter investigado tudo — e só depois ter se posicionado sobre o que os jornais deviam e o que não deviam saber.

Na atual situação — depois de seus pronunciamentos catastróficos sobre a inocência de Allan Karlsson e seus cúmplices —, mesmo se tentasse pegá-los para *obter informações,* isso poderia até ser visto como perseguição. Ainda assim, Ranelid não tinha muita escolha. *Ele precisava saber...* precisava saber antes das três da tarde do dia seguinte.

Do contrário, ele não seria mais um promotor aos olhos dos colegas, e sim um palhaço.

O comissário Aronsson estava de ótimo humor, sentado na rede da fazenda, tomando café com leite e pão doce. A caçada ao centenário desaparecido estava terminada, e o simpático velhinho nem estava mais sob custódia. O motivo para o velho ter fugido pela janela e desaparecido um mês antes, e o que havia acontecido naquele mês, ficaria para ser resolvido depois, se é que tinha alguma importância.

De qualquer maneira, não era tão urgente que não pudessem conversar sobre amenidades antes disso. Per-Gunnar "Chefe" Gerdin, o homem que havia sido assassinado e voltara dos mortos, também mostrou ser um cara legal. De imediato, ele tinha proposto deixar as formalidades para lá e disse que gostaria de ser chamado de Pico.

— Por mim está ótimo, Pico — disse o comissário Aronsson. — Pode me chamar de Göran.

— Pico e Göran — disse Allan. — Soa bem, vocês podem fazer negócios juntos.

Pico respondeu que não estava certo se tinha o devido respeito pelas autoridades fiscais e seus impostos para poder abrir uma empresa com um comissário de polícia, mas assim mesmo agradeceu a Allan a sugestão.

O clima entre eles ficou imediatamente ameno, e não piorou quando Benny e Linda se juntaram a eles, bem como Julius e Bosse, logo depois.

Falou-se de tudo naquela varanda, exceto sobre o que acontecera no mês anterior e como o relacionamento entre eles havia surgido. Allan fez enorme sucesso ao trazer um elefante e oferecer um pequeno espetáculo de dança. Julius foi ficando cada vez mais feliz por não ser mais procurado pela polícia e começou a raspar a barba que havia sido obrigado a deixar crescer para poder dar as caras em Falköping.

— E pensar que fui culpado a vida toda e agora, de repente, sou inocente! Que sensação maravilhosa — disse Julius.

Para Bosse isso era motivo suficiente para buscar uma garrafa de verdadeiro champanhe húngaro para que os amigos e o comissário brindassem. O comissário protestou, sem muito esforço, dizendo que tinha ido até ali de carro. Ele havia reservado um quarto no hotel central de Falköping, mas na qualidade de comissário não podia dirigir até lá se estivesse meio embriagado.

Mas Benny veio em seu socorro, dizendo que abstêmios, de modo geral, segundo Allan, eram uma ameaça contra a paz mundial, mas que, na hora em que a gente precisava de uma carona, era bom ter um por perto.

— Tome uma taça de champanhe, comissário, e eu garanto que o senhor chegará no hotel direitinho.

O comissário já estava convencido. Ele sofria de uma carência crônica de vida social, e agora que tinha finalmente encontrado boa companhia não podia ficar de cara feia, fazendo bico.

— Bem, um brinde então pela inocência de vocês todos. Acho que a polícia pode defender isso. Ou talvez dois brindes, afinal, vocês são tantos...

Passaram-se algumas horas de animação geral antes que o telefone do comissário Aronsson tocasse novamente. Era o promotor Ranelid mais uma vez. Ele contou para Aronsson que, devido a circunstâncias muito infelizes, tinha acabado de declarar para a imprensa que os três homens e a mulher eram irrevogavelmente inocentes. Além disso, em menos de 24 horas ele teria que saber o que de fato havia acontecido desde que o velho Karlsson saíra pela janela, porque era esta a história que a imprensa esperava que ele contasse amanhã, às três da tarde.

— Em outras palavras, você está atolado na merda — disse o comissário, levemente embriagado.

— Você precisa me ajudar, Göran! — apelou o promotor.

— Mas como? Mudando cadáveres de posição geograficamente? Ou matando as pessoas que tiveram o péssimo gosto de não estarem tão mortas quanto você gostaria?

O promotor Ranelid admitiu que já havia considerado aquela possibilidade, mas que talvez não fosse um caminho viável. Não, a esperança dele era que Göran pudesse sondar, com cuidado, Allan Karlsson e seus... colaboradores, se o próprio Ranelid pudesse ser recebido amanhã de manhã para uma pequena — totalmente informal — conversa sobre umas banalidades, só para esclarecer o que havia acontecido naqueles últimos tempos nos bosques de Södermanland e Småland. Para completar, o promotor Ranelid prometeu pedir desculpas em nome da polícia de Södermanland aos quatro cidadãos inocentes.

— Em nome da polícia de Södermanland? — perguntou o comissário Aronsson.

— Sim... ou melhor, em meu *próprio* nome — disse o promotor Ranelid.

— Entendido. Relaxe um pouco, Conny, vou verificar. Ligo para você dentro de alguns minutos.

O comissário Aronsson desligou e comunicou aos companheiros a feliz notícia de que o promotor Ranelid tinha acabado de encerrar uma coletiva com a imprensa na qual ele declarava a inocência de Allan Karlsson e de seus amigos. Depois apresentou o pedido do promotor para visitá-los no dia seguinte de manhã para uma conversa esclarecedora.

A reação de Linda foi imediata, e ela explicou, agitada, que sentar e descrever em detalhes para o promotor em pessoa os acontecimentos das últimas semanas não poderia levar a nada que fosse bom. Julius concordou. Se eles tinham sido declarados inocentes, então eram inocentes.

— Sem contar que eu não estou acostumado com isso. Seria uma verdadeira pena se minha inocência acabasse em menos de 24 horas.

Allan disse que gostaria que os amigos parassem de se preocupar com coisas pequenas. A tevê e os jornais não iam deixar o grupo em paz até que tivessem toda a história. Melhor então contá-la apenas para o promotor e não ter um bando de jornalistas pisando no jardim por semanas.

— Além disso, temos a noite inteira para combinar o que vamos dizer — disse Allan.

O comissário não queria ter ouvido esta última parte. Ele se levantou para lembrar sua presença e para evitar que os outros fizessem comentários que seus ouvidos podiam passar muito bem sem ouvir. Disse então que ia encerrar o dia. Se Benny fizesse a gentileza de levá-lo até o hotel em Falköping, ele ficaria muito agradecido. Aronsson tinha a intenção de ligar para o promotor Ranelid no caminho e dizer que ele seria bem-vindo no dia seguinte, por volta das dez horas, se esta era mesmo a intenção do grupo. Aronsson viria de qualquer maneira, de táxi, e se não fosse por outro motivo, seria para buscar seu carro. A propósito, será que ele podia tomar mais meio copo daquele champanhe búlgaro antes de partir? Ah, era húngaro? Bem, não tinha muita importância, era muito bom.

Serviram mais um copo, cheio até a borda, ao comissário que, de pé, tomou de um gole só antes de esfregar o nariz e se sentar no banco do carona, do seu próprio carro, com Benny ao volante. Baixou o vidro e declamou:

Ah, se tivéssemos amigos,
E um vinho húngaro para nossa garganta.

— Carl Michael Bellman — disse Benny, que era quase um professor de literatura, balançando a cabeça.

— João 8, 7, não se esqueça disso amanhã cedo, comissário — gritou Bosse, numa repentina inspiração. — Na Bíblia, *João 8, 7!*

Capítulo 25

Sexta-feira, 27 de maio de 2005

O trecho Eskilstuna-Falköping não era feito em 15 minutos. O promotor Conny Ranelid foi obrigado a se levantar de madrugada (depois de uma noite maldormida) para estar na fazenda às dez da manhã. Além disso, o encontro não podia levar mais de uma hora, ou sua programação ia por água abaixo. A coletiva estava marcada para as três da tarde.

Ranelid estava à beira das lágrimas enquanto seguia pela rodovia E20, na periferia de Örebro. *A grande vitória da justiça* teria sido o nome de seu livro. Hah! Se existisse justiça no mundo, um raio cairia naquela maldita fazenda naquele minuto e todos morreriam carbonizados. Assim, o promotor Ranelid podia inventar o que quisesse para os jornalistas.

O comissário Aronsson dormiu até tarde. Acordou por volta das nove com a consciência pesada dos acontecimentos do dia anterior. Tinha bebido champanhe com os supostos delinquentes, e ouvira claramente quando Allan Karlsson disse que tinham de *combinar* uma história para o promotor Ranelid. Será que Aronsson estava prestes a se tornar cúmplice? De quê, no caso?

Ao chegar ao hotel na noite anterior, ele seguiu a recomendação de Bosse e procurou João 8, 7 na Bíblia que encontrara na gaveta de uma das cômodas do quarto. Seguiram-se algumas horas de leitura da Bíblia em um dos cantos do bar do hotel, na companhia de um gim-tônica, seguido de outro gim-tônica, seguido de mais um gim-tônica.

O capítulo em questão tratava de uma mulher que havia cometido adultério e por isso fora levada à presença de Jesus pelos fariseus, a fim de colocá-lo diante de um dilema. Se, de acordo com

Jesus, a mulher não devia ser apedrejada até a morte, então Jesus estava pregando contra Moisés (Levítico). Se, por outro lado, Jesus se colocasse ao lado de Moisés, estaria provocando uma guerra com os romanos, que tinham a prerrogativa da sentença de morte. Com quem Jesus ia brigar, com os romanos ou com Moisés? Os fariseus acharam que o haviam encurralado. Mas Jesus era Jesus, e depois de pensar um pouco, respondeu:

— Quem de vós estiver sem pecado, seja o primeiro a lhe atirar uma pedra.

Com isso, Jesus evitou a polêmica com Moisés e com os romanos, e também com os fariseus à sua frente. Os fariseus caíram fora, um atrás do outro (de modo geral, homem nenhum está livre de pecado). No fim só restaram Jesus e a mulher.

— Mulher, onde estão os outros? Ninguém te condenou?

Ela respondeu:

— Ninguém, Senhor.

E Jesus declarou:

— Eu também não te condeno. Vá e não peques mais.

O comissário ainda tinha seu faro de policial intacto e estava sentindo cheiro de podre. Mas Karlsson e Jonsson e Ljungberg e Ljungberg e Björklund e Gerdin haviam sido declarados inocentes na véspera por Ranelid, e quem era ele, Aronsson, para chamá-los de delinquentes? Além disso, tratava-se de uma turma de gente tremendamente simpática e — como Jesus muito bem dissera — quem estava em condições de atirar a primeira pedra? Aronsson fez uma retrospectiva, lembrando-se de alguns momentos obscuros da própria vida, e ficou irritado com o promotor Ranelid por desejar a morte do supersimpático Pico Gerdin, só para servir aos seus próprios propósitos.

— Não, droga, essa você mesmo vai ter de resolver, Ranelid — disse o comissário Aronsson, pegando o elevador e indo até o café do hotel.

Cereal matinal, torrada e ovos foram devorados junto com os dois principais jornais, *Dagens Nyheter* e o *Svenska Dagbladet*, e ambos sugeriram cautelosamente o fiasco do promotor no caso do velhinho desaparecido, acusado de homicídio e posteriormente declarado inocente. Todavia, os jornais foram obrigados a confessar que sabiam muito pouco sobre os fatos. Não tinham conseguido localizar o centenário, e o promotor não quis falar mais nada até a tarde de sexta-feira.

— Como já disse — pensou Aronsson —, essa você que resolva, Ranelid.

O comissário pediu um táxi e foi até a fazenda, onde chegou às 9h51, exatamente três minutos antes do promotor.

Não havia o menor risco de cair um raio na Fazenda Bellringer, realizando o mais profundo desejo do promotor Ranelid. Mas o dia estava nublado e frio. Logo, os moradores da fazenda preparavam a ampla cozinha para a reunião.

Na noite anterior, o grupo havia chegado a uma história alternativa que seria contada para o promotor Ranelid; por segurança, haviam ensaiado a história no café da manhã. O papel de cada um estava mais ou menos definido para o teatro daquela manhã, atentos ao fato de que a verdade sempre é mais simples de se lembrar do que a mentira. Quem mente muito acaba se encrencando muito, portanto, agora, todos do grupo tinham de manter a língua no lugar certo: dentro da boca.

— Maldição — resumiu Linda, antes de o comissário Aronsson e o promotor Ranelid serem levados à cozinha.

O encontro com o promotor foi mais divertido para uns do que para outros. Ocorreu assim:

— Bem, quero começar agradecendo por terem me recebido, aprecio isto do fundo do meu coração — disse o promotor Ranelid.

— Também quero pedir desculpas em nome da promotoria por ter decretado a prisão de vocês sem fundamento algum. Isto posto, gostaria muito de saber o que realmente aconteceu, desde que o Sr. Karlsson saiu pela janela da casa de repouso até o presente momento. O senhor gostaria de começar, Sr. Karlsson?

Allan não tinha nada contra. Ele achava que o que estava por vir poderia ser até divertido.

— Certamente posso, senhor promotor, mesmo sendo velho e decrépito e com uma memória já não tão boa. Entretanto, eu me lembro bem de ter saído por aquela janela, disso me lembro. E tive motivos muito bons para isso, ah, se tive. Entenda, senhor promotor, eu estava indo ver meu bom amigo aqui, Julius Jonsson, e na casa dele não se vai sem uma garrafa de vodca, e foi justamente isso que fui comprar na loja de bebidas local quando ninguém estava olhando.

"Na verdade, hoje em dia nem é mais preciso se deslocar até a loja, é só tocar a campainha do... eu talvez não deva dizer o nome dele para o senhor promotor, porque não é por isso que o senhor está aqui, mas ele mora no centro e vende vodca importada por menos da metade do preço da tabela. Continuando: naquele dia Eklund não estava em casa (xi, falei o nome dele sem querer), então eu não tive escolha a não ser ir até a loja e comprar uma. Consegui levar a garrafa até o meu quarto e, uma vez lá, as coisas se ajeitaram. Mas daquela vez a garrafa ia ter que sair novamente, e logo nesse dia era o plantão da supervisora, e ela tem olhos na nuca, no corpo todo, isso eu juro para o senhor promotor. Não é fácil enganar a diretora Alice. Foi por isso que pensei que seria melhor sair pela janela e ir até a casa de Julius. Naquele dia era meu aniversário de 100 anos, e quem ia querer ter seu drinque de aniversário confiscado?"

O promotor sentiu que aquilo ia demorar. O velho Karlsson já tinha falado um bom tempo sem dizer nada. Dali a menos de uma hora Ranelid tinha de estar voltando para Eskilstuna.

— Obrigado, Sr. Karlsson, pela interessante descrição de seus esforços em conseguir tomar um trago no seu aniversário, mas espero que o senhor me perdoe se peço que seja um pouco mais conciso; temos pouco tempo, o senhor entende? Como foi a história da mala e o encontro com "Parafuso" Bylund na rodoviária de Malmköping?

— Sim, como foi mesmo? Foi Per-Gunnar quem ligou para o Julius, que me ligou... De acordo com Julius, Per-Gunnar queria que eu assumisse a responsabilidade por aquelas Bíblias e eu não queria recusar, porque eu...

— Bíblias? — interrompeu Ranelid.

— Se o promotor permitir, talvez eu possa entrar no assunto e fornecer um pouco de informação complementar — disse Benny.

— À vontade — disse o promotor.

— É o seguinte: Allan é amigo de Julius de Byringe, que por sua vez é amigo de Per-Gunnar, que o senhor promotor achou que tinha morrido, e Per-Gunnar, por sua vez, é meu amigo, que sou irmão do Bosse aqui, o anfitrião deste agradável encontro, e sou também noivo de Gunilla, esta linda moça na cabeceira da mesa, e Gunilla se dedica à exegese, tendo com isso um certo relacionamento com Bosse, que vende Bíblias para Per-Gunnar, entre outros.

O promotor estava com papel e lápis nas mãos, mas tudo tinha sido dito tão depressa que nenhuma palavra foi anotada.

— Exegese? — ele conseguiu dizer.

— Isso, interpretação da Bíblia — esclareceu Linda.

"Interpretação da Bíblia?", pensou o comissário Aronsson. Era possível interpretar a Bíblia quando se falava tanto palavrão como ele já tinha ouvido Linda falar na véspera? Mas ele nada disse. Aquele era, de uma vez por todas, um assunto para o promotor resolver.

— Interpretação da Bíblia? — disse o promotor Ranelid, mas no mesmo instante decidiu continuar. — Deixe para lá, em vez disso, conte o que aconteceu na rodoviária de Malmköping com a mala e com o tal de "Parafuso" Bylund.

Agora era a vez de Per-Gunnar Gedin dar sua contribuição ao relato.

— O senhor promotor permite um aparte meu?

— Claro — disse o promotor Ranelid. — Enquanto tudo o que for dito servir para esclarecer o assunto, até o diabo pode falar.

— Olhe como fala — disse Linda, revirando os olhos (foi aí que o comissário Aronsson teve *certeza* de que estavam zombando do promotor).

— Talvez "o diabo" não seja a melhor descrição da minha pessoa desde que encontrei Jesus — disse Per-Gunnar Gerdin. — O promotor, com certeza, sabe que já fui chefe de uma organização chamada Never Again. No começo, o nome da organização significava que seus membros nunca mais iriam parar atrás das grades, apesar de não faltarem motivos legais para isso, mas há algum tempo o significado mudou. Never Again, ou seja, *nunca mais* seremos tentados a infringir a lei, nem a lei dos homens, muito menos a lei de Deus!

— Foi por isso que "Parafuso" destruiu uma sala de espera, espancou um funcionário e, em seguida, sequestrou um ônibus com o motorista dentro? — perguntou o promotor Ranelid.

— Estou sentindo certo sarcasmo na sua voz — disse Per-Gunnar Gerdin. — Mas só porque eu vi a luz não quer dizer que meus colegas também tenham visto. É verdade que um deles foi embora para a América do Sul em missão religiosa, mas para os outros dois o fim foi muito triste. Eu tinha confiado a Parafuso a tarefa de ir buscar a mala com as duzentas Bíblias em Uppsala e levá-las para Falköping, passando por Bosse. Eu queria usá-las para espalhar alegria entre os maiores bandidos do país, se o promotor me perdoa o linguajar.

Até agora, o proprietário da fazenda, Bosse, tinha ficado em silêncio. Mas então levantou-se e colocou uma pesada mala cinza em cima da mesa e abriu-a. Ali havia uma grande quantidade de Bíblias, em couro legítimo, pretas com letras douradas, comentários, três fitas de marcação, galeria de mapas, plano de leitura e muito mais.

— Uma experiência com a Bíblia mais significativa que esta o senhor não terá — disse Bosse Ljungberg, em tom convincente. — Permite que lhe ofereça uma? Mesmo na promotoria é bom procurar a luz.

Bosse foi o primeiro a ser sincero no que dizia, e o promotor deve ter percebido, pois começou a duvidar de sua convicção de que o papo sobre a Bíblia era furado. Ele aceitou a edição que Bosse lhe estendeu e pensou que talvez uma redenção imediata fosse a única coisa que pudesse salvá-lo agora. Mas isso ele não disse.

— Podemos, de uma vez por todas, dar cabo do assunto? O que aconteceu com a maldita mala em Malmköping?

— Nada de palavrão — reclamou Linda.

— Talvez seja minha vez de novo? — disse Allan. — Então fui para a rodoviária um pouco mais cedo do que havia calculado de início, porque Julius me pediu. Disse que Parafuso havia ligado para Per-Gunnar em Estocolmo e, se o senhor promotor permite a linguagem, de novo, ele estava meio bêbado! Como o senhor promotor deve saber, ou não sabe, porque não conheço os hábitos de beber do senhor promotor, não quero ficar aqui sentado e insinuar qualquer coisa, mas, enfim... Onde eu estava? Sim, o senhor promotor sabe muito bem que quando a cachaça entra, o juízo sai, ou, como é mesmo que se diz? Eu mesmo, quando inebriado, num submarino a 200 metros de profundidade no meio do mar Báltico... já falei mais do que devia...

— Pelo amor de Deus, dá para o senhor chegar no ponto que interessa? — disse o promotor Ranelid.

— Não blasfeme — implorou Linda.

O promotor Ranelid levou a mão à testa e respirou fundo algumas vezes. Allan Karlsson continuou:

— Bem, "Parafuso" Bylund ligou para Per-Gunnar em Estocolmo para pedir as contas do Clube da Bíblia de Per-Gunnar, porque ele pretendia entrar para a Legião Estrangeira, mas antes disso — e por sorte o senhor promotor está sentado, porque o que vou dizer é horrível — ele ia *atear fogo nas Bíblias* em plena praça central de Malmköping!

— Sendo bem precisa, ele teria dito "aquelas porras daquelas Bíblias" — esclareceu Linda.

— Não é de se admirar, portanto, que me mandassem procurar o Sr. Parafuso e tirar a mala dele enquanto ainda era tempo. Muitas vezes o tempo é curto, e às vezes mais curto do que a gente imagina. Como aquela vez em que o general Franco da Espanha quase explodiu bem na minha frente. Mas seus colaboradores eram espertos pra danar e pegaram o seu general e, literalmente, o levantaram, colocando-o em um lugar seguro. Nessa hora não demoraram demais. Agiram com rapidez!

— O que o general Franco da Espanha tem a ver com esta história? — perguntou o promotor Ranelid.

— Nada, senhor promotor, nada além de eu o citar como exemplo ilustrativo. Nunca se pode ser claro demais.

— Então, que tal o Sr. Karlsson se esforçar para esclarecer tudo? O que aconteceu com a mala?

— Então, o Sr. Parafuso não queria soltá-la, e minha constituição física não me permitia tentar arrancá-la à força; não só pelo meu físico, mas também porque, por princípio, eu acho deplorável pessoas que...

— Não se desvie do assunto, Karlsson!

— Sim, me desculpe, senhor promotor. Bem, quando o Sr. Parafuso, de repente, precisou visitar as instalações sanitárias, eu aproveitei a chance. Eu e a mala sumimos da vista dele, entramos no ônibus para Strängnäs que passava por Byringe e pelo velho Julius aqui, ou Julle, como nós o chamamos.

— Julle — disse o promotor, por falta de outra coisa para dizer.

— Ou Julius — disse Julius. — Prazer.

O promotor ficou quieto por um momento. Ele agora havia começado a anotar uma e outra coisa e fazer setas e riscos por todo o papel.

— Mas o Sr. Karlsson pagou a passagem com uma nota de 50, perguntando até onde esse valor o levaria. Como isso se justifica, quando o senhor agora me diz que comprou a passagem com a intenção de ir até Byringe e para nenhum outro lugar?

— Ah — disse Allan —, então eu não sei quanto custa uma passagem até Byringe? Por acaso eu tinha uma nota de 50 na carteira e brinquei um pouco com o motorista. Isto não é proibido, ou o que me diz o senhor, senhor promotor?

O promotor Ranelid não se deu o trabalho de responder. Em vez disso, aconselhou Allan a acelerar um pouco.

— Em poucas palavras, o que aconteceu depois?

— Em poucas palavras? Em poucas palavras, aconteceu que eu e Julius passamos uma noite muito agradável até o Sr. Parafuso bater à porta. Mas como tínhamos uma garrafa de vodca na mesa, e o senhor deve se lembrar de eu ter contado que havia levado uma garrafa comigo, e honestamente falando, não era uma garrafa, eram duas, não se deve falar mentiras, ainda mais com coisas tão insignificantes, mas quem sou eu para julgar o que é insignificante ou não nesta história, é o senhor promo...

— Continue!

— Sim, me desculpe. Bem, o Sr. Parafuso se acalmou quando soube que tinha assado de alce e vodca para o jantar. Com o passar da noite ele até desistiu da ideia de queimar as Bíblias em agradecimento pela bebedeira que havíamos lhe proporcionado. O álcool tem seu lado positivo também, o senhor pro...

— Continue!

— De manhã, veja, senhor promotor, o Sr. Parafuso estava com uma tremenda e brutal ressaca. Eu não tenho uma dessas desde a primavera de 1945, quando fiz o meu máximo para derrubar o vice-presidente Truman com tequila. Por azar, o presidente Roosevelt foi morrer justo naquela ocasião e tivemos de interromper a festa mais cedo; e talvez isso tenha sido sorte, porque o que a cabeça me doía no dia seguinte nem posso descrever. Pode-se dizer que eu estava apenas um pouco melhor que Roosevelt.

O promotor Ranelid piscou várias vezes enquanto pensava no que dizer. Por fim, venceu a curiosidade. O promotor não aguentava mais usar a terceira pessoa com Allan Karlsson.

— Está dizendo que você bebeu tequila com o vice-presidente Truman no dia em que Roosevelt morreu?

— É melhor não nos atermos aos detalhes, o que o senhor promotor me diz?

O promotor nada disse.

— De qualquer maneira, o Sr. Parafuso não estava em condições de nos ajudar com o carrinho na manhã seguinte, na hora de ir para a Fundição Åkers.

— Pelo que entendi, ele nem mesmo estava de sapatos — disse o promotor. — Como você explica isso?

— Se o senhor promotor tivesse visto a ressaca do Sr. Parafuso! Ele podia muito bem ter ficado só de cueca.

— E seus próprios sapatos, Sr. Karlsson? Seus chinelos foram encontrados mais tarde na cozinha de Julius Jonsson.

— Sim, Julius me emprestou um par de sapatos. Quando se tem 100 anos é fácil sair de chinelos, isso o senhor promotor mesmo vai constatar daqui a uns quarenta ou cinquenta anos.

— Não vou viver tanto assim, eu acho — disse o promotor Ranelid. — A questão é se vou sobreviver a esta conversa. Como você explica que, quando o carrinho foi encontrado, o cão policial farejou nele sinais de um cadáver?

— Diga quem souber, senhor promotor. O Sr. Parafuso foi o último a deixar o carrinho, então talvez ele pudesse dizer algo a respeito se não tivesse morrido tão tragicamente lá em Djibouti. O senhor promotor acha que eu possa ter sido a origem do cheiro? Não estou morto, é verdade, mas já sou tão velho... Será que o cheiro de cadáver não pode ter se adiantado?

O promotor Ranelid estava ficando impaciente. O tempo estava passando e menos de 24 horas daqueles 26 dias de desaparecimento tinham sido explicadas. Noventa por cento do que saía da boca do velho era pura baboseira.

— Continue — disse o promotor Ranelid, sem comentar mais a questão do cheiro de cadáver.

— Bem, deixamos o Sr. Parafuso dormindo no carrinho. Depois demos um passeio revigorante até a barraca de cachorro-quente administrada por Benny, amigo de Per-Gunnar.

— Você também já esteve preso? — perguntou o promotor.

— Não, mas já estudei criminologia — disse Benny com sinceridade, depois mentiu dizendo que já havia entrevistado presos de uma cadeia grande, e dessa maneira ficou conhecendo Per-Gunnar.

O promotor Ranelid parecia fazer novas anotações, depois das quais ele ordenou, numa voz monótona, que Allan Karlsson continuasse.

— Continue!

— Com prazer. Benny ia comigo e com Julius até Estocolmo para entregar a mala com as Bíblias para Per-Gunnar. Mas Benny falou que antes disso queria muito dar uma passada em Småland, onde morava sua noiva, a Gunilla aqui...

— Paz de Cristo — disse Gunilla, apontando com a cabeça para o promotor Ranelid.

O promotor Ranelid agradeceu com a cabeça na direção de Linda e virou-se novamente para ouvir Allan.

— O amigo de Per-Gunnar era Benny, no caso, e ele disse que Per-Gunnar podia esperar uns dias com as Bíblias porque, como ele disse, não eram exatamente notícias frescas o que elas continham, e nisso ele tinha razão. Mas também não dava para esperar muito, porque uma vez que Jesus volte à Terra, todos os capítulos sobre sua vinda ficarão obsoletos...

— Concentre-se no assunto!

— Certamente, senhor promotor. Vou me concentrar no assunto, senão vai acabar mal. Eu sei disso melhor do que ninguém, devo confessar. Se eu não tivesse me concentrado no assunto lá na Manchúria, diante de Mao Tsé-Tung, com certeza teria sido fuzilado.

— Sem dúvida teria evitado muitos problemas mais tarde — disse o promotor Ranelid, e fez sinal para Allan continuar.

— Bom, enfim, Benny achou que não ia dar tempo de Jesus voltar enquanto nós estivéssemos em Småland, e, pelo que eu sei, nisso ele acertou...

— Karlsson!

— Sim, é mesmo. Sim, fomos os três para Småland. Julius e eu achamos que seria interessante e partimos sem antes avisar Per-Gunnar, o que foi um erro.

— Foi mesmo — disse Per-Gunnar Gerdin. — É claro que eu podia esperar uns dias com as Bíblias, não era problema. Mas o promotor há de entender que eu pensava que Parafuso tinha aprontado algo com Julius, Allan e Benny. Parafuso nunca aceitou a ideia de a Never Again começar a espalhar o Evangelho, e claro que eu não fiquei mais tranquilo ao ler os jornais!

O promotor balançava a cabeça e anotava. Parecia que ele estava conseguindo algo com alguma lógica. Virou-se para Benny e disse:

— Mas quando você leu sobre suspeita de um centenário ter sido sequestrado, sobre a Never Again e sobre o "notório ladrão" Julius Jonsson, por que você não entrou em contato com a polícia?

— Na verdade, o pensamento me ocorreu. Mas quando discuti o assunto com Allan e Julius, a resposta foi um categórico não. Julius disse que não falava com a polícia por princípio e Allan disse que estava fugindo do asilo e não queria por nada no mundo voltar para a diretora Alice só porque os jornais e a tevê tinham entendido tudo errado.

— Você não fala com a polícia por princípio? — perguntou o promotor Ranelid para Julius Jonsson.

— É, mais ou menos isso. Nunca fui muito feliz nas minhas relações com a polícia. Porém, em encontros mais agradáveis, como com o comissário Aronsson ontem e com o senhor promotor hoje, não me importo em fazer algumas exceções. O promotor quer mais um café?

O promotor aceitou mais uma xícara. Ele precisava de toda energia e resistência possíveis a fim de conseguir algo positivo daquela reunião, para depois ter condições de apresentar alguma coisa para a imprensa que fosse verdadeira, ou pelo menos que desse para acreditar.

Mas o promotor não queria deixar Benny Ljungberg escapar.

— Então, por que você não telefonou para seu amigo Per-Gunnar Gerdin? Você deve ter percebido que ele tinha lido a seu respeito nos jornais.

— Eu pensei que talvez ainda não estivesse claro para a polícia e para o promotor que Per-Gunnar havia encontrado Jesus, e que, nesse caso, sua linha telefônica podia estar com uma escuta. E o senhor promotor tem de admitir que eu estava certo.

O promotor murmurou qualquer coisa, anotou e se arrependeu de ter deixado esse detalhe escapar também para os jornalistas, mas o que estava feito estava feito. Virou-se para Per-Gunnar Gerdin.

— Sr. Gerdin, parece que o senhor foi informado do paradeiro de Allan Karlsson e seus amigos. De onde veio essa informação?

— Por azar, não vamos descobrir isso nunca. Essa informação meu colega "Balde" Hultén levou consigo para a sepultura. Ou, melhor dizendo, para o ferro-velho.

— O que ele disse?

— Que Allan, Benny e a namorada dele tinham sido vistos no Rottne de Småland. Parece que foi um conhecido do Balde que telefonou. Eu estava mais interessado na informação propriamente dita. Eu sabia que a namorada de Benny morava em Småland e que ela era ruiva. Então mandei Balde ir até a localidade e ficar de tocaia nos arredores do supermercado. Porque todo mundo precisa comer.

— E Balde estava feliz em obedecer, em nome de Jesus?

— Bem, aí o promotor acertou na mosca. Pode-se dizer muita coisa do Balde, mas religioso ele nunca foi. Ele estava ainda mais irritado do que o Parafuso com o novo rumo da organização. Ele falava em viajar para a Rússia ou para o Báltico e lá começar uma atividade envolvendo drogas; o senhor promotor já ouviu algo mais escabroso? E não é impossível que ele tivesse mesmo começado, mas isso o promotor terá de perguntar pessoalmente a ele... Mas isso não dá mais para fazer...

O promotor olhou desconfiado para Per-Gunnar Gerdin.

— Temos uma gravação, exatamente como Benny Ljungberg mencionou. Nela você chama Gunilla Björklund de "velha" e mais adiante na conversa você fala palavrões também. O que Nosso Senhor pensa disso?

— O Senhor perdoa rápido, o promotor poderá verificar isso se abrir a Bíblia que acaba de ganhar.

— "Àqueles a quem perdoares os pecados lhes são perdoados", disse Jesus — completou Bosse.

— O evangelho de João? — perguntou o comissário Aronsson, que parecia reconhecer a citação das horas que passara no canto do bar do hotel na noite anterior.

— Você lê a Bíblia? — indagou o promotor Ranelid, surpreso.

O comissário Aronsson não respondeu, mas sorriu piedosamente para o promotor Ranelid. Per-Gunnar Gerdin continuou:

— Naquela conversa escolhi manter o tom que Balde conhecia de antes; pensei que isso talvez o fizesse obedecer — explicou Per-Gunnar Gerdin.

— E ele obedeceu? — perguntou o promotor.

— Sim e não. Eu não queria que Allan, Julius, Benny e a namorada dele o vissem, porque fiquei com medo que o grupo não aceitasse seu jeito grosseiro.

— E pode-se dizer que ele não foi mesmo aceito — completou Linda.

— Como assim? — perguntou o promotor.

— Ele chegou em minha casa fumando e gritando palavrões e querendo álcool... Eu tenho muita paciência, mas não suporto pessoas que precisam apelar para palavras chulas para conseguir se expressar.

O comissário Aronsson conseguiu evitar que um pedaço de bolo o deixasse engasgado. Na noite anterior, Linda, sentada na varanda, tinha desfilado um rosário de palavrões, praticamente sem parar. Aronsson sentia cada vez mais que não desejava jamais descobrir a verdade. Estava bom como estava. Linda continuou:

— Tenho certeza de que ele já estava embriagado quando chegou lá em casa, e, imaginem só, chegou dirigindo. Ele ficava gesticulando com um revólver na mão para se fazer de importante, contava lorotas e disse que ia usar a arma nas suas transações com narcóticos em... acho que era Riga. Mas aí eu gritei, confesso para o senhor promotor que gritei, e disse: "Nada de armas na minha propriedade!", e fiz ele deixar a pistola na varanda. Nunca conheci uma pessoa mais desagradável e mal-humorada na minha vida...

— Talvez tenham sido as Bíblias que fizeram ele perder o bom humor — pensou alto Allan. — A religião mexe fácil com os sentimentos das pessoas. Uma vez em Teerã...

— Teerã? — O promotor deixou escapar.

— Sim, já se vão alguns anos, sim. Naquela época havia ordem nas coisas por lá, como Churchill me disse no avião quando fomos embora.

— Churchill?

— Sim, o primeiro-ministro. Ou talvez ele não fosse mais primeiro-ministro naquela época, mas já tinha sido, e voltaria a ser.

— Eu sei quem foi Winston Churchill, inferno, eu só... você e Churchill estiveram em Teerã juntos?

— Nada de palavrões, promotor! — disse Linda.

— Bem, não exatamente juntos. Morei lá uns tempos com um missionário. E ele era especialista em estragar o bom humor das pessoas à sua volta.

Falando em perder o bom humor, era exatamente isso que o promotor estava a caminho de fazer. Ele acabara de se dar conta de que estava tentando obter fatos de um velho de 100 anos que afirmava ter conhecido Franco, Truman, Mao Tsé-Tung e Churchill. Mas o fato de o promotor perder seu bom humor não era algo que preocupasse Allan, muito pelo contrário. E então ele continuou:

— O jovem Balde era a versão humana de uma nuvem carregada. Somente uma vez sua face se iluminou: foi quando ele foi embora. Ele baixou o vidro do carro e gritou: "Letônia, aqui vou eu." Interpretamos isso como o fato de ele estar a caminho da Letônia, mas o senhor promotor tem muito mais experiência em assuntos policiais do que nós, por isso talvez interprete de outro modo.

— Idiota — disse o promotor.

— Idiota? — perguntou Allan. — Nunca ninguém me chamou disso antes. "Cachorro", "rato", parece que Stalin deixou escapar quando estava furioso, mas idiota, nunca.

— Então estava mais do que na hora — disse o promotor Ranelid.

Foi quando Per-Gunnar Gerdin reagiu:

— O que é isso? O promotor não pode ficar zangado só porque não pode trancafiar as pessoas sem mais nem menos. O senhor quer ouvir a continuação da história ou não?

Sim, o promotor queria, e murmurou algo parecido com um pedido de desculpas. Talvez a palavra não fosse "querer", mas não tinha outra escolha. Então deixou Per-Gunnar Gerdin continuar:

— Sobre a Never Again, podemos dizer que Parafuso foi para a África para se tornar um legionário. Balde para a Letônia a fim de iniciar um comércio de drogas e Caracas voltou para casa em... bem, voltou. Restou apenas eu, mas com Jesus ao meu lado.

— Certo — murmurou o promotor —, continue!

— Fui para a Fazenda do Lago, para a casa de Gunilla, namorada do Benny. Balde tinha telefonado e me passado o endereço antes de deixar o país. Um pouco de vergonha na cara ele ainda tinha.

— Hum, a esse respeito tenho algumas perguntas — disse o promotor Ranelid. — A primeira é para a Sra. Gunilla Björklund. Por que a senhora comprou um ônibus alguns dias antes de partir. E por que partiu?

Na noite anterior, os amigos haviam combinado deixar Sonya fora de tudo. Ela era como Allan, uma fugitiva, mas sem os direitos de cidadão de Allan. Provavelmente, ela não seria nem considerada sueca, e na Suécia, como em outros países, estrangeiro não valia grande coisa. Sonya seria expulsa do país ou condenada a viver em um zoológico pelo resto da vida. Talvez até as duas coisas.

Mas, sem mencionar Sonya, era preciso recorrer novamente a mentiras para explicar o motivo pelo qual o grupo de repente resolveu viajar sacudindo em um ônibus.

— Bem, o ônibus está registrado no meu nome — disse Linda —, mas na verdade Benny e eu compramos juntos, para dá-lo ao irmão dele, Bosse.

— E ele vai encher o ônibus de Bíblias — disse o promotor Ranelid, que já não aguentava manter o humor e a postura sob controle.

— Não, com melancias — respondeu Bosse. — O promotor gostaria de experimentar a melancia mais doce do mundo?

— Não, não gostaria — respondeu o promotor Ranelid. — Quero esclarecer o que resta saber, depois quero ir para casa, comparecer à coletiva de imprensa e tirar férias. É isso que eu quero. E agora quero continuar. Com mil diabos, por que... desculpe, por que vocês deixaram a Fazenda do Lago com o ônibus justamente quando Per-Gunnar Gerdin estava chegando?

— Como é que eles iam saber que eu estava chegando? — perguntou Per-Gunnar Gerdin. — O senhor promotor está com dificuldade de acompanhar?

— Sim, estou — admitiu o promotor. — Einstein teria tido dificuldade em acompanhar essa baboseira.

— Agora que você mencionou Einstein... — começou Allan.

— Não, Sr. Karlsson — interrompeu Ranelid com a voz firme. — Não quero ouvir a saga sobre o que você e Einstein fizeram juntos. Em vez disso, quero saber do Sr. Gerdin onde os "russos" entram nisso.

— Russos? — perguntou Per-Gunnar Gerdin.

— Os russos! Seu falecido colega Balde fala dos "russos" em uma conversa telefônica monitorada. Você reclamava por ele não ter ligado pro telefone pré-pago, e Balde respondeu que achava que ele era só para fazer negócios com os *russos*.

— Não quero falar disso — disse Per-Gunnar Gerdin, principalmente porque ele não sabia o que dizer.

— Mas eu quero — disse o promotor Ranelid.

Houve um momento de silêncio em volta da mesa. Aquela coisa de os russos terem sido mencionados em um telefonema não havia sido publicada por nenhum jornal, e o próprio Gerdin não se lembrava disso. Foi quando Benny disse:

— *Jesli tjelovek kurit, on plocho igrajet v futbol.*

Todos se viraram para ele com os olhos arregalados.

— Os "russos" somos eu e meu irmão — explicou Benny. — Nosso pai, que descanse em paz, e nosso tio Frasse, descanse em paz também, eram um pouco orientados para a esquerda, por assim dizer. Por isso, treinaram a mim e a meu irmão em russo durante toda a nossa infância e adolescência, e com isso passamos a ser os "russos" para amigos e conhecidos. Foi o que eu expliquei em poucas palavras, só que em russo.

Como muitas outras coisas ditas por Benny naquela manhã, essa também tinha pouco a ver com a verdade. Em vez disso, ele havia tentado salvar Pico Gerdin da situação. Benny era praticamente bacharel em russo (faltou entregar a monografia), mas isso já fazia algum tempo, e a única coisa de que se lembrou na hora foi: "Se a gente fumar, não será bom jogar futebol."

Mas funcionou. De todos ali em volta da mesa na Fazenda Bellringer apenas Allan havia entendido o que Benny acabara de dizer.

Estava começando a ficar demais para o promotor Ranelid. Primeiro, as loucas referências de personagens históricos, agora, gente que falava russo... isso junto a fatos já incompreensíveis, como Parafuso ter sido encontrado morto em Djibouti e Balde em Riga, estava ficando demais, *era* demais. Apesar disso, restava ainda um fato impossível de se esclarecer.

— Para terminar, o senhor pode me explicar, Sr. Gerdin, como foi que seus amigos, primeiro, bateram no seu carro e, depois, o atropelaram, e como foi que o senhor ressuscitou e agora se encontra aqui sentado e... comendo melancia? E, afinal, posso provar essa melancia?

— Claro — disse Bosse. — Mas a receita é secreta! Ou, como se diz: "Para a comida ficar gostosa, a vigilância sanitária não deve estar por perto."

Aquela era uma máxima que nem o comissário Aronsson, nem o promotor Ranelid haviam ouvido falar. Mas Aronsson decidira não se manifestar para nada, e Ranelid desejava, mais que tudo, terminar aquela... seja lá o que aquilo tinha sido... e ir embora o quanto antes. Por isso, não pediu nenhuma explicação, apenas constatou que a melancia era a mais gostosa que ele já havia comido.

Per-Gunnar Gerdin explicou como fora parar na Fazenda do Lago, no momento em que o ônibus deixava a casa, e como ele, mesmo assim, foi até a casa para dar uma olhada antes de entender que os amigos estavam naquele ônibus, como virou o carro e tentou alcançá-los e como os ultrapassou e, por azar, derrapou — enfim, as fotos do que restou do carro tinham sido publicadas aqui e ali e não eram nenhuma novidade para o promotor.

— Ele ter nos alcançado não é de estranhar — disse Allan, que tinha ficado em silêncio por um momento. — Ele tinha mais de

300 cavalos de potência debaixo daquele capô. No tempo em que saí de Bromma para a casa do primeiro-ministro Erlander num Volvo PV444 a história era outra: 44 cavalos! Era muito naquele tempo. E quantos cavalos será que tinha o atacadista Gustavsson quando sem querer entrou no meu quintal e...

— Cale a matraca, por favor, Sr. Karlsson, antes que o senhor me mate — disse o promotor Ranelid.

O chefe da Never Again continuou seu relato. Sim, ele havia perdido um pouco de sangue nas ferragens, ou, para dizer a verdade, bastante, mas ele foi logo socorrido e cuidado, tão bem que achou não ser necessário ir para o hospital por causa de uma feridinha na coxa, um braço quebrado, um traumatismo craniano e algumas costelas fraturadas.

— Além disso, Benny estudou literatura — disse Allan.

— Literatura? — perguntou Ranelid.

— Eu disse literatura? Medicina, é o que eu quis dizer.

— Não seja por isso, estudei literatura também — disse Benny. — Meu preferido é, sem dúvida, Camilo José Cela, com seu romance de estreia de 1947, *La familia de...*

— Não comece como o Karlsson — pediu o promotor. — Volte ao relato.

O promotor, ao fazer seu apelo, tinha olhado para Allan, que disse:

— Se o senhor me perdoar, eu acho que a história terminou aqui. Porém, se insiste em nos ouvir conversar, eu posso tentar me lembrar de um ou outro acontecimento de quando eu era agente da CIA. Ou mais para trás ainda, quando cruzei o Himalaia. A propósito, o senhor quer a receita de como se faz vodca a partir de leite de cabra? A única coisa de que precisa é uma beterraba e um pouco de sol. Além do leite de cabra, naturalmente.

Às vezes acontece de a boca funcionar enquanto o cérebro continua parado, e foi possivelmente isso que aconteceu com o promotor Ranelid quando ele, contra tudo que havia determinado, comentou o último devaneio de Allan.

— Você cruzou o Himalaia? Aos 100 anos?

— Não, seu tonto — disse Allan. — Não tive 100 anos a vida toda, se o senhor me compreende. Pelo contrário, esta minha idade é bastante recente.

— Podemos ir...

— Todos nós crescemos e ficamos mais velhos — continuou Allan. — Quando se é criança, a gente tem dificuldade em entender isso. Veja por exemplo o jovem Kim Jong-il. O pobre rapaz chorou no meu colo e agora é um chefe de Estado, com tudo que isso implica...

— Será que poderíamos deixar isso de lado, Sr. Karlsson, e...

— Claro, perdão. O senhor promotor queria ouvir a história de quando cruzei o Himalaia. No começo, e por vários meses, minha única companhia foi um camelo, e diga-se o que quiser sobre camelos, mas como companhia não são os mais divertidos...

— Não! — exclamou o promotor Ranelid. — Eu não queria ouvir nada. Eu só... Eu não sei... Será que você não poderia apenas...

E o promotor Ranelid ficou em total silêncio por alguns minutos antes de dizer, em voz baixa, que ele não tinha mais perguntas a fazer... a não ser por que o grupo havia se escondido por várias semanas ali, em Västergötland, quando não havia razão para isso?

— Vocês são inocentes, não são?

— A inocência pode ser discutida, dependendo da perspectiva — disse Benny.

— Eu estava pensando em algo semelhante — disse Allan. — Pegue como exemplo os presidentes Johnson e De Gaulle. Quem era culpado e quem era inocente em se tratando das péssimas relações entre os dois? Não que eu tenha discutido isso com eles quando nos encontramos, a gente tinha outras coisas a discutir, mas...

— Por favor, Sr. Karlsson — disse o promotor Ranelid. — Se eu lhe pedisse de joelhos, o senhor ficaria em silêncio?

— Não há necessidade de o senhor me pedir de joelhos. Ficarei quieto como um anjo a partir de agora, prometo. Durante meus 100 anos minha língua só escorregou duas vezes, primeiro, quando expliquei para o Ocidente como se constrói a bomba atômica e, depois, quando fiz a mesma coisa para o Oriente.

O promotor Ranelid pensou que uma bomba atômica teria resolvido uma coisinha e outra, em especial se Karlsson estivesse sentado nela quando explodisse. Mas nada disse. Estava sem forças para dizer qualquer coisa. E a pergunta sobre por que o grupo ficara escondido durante aquelas três semanas em que foram declarados indiciados também não teve resposta, a não ser aquelas alusões filosóficas de que a Justiça tinha cores diferentes em países diferentes e em tempos diferentes.

O promotor Conny Ranelid levantou-se devagar, agradeceu baixinho pela melancia, pelo café e pelo pão doce, pela... conversa... e pela boa cooperação que o grupo da Fazenda Bellringer havia demonstrado.

Em seguida, deixou a cozinha, entrou no carro e foi embora.

— Correu tudo bem — disse Julius.

— Sem dúvida — disse Allan. — Acho que consegui encaixar quase tudo.

No carro, ao longo da rodovia E20, a paralisia mental do promotor Ranelid ia se soltando pouco a pouco. Ele começou a repassar a história que haviam lhe contado, somando, subtraindo (mais subtraindo), arrumando e ajeitando até achar que tinha conseguido uma história convincente e que poderia funcionar. A única coisa que preocupava o promotor quanto à veracidade da história ao ser relatada para a imprensa era se os jornalistas iam acreditar que o cheiro do cadáver tinha vindo precocemente do centenário Allan Karlsson.

Então, na cabeça do promotor Ranelid nasceu e tomou forma uma ideia. Aquele maldito cão policial... *e se ele botasse a culpa na desgraça do cachorro?*

Porque, se Ranelid conseguisse fazer com que acreditassem que o cão estava doido, abriam-se possibilidades inimagináveis para o promotor salvar a própria pele. Então, na história, nunca teria havido um cadáver no carrinho, no bosque de Sörmland. Porém o promotor *fora induzido a acreditar* no oposto, e isso levou a várias conclusões lógicas e a uma decisão — que provou ser totalmente desvairada, mas Ranelid não poderia ser culpado, porque *a culpa era do cachorro.*

É até brilhante, pensou o promotor. A única coisa necessária era que a história com o cachorro fosse confirmada por outras pessoa também e que Kicki — era esse o nome? —, e que Kicki tivesse seus dias neste mundo rapidamente abreviados. Não ia ficar bem se depois disso ela mostrasse uma incontestável capacidade.

O promotor Ranelid tinha um registro do treinador de Kicki desde que ele, alguns anos antes, ocultara um furto por policiais numa loja de conveniência. Uma carreira policial não podia terminar só por causa de um pão doce não pago, pensava Ranelid. Agora estava na hora de o treinador de cão retribuir.

— Adeus então, Kicki — disse o promotor Conny Ranelid, e sorriu pela primeira vez em muito tempo.

Pouco depois, tocou o telefone. Era o chefe de polícia, que estava com o relatório da necropsia e a identificação de Riga sobre sua mesa.

— Está confirmado que era mesmo Henrik Hultén o cadáver prensado no ferro-velho — disse o chefe de polícia.

— Que bom — disse o promotor Ranelid. — E que bom que você telefonou. Pode me passar para a telefonista? Preciso falar com Ronny Bäckman. Você sabe, o treinador de cães...

O grupo da Fazenda Bellringer havia se despedido do promotor Ranelid e, a convite de Allan, todos voltaram à mesa. Havia ainda, disse ele, uma questão a ser resolvida.

Allan começou por perguntar ao comissário Aronsson se ele tinha algo a comentar sobre o que acabara de ser dito ao promotor Ranelid. Talvez o comissário preferisse dar uma voltinha enquanto eles conversassem?

Aronsson respondeu que achou que o relato tinha sido claro e objetivo de todas as formas. No que tangia ao comissário, o assunto estava encerrado, e se permitissem que ele continuasse ali na mesa, para ele seria um prazer. Além disso, ele próprio também tinha seus pecados, e não pensava em atirar a primeira pedra, nem a segunda, naquele assunto.

— Mas podem me fazer a gentileza de não contar o que não preciso saber para sobreviver? Quero dizer, se houver outras alternativas à explicação dada ao promotor Ranelid, eu...

Allan prometeu que ele e os demais fariam essa gentileza ao comissário, dizendo que o amigo Aronsson era bem-vindo em participar.

Amigo Aronsson, pensou Aronsson. Durante todos os seus anos de trabalho, ele tivera oportunidade de arranjar muitos inimigos entre todos os cidadãos inescrupulosos do país, mas nenhum amigo. "Já era hora!", ele pensou, e disse que se Allan e os demais quisessem incluí-lo entre os seus amigos, ele ficaria feliz e orgulhoso.

Allan respondeu que durante sua vida ele foi amigo de pastores e presidentes, mas só agora de um policial. E como o amigo Aronsson não queria de jeito nenhum saber demais, Allan prometeu nada dizer sobre de onde viera todo o dinheiro do grupo. Por amizade, bem entendido.

— Todo o dinheiro? — disse o comissário Aronsson.

— Sim — disse Allan. — Sabe aquela mala? Antes de conter Bíblias de couro legítimo ela estava abarrotada de cédulas de 500 coroas. Mais ou menos 50 milhões.

— Com mil diabos...! — exclamou o comissário Aronsson.

— Pode xingar à vontade — disse Linda.

— Se você tem mesmo que invocar alguém, eu gostaria de recomendar Jesus — disse Bosse. — Com ou sem promotor na mesa.

— Cinquenta milhões? — perguntou o comissário.

— Menos algumas despesas ocorridas durante a viagem — disse Allan. — Agora, o grupo tem de resolver as condições de posse. Passo, então, a palavra para você, Pico.

Per-Gunnar Gerdin coçou a orelha enquanto pensava por uns minutos. Depois disse que gostaria que os milhões e os amigos ficassem próximos. Talvez pudessem sair de férias, todos juntos, porque não havia nada mais que Pico quisesse no momento do que tomar um drinque com guarda-chuvinha dentro sob um guarda-sol, em algum lugar distante. Além disso, ele sabia que Allan tinha o mesmo tipo de gosto.

— Mas sem guarda-chuvinha — disse Allan.

Julius disse que concordava com Allan. Protetor de chuva sobre a vodca não fazia parte das necessidades vitais, em especial se a gente já se encontrava debaixo de um guarda-sol e o sol brilhava num céu azul. Mas os amigos não precisavam brigar por causa disso. Férias coletivas pareciam ser uma ideia brilhante.

O comissário Aronsson sorriu acanhado. Ele não tinha coragem de se considerar membro do grupo. Benny notou isso e abraçou os ombros do comissário, perguntando como o representante da força policial preferia seu drinque de férias. O comissário se iluminou e já ia responder quando Linda colocou água no chope:

— Eu não dou um passo sem Sonya e Buster!

Ficou em silêncio por um segundo e acrescentou:

— Mas nem que a vaca tussa!

Como Benny não podia imaginar dar um passo sem Linda, ele perdeu o entusiasmo.

— Além disso, a metade de nós não deve nem ter passaporte válido para viajar — suspirou.

Calmamente, Allan agradeceu a generosidade de Pico pela ideia de repartir o dinheiro da mala com todos, da melhor maneira possível. Férias pareciam ser uma ótima ideia, para ele, e de preferência quilômetros e quilômetros longe da diretora Alice. Se o restante do grupo estivesse de acordo, seria arranjado tanto transporte como um destino, onde não fossem exigidos vistos, nem para gente nem para animais.

— E como você imagina que podemos levar um elefante de 5 toneladas? — perguntou Bosse, meio desesperado.

— Não sei — disse Allan. — Mas se pensarmos positivo, isso se arranja.

— E a questão de que muitos de nós não têm passaporte?

— Como eu disse, vamos pensar positivo.

— Pensando bem, acho que Sonya não pesa muito mais que 4 toneladas, talvez 4,5 no máximo — disse Linda.

— Está vendo, Benny — disse Allan. — É isso que eu quero dizer quando digo para pensar positivo. O problema já ficou uma tonelada mais leve!

— Talvez eu tenha uma ideia — continuou Linda.

— Eu também — disse Allan. — Poderia usar seu telefone?

Capítulo 26

1968-1982

Yuri Borisovich Popov morava e trabalhava na cidade de Sarov, em Nizhny Novgorod, a 350 quilômetros a sudeste de Moscou.

Sarov era uma cidade secreta, quase mais secreta que o agente secreto Hutton. Nem podia mais ser chamada de Sarov, agora tinha o nome nada romântico de Arzamas-16. Além disso, a cidade tinha sido apagada de todos os mapas. Sarov existia e não existia ao mesmo tempo, dependendo a que se estava referindo, à realidade ou a outra coisa. Mais ou menos como Vladivostok em 1953 e alguns anos para a frente, só que ao contrário.

A cidade era cercada por arame farpado e ninguém podia entrar ou sair sem um minucioso controle de segurança. Se você tivesse passaporte americano e trabalhasse na embaixada dos Estados Unidos em Moscou, era melhor não chegar nem perto.

Ryan Hutton, agente da CIA, e seu novo estagiário, Allan Karlsson, tinham treinado por semanas o ABC dos espiões, antes de Allan ser instalado na embaixada em Moscou com o nome de Allen Carson e com o vago cargo de "administrador".

Para vexame do agente secreto Hutton, ele tinha esquecido que a pessoa de quem Allan Karlsson devia se aproximar estava inacessível, trancafiada atrás de arame farpado, numa cidade tão protegida que nem podia ser chamado pelo nome ou existir onde existia.

O agente secreto Hutton pediu desculpas a Allan por seu erro, mas acrescentou que o Sr. Karlsson, com certeza, pensaria em algo. Popov teria de visitar Moscou eventualmente, então era só Allan descobrir quando isso aconteceria.

— Mas o Sr. Karlsson vai ter que me dar licença agora — disse o agente secreto Hutton ao telefone, direto da capital francesa. — Tenho outros assuntos a resolver em minha mesa. Boa sorte!

Com isso o agente secreto Hutton desligou o telefone, deu um suspiro profundo e voltou para a balbúrdia surgida depois do golpe militar na Grécia no ano anterior, que fora apoiado pela CIA. Como outros tantos acontecimentos naqueles dias, o golpe não tinha acertado exatamente onde deveria.

Allan, por outro lado, não tinha ideia melhor do que ir diariamente até a biblioteca de Moscou, onde ficava por horas lendo jornais e revistas. Sua esperança era tropeçar em um artigo dizendo que Popov ia aparecer diante do público, do outro lado do arame farpado que cercava Arzamas-16.

Os meses se passaram, e notícias assim nunca apareceram. Mas Allan leu, entre outras coisas, que o candidato a presidente Robert Kennedy tivera o mesmo destino que o irmão, e que a Tchecoslováquia havia pedido socorro à União Soviética para botar ordem em seu próprio socialismo.

Allan ficou sabendo também que Lyndon B. Johnson tinha passado o posto a um sucessor chamado Richard M. Nixon. Como ele continuava a receber seu pagamento mensalmente em um envelope da embaixada, Allan achou melhor continuar a procurar por Popov. Se alguma coisa mudasse, com certeza, o agente secreto Hutton entraria em contato.

O ano de 1968 virou 1969, e a primavera se aproximava quando Allan, em seu eterno folhear na biblioteca, leu algo muito interessante. A Ópera de Viena ia se apresentar no Teatro Bolshoi em Moscou, com Franco Corelli como tenor e a estrela sueca internacional Birgit Nilsson no papel de Turandot.

Allan coçou o queixo (agora sem barba) e se lembrou da primeira e única ocasião que ele e Yuri passaram juntos. Lá pelas tantas Yuri tinha entoado uma ária. Nessun dorma, foi o que ele cantou — ninguém pode dormir! Não demorou muito até que, por motivos relacionados ao álcool, ele dormisse mesmo assim, mas isso era outra história.

Na opinião de Allan, alguém que podia fazer justiça a Puccini e Turandot em um submarino a 200 metros de profundidade não perderia aquela ópera de Viena no Teatro Bolshoi de Moscou. Especialmente se a pessoa morava a apenas algumas horas de distância e tinha recebido tantas medalhas que facilmente conseguiria um lugar.

Ou talvez ele perdesse. Nesse caso, Allan teria de continuar seus passeios diários até a biblioteca. Era o pior que poderia acontecer, e não era tão ruim.

Allan contava com a aparição de Yuri na frente do teatro, e nesse caso era só estar lá e dizer *obrigado por aquele drinque*. Com isso o caso estaria resolvido.

Ou talvez não.

Nem de longe!

Na noite de 22 de março de 1969, Allan se posicionou estrategicamente à esquerda da entrada principal do Teatro Bolshoi. A ideia era que naquela posição ele reconheceria Yuri quando este passasse por lá a caminho do salão. O problema era que todos os visitantes pareciam quase idênticos. Os homens estavam todos de terno preto debaixo de um sobretudo preto, e as mulheres de vestidos longos sob um casaco de pele marrom ou preto. Todos vinham aos pares e saíam rapidamente do frio para o calor do teatro, passando por Allan de pé no degrau mais alto da magnífica escadaria. E estava escuro, então, como é que Allan ia reconhecer um rosto que havia visto por dois dias 21 anos antes? A não ser que, em vez disso, ele tivesse a incrível sorte de Yuri reconhecê-lo.

Não, essa sorte Allan não teve. Não havia qualquer garantia de que Yuri Borisovich se encontrasse no teatro, mas, *se estivesse*, tinha passado a alguns metros do velho amigo sem se dar conta disso. O que Alan poderia fazer? Ele pensou alto:

— Se você acaba de entrar no teatro, caro Yuri Borisovich, é muito provável que daqui a algumas horas você saia pela mesma porta. Mas você deve estar igual a todo mundo, assim como quando entrou. Portanto, não vou conseguir encontrá-lo. Resta você me encontrar.

Teria de ser assim. Allan voltou até seu pequeno escritório na embaixada, fez seus preparativos e retornou a tempo, antes de o príncipe Calàf conquistar o coração de Turandot.

O que Allan mais tivera de repetir durante seu treinamento com o agente secreto Hutton era a palavra "discrição". Um agente bem-sucedido não podia nunca fazer qualquer barulho; ele devia integrar-se ao ambiente onde atuava, até o ponto de quase ser invisível.

— Entendeu, Sr. Karlsson?

— Certamente, Sr. Hutton — Allan respondera.

Birgit Nilsson e Franco Corelli foram chamados de volta ao palco vinte vezes; o sucesso fora total. Por isso, demorou muito até o público se levantar e as pessoas, parecidas umas com as outras, descerem pela escadaria. O que todos viram então foi o homem de pé, no meio do último degrau, agitando os braços e segurando um cartaz feito em casa no qual se lia:

EU SOU
ALLAN
EMMANUEL

Allan Karlsson tinha entendido bem as aulas do agente secreto Hutton, só que não dava a mínima para elas. Na Paris de Hutton era primavera, mas em Moscou estava frio e escuro. Allan estava congelando e queria resultados. Primeiro, ele pensou em escrever o nome de Yuri no cartaz, mas depois decidiu que aquela atrevida indiscrição devia ser em seu próprio nome.

Larissa Aleksandrevna Popova, esposa de Yuri Borisovich Popov, segurava carinhosamente o braço do marido enquanto agradecia a ele, pela quinta vez, o maravilhoso espetáculo a que ambos haviam assistido. Birgit Nilsson era a própria Maria Callas! E os lugares, então, quarta fila e bem no meio. Fazia tempo que Larissa não se sentia tão feliz. Além disso, naquela noite, ela e o marido iam dormir num hotel, e ela não teria que voltar para aquela cidade horrorosa, cercada de arame farpado, pelas próximas 24 horas. Teriam um jantar romântico só os dois, ela e Yuri... e depois talvez até...

— Com licença, querida — disse Yuri, e parou no degrau mais alto da escada, diante das portas do teatro.

— O que foi, amor? — perguntou Larissa, preocupada.

— Não deve ser nada... Mas você está vendo o homem lá embaixo com o cartaz? Tenho que dar uma olhada... Não pode ser... mas preciso... *Mas ele está morto!*

— Quem está morto, querido?

— Venha! — E Yuri foi se embrenhando entre as pessoas, puxando a mulher escada abaixo.

A menos de 3 metros de Allan, Yuri parou, tentando fazer o cérebro entender o que seus olhos haviam registrado. Allan viu o amigo de outrora ali de pé, olhos arregalados, baixou o cartaz e disse:

— Cantou bem, a Birgit?

Yuri continuava mudo, mas sua mulher ao lado cochichou: "É este o homem que estava morto?" Allan respondeu por Yuri e disse que morto não estava, mas estava congelando, e se o casal Popov queria se assegurar de que ele não morreria de frio, era melhor levá-lo a um restaurante sem demora, onde ele pudesse tomar uma vodca e talvez comer alguma coisa.

— É você mesmo — Yuri finalmente conseguiu dizer. — Mas você fala russo?

— Sim, fiz um curso de cinco anos logo depois do nosso último encontro — disse Allan. — Gulag era o nome da escola. E aquela vodca?

Yuri Borisovich era um homem de bons princípios, e por 21 anos havia sofrido pelo fato de ter involuntariamente enganado o sueco, o especialista em bomba atômica, a vir para Moscou e depois ser enviado a Vladivostok, onde, com certeza, se não antes, teria morrido naquele incêndio de que todo russo bem-informado sabia. Por 21 anos ele sofrera, porque havia gostado do sueco e de seu aparentemente invencível tom positivo.

Agora, depois de uma ópera maravilhosa, Yuri Borisovich encontrava-se do lado de fora do Teatro Bolshoi, em Moscou, num frio de uns menos 17 graus e... não, ele não podia acreditar. Allan Emmanuel Karlsson *tinha sobrevivido*. Ele estava vivo. E estava na frente de Yuri naquele instante. No meio de Moscou. E falando russo!

Yuri Borisovich estava casado com Larissa Aleksandrevna havia quarenta anos, e eles eram muito felizes. Não tiveram filhos, mas sua cumplicidade mútua era ilimitada. Dividiam tudo na pobreza e na riqueza, e por mais de uma vez Yuri confessara à mulher a tristeza que sentia com relação ao destino de Allan Emmanuel Karlsson. E agora, enquanto Yuri ainda tentava entender o que estava acontecendo, Larissa Aleksandrevna assumiu o comando.

— Pelo que entendi, este é o seu amigo de antigamente, aquele que você indiretamente havia mandado para a morte. Que tal, querido Yuri, se nós, de acordo com o desejo dele, o levássemos bem rápido a um restaurante e lhe déssemos um pouco de vodca, antes que ele morra de verdade?

Yuri não respondeu, mas fez que sim com a cabeça e deixou-se conduzir pela mulher até a limusine que os aguardava, na qual ele se sentou perto do seu até então falecido camarada, enquanto a mulher dava ordens ao motorista.

— Restaurante Puskin, por favor.

Allan precisou de dois generosos drinques para descongelar e outros dois para Yuri começar a funcionar como ser humano novamente. Nesse meio-tempo, Allan e Larissa tinham se apresentado um ao outro.

Quando Yuri finalmente conseguiu se recompor e o estado de choque passou para um estado de felicidade ("Agora vamos comemorar!"), Allan achou que tinha chegado a hora de falar francamente. Se tinha algo para dizer, era melhor dizer logo.

— O que acha de virar espião? — perguntou Allan. — Eu sou espião, e é bem emocionante.

Yuri engasgou com o quinto drinque.

— Espião? — perguntou Larissa enquanto o marido tossia.

— É, ou "agente". Não sei bem qual a diferença, para falar a verdade.

— Que interessante! Por favor, conte mais, Allan Emmanuel.

— Não, não faça isso, Allan — tossiu Yuri. — Não queremos saber mais!

— Não fale bobagens, querido Yuri — disse Larissa. — Seu amigo quer falar sobre o trabalho dele, já que não se veem há tantos anos. Continue, Allan Emmanuel.

Allan continuou e Larissa escutou, interessada, enquanto Yuri escondia o rosto entre as mãos. Allan contou sobre o jantar com o presidente Johnson, sobre o agente secreto Hutton da CIA e o encontro com ele no dia seguinte, quando este havia sugerido a Allan que ele fosse a Moscou para descobrir a quantas andavam os mísseis soviéticos.

A alternativa que Allan via era a de permanecer em Paris, onde ele teria um trabalhão para evitar que a embaixadora e seu marido causassem crises diplomáticas só de abrir a boca. Como Amanda e Herbert eram dois, e Allan não poderia estar em dois lugares ao mesmo tempo, ele aceitou a oferta do agente secreto Hutton. Parecia muito mais tranquilo. Sem contar o prazer de rever Yuri depois daqueles anos todos.

Yuri continuava com o rosto entre as mãos, mas olhava para Allan por entre os dedos. Ele tinha ouvido falar em Einstein? Sim, Yuri se lembrava dele, e foi realmente uma boa notícia saber que Herbert também sobrevivera ao sequestro e ao campo de concentração onde fora colocado por Beria.

Sim, confirmou Allan. Depois contou, em poucas palavras, os vinte anos com Herbert; de como o amigo inicialmente só pensava em morrer, mas quando finalmente morreu, em dezembro do ano anterior, sem mais nem menos, aos 76 anos, já tinha mudado completamente de opinião. Deixou mulher, uma diplomata de sucesso em Paris, e dois filhos adolescentes. Os últimos relatórios da capital francesa diziam que a família havia encarado bem o falecimento de Herbert e que a Sra. Einstein havia se tornado a favorita entre as pessoas importantes de Paris. Seu francês ainda era horrível, mas isso fazia parte de seu charme, porque, às vezes, se tinha a impressão de que ela estava falando besteiras que certamente não poderia querer dizer.

— Mas estamos fugindo do assunto — disse Allan. — Você se esqueceu de responder à minha pergunta. Não quer virar espião, só para variar?

— Mas querido Allan Emmanuel, isso não pode estar acontecendo! Sou mais do que enaltecido pelas minhas contribuições à pátria mãe, mais do que qualquer outro civil na história moderna da União Soviética. Está totalmente fora de questão eu me tornar um espião! — disse Yuri, e levou o sexto copo à boca.

— Não diga isso, querido Yuri — disse Larissa, fazendo com que o copo número seis seguisse pelo mesmo caminho que o número cinco.

— Não seria melhor você engolir a vodca em vez de espirrá-la sobre as pessoas? — perguntou Allan amavelmente.

Larissa Popova desenvolveu seu ponto de vista, enquanto o marido retornava à posição com o rosto nas mãos. Larissa disse que tanto ela como Yuri já iam fazer 65 anos, e o que eles tinham para agradecer à União Soviética? Era verdade que o marido tinha sido condecorado três vezes, o que por sua vez permitia ter entradas e bons lugares na ópera. Mas o que mais?

Larissa não esperou pela resposta do marido. Continuou dizendo que ambos eram prisioneiros em Arzamas-16, uma cidade que só de nome fazia qualquer um ficar deprimido. Além disso, viviam atrás de arames farpados! Sim, Larissa sabia que eram livres para ir e vir à vontade, mas Yuri não devia interrompê-la agora porque ela estava longe de terminar.

Em nome de quem Yuri se matava de trabalhar todos os dias? Primeiro foi por Stalin, e ele não era bom da cabeça. Depois foi a vez de Khrushchev, e o único sinal de calor humano que aquele homem demonstrara foi quando mandou executar o marechal Beria! E agora era Brejnev — que cheirava mal!

— Larissa — exclamou Yuri Borisovich, horrorizado.

— Não venha com essa de Larissa daqui, Larissa de lá, querido. Que Brejnev fede são suas próprias palavras.

E continuou dizendo que Allan Emmanuel tinha vindo como por encomenda, porque ultimamente ela andava cada vez mais deprimida, diante da perspectiva de morrer dentro daquela cerca de arame farpado, numa cidade que não existia oficialmente. Será que Yuri e Larissa ao menos teriam lápides depois de mortos? Ou seria necessário colocar código nelas também, por segurança?

— Aqui jaz o camarada X e sua fiel esposa Y — disse Larissa.

Yuri não respondeu. Sua querida mulher parecia ter alguma razão naquilo tudo. E, então, Larissa desferiu o golpe final:

— Por que não ser espião por alguns anos com seu amigo aqui e depois termos ajuda para fugir para Nova York e irmos todas as noites ao Metropolitan? Vamos viver a vida antes de morrer, querido Yuri.

Enquanto Yuri dava sinais de resignação, Allan continuou a descrever em detalhes como tudo aquilo surgira. Como ele havia contado, tivera contato com um Sr. Hutton por caminhos tortuosos em Paris, um homem que parecia ser muito próximo do ex-presidente Johnson e que, além disso, tinha um alto cargo na CIA.

Quando Hutton soube que Allan conhecera Yuri Borisovich há alguns anos e que Yuri talvez devesse um favor a ele, o agente elaborou um plano.

Allan não tinha prestado muita atenção nos aspectos políticos globais do plano, porque ele, como sempre, quando se falava em política, parava de escutar. Era automático.

O físico nuclear soviético tinha recuperado o raciocínio e agora balançava a cabeça em reconhecimento. Política também não era sua área preferida, de jeito nenhum. Ele era socialista de corpo e alma, isso era certo, mas se alguém lhe pedisse para desenvolver o tema ele estaria enrolado.

Allan fez uma honesta tentativa de resumir o que o agente secreto Hutton tinha lhe dito. Era algo relacionado ao fato de a União Soviética atacar os Estados Unidos com armas nucleares ou não.

Yuri balançou a cabeça novamente, concordando que era mais ou menos isso. Sim ou não, era com isso que se devia contar.

Pelo que Allan conseguia se lembrar, Hutton, o homem da CIA, também tinha expressado sua preocupação a respeito das consequências de um ataque soviético aos Estados Unidos. Mesmo que o arsenal atômico soviético só conseguisse eliminar os Estados Unidos uma única vez, Hutton era da opinião que já seria suficientemente funesto.

Yuri concordou uma terceira vez que seria horrível para o povo americano se os Estados Unidos sumissem do mapa.

Como Hutton tinha amarrado todas as pontas soltas, Allan não tinha a menor ideia. Por algum motivo, ele queria saber no que consistia o arsenal soviético; quando soubesse disso, ele iria recomendar ao presidente Johnson que iniciasse negociações de desarmamento com a União Soviética. Só que agora Johnson não era mais o presidente, então... não, Allan não sabia. Era sempre assim com a política: muitas vezes, não só era desnecessária como também desnecessariamente complicada.

Yuri era o chefe técnico de todo o programa global de armas nucleares da União Soviética e sabia tudo sobre a estratégia, geografia e importância do programa. Mas em todos os seus 23 anos a serviço do programa nuclear soviético ele não tivera ou precisara ter um único pensamento político. Era uma condição de acordo com a vontade e o bem-estar de Yuri. Ao longo daqueles anos, ele sobrevivera a três líderes diferentes e também ao marechal Beria. Viver tanto, e se manter em posição de destaque, não era permitido a muitos homens de poder na União Soviética.

Yuri sabia os sacrifícios que Larissa tivera de fazer. E agora — quando achavam que já estava na hora de uma aposentadoria e uma casa de veraneio no mar Negro — o grau de abnegação dela era incomensurável. E ela nunca reclamou. Nunca, jamais. Por isso Yuri escutou com atenção quando ela disse:

— Querido e amado Yuri. Vamos, juntameente com Allan Emmanuel, contribuir um pouco para a paz no mundo e depois nos mudaremos para Nova York. Suas medalhas, podemos devolvê-las para Brejnev, e ele pode enfiá-las no traseiro.

Yuri desistiu e disse "sim" para todo o pacote (exceto para a parte das medalhas no traseiro), e imediatamente Allan e Yuri concordaram que o presidente Nixon não precisava saber a verdade toda logo de cara, mas sim algo que o fizesse feliz. Porque um Nixon feliz podia agradar um Brejnev, e se ambos ficassem felizes, não haveria guerra, certo?

Allan acabara de recrutar um espião por meio de um cartaz em um lugar público, no país que possuía o mais eficiente aparato de polícia secreta do mundo. Naquela noite, estavam no Teatro Bolshoi um capitão do GRU, o Departamento Central de Inteligência, e um diretor civil da KGB, ambos com suas esposas. Os dois haviam visto, como todo mundo, o homem no último degrau da escada carregando um cartaz. Mas ambos já estavam no ramo há tempo demais para avisar algum colega de plantão. Ninguém que quisesse exercer uma atividade contrarrevolucionária daria tanta bandeira.

Ninguém seria besta.

Também havia uma porção de informantes profissionais da KGB e do GRU no restaurante, onde o recrutamento propriamente dito fora concluído. Na mesa 9, havia um homem cuspindo vodca sobre a comida, escondendo o rosto com as mãos, agitando os braços, revirando os olhos e tomando uma bronca da mulher. Em outras palavras, um comportamento totalmente normal em um restaurante russo, tão normal que nem valia a pena anotar.

Foi assim que um agente americano politicamente cego conseguiu fazer uma sopa de estratégias globais de paz com um chefe soviético de armamento nuclear também politicamente cego — sem que nem a KGB, nem o GRU pudessem dar seu veto.

Quando o chefe da CIA na Europa, Ryan Hutton, ficou sabendo que o recrutamento estava feito e que logo haveria uma entrega, pensou com seus botões que aquele Karlsson era mais profissional do que deixava transparecer.

O Teatro Bolshoi renovava o programa três a quatro vezes por ano. E todo ano havia pelo menos um espetáculo internacional, como a Ópera de Viena.

Logo, havia algumas oportunidades todo ano para que Allan e Yuri Borisovich se encontrassem discretamente no hotel, na suíte de Yuri e Larissa, para selecionar informações nucleares adequadas para enviar à CIA. Eles misturavam fantasia e realidade de tal forma que, de uma perspectiva americana, o relatório parecia ao mesmo tempo confiável e animador.

Uma das consequências dos relatórios informativos de Allan foi que a equipe do presidente Nixon deu início, em 1970, à tentativa de conseguir um encontro com Moscou, para discutir um desarmamento mútuo. Nixon se sentia tranquilo, sabendo que os Estados Unidos eram o mais forte dos dois.

O comandante Brejnev, por sua vez, também não era avesso a um acordo de desarmamento, porque seu serviço secreto lhe garantia que a União Soviética era o mais forte dos dois. O que complicou a situação foi que uma faxineira que trabalhava no departamento de informações da CIA vendeu informações muito importantes para o GRU. Ela havia encontrado alguns documentos enviados do escritório da CIA em Paris, que davam a entender que a agência tinha um espião infiltrado no programa nuclear soviético. O problema surgiu quando se verificou que as informações subsequentes não batiam. Se Nixon queria o desarmamento a partir de informações enviadas para a CIA em Paris por um mitômano soviético, Brejnev não tinha nada contra. Mas a coisa toda era tão complicada que exigia tempo para pensar. E o mitômano tinha de ser localizado.

A primeira providência de Brejnev foi chamar seu diretor de armamento nuclear, o leal e corretíssimo Yuri Borisovich Popov, e solicitar uma análise apontando de onde a desinformação para os americanos poderia ter surgido. Mesmo que a inteligência americana tivesse informações sobre a capacidade atômica da União Soviética muito aquém da realidade, a formulação dos documentos era suficientemente profissional para suscitar dúvidas. Daí a necessidade da ajuda de um especialista como Popov.

Popov leu o que ele e Allan tinham inventado juntos e deu de ombros. Qualquer estudante poderia ter escrito aquilo, depois de folhear alguns livros na biblioteca, comentou Popov. Nada que precisasse preocupar o camarada Brejnev, se este aceitasse a opinião de um simples físico.

Sim, era por isso que Brejnev havia chamado Yuri Borisovich. Ele agradeceu efusivamente seu diretor técnico de armamento nuclear pela ajuda e mandou lembranças a Larissa Aleksandrevna, a encantadora esposa de Yuri.

Enquanto a KGB colocava inutilmente uma discreta vigilância sobre a literatura relacionada a armas nucleares, nas duzentas bibliotecas da União Soviética, Brejnev pensava em como devia se posicionar diante da insistência oficiosa de Nixon. Até o dia em que — cruz-credo! — Nixon foi convidado a visitar a China e o balofo do Mao Tsé-Tung! Brejnev e Mao haviam recentemente mandado um ao outro lamber sabão de uma vez por todas, e agora, de repente, havia o risco de os Estados Unidos e a China formarem uma aliança pagã contra a União Soviética. Isso não podia acontecer!

Sendo assim, no dia seguinte, Richard M. Nixon, o presidente dos Estados Unidos da América, recebeu um convite oficial para visitar a União Soviética. A isto seguiu-se muito trabalho duro nos bastidores; uma coisa levou a outra e, no fim, Nixon e Brejnev não só haviam apertado as mãos como também assinado dois acordos separados de desarmamento: um antimísseis (o tratado ABM) e o outro sobre armas estratégicas (SALT). Como o acordo foi selado em Moscou, Nixon aproveitou para cumprimentar o agente da embaixada americana que tão preciosamente o havia munido com informações sobre a capacidade do armamento nuclear soviético.

— Por nada, senhor presidente. — Mas o senhor não vai me convidar para jantar também? É o que costumam fazer.

— Quem costuma? — perguntou surpreso o presidente.

— Bem, todos que ficaram satisfeitos com minha ajuda... Franco, Truman, Stalin... e o líder Mao... ainda que ele tenha servido só macarrão... mas também já era tarde da noite... e o primeiro-ministro Erlander só serviu café, pensando agora. Também não foi tão ruim, eram tempos de racionamento...

Felizmente, o conhecimento de Nixon sobre o passado do agente estava em dia, e ele pôde, por isso, responder com tranquilidade que, infelizmente, não haveria tempo para um jantar com o Sr. Karlsson. Mas acrescentou que um presidente americano não poderia ser menos generoso que um primeiro-ministro sueco, portanto haveria, sim, um café e conhaque. Naquele instante, se fosse conveniente.

Allan agradeceu o convite e perguntou se um conhaque *duplo* poderia ser considerado, se ele abrisse mão do café. Nixon respondeu que o orçamento nacional americano provavelmente suportaria as duas coisas.

Os dois senhores passaram uma hora muito agradável juntos. Tão agradável quanto possível, porque Nixon insistia em falar de política. O presidente americano queria saber como funcionava o jogo político na Indonésia. Sem mencionar o nome de Amanda, Allan contou em detalhes como fazer carreira política no país. O presidente Nixon ouviu com atenção e ficou pensativo.

— Interessante — disse ele. — Interessante.

Allan e Yuri estavam satisfeitos um com o outro e com o desenrolar das coisas. Parecia que o GRU e a KGB também tinham se acalmado na caçada por aquele espião, algo que Allan e Yuri também acharam ótimo. Ou, como Allan definiu:

— Melhor que ter duas organizações assassinas te caçando é não ter nenhuma.

Depois acrescentou que o amigo e a esposa dele não deviam perder tanto tempo com a KGB, ou com o GRU, ou com qualquer das outras siglas, porque não dava para fazer nada a respeito delas. Em vez disso, estava mais do que na hora de enviar mais um relatório informativo para o agente secreto Hutton e seu presidente. *Considerável oxidação no depósito de mísseis de meia distância em Kamchatka*, seria isso algo que valia a pena elaborar?

Yuri elogiou Allan por sua imaginação galopante. Ela facilitava muito a composição dos relatórios. E com isso sobraria mais tempo para comer, beber e conviver.

Richard M. Nixon tinha todos os motivos do mundo para estar satisfeito. Até a hora em que não tinha mais.

O povo americano amava seu presidente e o reelegeu em 1972, uma vitória de lavada. Nixon ganhou em 49 estados; George McGovern, a muito custo, em um.

De repente tudo ficou mais complicado. Depois mais complicado ainda. Por fim, Nixon teve de fazer o que nenhum presidente americano havia feito até então.

Ele teve de renunciar.

Allan leu sobre o escândalo Watergate em todos os jornais disponíveis na biblioteca de Moscou. Em resumo, Nixon tinha fraudado o imposto de renda, recebido doações ilegais para sua campanha, autorizado bombardeios secretos e escutas ilegais. Allan pensou que o presidente tinha se impressionado com aquela conversa de uns tempos atrás, quando tomaram o conhaque duplo. E falou para a foto de Nixon no jornal:

— Você devia ter investido em uma carreira na Indonésia. Lá você teria ido longe.

Os anos se passaram. Nixon foi substituído por Gerald Ford, que foi substituído por Jimmy Carter. Tudo enquanto Brejnev se mantinha no lugar. Assim como Allan, Yuri e Larissa, que continuaram a se encontrar cinco ou seis vezes por ano, e todas as vezes foram igualmente agradáveis. Os encontros sempre resultavam em um relatório devidamente criativo, referente ao status da estratégia soviética de armamento nuclear. Ao longo dos anos, Allan e Yuri tinham decidido diminuir a capacidade soviética gradualmente, porque perceberam que isso agradava muito os americanos (independente de quem fosse presidente, pelo jeito) e deixava a convivência entre os países mais leve.

Mas nenhuma felicidade é eterna.

Um dia, logo depois de o tratado SALT II ser assinado, Brejnev achou que o Afeganistão precisava de sua ajuda. Mandou suas tropas de elite para o país, o que causou a morte quase imediata do presidente no poder; não restou outra alternativa para Brejnev a não ser colocar no lugar dele um presidente de sua escolha.

O presidente Carter ficou muito irritado, naturalmente ("irritado" era um eufemismo), com Brejnev. A tinta no tratado SALT II nem estava seca ainda. Foi aí que Carter boicotou os jogos olímpicos de Moscou e tentou aumentar o apoio secreto da CIA à guerrilha fundamentalista do Afeganistão, a *Mujaheddin*.

Não teve tempo para fazer muito mais, porque Ronald Regan assumiu, e ele tinha um temperamento muito mais cáustico para com o comunismo de um modo geral e principalmente em se tratando daquele velho pateta, Brejnev.

— Parece raivoso, aquele Regan — disse Allan para Yuri, no primeiro encontro entre agente e espião depois da posse do novo presidente.

— É, parece — respondeu Yuri. — E agora não podemos mais reduzir o arsenal soviético de armamento nuclear, porque aí não vai sobrar nada.

— Então sugiro que façamos o contrário — disse Allan. — Isso vai fazer Regan amolecer um pouquinho, você vai ver.

O próximo relatório do espião para os Estados Unidos, através do agente secreto Hutton em Paris, falava de uma sensacional ofensiva soviética com relação à autodefesa de mísseis. A imaginação de Allan havia galgado o espaço. Ele inventou que a intenção do programa era que foguetes soviéticos seriam capazes de acertar todos os meios usados pelos Estados Unidos para atacar alvos em terra.

Com isso, Allan, o agente americano, e Yuri, o chefe do armamento nuclear soviético, ambos politicamente cegos, fundamentaram a base para o colapso da União Soviética. Ronald Regan entrou em parafuso com o relatório informativo que Allan mandara e começou imediatamente uma Iniciativa de Defesa Estratégica, também chamada de "Guerra nas Estrelas". A descrição do projeto, com satélites que emitiam ondas de laser, era uma cópia quase exata do que Allan e Yuri haviam inventado alguns meses antes, rindo e brincando, em um quarto de hotel em Moscou, sob o efeito de uma bebedeira com a medida certa de vodca, de acordo com eles mesmos. Com isso, o orçamento americano para a defesa contra ataques nucleares também quase alcançou o espaço. A União Soviética tentou se igualar, mas não tinha dinheiro para isso, e o país começou a desmoronar pelas bordas.

Se foi o choque com a nova ofensiva militar da América ou se foi outra coisa, não se sabe; mas em 10 de novembro de 1982 Brejnev morreu de infarto. A noite seguinte seria uma daquelas noites de reunião informativa, entre Allan, Yuri e Larissa.

— Não está na hora de terminar com essa bobagem? — perguntou Larissa.

— Sim, vamos acabar agora com essa bobagem — disse Yuri.

Allan concordou com a cabeça, dizendo que tudo tinha de ter um fim, principalmente em se tratando de bobagens, e a morte de Brejnev devia ser um sinal dos céus de que deviam parar, porque, agora, ele ia feder mais do que nunca.

E acrescentou que na manhã seguinte ia telefonar para o agente secreto Hutton. Treze anos e meio a serviço da CIA bastavam; que a maior parte do tempo fora levado meio na flauta era melhor que ficasse entre eles; o agente secreto Hutton e seu presidente de pavio curto não precisavam saber.

Agora a CIA tinha que tratar de transferir Yuri e Larissa para Nova York; isso já havia sido prometido, enquanto Allan estava pensando em dar uma olhada em como estava indo a velha Suécia.

A CIA e o agente secreto Hutton cumpriram o prometido. Yuri e Larissa foram transferidos para os Estados Unidos, via Tchecoslováquia e Áustria. Receberam um apartamento na West 64th Street, em Manhattan, e um subsídio anual que superava, em muito, as necessidades do casal. Não saiu caro para a CIA, porque em janeiro de 1984 Yuri morreu enquanto dormia; três meses depois, de saudade, morreu Larissa. Ambos chegaram aos 79 anos; o ano mais feliz de ambos foi o de 1983, quando o Metropolitan comemorou seu aniversário de 100 anos com uma série de eventos inesquecíveis desfrutados pelo casal.

Allan, por sua vez, fez as malas em seu apartamento em Moscou e comunicou ao departamento administrativo da embaixada americana que estava indo embora, em definitivo. Foi então que a Chancelaria descobriu que o funcionário Allen Carson, por alguma razão inexplicável, havia recebido apenas um auxílio-moradia durante os 13 anos e cinco meses em que foi funcionário.

— O senhor nunca percebeu que não recebia o salário? — perguntou o escriturário a Allan.

— Não — disse ele. — Gasto pouco com comida e a vodca é barata. Deu bem para viver.

— Por 13 anos?

— Sim, imagine como o tempo voa.

O escriturário olhou de um jeito estranho para Allan e prometeu providenciar o pagamento em cheque assim que o Sr. Carson, ou qual fosse o nome verdadeiro dele, comunicasse o fato à embaixada americana em Estocolmo.

CAPÍTULO 27

Sexta-feira, 27 de maio-
quinta-feira, 16 de junho de 2005

AMANDA EINSTEIN AINDA estava viva. Agora com 84 anos, vivia em uma suíte de um hotel de luxo em Bali, cujo proprietário e administrador era seu filho mais velho, Allan.

Allan Einstein tinha 51 anos e era muito esperto, assim como seu irmão mais novo, Mao. Enquanto Allan se formou em economia (de verdade), e mais tarde se tornou diretor de hotel (ele ganhou o hotel da mãe, como presente pelo aniversário de 40 anos), Mao, o caçula, investiu na profissão de engenheiro. Sua carreira tinha se desenvolvido devagar, porque Mao era muito exigente. Trabalhou em uma das empresas petrolíferas líderes da Indonésia, com a função de assegurar a qualidade da produção. O que ele realmente fez. De repente, nenhum dos diretores menores conseguia mais fazer o caixa dois quando contratavam alguém para fazer reparos, porque não havia mais reparos a fazer. A eficiência da empresa petrolífera aumentou 35 por cento, e Mao Einstein passou a ser a pessoa menos popular do grupo. Quando o bullying generalizado dos colegas passou para ameaças reais, Mao Einstein deu um basta e foi trabalhar nos Emirados Árabes Unidos. Lá, ele também aumentou a eficiência, enquanto a empresa da Indonésia, para felicidade geral, estava de volta ao seu antigo nível.

Amanda estava tremendamente orgulhosa de seus dois filhos. Ela não entendia como os dois haviam saído tão inteligentes. Herbert mencionara uma vez que na sua família havia bons genes, mas ela não se lembrava mais o que ele queria dizer com isso.

Amanda ficou muito feliz com o telefonema de Allan, dizendo que ele e seus amigos seriam muito bem-vindos em Bali. Ela ia imediatamente falar com seu filho Allan Júnior; ele que jogasse alguns hóspedes na rua, se o hotel estivesse cheio. E ela ia ligar também para Mao em Abu Dhabi e chamá-lo de volta para casa, de férias. Sim, é claro que serviam drinques no hotel, com ou sem guarda-chuvinha. E, sim, Amanda prometeu não se meter na hora de servir os drinques.

Allan avisou que eles logo chegariam. Terminou a conversa com algumas palavras de incentivo, dizendo que nunca conhecera alguém que tivesse ido tão longe com uma cabeça tão limitada como a dela. Amanda achou aquilo tão bonito que ficou com lágrimas nos olhos.

— Não demore, querido Allan. Venha logo!

O promotor Ranelid iniciou a coletiva de imprensa daquela tarde com a triste notícia do falecimento da cadela policial Kicki. Ela havia indicado a presença de um defunto naquele carrinho na Fundição Åkers, o que por sua vez levou a uma série de suposições por parte do promotor — corretas, do ponto de vista da indicação do cachorro, mas mesmo assim um enorme engano.

O que agora viera à tona foi que a cadela em questão enlouquecera logo em seguida e não era mais de confiança. Em poucas palavras, jamais houve qualquer corpo naquele lugar.

E acabava de vir ao conhecimento do promotor que a cadela policial havia sido sacrificada, o que, na opinião do promotor, fora uma decisão sábia tomada pelo treinador dela (que Kicki, em vez disso, estava a caminho da casa do irmão do treinador no norte da Suécia, o promotor não ficou sabendo).

Continuando, o promotor Ranelid lamentava o fato de a polícia de Eskilstuna não ter lhe informado sobre a nova e nobre orientação evangélica da Never Again. Se soubesse disso, o promotor certamente teria dado outras instruções para o andamento das diligências. As conclusões que o promotor havia tirado, por conta disso, eram baseadas em um cão enlouquecido e informações incorretas fornecidas pela polícia. O promotor Ranelid gostaria de pedir desculpas por aquilo, em nome da polícia.

Quanto ao corpo de Henrik "Balde" Hultén, encontrado em Riga, um novo grupo seria nomeado para elucidar o assassinato. Já o caso do falecido Bengt "Parafuso" Bylund estava encerrado. Havia fortes indícios de que Bylund entrara para a Legião Estrangeira. Como lá todos são contratados sob pseudônimos, era praticamente impossível confirmar o fato. Porém, era mais do que provável tratar-se de Bylund, e que ele tivesse sido vítima de um ato terrorista realizado no centro de Djibouti, uns dias antes.

O promotor explicou, em detalhes, o relacionamento dos vários participantes do grupo e ao mesmo tempo exibiu a Bíblia que recebera de Bosse Ljungberg naquela mesma manhã. Isto posto, os jornalistas queriam saber onde poderiam encontrar Allan Karlsson e os outros, para ouvir o ponto de vista deles, mas o promotor não sabia informar nada a esse respeito (ele tampouco tinha interesse que aquele velho maluco começasse a falar de Churchill e sabe Deus de quem mais com a imprensa). Em seguida, o foco dos jornalistas foi dirigido a "Balde" Hultén. Provavelmente, ele havia sido assassinado, e os antigos suspeitos não eram mais suspeitos. Então, quem poderia ter assassinado Hultén?

A esperança de Ranelid era que esse assunto caísse no esquecimento, mas agora tinha de salientar que as diligências teriam início assim que a coletiva terminasse, e pediu para voltar ao assunto mais tarde.

Para surpresa do promotor Ranelid, os jornalistas se deram por satisfeitos com isso. Tanto o promotor Ranelid como sua carreira haviam sobrevivido àquele dia.

Amanda Einstein havia pedido para Allan e seus amigos irem logo para Bali, e isso coincidia com os planos deles. A qualquer minuto podia aparecer um jornalista esperto na Fazenda Bellringer, e nesse caso seria melhor que o lugar tivesse sido abandonado. Allan tinha feito sua parte falando com Amanda. O resto ficava por conta de Linda.

Não muito longe da fazenda ficava o campo aéreo de Såtenäs, e lá havia aviões Hércules, que transportariam facilmente um elefante, ou até dois. Esses aviões tinham sobrevoado a fazenda mais de uma vez, e a cada uma delas quase mataram de susto a elefanta, e foi assim que Linda teve sua ideia.

Linda foi falar com o coronel em Såtenäs, mas ele era mais intransigente que o normal. Ele queria ver todo tipo de atestados e autorizações antes de concordar em colaborar com o transporte intercontinental de animais e pessoas. Entre outras coisas, as Forças Armadas não podiam, de forma alguma, concorrer com a aviação civil, e para provar que não era o caso, precisaria de uma declaração do Ministério da Agricultura. Além disso, seria necessário fazer quatro escalas, e em cada uma delas haveria um veterinário aguardando para verificar o estado de saúde dos animais. E, pensando no elefante, cada parada não poderia ser inferior a 12 horas de descanso.

— *Deus me livre* da burocracia sueca — disse Linda, e telefonou para a Lufthansa em Munique.

Lá não estavam muito mais dispostos a colaborar. É claro que podiam buscar um elefante e algumas pessoas, mas, nesse caso, teria de ser no aeroporto de Landvetter, na periferia de Gotemburgo, e claro que podiam levar todos para a Indonésia. A única coisa necessária seria um certificado de propriedade da elefanta e um veterinário credenciado para acompanhá-los. E, é claro, documentos com visto de entrada na República Indonésia, tanto para as pessoas como para os animais. Naquelas condições, a administração da companhia aérea poderia agendar a viagem dentro dos próximos três meses.

— *Deus me livre* da burocracia alemã — disse Linda, e telefonou para a Indonésia.

Demorou um pouco, porque na Indonésia havia mais de 51 companhias aéreas diferentes e nem todas tinham equipe de atendimento que falasse inglês. Mas Linda não desistiu, e por fim teve sucesso. Em Palembang, Sumatra, havia uma empresa de transporte que, por um preço razoável, não teria nada contra dar uma esticada até a Suécia e voltar. Para isso, eles dispunham de um Boeing 747 recém-adquirido do Exército do Azerbaijão (felizmente aquilo foi antes de todas as companhias aéreas da Indonésia serem colocadas na lista negra da União Europeia e proibidas de aterrissar na Europa). A empresa se comprometeu a cuidar da administração na Suécia, enquanto cabia ao solicitante providenciar autorização de aterrissagem em Bali. Veterinário? Para quê?

Faltava combinar o pagamento. Acabou ficando vinte por cento mais caro do que o combinado no início, até que Linda, usando ao máximo seu rico vocabulário, conseguiu convencer a empresa de aceitar o pagamento em coroas suecas, a ser feito assim que o avião aterrissasse na Suécia.

Enquanto o Boeing da Indonésia decolava a caminho da Suécia, o grupo fez uma nova reunião. Benny e Julius ficaram incumbidos de falsificar alguns documentos que pudessem esfregar na cara do pessoal de Landvetter e Allan prometeu providenciar a autorização para aterrissar em Bali.

No aeroporto de Gotemburgo tiveram um pouco de trabalho, mas Benny tinha não apenas sua credencial falsa de veterinário, mas também a capacidade de se exibir com algumas frases típicas daquele profissional. Isso, somado ao certificado de propriedade e ao atestado de saúde da elefanta, bem como um monte de documentos escritos em indonésio por Allan, fez com que todos embarcassem como o previsto. Na mentirada geral, o grupo disse que o próximo destino era Copenhague, logo ninguém perguntou pelos passaportes.

Na viagem estavam o centenário Allan Karlsson; o ladrão pé de chinelo Julius Jonsson (atualmente declarado inocente); o eterno estudante Benny Ljungberg; sua noiva, a linda Gunilla Björklund; seus dois bichos de estimação, a aliá Sonya e o cão policial Buster; o irmão de Benny Ljungberg, Bosse Ljungberg, atacadista de produtos alimentícios, recém-convertido; o até então muito solitário comissário Aronsson, de Eskilstuna; o antigo líder de uma gangue de bandidos, Per-Gunnar Gerdin; e a mãe dele, Rose-Marie, octogenária que, no passado, escrevera havia escrito uma carta infeliz para o filho quando este estava preso para reabilitação na cadeia de Hall.

A viagem levou 11 horas, sem uma porção de escalas inúteis no caminho, e o grupo estava muito bem quando o capitão indonésio comunicou que o avião estava sobrevoando a ilha de Bali e se aproximando do aeroporto, e que estava mais do que na hora de Allan providenciar a autorização de aterrissagem. Allan disse ao capitão que ele só precisava avisá-lo quando a torre de controle de voos de Bali entrasse em contato, que Allan providenciaria o resto.

— Então é agora — disse o capitão, preocupado. — O que devo responder? Eles podem atirar em nós a qualquer minuto!

— Não se preocupe — disse Allan, e assumiu os fones de ouvido e o microfone do capitão. — Alô, aeroporto de Bali? — perguntou ele em inglês, e teve como resposta que o avião deveria se identificar imediatamente se não quisesse ter toda a aviação da Indonésia atrás dele.

— Meu nome é Dólares — disse Allan. — Cem Mil Dólares.

Fez-se um silêncio total na torre. O capitão e seu copiloto olharam com admiração para Allan.

— Neste momento o chefe da torre está avaliando com seus subordinados quantos são para dividir — explicou Allan.

— Eu sei — disse o capitão.

Demorou mais alguns minutos antes de o chefe da torre dizer:

— Alô, o senhor está aí, Sr. Dólares?

— Sim, estou — disse Allan.

— Perdão, mas qual é o seu primeiro nome, Sr. Dólares?

— Cem Mil — disse Allan. — Eu sou o Sr. Cem Mil Dólares e quero permissão para aterrissar no seu aeroporto.

— Perdão, Sr. Dólares. Não estou ouvindo muito bem. O senhor faria a gentileza de repetir seu nome novamente?

Allan explicou que o chefe da torre havia iniciado uma negociação.

— Eu sei — disse o capitão.

— Meu nome é Duzentos Mil — disse Allan. — O senhor autoriza nossa aterrissagem?

— Um momento, Sr. Dólares — disse o chefe da torre. Todos os colegas concordaram e ele disse: — O senhor é muito bem-vindo a Bali, Sr. Dólares. Será um prazer tê-lo aqui.

Allan agradeceu ao chefe da torre e devolveu os fones e o microfone ao capitão, que sorria.

— O senhor já esteve aqui antes — disse o capitão.

— A Indonésia é a terra das possibilidades — disse Allan.

Quando o alto-comando no Aeroporto Internacional de Bali se deu conta de que os companheiros de viagem do Sr. Dólares não tinham passaporte, e que um deles pesava quase 5 toneladas e tinha quatro pernas em vez de duas, custou mais 50 mil providenciar a papelada da alfândega, além de visto de permanência e um transporte adequado para Sonya. Mas, uma hora depois da aterrissagem, o grupo inteiro já se encontrava na porta do hotel da família Einstein, inclusive Sonya, que fora transportada com Benny e Linda em um dos veículos de catering do aeroporto (infelizmente, o voo que seguiu para Cingapura naquela tarde ficou sem refeições).

Amanda, Allan e Mao os receberam, e depois de muitos abraços os viajantes foram levados aos seus apartamentos. Sonya e Buster puderam esticar as pernas no enorme jardim que cercava o hotel. Já tinha dado tempo para Amanda lamentar que não houvesse nenhum elefante amigo para Sonya em Bali, mas que ela iria providenciar, sem demora, um namorado para ela, vindo de Sumatra. Em se tratando de namoradas para Buster, com certeza ele mesmo encontraria alguma; havia muitas cadelas bonitas na ilha.

Amanda depois prometeu que à noite faria uma grande festa balinesa para todos eles, e recomendou que tirassem uma soneca.

Todos aceitaram a sugestão, menos três. Pico e sua mãe não aguentavam mais esperar por aquele drinque com guarda-chuvinha, e o mesmo valia para Allan, porém sem o guarda-chuvinha. Os três foram até as espreguiçadeiras na beira d'água, aguardando alguém trazer o pedido do bar.

A garçonete tinha 84 anos e havia assumido o serviço do bar por conta própria.

— Eis aqui um drinque vermelho com guarda-chuvinha para o Sr. Gerdin. E um drinque verde com guarda-chuvinha para a senhora, mamãe Gerdin. E... mas espere um pouco... Allan, você pediu leite?

— Pensei que você não fosse mais se meter neste serviço, querida Amanda — disse Allan.

— Eu menti, querido Allan, eu menti.

A escuridão da noite abraçou o paraíso e os amigos se juntaram para saborear um jantar de três pratos, como convidados de Amanda, Allan e Mao Einstein. Como entrada foi servido um *sate lilit*, o prato principal foi *bebek betutu*, e para sobremesa um *jaja batun bedil*. Para acompanhar era servida, ininterruptamente, *tual wayah*, uma cerveja de palmeira para todos, exceto para Benny, que bebia água.

A primeira noite em terra indonésia foi quase tão longa quanto agradável. A refeição acabou, e para arrematar foi servido um *pisang ambon* para todos, menos para Allan, que tomou um drinque, e para Benny, que tomou uma xícara de chá.

Bosse sentiu que aquele dia de excessos precisava de um pouco de equilíbrio espiritual, então levantou-se e começou citando Jesus segundo o evangelho de são Mateus ("Bem-aventurados os conscientes de suas necessidades espirituais"). Bosse acreditava que todos poderiam se tornar pessoas melhores ouvindo a palavra de Jesus e aprender com Nosso Senhor. Uniu as mãos em prece e agradeceu ao Senhor por um dia excepcionalmente bom.

— Tudo vai ficar bem — disse Allan, para quebrar o silêncio que surgiu após as palavras de Bosse.

Bosse agradeceu ao Senhor, e talvez a retribuição Dele consistisse em fazer durar e aprofundar a felicidade do grupo de suecos, tão heterogêneo naquele hotel balinês. Benny pediu Linda em casamento. ("Quer casar comigo?" "Sim, *cacete*! Agora, já!") O casamento foi celebrado na noite seguinte e durou três dias. Rose-Marie Gerdin, 80 anos, ensinou os membros da associação local de idosos a jogar Ilha do Tesouro (não tão bem que ela não pudesse ganhar todas as vezes); Pico passava todos os dias, o dia todo, sob um guarda-sol na praia, tomando drinques com guarda-chuvinhas de todas as cores; Julius e Bosse compraram um barco de pesca que raramente deixavam; e o comissário Aronsson passou a ser um membro popular na alta sociedade balinesa; ele era branquelo, e, além disso, comissário de polícia, e, como se não bastasse, vinha de um país com o menor índice de corrupção no mundo. Não podia ser mais exótico.

Diariamente, Allan e Amanda faziam caminhadas ao longo da orla de areia muito branca na frente do hotel. Sempre tinham muito o que conversar e gostavam cada vez mais da companhia um do outro. Não andavam muito depressa, porque ela tinha 84 anos e ele estava no seu centésimo primeiro ano.

Depois de algum tempo, passaram a se dar as mãos, para manter o equilíbrio. Mais tarde passaram a jantar, só os dois, no terraço do apartamento de Amanda. Ficava muito agitado ter os outros em volta. Um dia, Allan mudou-se definitivamente para o apartamento de Amanda. Assim, o quarto de Allan podia ser alugado para algum turista, o que era bom para o orçamento do hotel.

Durante um dos passeios, Amanda perguntou se não deveriam fazer como Benny e Linda, isto é, se casarem, uma vez que já moravam juntos. Allan respondeu dizendo que Amanda era uma menininha perto dele, mas que ele podia fechar os olhos para esse detalhe. Seus drinques agora eram preparados por ele mesmo, então nada havia a comentar quanto a essa questão. Em poucas palavras, Allan disse não ver nenhum empecilho para o que Amanda acabara de propor.

— Então, estamos combinados? — disse Amanda.

— Sim, estamos — disse Allan.

E apertaram as mãos com força, só para se equilibrarem.

A investigação da morte de Henrik "Balde" Hultén foi sucinta e não teve resultado conclusivo. A polícia levantou seu passado, interrogou antigos comparsas em Småland (não muito distante da Sjötorp de Gunilla Björklund), mas esses nada tinham visto, nada tinham ouvido, de nada sabiam.

Os colegas de Riga localizaram o bebum que havia entregado o Mustang para o ferro-velho, mas nada conseguiram tirar dele, até que um dos policiais teve a ideia de lhe enfiar uma garrafa de vinho tinto goela abaixo, para ver o que acontecia. Então o homem começou a falar — mas não tinha a menor ideia de quem lhe havia pedido aquele favor. Até que alguém um dia apareceu no banco do parque com uma sacola cheia de vinhos.

— Eu não estava muito sóbrio, porém, bêbado a ponto de recusar quatro garrafas de vinho, jamais vou ficar.

Após alguns dias, apenas um dos jornalistas indagou qual tinha sido o resultado das investigações sobre a morte de Balde, mas o promotor Ranelid escapou dessa. Ele havia saído de férias, pegou um voo de última hora para Las Palmas. Na verdade, ele queria ter ido para mais longe, ouvira falar que Bali era um lugar maravilhoso, mas o voo para lá estava lotado.

Teve de se satisfazer com as ilhas Canárias. E lá estava ele agora, jogado em uma espreguiçadeira, um drinque com guarda-chuvinha na mão, se perguntando onde estaria o comissário Aronsson. Este tinha pedido as contas, recebido em dinheiro todas as horas extras e simplesmente sumido.

Capítulo 28

1982-2005

Os salários atrasados pagos pela embaixada americana caíram como sopa no mel. Allan encontrou uma casinha vermelha a apenas alguns quilômetros de onde nascera e fora criado. Comprou a casa e pagou à vista. Para tanto, teve de convencer o fisco da Suécia de que estava vivo. Convencido do fato, para surpresa de Allan, este passou a lhe pagar uma aposentadoria.

— Por quê? — indagou Allan.

— Porque você é um aposentado — respondeu o fisco.

— Sou? — disse Allan.

E era, e com uma boa aposentadoria. Na primavera seguinte ele completaria 78 anos, Allan pensou que tinha ficado velho, contra todas as probabilidades e sem se dar conta disso. Mas, claro, ficaria mais velho ainda...

Os anos se passaram numa velocidade confortável, sem que Allan influenciasse os acontecimentos no mundo. Nem mesmo interferia nos acontecimento em Flen, para onde ele se deslocava de tempos em tempos a fim de fazer compras (no supermercado Ica, administrado pelo neto do atacadista Gustavsson, que por sorte nem desconfiava de quem era Allan). A biblioteca, porém, não recebeu nenhum novo visitante, pois Allan havia descoberto que era possível fazer assinatura das revistas que interessavam e elas chegavam direitinho na caixa de correio, do lado de fora da casa. Muito prático!

Quando o ermitão da casinha na periferia de Yxhult completou 83 anos, achou que ir e voltar de bicicleta até Flen estava ficando cansativo e comprou um automóvel. Por um momento pensou em associar essa compra à aquisição de uma carteira de motorista, mas assim que o professor da autoescola solicitou um *exame de vista* e alguns *outros exames*, Allan decidiu dirigir sem carteira mesmo. Quando o professor continuou com o material do curso, lições teóricas, lições práticas e, finalmente, os exames finais, teórico e prático, Allan já tinha deixado de escutar havia muito tempo.

Em 1989 a União Soviética começou a desmoronar de verdade, e isso em nada surpreendeu o velhinho de Yxhult que fabricava sua própria vodca. O jovem no comando, Gorbachev, tinha iniciado sua era no poder com uma campanha contra a ingestão de álcool, um hábito generalizado no país. Qualquer um sabia que não era assim que se conquistava as massas.

No mesmo ano, por coincidência no dia do aniversário de Allan, ele encontrou um gatinho sentado no degrau da escada dando a entender que estava com fome. Allan o convidou para entrar na cozinha e lhe serviu leite e salsicha. O gatinho achou aquilo muito bom e mudou-se para lá.

Era um gato doméstico, listrado como tigre, um macho, que recebeu o nome de Molotov — não por causa do ministro das Relações Exteriores, mas por causa do coquetel. Molotov não dizia muito, mas era tremendamente inteligente e bom ouvinte. Se Allan tinha algo a contar, era só chamar pelo gato que ele aparecia na mesma hora (a não ser que estivesse caçando ratos; Molotov sabia priorizar). Ele pulava para o colo de Allan, ajeitava-se e mexia com as orelhas como sinal de que seu dono podia falar o que quisesse. Se Allan, além disso, desse uma coçada na cabeça e na nuca do gato, não havia limite para o fim da conversa.

E mais tarde, quando Allan arranjou umas galinhas, bastou explicar para Molotov uma única vez que ele não devia ficar perto delas para que acenasse com a cabeça, em sinal de entendimento. Se o gato depois ignorou o que Allan havia lhe dito e ficou correndo atrás das galinhas até perder a graça, isso era outra coisa. Mas o que se podia esperar? Ele era um gato!

Allan achava que ninguém era tão esperto como Molotov, nem mesmo a raposa que sempre rondava o galinheiro, procurando buracos na rede. A raposa estava de olho no gato também, mas ele era muito mais rápido.

* * *

Mais alguns anos se somaram aos que Allan já tinha acumulado. E todos os meses vinha o dinheiro da aposentadoria do Seguro Social, sem que Allan fizesse qualquer coisa para merecê-lo. Com o dinheiro, Allan comprava queijo, salsicha e batatas, e de tempos em tempos um saco de açúcar. Ele também pagava a assinatura do *Correio de Eskilstuna* e a conta de luz, quando esta resolvia aparecer.

Quando tudo isso e mais algumas coisinhas tinham sido pagas, ainda sobrava dinheiro todo mês, e para quê? Certa vez Allan resolveu devolver às autoridades em um envelope o dinheiro que sobrou, mas depois de alguns dias apareceu um funcionário na casa dele para lhe comunicar que aquilo não era permitido. Allan recebeu o dinheiro de volta, ao mesmo tempo que lhe foi cobrada a promessa de parar de brigar com as autoridades daquela maneira.

Allan e Molotov levaram uma boa vida juntos. Todos os dias, quando o tempo permitia, eles davam um passeio de bicicleta pelas estradinhas de terra que cruzavam a região. Allan pedalava enquanto Molotov ficava sentado na cesta, curtindo o vento e a velocidade.

A pequena família levava uma vida agradável e sistemática. Isso durou até o dia em que não apenas Allan mas Molotov também envelheceu. Um dia a raposa alcançou o gato, coisa que foi tão surpreendente para a raposa como para o gato, e foi muito triste para Allan.

Allan ficou triste como nunca havia ficado antes; não demorou e a tristeza se transformou em ódio. O velho especialista em explosivos, com lágrimas nos olhos, se pôs a gritar na varanda para a noite de inverno:

— É guerra que você procura, então é guerra que você vai ter, sua raposa desgraçada!

Pela primeira e única vez em sua vida Allan ficou bravo. E a raiva não passou nem com um drinque, nem com um passeio de carro sem carteira de habilitação, nem, muito menos, com uma longa volta de bicicleta. Que a vingança não devia ser a mola mestra da vida, Allan já sabia, mas mesmo assim era o que constava na ordem do dia, no momento.

Allan preparou uma carga de explosivos perto do galinheiro, para explodir na próxima vez que a raposa estivesse com fome e esticasse o focinho um pouco demais para dentro dos domínios das galinhas. Entretanto, com muita raiva, Allan esqueceu que ao lado da parede do galinheiro ficava seu estoque de dinamite.

Foi assim que, no terceiro dia após a morte de Molotov, houve um estrondo naquela parte de Södermanland que não se ouvia desde os anos 1920.

A raposa foi para os ares, assim como as galinhas de Allan, o galinheiro e o guarda-lenhas. A explosão deu conta também do estábulo e da casa propriamente dita. Quando tudo aconteceu, Allan estava sentado em sua poltrona e voou com poltrona e tudo, indo parar em um monte de neve, do lado de fora do porão de guardar batatas e geleias. Ficou lá sentado, olhando surpreso à sua volta, e por fim disse:

— Essa acabou com a raposa.

Àquela altura Allan já tinha 99 anos e, sentindo-se meio baqueado, permaneceu onde estava. Mas para a ambulância, a polícia e os bombeiros não foi difícil encontrar o lugar, porque as labaredas iam bem alto na colina. E quando todos constataram que o velhinho na poltrona na neve acumulada junto ao porão estava inteiro, então o caso passou a ser do Serviço Social, que foi chamado.

Em menos de uma hora estava lá o secretário do Serviço Social, Henrik Söder. Allan, que continuava sentado em sua poltrona, tinha sido embrulhado em cobertores pelos bombeiros, o que na realidade era desnecessário, porque o fogo da casa ainda aquecia bem.

— O senhor explodiu a própria casa? — perguntou o secretário do Serviço Social.

— Sim — respondeu Allan. — É um péssimo hábito que tenho.

— Deixe-me adivinhar. Agora o senhor não tem mais onde morar — continuou o secretário.

— É, não está totalmente errado. O senhor secretário tem alguma sugestão?

Assim, na lata, o secretário não tinha. Por isso Allan foi para o hotel da cidade de Flen por conta do Serviço Social onde, à noite, com o secretário Söder, a mulher dele e os outros hóspedes comemorou a chegada do Ano-novo.

Ele não tinha tanto luxo assim desde os tempos de Estocolmo, logo depois da guerra, quando ocupou por uns tempos um apartamento no luxuoso Grand Hôtel. Pensando no assunto, devia estar na hora de pagar a conta de lá, porque na pressa de ir embora isso não tinha sido feito.

No comecinho de janeiro de 2005 o secretário Söder havia encontrado uma moradia em potencial para o velhinho simpático que, na semana anterior, ficara sem casa de uma hora para outra. Foi assim que Allan foi parar no Asilo de Idosos de Malmköping, onde havia um quarto vago. Ele foi recebido pela diretora Alice, que sorriu amigavelmente, é verdade, mas que sugou toda a vontade de viver de Allan ao apresentar todas as regras do asilo. A diretora Alice falou da proibição de fumar, de beber e de ver tevê depois das 23h. O café da manhã era servido às 6h45 durante a semana e uma hora mais tarde aos domingos. O almoço era servido às 11h15, o lanche às 15h15 e o jantar às 18h15. Quem saísse e não observasse os horários arriscava ficar sem refeição.

Depois, a diretora Alice passou a explicar as regras referentes ao banho e à escovação de dentes, sobre visitas de fora e entre moradores, sobre como os vários medicamentos eram distribuídos durante o dia e os horários em que era permitido incomodar a diretora Alice e seus colegas, a não ser que se tratasse de uma emergência, claro; mas isso era muito raro, de acordo com a diretora Alice, acrescentando que, de um modo geral, os moradores do asilo reclamavam demais.

— E cagar, está liberado? — perguntou Allan.

Foi assim que Allan e a diretora Alice entraram em pé de guerra menos de 15 minutos depois de terem se conhecido.

Allan não estava contente consigo mesmo pela forma como tinha combatido a raposa (mesmo tendo saído vitorioso). Perder a cabeça não fazia parte de sua natureza. Além disso, ele havia usado uma linguagem que não era seu estilo com a responsável pelo asilo, ainda que ela tivesse sido merecida. Some-se a isso a lista quilométrica de regras a que Allan agora tinha de obedecer...

Allan sentia falta de seu gato. Ele estava com 99 anos e 8 meses. Parecia ter perdido o domínio de seu humor, e a diretora Alice tinha muito a ver com aquilo.

Agora chega.

Allan estava cansado da vida, porque a vida parecia estar cansada dele, e ele era, como sempre havia sido, uma pessoa que não queria incomodar.

Portanto, ele agora ia se instalar no quarto número 1 e às 18h15 comer seu jantar — em seguida, de banho tomado, lençóis e pijama novos, ele ia deitar na cama, morrer durante o sono, ser carregado para fora, enterrado e esquecido.

Allan sentia quase um prazer eletrizante se espalhar pelo corpo quando, por volta das oito, pela primeira e última vez, deitou em sua cama no asilo de idosos. Em menos de quatro meses teria completado um aniversário de três algarismos. Allan Emmanuel Karlsson fechou os olhos e teve certeza de que, agora, iria embalar no sono eterno. Toda a sua vida fora intensa, mas nada dura para sempre, com exceção da estupidez geral.

Allan não pensou mais. O cansaço o venceu. Tudo ficou escuro.

Até clarear novamente. Uma luz branca. Imagine só como a morte era parecida com o sono. Daria tempo de ele pensar antes de tudo acabar? Daria tempo de ele pensar no que pensava? Mas, espere um pouco, quanto dá para pensar até tudo acabar?

— Allan, são quinze para as sete da manhã. Está na hora do café. Se você não comer seu mingau agora, vamos levá-lo embora, e aí você não vai ter nada até a hora do almoço — disse a diretora Alice.

Além de tudo, Allan constatou que havia ficado bobo com a idade. Ninguém simplesmente morria por encomenda. E havia o risco iminente de que no dia seguinte ele fosse de novo acordado por aquela pessoa horrorosa, Alice, e ter de tomar aquele mingau igualmente horroroso.

Tudo bem. Ainda faltavam alguns meses até ele completar 100 anos, e antes disso ele teria tempo de vestir o terno de madeira. "Álcool mata", foi a motivação da diretora Alice para a proibição de álcool no quarto. Parecia promissor, pensou Allan. E se ele desse uma escapada até a loja de bebidas?

Os dias se transformaram em semanas. O inverno virou primavera e Allan estava desejando a morte quase tanto quanto seu amigo Herbert havia desejado, cinquenta anos antes. Herbert só conseguira realizar seu desejo quando não mais o desejava. Aquilo não era um bom sinal.

O que era pior: o pessoal do centro de idosos havia começado os preparativos para o aniversário de Allan. Como um bicho numa gaiola, ele teria de aguentar ser observado por todos, reverenciado e alimentado com bolo. Ele não tinha pedido nada daquilo.

E agora só lhe restava uma noite para morrer.

Capítulo 29

Segunda-feira, 2 de maio de 2005

Você pode pensar que ele podia ter se decidido antes e sido homem o suficiente para comunicar sua decisão aos que viviam à sua volta. Mas Allan nunca pensou muito a respeito das coisas.

Portanto, a ideia mal entrara na cabeça do velho e ele já tinha aberto a janela de seu quarto no primeiro andar do asilo de idosos de Malmköping e pisado no canteiro de flores.

A manobra era um pouco exaustiva, mas não era de se espantar, porque justo naquele dia Allan completava 100 anos. Faltava menos de uma hora até que os festejos do aniversário tivessem início no salão. O prefeito em pessoa estaria lá. O jornal local também. E todos os outros velhinhos. Todo o pessoal, com a mal-amada raivosa Alice na dianteira.

Só o aniversariante não estaria presente.

Epílogo

Allan e Amanda foram muito felizes juntos. Foram feitos um para o outro. Um era alérgico a tudo que se relacionava a ideologia e religião, enquanto o outro nem sabia o que significava a palavra ideologia, nem sob tortura se lembraria de a que deus devia orar. Além disso, certa noite, quando a intimidade dos dois ficara extremamente intensa, ficou provado que, apesar de seus esforços, o professor Lundborg havia falhado com o bisturi naquele dia de agosto de 1925, porque — para surpresa do próprio Allan — ele se viu capaz de coisas que só tinha visto em filme.

No seu 85º aniversário, Amanda ganhou de Allan um laptop de presente, que se conectava com a internet. Allan tinha ouvido falar que a internet era uma coisa que os jovens apreciavam.

Levou algum tempo para Amanda aprender a se conectar, mas, como ela era persistente, depois de algumas semanas já tinha criado seu próprio blog. Escrevia nele todos os dias, sobre tudo e todos. Entre outros assuntos falou sobre as viagens e aventuras de seu querido marido por todo o mundo. Seu público eram as amigas da sociedade balinesa, mas outras pessoas também a liam.

Um dia, Allan estava sentado na varanda, como de costume, degustando seu café da manhã, quando apareceu um cavalheiro de terno. O homem se apresentou como um representante do governo da Indonésia, dizendo que havia tomado conhecimento de alguns fatos extraordinários por meio de um blog na internet. Em nome do presidente, ele gostaria de usar os conhecimentos tão especiais que o blog dava a entender que o Sr. Karlsson detinha.

— Qual é a ajuda que o senhor deseja, se é que se pode perguntar? — disse Allan. — Há somente duas coisas que faço melhor que os outros. Uma, é aguardente de leite de cabra, e a outra, é montar uma bomba atômica.

— É justamente nisso que estamos interessados — disse o homem.

— No leite de cabra?

— Não — respondeu o homem. — Não no leite de cabra.

Allan convidou o representante do governo da Indonésia a se sentar. E explicou que muito tempo antes ele tinha dado a bomba para Stalin, e que aquilo havia sido um enorme erro, porque Stalin não batia bem da cabeça. Então Allan queria saber qual a situação da cabeça do presidente indonésio. O representante do governo respondeu que o presidente Yudhoyono era uma pessoa muito sábia e responsável.

— É um alívio ouvir isso — disse Allan. — Vou ajudá-lo com muito prazer.

E assim ele fez.

Um agradecimento extra a Micke, Liza, Rixon,
Maud e tio Hans.

Jonas

Este livro foi composto na tipografia Sabon LT Std,
em corpo 11,5/15, e impresso em papel off-white
no Sistema Digital Instant Duplex da
Divisão Gráfica da Distribuidora Record.